长征中
最小的
女红军

萧云——著

我的母亲

中国文联出版社

图书在版编目（CIP）数据

我的母亲：长征中最小的女红军 / 萧云著. -- 北京：中国文联出版社, 2021.6（2022.12 重印）
　ISBN 978-7-5190-4581-4

　Ⅰ. ①我… Ⅱ. ①萧… Ⅲ. ①纪实文学－中国－当代 Ⅳ. ①I25

中国版本图书馆 CIP 数据核字(2021)第 091438 号

著　　者	萧云
责任编辑	郭琳　陈晨　何欣然
责任校对	胡世勋
装帧设计	舒心
创意总监	王堃

出版发行	中国文联出版社有限公司	
社　　址	北京市朝阳区农展馆南里 10 号	邮编：100125
电　　话	010-85923025（发行部）	010-85923091（总编室）
经　　销	全国新华书店等	
印　　刷	三河市龙大印装有限公司	

开　　本	710 毫米×1000 毫米　　1/16
印　　张	30
字　　数	360 千字
版　　次	2021 年 6 月第 1 版第 1 次印刷　　2022 年 12 月第 2 次印刷
定　　价	68.00 元

版权所有·侵权必究
如有印装质量问题，请与本社发行部联系调换

谨以此书献给

那些曾经和正在为真理、为民族复兴而奋斗的猛士们！

萧华为王新兰所题"永葆青春"。

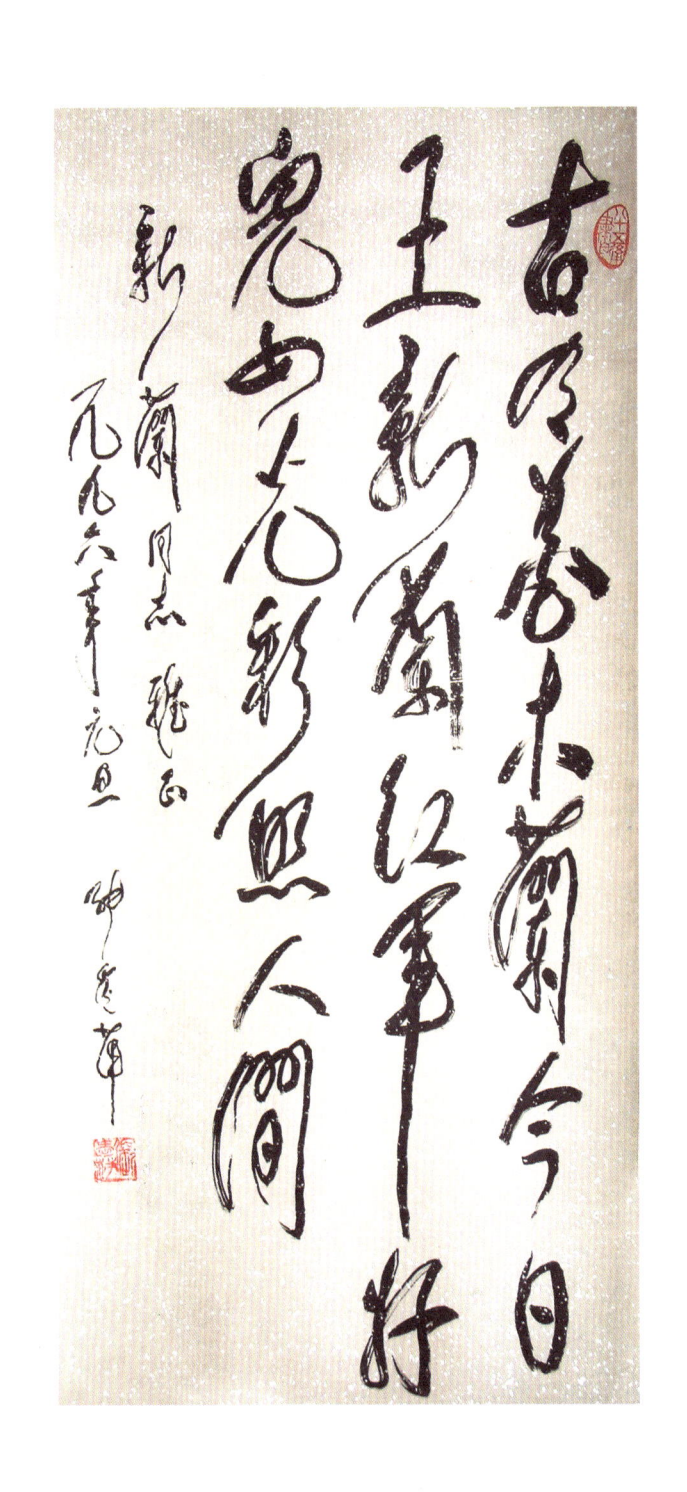

张爱萍为王新兰所题"古有花木兰，今日王新兰，红军好儿女，光彩照人间"。

左起：党之光、胡明秀、王新兰、彭道华、胡莹，1937年摄于陕西三原镇。

王新兰与萧华，1940年夏摄于山东滨海区朱樊村。

王新兰与萧华，1942年夏摄于山东滨海区朱樊村。

1942年，115师解放了山东滨海区朱樊村，这是师政治部在朱樊村办公。坐者左二：萧华；左三：梁必业；右二：王新兰。

左起：萧雨、萧华、萧云、王新兰，1946年春末摄于辽宁省丹东市。

萧华从围困长春的前线回到哈尔滨家中，摄于1948年夏。

王新兰，1948年春摄于吉林省通化市。

王新兰与萧华，1953年夏摄于青岛。

左一：牟锋（谷牧夫人）；左二：谷牧；左四：王新兰；左五：萧华；左六：陈毅；左七：杨纯；左八：张岩，1952年摄于上海。

王新兰与萧华，1960年冬摄于海南岛天涯海角。

后排左起：萧霞、王新兰、
萧霜、萧雨、萧华；
前排左起：萧露、萧云，
1954年摄于北京家中。

萧华与王新兰，1954年摄于北京家中。

萧华与王新兰，摄于1955年秋。

萧华，摄于1956年冬。

1955年王新兰授衔后的礼服照。

周恩来、萧华、王新兰和孩子们在一起，1956年夏摄于北京颐和园。

王新兰，1959年摄于北京。

王新兰与张茜（陈毅夫人），1954年摄于北京。

王新兰，1960年摄于北京。

王新兰，1960年秋摄于云南石林。

前排右起：周恩来、张爱萍、萧华、刘志坚；二排左二：王新兰，与文工团员在一起唱歌，摄于20世纪60年代。

王新兰与萧华，1964年摄于青岛。

王新兰与萧华，1964年冬摄于江西庐山。

后排左起：萧华、王新兰；前排左起：萧霞、萧霜、萧露、萧雨、萧云，1965年春节摄于上海。

萧华与王新兰，1965年春节摄于上海。

左起：王新兰、萧霞、萧露、萧华，1978年夏摄于新疆。

王新兰与萧华，1965年春摄于杭州。

1979年9月萧华率中国人民解放军军事代表团访问朝鲜，前排左二：王新兰；左三：朝鲜国防部长吴镇宇大将；左四：萧华；左五：金日成；左六：中国驻朝鲜大使；左七：向守志。

1965年初，萧华夫妇在杭州与《长征组歌》作曲家合影。
右起：李遇秋、晨耕、萧华、王新兰、生茂、唐诃、李圭。

王新兰与孙辈在一起。
后排左一：宝宝；左三：洋洋；
前排左一：逗逗；左二：肖肖；
1981年摄于北京家中。

前排左起：萧露、李肖肖、胡耀邦、王新兰、萧华，1983年摄于兰州市。

萧华与王新兰，1985年春摄于北京西山家中。

王新兰在北京房山区群众集会上讲话，1993年春节摄于北京。

左起：萧云、林月琴（罗荣桓夫人）、王新兰、涂艳，1994年春摄于北京。

在海军服役时的萧云，摄于1975年。

涂艳，1980年摄于北京北海公园。

王新兰晚年家园中留影。

2016年1月在萧华诞辰100周年座谈会上，王新兰与开国领袖、开国将帅子女们的合影。

前排蹲者左起：

李卫雨　杨秋华　李恒　萧霜　刘煜鸿（半脸）　吴布生　涂艳　王新兰　叶向真

前排蹲者右起：

张黎明　张黎　耿启还　萧霞

站立着第一排左起：

杜链　刘燕远　萧云　李铎　萧露　董良翚　萧雨　徐文惠　罗东进
李敏　周秉德（后排）　聂力　任远征（后排）　习远平　陈伟华　马子跃　陈北刚

站立着后排左起：

刘安东（半脸）　吕向群　李亚斌　XXX（遮脸）　张翔　王小舟　周坚
韩战平　韩京京　陈昊苏　XXX（遮脸）　XXX（遮脸）　赖小鹏　XXX（遮脸）　萧星华　刘健
梁德武

参加座谈会而未参加合影的开国元勋的子女还有：

刘源（刘少奇之子）　贺黎明（贺龙之女）　粟戎生（粟裕之子）　陈知建（陈赓之子）
罗箭（罗瑞卿之子）　萧凯（萧劲光之女）　等。

再 版 说 明

　　自从2004年1月《我的母亲》第一版问世以来，又分别于2005年、2006年入选文化部、财政部送书下乡工程，连续出版两次，并于2007年获得"五个一工程"奖。

　　在这里我怀着崇高的敬意感谢广大读者对此书的关心爱护，也要感谢那些为此书出版作出贡献、付出辛勤劳动的所有同志，特别要感谢用鲜血和生命书写自己历史的先辈们。是他（她）们大义凛然，视死如归，赴汤蹈火，前赴后继，南征北战，最终改天换地，创造了中国历史上最辉煌的一页。他（她）们经历了太多苦难，见过太多惨烈。在人生的逆境中，他（她）们仍能顾全大局，忍辱负重，再立新功。改革开放，使他（她）们焕发青春，贡献余热，寻觅突破。他（她）们客观面对现实，勇于纠正错误，怀一颗赤子之心，一生报效祖国。他（她）们是鹰，他（她）们是战神，他（她）们是民族之魂。他（她）们之中大多数人已过世了，但他（她）们的精神将永远激励我们前进。我也要感谢我的母亲王新兰，正是由于母亲有着超人的记忆力，才使得全书更加真实和生动。

　　中国文联出版社的领导和编辑们应广大读者要求再版《我的母

亲》。愿此书能够"传承红色基因,不忘初心",将先辈的革命精神发扬光大,一代一代传承下去,并给予在新长征路上奋进的青年一代鼓舞和鞭策。

任凭大千起波澜,
欲留真情在人间。

萧 云
2021年1月

注:关于"萧"与"肖"的说明:文字改革后,姓"萧"之人应改成简写的"萧",《1977年第二次汉字简化方案(草案)》却改成"肖"(此肖乃是肖像的肖)。此次再版《我的母亲》,作者将书中的"肖"全部改成"萧"。

目 录

001 / 第一章　走出"双朝门"

　　003 / 一　王二贡爷的幺女

　　009 / 二　"王善人"造反

　　015 / 三　革命启蒙

　　020 / 四　九岁当红军

029 / 第二章　长　征

　　031 / 一　嘉陵江边，许世友的承诺

　　038 / 二　六姨父被"肃杀"

　　044 / 三　死在"肃反"祭坛上的亲人们

　　051 / 四　与死神擦肩而过的小宣传队员

　　057 / 五　一过草地

　　063 / 六　再过雪山草地

　　069 / 七　王维舟说：你这个小丫头还活着！

　　074 / 八　三军会师了

081 / 第三章　云阳镇之恋

　　083 / 一　口琴为媒，初识父亲

　　089 / 二　兴国城里泥瓦匠的儿子

096 / 三　红军师政委的传奇

100 / 四　"肃反"——两个家庭相似的悲剧

103 / 五　父亲的两个救命恩人——周恩来、罗荣桓

108 / 六　罗荣桓热心搭鹊桥

115 / 第四章　到延安

117 / 一　从抗大到新华社

121 / 二　毛泽东对母亲说：快去追萧华吧！

127 / 三　告别延安

133 / 第五章　风雨山东

135 / 一　千里寻夫，一年跑死两匹战马

143 / 二　到达冀鲁边

147 / 三　相濡以沫

154 / 四　泣血的回忆——突围大青山

159 / 五　和铁道游击队在一起

165 / 六　险象环生的太行之行

171 / 七　在八路军总部

177 / 八　归途中的一个插曲

181 / 九　雨中天使

188 / 十　告别罗荣桓

193 / 十一　许世友送父亲母亲出山东

199 / 第六章　白山黑水间

201 / 一　在海上

205 / 二　到大连

209 / 三　安营扎寨凤凰城

216 / 四　"王台长"——安东最惹眼的女兵

223 / 五　在剿匪斗争中

227 / 六　与罗荣桓夫妇重逢

234 / 七　短暂的异国漂泊

243 / 八　母亲眼中的"七道江会议"

252 / 九　四保临江中的电波

258 / 十　父亲率团远走东欧

269 / 第七章　新中国建立后

271 / 一　从天津到北京

277 / 二　五个孩子的妈妈

284 / 三　悠悠慈母心

292 / 四　我差点闯了大祸

299 / 五　每年有个1月8日

306 / 六　母亲的歉意

311 / 七　压在母亲心中的一块石头

319 / 八　西子湖畔，重温长征

329 / 第八章　"文化大革命"中

331 / 一　母亲看到了危险信号

341 / 二　第一次抄家

352 / 三　父亲母亲被逼上西山

358 / 四　迫害加快了脚步

365 / 五　母亲被捕

373 / 六　父亲入狱

381 / 七　母亲在炼狱中

388 / 八　母亲被释放，我们有了家

394 / 九　我在绵阳

398 / 十　难忘母亲呵护

403 / 十一　父亲终于有了下落

409 / 十二　囹圄七载之后的自由

415 / **第九章　浩劫过去之后**

417 / 一　父亲母亲重新走上工作岗位

422 / 二　父亲的最后日子

430 / 三　母亲割不断的军人情结

436 / 四　我的十四年军旅生涯

444 / 五　我想"下海"

451 / 六　艰难的开局

456 / 七　孤旅知己

463 / 八　母亲的普通一日

468 / 后　记

第一章

走出"双朝门"

　　……徐立清笑着打量了一下这个眼巴巴看着自己的小女孩：剪裁合身的小旗袍，透着生气的短头发，白里透红的圆脸蛋，可爱极了。不过他还是叹了口气说："孩子，你太小了，还是找个亲戚家避一段时间吧。"母亲眼泪扑簌簌流了下来。……徐立清想了一阵，击一下掌，说："你，红军收下了。"母亲破涕为笑。

　　这一年，母亲九岁。

一　王二贡爷的幺女

母亲的祖籍是四川省的宣汉县。

宣汉是川东北一个相对富庶的地方。距县城40里，有个叫清溪场的镇子，出镇约半里路，有个山清水秀的村子王家坝，这里就是母亲的故乡。

王家坝像四川的绝大多数地方一样，每户人家都隐蔽在一片茂密的竹丛下，纵横交错的石板路尽力地维系着这个古老村落从先辈起就形成的格局。我母亲的家在王家坝的最南端，紧傍着清清的清溪河。

故乡给母亲留下了许多温馨的回忆。在母亲不知写于何时的一篇文章中，她用清新的笔触这样描述她记忆中的老家：

……王家坝全村都姓王，村子形成于元末明初，据说现在的全村人是从两个兄弟繁衍下来的，因此全村不论贫富，都沾亲带故。我们家在村子的最南端，紧靠清溪河。我记忆中的清溪河很宽，常有渔船和窝棚船来往于河中。这些船逆水北上可到南坝、樊哙一带，顺流南下可以直抵达县。河两岸开阔的坝子里是肥美的稻田。夏天清溪河涨水，会漫了傍河的庄稼田，不过危害并不十分严重。老百姓传说河里有龙，有人还信誓旦旦地说曾在夏天的夜里听到过龙在河里吟啸的声音。因为我家离河最近，乡亲们都说我家沐着龙恩,风水好。

风水好的印证是我们家出了王家坝有史以来的唯一的前清贡生,他就是我的父亲。

我家的院子很大,我的哥哥们常在院中踢足球,这给我的印象很深,我很羡慕我的哥哥们。爷爷为了方便他的两个已成家立业的儿子独立门户,在院墙上开了两个大门,一户走一门,伯父家在东门,我们家在西门。一宅两门,这在当地还不多见。"双朝门"这叫法大概也正缘于此。院子的南面有很高的院墙,墙里是柚子树,还有两棵枇杷树,挂果时节,树上经常果实累累。院墙外是一大片玫瑰,往前是一个大堰池,池里种藕,荷花开时,一池娇粉嫩绿,成了王家坝的一处景致。绕莲池是果林,有桃、杏、核桃等多样果木,再往前是一片葱葱茏茏的大竹林。

河对岸有一座不大的山,叫四望山。我想这山名一定和一个美丽或凄婉的故事有着某种联系,但直到我离开故乡,也没弄清这山名的来历。隔河相望,四望山满目碧绿,优雅秀美,宛如一个妙龄女子。杜鹃花盛开的季节,姹紫嫣红,整个一座山成了花的海洋。山上的野兽、野果子很多,在我们孩子们的眼中,那是一个充满了诱惑的去处。秋天野果成熟的时候,哥哥们会在放学后,带着我,到四望山上去摘野果,那是幼时最让我心动的事情……

新中国成立前,"双朝门"在王家坝乃至整个清溪场,名气都很大。母亲是"双朝门"西门王二贡爷的幺女。

王二贡爷是乡邻们对姥爷的尊称,以至人们淡忘了他的真正名字王天保。贡生的身份使姥爷成了王家坝最有头脸的人物。据说,当年的知县还专门派人送来了写有"诗书传家"的金字大匾，那匾一直挂在"双朝门"的西门上，直到辛亥革命后才取下来。姥爷的贡生身份不能不说是"双朝门"闻名遐迩的一个重要原因。母亲记事时，辛亥革命已经过去了十多年，她虽然没有见过那块县太爷亲笔题写的金字大匾，但听到乡邻们称呼她的父亲时，依然沿用的是王二贡爷这叫法……

我的母亲出生于1924年6月26日，她是"双朝门"西门王二贡爷最小的孩子。

母亲说她生下来很小，她是听她的母亲也就是我的姥姥对她说的。姥姥说："你落地时像个小老鼠。"姥姥说她曾担心她长不大。

姥姥共生了十二个孩子。十二个孩子中，有四个没有活到懂事的年龄就夭折了。母亲是王二贡爷的幺女。活下来的八个孩子中，二男六女。两个男孩子是二哥和三哥；女孩子的长幼之序是从东门伯伯家的孩子挨着排下来的，五个姐姐依次为五、六、八、九、十，母亲排十二。母亲这一代在王家属"心"字辈，二哥心敏、三哥心正，母亲六姐妹依次为心诗、心雪、心群、心文、心国、心兰。

母亲参加革命后把"心兰"改成了"新兰"，年代久远，她已忘记了改名字的具体时间和缘由。不知这样一改是不是显得更革命些，反正我们五个孩子都觉得还是母亲原先的名字好，不俗，有文化色彩。我们发表这样的意见时，母亲总是笑一笑，说："这名字跟了我一辈子，也不错。"

我的姥爷王二贡爷在母亲六岁时就去世了，那时她已初晓世事。在母亲的印象中，她的父亲常年穿件青布长袍，举止儒雅。有时他也穿短衣短裤下田，耕耱犁耙插秧点豆，样样在行，那时他就和一般的农夫没有两样。他还经营着一个颇有规模的油坊，雇着几个工人、伙计，还有一个管账先生。油坊自己榨油出售，也来料加工，油坊收入是家庭的一项重要的经济来源。姥爷如果不忙，有时也到油坊去关照一下。姥爷开明公道，乐于助人，加上他的贡生身份，深受乡里敬重。周围十里八乡，凡有婚丧嫁娶、疑难不决之事，不管认识不认识的，都要拐弯抹角托人请他出面主持。姥爷看重读书，母亲记事时就常听他说："耕，养命；读，达理，二者废一不可。"他的女娃儿多，旧社会女孩子不能上学，他就在家里开私塾，请了个国学底子很厚的老先生教他的女儿们读"四书五经"。母亲前面几个岁数大点的姐姐都能把《三字经》《百家姓》《千字文》《女儿经》和《论语》背得滚瓜烂熟。

母亲没有读过家里的私塾。五四运动后，各地都在办新学，就在母亲出生的头一年，王家坝有了第一个新式学校——宏文小学。母亲的两个哥哥和最小的姐姐心国都是宏文小学的学生，她五岁的时候，姥爷也把她送到那里去读书。

宏文小学对于母亲日后参加革命至关重要，在这所学校里，母亲不仅读书习字，还接受了最初的革命启蒙。

穿着长过膝盖的童子军军服，学唱革命歌曲，念总理遗嘱，师生同台演文明戏，远足旅行……母亲至今回忆起当年在宏文小学读书的情景，眼睛里还会放射出神往的光彩。

宏文小学的创始人就是她的叔叔王维舟。

母亲说是她的叔叔王维舟将她引进了另一个天地。

新中国成立后，王维舟姥爷是我们家的常客。那时他在成都工作，任中共西南局常委、西南军政委员会副主席。每逢到北京开会，总要来看看我们一家。我第一次见到他时，还不到五岁，母亲让我们五个孩子叫他"外公"。外公给我的印象是个子很高，留着短胡子，说着四川话，是一个挺随和的老头儿。

及至长大些，才得知这个看上去挺随和的外公竟是个叱咤风云的人物。在大革命失败后，他在极端艰苦的环境里坚持六年游击战争，在党的领导下，依靠集体的力量，与其他领导人一起，创建了川东北第一个游击根据地，而这个根据地日后成为红军四方面军在四川站住脚跟并发展壮大的基地。

对于王维舟姥爷的高风亮节和他对革命的特殊贡献，老一辈革命家在各个时期都给予了高度评价。

1943年春节，毛泽东为王维舟题词：

忠心耿耿，为党为国。

1942年6月3日，时任385旅旅长兼陇东分区专员、陇东特委常委的王维舟五十六岁寿辰，朱德、吴玉章等撰文祝贺。延安的中央机关报《解放日报》于当日在第一版以《努力革命廿年如一日——王维舟旅长五六寿辰朱总司令等撰文祝贺》为题，发表了消息。

边区政府主席林伯渠领衔的贺电，同贺的有贺龙、关向应、高岗、徐向前、林彪等人，电文如下：

陇东维舟同志，顷闻五十六寿辰，不胜欢庆，经数十载革命生涯，深佩对无产阶级事业之忠诚与布尔什维克的品质，当此黎明前黑暗时期，借重老区，坐镇陇东，兼领党、政、军，深愿互相策励，共为党的事业，为保卫边区而斗争，谨此电贺，专祝健康，并致敬意。

1965年，王维舟七十八寿辰，当年延安"五老"（系董必武、徐特立、谢觉哉、林伯渠、吴玉章等五人——笔者注）中的董必武、谢觉哉赋诗祝贺。

谢觉哉的贺诗为：

永是车头不落尘，反清反帝到而今。
爱民爱党心如火，名将从来多善人。

董必武的贺诗为：

廿纪生经大半稘，吾华革命典型垂。
与君先后共奔走，顾盼红旗合春颐。

这样一位功勋卓著的人物，竟没有躲过"文革"的劫难，在林彪、"四人帮"的诬陷、迫害下，于1970年1月10日含恨去世。

那时，母亲还在接受没完没了的审查，我则在绵阳的清华大学分校里当泥瓦匠，没人告诉我们王维舟姥爷去世的消息，我们都没能为老人送葬。

后来，当母亲得知王维舟姥爷已辞世而去时，她把自己关在一间小破屋里，整整哭了两天。

二 "王善人"造反

王维舟出生于1887年，原名王天祯，和母亲的父亲王天保都属王家的天字辈。他八岁入馆读私塾，十四岁辍学务农，十九岁到县城学商。在王维舟眼中，西方列强骑在中国人头上称王称霸，大清王朝积弱积贫，死相已露。为了救国救民，王维舟于1909年到成都考入东门外的工兵学校半工半读。1911年，清政府把修建川汉铁路权出卖给英、美帝国主义，四川爱国志士发起保路运动，王维舟是斗争中的积极分子。当年9月7日，四川总督赵尔丰悍然出兵镇压保路运动，当场打死示威群众数百人，伤者无数，酿成震惊中外的"成都血案"。亲历了这一斗争的王维舟欲哭无泪，对腐败的清政府不再抱任何幻想，连夜潜回东乡（即宣汉），决定进行武装斗争。

家乡的土地，成了王维舟向旧世界宣战的舞台。

回到东乡后，他首先联合龚权山、刘子丰等进步青年，与同盟会会员景昌运等人通力合作，成立了东乡同志保路军，广泛发动群众，经过四十多天的秘密准备，全县五十多个场镇的数万群众被组织了起来。1911年10月10日，辛亥革命爆发，远在川东北的王维舟等积极响应。11月30日，在他的率领下，手持刀矛棍棒、土枪土炮的同志保路军兵分四路围攻东乡县城，活捉了知县吴巽和征收局长吴朝清，打开监狱，释放了全部犯人，推翻了清政府在东乡的统治，成立了东乡军政府，王维舟任警备队长。嗣后又联合大竹孝义会首领李绍伊向绥定（绥定道，驻达县）进军。围攻十余日后，府官广厚（满人）乞求投降。起义军入城成立了达县军政府。东、达光复后，王维舟立即响应孙中山的号召，挑选精悍士兵两千余人，编为北伐大队，自任大队长，准备北伐。但不久南北议和，清帝退位，北伐告停，辛亥革命就此结束。他指挥的北伐大队缩编为一个营，其余人员遣散回家。他仍担任宣汉县警备队长。

1913年4月，王维舟到成都警备军官学校学习，毕业后任绥定道警备司令兼达县的警备队长。

1915年12月，袁世凯复辟帝制，王维舟怒火中烧，当即邀集达县国民党进步人士陈荫槐、洪秀笙、尹守白等商议，组织护国讨袁军，自任总司令，首先推翻了达县知事，接着攻取营山等地。

1917年，孙中山"护法"运动兴起，王维舟所部改称"靖国军"，与北洋军吴光新部展开激战，连克四川开江、云阳、奉节、巫山及湖北秭归、巴东、利川、建始等县。王维舟升任七师三团团长兼任边防司令，亲驻奉节镇守夔门。不久，调赴万源，抵御陕军侵扰。此时，川、滇、黔各路军阀部队以援陕为名各霸一方，混战不休，黎民百姓仍处于水深火热之中。失望至极的王维舟1920年春自动弃职离开四川，独身一人来到了思想活跃的上海，寻求救国之路。

在上海，王维舟开始了他人生的重大转折。

使他发生这种转折的是一个叫金笠的朝鲜人。

金笠是朝鲜共产党上海支部的负责人，一个偶然的机会，王维舟认识了他，几次交谈之后，王维舟感到共产党的主张正是自己孜孜以求的理想，二人于是成了无话不谈的朋友，后经金笠介绍，他于1920年4月加入了朝鲜共产党上海支部。

此时，中国共产党还没有成立。

这年底，王维舟被朝鲜共产党金笠等人派往苏联学习。1921年10月，他在莫斯科参加了庆祝十月革命四周年庆祝大会，见到了列宁。1922年，他出席在莫斯科召开的远东各国共产党及民族革命团体代表大会。那时中国共产党已经成立，中共派出参加会议的代表是张国焘。

1922年夏天，王维舟回国，在北京同吴玉章等一道组织"赤心社"，宣传马克思主义。为了帮助处于困难中的苏联，他们又在北京发起"俄灾赈济会"，发动各界募捐10万余元，购成急需物资运往苏联。随后他又到上海组织募捐活动。在上海，他四处打听金笠，才得知自己的这位异国知己已被反动派杀害。那天，他独自徘徊于黄浦江边，在凄冷的寒风中站了整整一天，金笠的影子在他的眼前挥之不去。

王维舟第一次看到了共产党人流血。

年底，他接到母亲病危的急电，返回宣汉王家坝。1923年春，处理完母亲的丧事，创办了宏文小学，并担任校长。

王维舟自苏联回来后，就一直在进行党的地下活动，宏文小学名义上是学校，实际上是他办的一个党的秘密联络点，学校的教员朱先儒、罗新鼎、王波等都是共产党员。他利用校长的公开身份，秘密发展党员，党的基层组织很快发展起来。母亲的几个哥哥姐姐和姐夫任峻卿也在这一时期先后秘密加入了地下党。

王维舟是个理想主义者。作为职业革命家，他从不准乡人喊他"老爷""东家"。为了将理想付诸实践，他把祖上留下的田地全部分给了穷人、佃户，当众烧了地契。"王善人"的名字因此不胫而走，很快传遍了整个宣汉。他的这一举动，也引起了反动派的注意，国民党县党部开会，专门布置各镇各场要"严密注视王维舟动向，稳定地方秩序"。王维舟出门，好几次发现有人跟梢。

1927年1月，王维舟来到大革命的中心武汉，在吴玉章的领导下做党的统一战线工作。在此期间，他到毛泽东的农民运动讲习所学习，第一次见到了毛泽东，并转入中国共产党。

国民党发动反革命政变后，中共中央在汉口召开紧急会议，即八七会议。王维舟遵照"八七会议"确定的土地革命和武装反抗国民党反动统治的总方针,回到川东,组织万源李家俊、达县唐伯壮、宣汉雷玉书等人,分头秘密发动群众,建立了川东游击军。母亲的两个哥哥因为闹学潮被县府通缉,也离家参加了游击军。游击军武器匮缺,为了抓枪杆子,在大革命时期就入了党的六姐的丈夫任峻卿担任了峰城地区民团团长,控制了部分地方武装。经过艰苦的准备,1929年4月,王维舟从开江向万源李家俊处运去一批枪弹,同李家俊一道,领导了著名的川东起义,向盘踞在川东北的军阀刘存厚打响了第一枪。随即,革命风暴迅速遍及万源、宣汉、城口三县,游击军不断袭击国民党地方政权,处决罪大恶极的反动派头子。军阀刘存厚慌了手脚,紧急调集优势兵力进行围剿。王维舟派冉南轩、孙安荣成功策动刘存厚一个连起义,投奔游击军。游击军最盛时,有两千余人枪,在极端艰苦的条件下坚持战斗一年多,粉碎了敌人多次围剿。

军阀刘存厚把王维舟视为眼中钉肉中刺,出两千元大洋悬赏他,并派了重兵进驻清溪场,还有一个连驻进了王家坝,连长就住在我母亲的家里。母亲还记得那个连长的样子,白白净净,眼睛很小,不到三十岁已经发福了,爱吃猪大肠,还特别喜欢小孩,见了母亲,总要拉住问东问西逗一阵。国民党连长经常指挥他的手下四处活动,搜山,抓人,给地下党和游击军的联络造成很大困难。地下党看母亲年纪小,不易被怀疑,就经常派她去送信。送密信不敢走大道,要从村后的一片密林中穿过去。第一次通过那片阴森森的密林,母亲十分害怕,稍有响动,就以为碰上了野兽,野藤缠了脚,还以为被什么咬住了,连滚带爬把信送到目的地时,浑身上下全被汗水打湿了。

当然,最惊险的是在送信的时候碰到敌人。一次,母亲到好几里外的一个佃户家里去送信,要穿过村后的那片树林。谁知刚走到林子的边上，正好碰上那个白脸连长从林子里出来，她不禁大吃一惊，心想他到这里来干什么。躲是来不及了，她就硬着头皮继续往前走，一边想着应对的办法。走近了，没等连长问她，她先开了口："长官，摸到这里做啥子？"

"烦得很，玩玩，想打只野鸭吃。"连长说着，拍了拍吊在屁股上的盒子枪。

母亲想，怪不得刚才隐隐约约听到了两声枪响。

"没得打上？"母亲故意问。

"妈的，草太长，打不上。"

母亲像忽然想起什么似的，说："今儿晚上，伙房有卤大肠。"

连长一听笑眯了眼："真的？"

"哪个骗你。"

连长一脸高兴，正要走，又把母亲打量了一下，说："小娃儿，你上哪里去？"

母亲压住"咚咚"的心跳说："花儿跑了，有人说在那边看见过。"母亲指了个地方说。"花儿"是家里的一只猫。

这是母亲第一次撒谎，她说从没有说过谎的她不知当时怎么说得那么像回事。

连长说："要不要我帮你找？"

"不用，花儿胆小，见着生人害怕。"

"那我就回了。"连长说着，在她头上拍了一下，甩着屁股上的盒子枪走了。

母亲吓出一身冷汗，密信就藏在她的鞋窝里，那个连长竟然一点儿没有察觉。

是的，谁会怀疑一个六岁的孩子，敢不顾生死地去闯鬼门关呢？

013

看着白脸连长转进院子后,母亲骂了声"笨蛋",赶紧撒开小腿,跑进了那处阴森恐怖的密林……

第二天,母亲正坐在教室里上课,忽然听到从清溪场街上传来了一阵密集的枪声,学校里秩序顿时大乱。她当时一怔:昨天那封信就是送到崖上王波那里去的,这枪声会不会和那封信有什么关系呢?昨天收信的王波看了那封信后,高兴地把她举了起来,连声说着:"太好了!太好了!你可帮了我们大忙了!"

前些年,已经离休了的原"宏文小学"老师,后来在王维舟川东游击军当支队长的王波见到母亲,旧事重提,问:"你还记得打清溪场街的那次战斗吗?"

母亲说记得。母亲说她听到了枪响。

王波说:"那次本来想把那个民团长收拾了,那家伙不知从哪儿听到了风声,跑了,我们弄了十条枪。"

母亲说那也不错了,那时候就是缺枪。

王波又问母亲:"你知道那次第一个该记功的是谁?"

母亲摇头,说不知道。

"是你,"王波说,"那次就是收到你送的信后,我们才决定打清溪场的。"

王波的话证实母亲当年的感觉是准确的,当时她就感觉到那阵枪声与自己送的那封信有关系。母亲是个聪明人。

王波又对母亲说:"我看过一篇写你的文章,上面说你九岁参加革命,不对,应该是六岁,提着脑壳给共产党送信算不算参加革命?"他的表情看上去很认真,不像是在开玩笑。

母亲笑一笑说:"九岁参加革命,江青还说是假的。江青说,长征死了那么多人,一个八九岁的小丫头还能活下来?"

王波脸气得铁青，骂了句："这个臭婆娘，你送信那阵她还不知在上海滩干什么呢。"骂罢他又看着母亲说："没有死是你命大，按老百姓的话来说，这叫造化！"

母亲笑笑，给她当年的启蒙老师续上一杯茶。

三　革命启蒙

父亲和母亲，我把他们参加革命分成了两种不同的类型。

父亲是江西兴国城里一个泥瓦匠的儿子，纯正的工人血统。苦难和屈辱是自他诞生起就挥之不去的阴影，按照阶级分析的观点，他投身穷人的革命，理所当然，顺理成章。母亲则不然，一个大户人家的小姐，舍弃浮华而走上了一条前途未卜的人生道路，我把它归之于追求正义的理性选择。

她的红色启蒙教育以及她最接近的一些人，在她完成这一选择上起了催化作用。

就在大革命失败，反动派悬赏捉拿王维舟最吃紧的那些日子，王维舟和母亲的两个哥哥却安全地躲在母亲家的阁楼上。那个小阁楼平时用来存放鸦片和银元（当时种植鸦片在川东北很普遍，在市场上，鸦片甚至可以当货币使——笔者注），除了姥爷姥姥，一般人轻易不能上去。王维舟在阁楼上藏匿，起先母亲不知道。王维舟常在夜里来，来后就上了楼，有时好几天不露面，在上面召集党的秘密会议。多数时候母亲的哥哥姐姐也参加。姥爷去世时，母亲六岁，已懂些事了，慢慢地她有些觉察，先是发现她的哥哥姐姐时不时地往楼上钻，后来又发现只要哥哥姐姐上楼，王维舟叔叔也准在楼上。母亲发现他们的行动有些神秘，神情都很庄重，她想他们一定在干什么大事情。

一次，母亲的二哥陪着王维舟上楼时，看见了坐在院子台阶上的母亲。二哥把王维舟送上楼后，又走下来，对他的幺妹说："记着，莫要跟任何人说叔叔在这个楼上。"

母亲也很庄重地点点头，说："晓得。"

"待会儿还要来些人，也莫要出去说。"

"晓得。"母亲说完，又问，"你们开会吗？"那时母亲已经知道了开会这个词。

二哥点点头。

我想，当时那种神秘、紧张的空气对于一个刚刚懂点事的小姑娘来说，一定非常好奇和刺激，坐在院中台阶上的母亲终于在某一天楼上又准备开会的时候，对她的哥哥说：

"我不能上楼吗？"

哥哥一怔："你做啥子想上楼？"

"我也想开会。"

哥哥摸摸她的头说："不行，你还小。"

母亲觉得有点委屈："我还帮你们送过信呢。"

哥哥安慰她说："等你再长两年，就让你参加。"

哥哥说完，上了楼。

院子里静悄悄的，风轻轻吹着，月亮挂在墙边的柚子树上，楼上不时传出压低了的说话声和咳嗽声。母亲久久地坐在阁楼下面，像守望着一个圣洁的梦。

姥姥出来喊她睡觉，她说她还想坐坐。姥姥说外面天太凉，她说她要看月亮。

那些日子，母亲想了许多事情。

一天，母亲问她的二哥："他们为啥子要抓叔叔？"

二哥说："因为他要为穷人打天下，让世界更公道。"

母亲瞪起了眼睛："那不是好事吗？"

"可那些官僚军阀、土豪劣绅不喜欢他。"

"他们为啥子不喜欢他？"

"因为叔叔是专为他们掘墓的，你想，他们能喜欢他吗？"

母亲瞪大眼睛听着。

那是母亲第一次严肃地走进她的叔叔和哥哥姐姐们的世界。那是一个让人心动神往的世界。

从那之后，哥哥姐姐经常给她讲一些在她听来十分新鲜的事情，她从他们口中知道了什么叫"革命"，什么叫"阶级"，什么叫"共产党"，什么叫"压迫"，穷人为什么终年辛劳而不得温饱，土豪劣绅凭什么骑在劳苦大众头上作威作福。一天晚上，叔叔王维舟从楼上下来，看见坐在院子里的小侄女，在她身边坐下来，问她："心兰，想什么呢？"

母亲说："想革命的事。"

王维舟笑了，说："娃儿，你长大了。"

母亲记得那天晚上没有月亮，星星很繁很低。她说她不记得维舟叔叔有那么清闲的晚上，那晚她跟叔叔坐了很久。叔叔知道得真多，叔叔对她说世界上有个国家叫苏联，在那里，人人平等，没有穷人和富人，没有小姐和丫头，没有剥削和压迫，人人都是国家的主人。她向往地说，我们要是能那样就好了。叔叔告诉她，我们现在干革命就是为了那一天，苏联的今天就是我们的明天。

以后的好多天，母亲一直想着那个人人都平等的苏联……

后来，王维舟终于走下小阁楼，离开了母亲的家，她的两个哥哥也跟上他走了。他们奔波在宣汉、开江、梁山一带的广大农村,发动群众。沉寂了几个月的川东大地又沸腾起来了。他们走过的地方,红红火火地建起了农民协会、妇女会和游击队。

母亲心里明白,这些都和小阁楼上那些秘密会议有关。

1930年8月,王维舟又回到了王家坝。他见到母亲时,只摸摸她的头,什么话也没说,又上了小阁楼。过了几天,母亲才听哥哥说为了围攻武汉,叔叔他们在湖北打了败仗,死了很多人,第三路游击队总指挥李光华兄弟俩也在东进途中牺牲了。

母亲很难过。

六岁的母亲自然不知道,那是在李立三"左"倾路线指挥下的一次没有任何胜利希望的军事行动。

王维舟事先预料到了这个结果。

在决定这次军事行动的花桥会议上,王维舟反对重建不久的游击队冒险远征,他要求向省委请示。省委代表牛大鸣说:"请示什么,这就是省委的决定!"王维舟又建议去一部分,留一部分就地发动群众,继续开展游击战争,也没有被省委代表采纳。王维舟只好带着部队踏上了注定要失败的征程。

王维舟这次只在母亲家里待了几天,就又深入到川东几县的广大农村,重新发动群众,组织农民协会,建立秘密武装。1931年5月,王维舟赴成都参加了中共四川省委召开的会议,省委决定重组川东游击军,由王维舟担任川东军委书记兼游击军总指挥。会后,王维舟返回川东。

返回的路上,王维舟明显感到沿途的气氛比来时紧张了许多,敌人一路加了许多岗,对来往行人盘查很严。王维舟正在纳闷,一个秘密联络站的同志赶来告诉他,他刚离开成都,敌人就从一个叛徒口中得知了他的行踪，这些岗哨都是为了抓捕他临时加设的。在联络站同志的帮助下，他化了装，绕道而行。路过万县时，全城戒严，两个好友又精心把他化装成出远门的妇女，怀抱孩子，坐着一辆轿子，才混出了城。出城后，跟随的几个人都已吓得大汗淋漓，王维舟却神态自若，他指指那几个流着大汗的人说："敌人太笨，他们竟没有注意到你们脑壳上的汗。"说罢，他看着自己身上的女人打扮，禁不住哈哈大笑了几声。

回到宣汉，王维舟在芭蕉场召开紧急会议，传达省委指示，总结了前几次失败的教训，确定了对敌斗争的方针。从此，川东游击军又迅速壮大起来，将分布在梁山、虎城一带的游击队编为一支队；开江一带的编为二支队；宣汉、达县一带的编为三支队。王维舟兼任三支队支队长。川东游击军在政治上发展统一战线，争取团结中间势力，孤立打击反动派；在军事上停止盲目暴动，极力避免阵地战，开展游击战，运用灵活的战术给敌人以有力打击。

1932年底，为配合从鄂豫皖根据地撤出的红四方面军入川，川东游击军加紧了对敌斗争，努力扩大游击根据地。到1933年夏，川东游击军又扩大到两千多人，控制了川东四县的广大农村。10月，在红四方面军发动的宣（汉）达（县）战役中，王维舟配合红军主力前后夹击军阀刘存厚，使其十多个团溃不成军。10月21日，红四方面军攻下宣汉，方面军总指挥徐向前在城内一个小花园里设立了前线指挥部。当时在下八庙文家祠击敌的王维舟派王波为代表，赴宣汉向徐向前汇报战况并请兵增援。10月27日，王维舟与红九军副军长兼二十五师师长许世友会师文家祠。当日两军合围，四路出击，又歼敌八个团。川东游击军与红四方面军胜利会师，为日后川陕苏区的建立和发展打下了坚实的基础。

朱德在他日后的文章中，曾高度评价过王维舟和他所创建的川东游击军，朱老总说："有着这样一批本地游击队伍，才使入川的红四方面军迅速扩大起来。"

就在红军打下宣汉城的那一天，母亲挤在看热闹的人群里，第一次看见了穿着军装、腰上别着盒子枪的女兵。

女兵们在清溪场的街上贴标语，甩着膀子教大人、娃娃唱歌儿。那歌儿在母亲听来很新奇：

> 哥哥当红军，
> 弟弟要同行。
> 莫说我年纪小，
> 当个通讯兵。
> 莫说我个子矮，
> 几年就长成人。
> 长个高大汉，
> 扛起枪打敌人……

母亲说，那些教歌儿的女兵好威武，好漂亮。
母亲说在那一刻，她的心动了一下。

四 九岁当红军

如果说王家坝"双朝门"阁楼上的那些秘密会议让母亲因恐惧而感到刺激的话，那么川东游击军与红四方面军的会合，却让她体味到一种淋漓尽致的狂喜。前者压抑，后者奔放。

母亲说，那是解放的感觉。

各级苏维埃政权在一夜之间雨后春笋般地建立起来了，母亲的哥哥姐姐们以及各场各村的共产党员都从地下转入了公开。由于川东游击军长期战斗在巴山，与人民群众建立了深厚的血肉联系，此时部队每到一地，无论村庄、街头乃至开进途中，都有成千上万的工人农民争先恐后地报名参军，父母、妻子送亲人入伍的比比皆是，一家几个兄弟同时入伍的不乏其人。短短几天时间，川东游击军扩大到一万多人。盘踞在川东的国民党四川"剿匪"第五路总指挥王陵基急电宣汉县长："峡口场大梁一带之炭场，如奚家沟、余家厂、楠竹垭口、火烧笼子等处之炭夫多受王维舟诱惑逃走，每场现不过三四人而已。"

川东游击军的迅速壮大，成为发展和巩固川陕苏区的一支重要力量。红四方面军总部决定，将川东游击军改编为中国工农红军第四方面军第三十三军，任命王维舟为军长。下辖三个师，九十七师师长蒋群麟，九十八师师长冉南轩，九十九师师长是王维舟的亲侄子王波（王波原名王心波）。

母亲的两个哥哥和六姐夫都直接从游击军转入了红军。六姐夫任峻卿在九十九师二九七团任营长；二哥王心敏在九十八师当排长；三哥王心正只有十三岁，长得很精神，在三十三军的宣传委员会当宣传员。

11月2日，在宣汉县城西门操场隆重举行了庆祝宣汉解放和红三十三军成立的群众大会。大会盛况空前，参加的群众和各界人士有四万多，县城的各条街道被挤得水泄不通。

母亲参加了那天的成立大会。

几十年后的今日回忆起那天的盛况，母亲还十分兴奋。她说那天半夜她就起了床，姐姐王心国带着她，一人举一面小旗子，跟在清溪场的队伍里，迤迤逦逦地向会场走去。离宣汉县城还有好几里路，就听到了从城里传来的锣鼓声和鞭炮声。进了城，立即被满目的标语、红旗和此起彼伏的口号声包围了。各乡各场的工人农民扛着红旗，抬着为大会献礼而刮得白生生的肥猪，高呼着"打倒土豪劣绅，铲除封建势力""扩大红军，巩固苏维埃"等口号，向会场涌去。

母亲说，在此之前，她还没有看见过那么多的人聚集在一起。

母亲远远地看见了站在操场土台子上的叔叔王维舟，他第一次穿上了正规的军装，刮了脸，显得很精神。

后来，王维舟叔叔讲了话，还有一个很有派头的红军领导也讲了话，后来母亲才知道，那人就是红四方面军里大名鼎鼎的陈昌浩。

母亲想找她的两个成了红军的哥哥，她想他们穿着军装的样子一定很好看。可是那天参加大会的红军很少，总共只有百十来个。她的两个哥哥一个也没看到。过后母亲才知道，那时红三十三军主力正在高桥关、杨柳关、凉风垭一线担任警戒和战斗任务，抗击宣汉东边的敌人。

没有见到两个哥哥，母亲在兴奋之余，多少有点失望。

又过了几天，母亲十五岁的十姐王心国也参加了红军，分配到红四军宣传委员会。看着十姐戴上了缀着红五星的八角帽，母亲又高兴又羡慕，整天蹦蹦跳跳跟在十姐他们后面，一会儿跟着学歌子，一会儿帮着刷标语。

母亲也找队伍上的人要求当红军，队伍上的人说她太小不行。她又到另一个征兵点去问，还是不行。

王心国姨姨的队伍离开王家坝那天，母亲一直闷闷不乐。

姨姨知道她的心思，答应她到了十二岁，一定能帮她当上兵，她说他们红四军有十二岁的宣传员。看来十二岁是最低标准。

母亲跟十姨说她想虚报年龄就说是十二岁。十姨说她长得那么细小，说十二岁哪个相信。

母亲照照镜子，无可奈何。

不过，母亲并没有等到十二岁。

红三十三军一诞生，就直接投入了反击四川"剿匪"总司令刘湘对川陕苏区发动的"六路围攻"战役，担任东线宣汉前线一百多公里的防御。半月间连取两次阻击战的胜利，将敌王陵基部赶出数十里之外，三十三军名声大震。

在此期间，西北革命军事委员会全面分析了当前形势和敌我力量，决定在敌人大举进攻之时，采取"收紧阵地，诱敌深入"的方针，以创造反攻破敌的机会。根据这一决定，宣、达一线的红军和地方机关撤至川陕苏区的中心地域通（江）南（江）巴（中）一带。十姨王心国担心姥姥和母亲，专门从红四军赶回家里，将姥姥托付给村苏维埃主席王心斗，让她随苏维埃一起转移。姥姥走后，家中只剩下了母亲孤零零的一个人了。她一头扑进十姨怀里哭起来，说一定要跟她去当红军。十姨没有办法，只好带着她一起来到了红四军军部。

十姨把母亲领到红四军政治部主任徐立清跟前，说她的妹妹要参军。徐立清笑着打量了一下这个眼巴巴看着自己的小女孩：剪裁合身的小旗袍，透着生气的短头发，白里透红的圆脸蛋，可爱极了。不过他还是叹了口气说："孩子，你太小了，还是找个亲戚家避一段时间吧。"母亲眼泪扑簌簌流了下来。十姨一旁替她求情说："白匪来了，和红军沾边的都得杀，留下她来不是等着让白匪杀吗？就让她跟着红军走吧，我晓得她太小，没办法，能活下来就活，活不下来就……"十姨说着，眼泪也流了出来，"她小是小，却懂事，不会给队伍添麻烦的。"徐立清想了一阵，击一下掌，说："你，红军收下了。"母亲破涕为笑。

这一年，母亲九岁。

母亲曾对我们说，她那么小能参军，太偶然了。要不是红区收缩阵地，部队转移，她可能还会继续上学；要不是遇上徐立清，而碰个心硬的，她也走不了。为此，母亲经常念叨徐立清。她说徐立清是个好人。

母亲在九岁那年终于当上了红军，也被分到四军宣传委员会。由于她年龄小，就让她和她的姐姐王心国住在一起。

新中国成立后当过总政治部副主任的徐立清有一次到我们家里，对上小学三年级的我说，你妈妈像你这么大已经是红军宣传员了。

"那么小的红军是个什么样子？"我问徐伯伯。

"军装一穿，皮带一扎，神气得很哟！"徐伯伯说。

我很羡慕母亲，我觉得她很了不起，我一直在想象中寻找母亲刚当上红军时的样子。终于，十几年后，我有机会看到母亲对自己当时的描述——那是"文革"后我从有关部门归还的母亲写于拘所的"交待材料"中看到的，那段描述是那份通篇压抑得让人透不过气来的"交待材料"中最轻松的文字：

……穿上专门为我做的一套小军装，戴上红五星八角帽，别提心里多高兴了，我又蹦又跳，欢快地唱起在学校学的歌子，我被分到了四军宣传委员会。后来四军成立宣传队，我就当了一名小宣传员，天天跟着老同志学识简谱，吹笛子，吹箫，打洋鼓，不久我就成了宣传队里的多面手，让我教大家跳舞，参加演出自编的戏剧。

那时，每到一个村子，我们就找几块门板、几个凳子搭个简易舞台，挂上被单做幕布，待部队一住下，就敲锣打鼓地演起来。我们上演的戏剧，大都反映土豪欺压穷人，穷人只有革命才能翻身的内容，很受战士喜爱，有时演到动情处，台下会传来群众的哭声。不到半年，我们就演遍了师、团和连队住的村子……

后来，宣传队把年龄小的编成一个分队，让我当分队长，行军我领着小队员们设立鼓动棚，唱歌、跳舞、说快板、喊口号，给部队鼓劲。路过村子，只要部队休息，我们就刷标语，组织街头宣传，向群众讲解红军是穷人的队伍，穷人只有跟着共产党走，闹革命，才有出路。红军每到一地住下来，我们就深入群众，挨家挨户调查土豪劣绅的罪行，组织群众打土豪，分浮财并组织讲演。有时我们在台上刚刚讲完，台下马上就有十几个青年要求参军……

不知当年看到这段文字的专案组是何感受？
不知当年欲置母亲于死地的江青看到这段文字是何感受？

就在母亲无忧无虑地唱呀跳呀的时候，不幸正在悄悄向她走近。一天，母亲跟几个小学员学了一上午舞蹈，返回宿舍没有看到姐姐，却在床板上发现了一个字迹清秀的纸条：

　　小妹，组织调我到省委工作，来不及和你告别，以后就靠你自己管理自己了。

姐姐心国

母亲拿着小纸条，哭了起来。

原来，中共四川省委要在红四军里找一个文化程度高的人，去给省委书记兼保卫局长周纯全当秘书，上面指示要个女的，选来选去，最后选中了心国姨姨。

母亲从来没有和心国姨姨分开过，参加红军后也吃住在一起，生活一直靠姨姨照顾，休息的时候，姐妹俩形影不离。大家都开玩笑说"心兰是心国的一个小尾巴"。姨姨调走后，母亲什么事都得自己做，她觉得自己一下子长大了。

那以后，母亲再没有见过她的十姐。

虽然同在红军，也没有再见过她的两个哥哥和她的六姐夫。

母亲曾与她的母亲见过一面。

那是1934年的冬天，红四军开到了四川北部的苍旺坝。一天，有人捎信给母亲说，她的母亲就在附近，病得很厉害。军里派人带着她走了三十多里路，来到了一个村子。在一间四面透着风的破房子里，母亲见到了病危中的姥姥。姥姥盖着一条破棉絮，蜷缩在一张光板床上。母亲大声喊了一声"妈"，就紧紧地搂住了姥姥，母女俩哭成了一团。母亲拿起地上的一只破碗，给姥姥舀了一碗水。

"心兰，陪妈几天吧。"姥姥抚摸着母亲说。

母亲只是哭，不说话。部队行踪不定，她来时领导交代过必须当天返回。她无法开口把这话告诉病势垂危的姥姥。

"要不……你就走吧。"深明大义的姥姥劝着女儿说。

"妈妈！"母亲扑进姥姥怀里，失声痛哭起来。

"心兰，走吧……"姥姥抚摸着母亲的头发，催促着。

"妈妈，你自己……多保重……"母亲终于挥泪离开了姥姥。

母亲说，走出那间破房子的时候，她没有回头，她说她不敢回头，她说她怕自己在妈妈绝望的目光中再也迈不动脚步。

老人重病在身，又是小脚，敌人到处都在抓红军家属……母亲清楚，这次相见，是她们母女的永诀……

第二章

长　征

母亲开始了她的万里长征,这一年,她不满十一岁。

她记不清自己的一双小手在草地上采过多少次野花,献在一个个散发着泥土香的土包上;也记不清多少次用一双小手掬着雪,和战友们一道,在雪山上垒起一座座晶莹洁白的雪冢——那每一个土包和雪冢的下面,都有一个她曾崇敬过或热爱过的生命。

一　嘉陵江边，许世友的承诺

1935年春天，红四方面军西渡嘉陵江，开始长征。

这一年母亲十岁。

母亲说，十万人的队伍聚集在嘉陵江边是个什么样子，你们知道吗？密密麻麻好大一片，人挤着人，枪碰着枪，前看不到头，后望不到尾，呼出来的气都是热的。尤其在夜里，几万支枪炮发出的钢蓝被月光映着，闪动着斑斑驳驳的寒光，像撒在地上的星星。

在这望不到头的队伍里，有她的四个亲人，二哥王心敏、三哥王心正、十姐王心国和六姐夫任峻卿。

母亲说她在江边等待过河的时候，瞪大了眼睛看着从她身边走过的每一支队伍，希望能看见她的哥哥姐姐中的某一个。一天晚上，母亲忽然发现了一个很像二哥的战士走在向江边靠近的队伍里，她连忙跟着队伍往前赶了几步，撵上那个战士时，她从背后喊了一声"二哥"，队伍里好几个战士都同时回过头看她，其中就有那个战士。她这才发现他并不是她的二哥，母亲说那一刻她的眼泪都快流出来了。那支队伍走远了，她还站在那里发愣。

过了一会儿，有人拍她的肩膀。

母亲回过头，是许世友军长（许世友于1934年初由红九军调任红四军军长——笔者注）。

那时，他们已经很熟了——许世友虽然是员猛将，却偏偏爱孩子，这种天性一直持续到他的暮年。许世友军长第一次看过母亲演出后，立即喜欢上了这个长得乖巧的女娃儿，以后每逢有母亲的演出，只要他不忙，总要抽出时间来看。看完节目后，还要到后台来逗一逗这些小演员。母亲曾不止一次给我们讲过这样一件事：一次演出结束后，许世友来到后台看望演员，大家都知道许军长早年在少林寺当过和尚，会气功，力大无比，都嚷着要许军长练手气功让大家看。许世友那天兴致很高，指着一张八仙桌，让母亲站上去。母亲按照军长的要求站到桌子上。许世友又让母亲把眼睛闭上，母亲也照着做了。许世友说："让你睁眼时再睁开。"母亲闭着眼睛，也不知许军长施了什么法，只觉得耳旁呼呼生风。过了一会儿，风停了，许世友喊了一声："把眼睛睁开。"周围响起一阵喝彩声和鼓掌声。母亲看看许世友，又看看大家，不知刚才发生了什么。这时，许世友问她："王新兰，你有什么感觉吗？"母亲老老实实说："感到起风了。"许世友又问："你挪动地方了没有？"母亲看看自己站着的地方，摇摇头："没有。"大家又笑起来。母亲不知大家笑什么，旁边的一位同志这才告诉她，在她闭着眼睛的时候，许军长给大家露了一手，他一只手抓着八仙桌的一条腿，像抡一把纸扇一样，一口气抡了十几个圈儿。母亲听罢，惊得吐出了舌头，许军长抡着自己转了十几个圈，自己竟然一点感觉都没有。——从那时起，一直到新中国成立后的许多年，许世友每次见到母亲，这个话题都成了他的开场白："新兰，怎么样，要不要再转十几圈？"

在嘉陵江边的那个晚上，许世友看见她时没有开玩笑，那时渡江形势很紧张。

许世友问："你一个人站在路边干什么？"

母亲说:"我把一个人当成了哥哥。"

许世友问:"你哥哥是哪部分的?"

母亲说:"两个哥哥和一个姐夫在三十三军,还有个姐姐在省委。"

许世友说:"快回宣传队去,十万人在这里,你哪里找哥哥?"

母亲说:"我想他们。"

许世友沉吟一会儿,摸摸母亲的头,说:"快回去,等过了江,我帮你找。"

母亲破涕为笑:"谢谢许军长。"

说完,母亲向许军长敬了个军礼,欢欢喜喜回到了宣传队的队列里。

豪爽的许大将军没有忘记嘉陵江边对一个小女兵的承诺,在以后的一年多日子里,只要有机会,他都要打听那个小兵的几位亲人,但没有任何结果。

稚气未泯的母亲还执拗地等待着她的哥哥姐姐的突然出现。

许大将军和母亲怎么也不会料到,就在他们在嘉陵江边说那番话之前,母亲的四位亲人早已不在人世了。

他们四个都不是牺牲在战场上。

他们是死在张国焘"肃反"的祭坛上。

张国焘在鄂豫皖苏区进行的"肃反"扩大化,给革命造成了极大的损失。

在鄂豫皖苏区,白雀园"肃反"短短两个月,红四军就肃掉了二千五百名官兵,这是张国焘当时的极力拥护者、红四方面军总政委陈昌浩在延安写的交待材料里说的,徐向前说实际上远不止这个数字。红四军四个主力师的十二个团干中,除倪志亮和王树声两人幸免以外，其余皆被杀掉。整个方面军被杀的更是不计其数，鄂豫皖苏区的创始人戴克敏、曹学楷、徐朋人、王秀松、陈定侯、戴季伦等都以"改组派""AB团""第三党"的罪名被杀害，甚至连方面军总指挥徐向前的夫人程训宣也被保卫局以"改组派"罪名抓去杀害了。徐向前后来在回忆录中含泪写道：

……我一直打听她的消息，没有人知道，也没有人告诉我。1937年到延安，才听说她和王树声的妹妹等一批人，都被杀害了。我就问周纯全，为什么把我老婆抓去杀了，她有什么罪过？周说："没有什么罪过，抓她就是为了搞你的材料嘛。"她家兄妹五个，全都参加了革命，对党忠心耿耿，大哥程启光，共产党员，我们的特务队长；二哥当教员，也是共产党员；三哥任过基层的苏维埃主席，被敌人杀害；弟弟在我们司令部当警卫员，以后在红二十五军，也被肃掉了。她被抓走后，究竟受过什么刑罚，我不清楚，听说是打得不成样子，没什么口供，相当坚强。

到了川陕之后，在与王维舟的川东游击队会合以前，张国焘再开杀戒，肃杀了深得众望的川陕省临时革命委员会主席旷继勋以及余笃三、吴展、赵箴吾、杨白、舒玉章等一大批高级干部，基层干部和战士更是无以计数。

及至到了王维舟的红三十三军，也未免此劫。

川东游击军长期战斗在川东北，占着天时地利人和，改编为三十三军后，发展更快，最盛时全军达到两万人。他们万万没有料到，心胸狭隘的张国焘却将这支土生土长的队伍视为异己，在广大群众中有着崇高威望的"王善人"对当惯了"家长"的张国焘来说，更是难以见容。

红三十三军一成立，张国焘就发表了《坚决肃清反革命》的讲话，指示各部：

> 必须在红军中继续清查成分，接连经常注意考查。要考查得周到、迅速，特别是新兵的考查，地主富农和一切坏分子要坚决淘汰出来……因为赤区的扩大，许多地主、豪绅、区正、团总都暗中跑回家来了。这个赤区内如通南巴、绥定、宣汉一带，过去有国家主义派的活动，各县都有国民党的组织，田颂尧有剿赤青年团，刘湘有清共委员会，胡宗南在汉中有CC团，以及各种各样的侦探，不要容留一个反革命在赤区活动……

很明显，这个讲话在很大程度上是针对红三十三军的。

红三十三军的官兵绝大多数是土生土长的川东游击军的干部和战士，他们在地下工作时期难免与各界人士有过这样那样的交往。为了搞情报，拉武装，一些人甚至被党派进国民党基层政权中担任一定职务。因此在张国焘看来，红三十三军成分复杂，历史不清，是"肃反"的重点。

张国焘对红三十三军采取的第一个"手术"就是从各个方面压制、排斥王维舟，最终撤去了他的军长职务。与此同时，祭起驾轻就熟的"肃反"法宝，在三十三军进行了四次大规模"肃反"。

四次"肃反"之后，加上作战伤亡，将近两万人的红三十三军迅速减少到五千人。

提起张国焘在红三十三军的"肃反"，当年的亲历者在几十年后回忆起来，仍然心有余悸。

原红三十三军战士、前些年担任空军副司令员的王定烈在他的回忆文章里，这样写到了他所在的红九十九师二九九团的"肃反"：

……正在这时，张国焘却来了个"肃反"运动。把我们团从火线上调到三湾岩军部，以整军的名义进行"肃反"。凡家庭出身于地主、富农、富裕中农子女，不管表现如何，都被说成是"投机分子""反革命"，加上"改组派""第三党""取消派"等帽子，一律抓起来罚苦工，有的被杀害。天啊！那些农民出身的人，第一次听到这么多新名词，被弄得莫名其妙，一时间人人自危，惶恐不安。有些干部、战士吓得干脆开了"小差"。我们二九九团政治委员陈其双同志，人们都叫他"二杆子"。他简直疯了似的，带上一班人马，跑到连队去，把队伍集合起来训话。然后就挨个儿查问是不是"改组派"？是不是"反革命"？是不是"地主、富农"……几天后，团长雷雨苍慑于"肃反"的压力，在一个晚上携枪带着侄儿逃跑了。第二天部队一片混乱，下级干部也连续出走，上级派了一团长前来收编部队，随后退到峰城，我被编到二九五团。二九九团的番号就此撤销了……

关于红三十三军初建时的"肃反"，王维舟也有过这样的记述：

……我同张国焘于1922年曾在苏联列宁所召集的东方和平会议上见过面，他有过"右"倾思想，始终对我有一点影响，怀疑我是知识分子。在四川这段时间，常与他见面，对他提出过很多的建议，但都不被采纳。张国焘一意孤行，但由于害怕红三十三军中广大群众的力量，当时其他部队中也有原川东游击军中的干部，以及我对革命的诚实，才幸免遭他毒手……游击军和红四方面军刚会合，张国焘派人在宣汉属双河场以开会名义杀害了地下党的干部百余名；在巴中县，张国焘把我们三十三军的两位师长蒋群麟、冉南轩从前线调去，也被暗中杀害；又在宣汉属之清溪冉家渡口，于点验时杀了三个团的团级干部（其罪状是他们过去当过保甲长）；又在黄中铺前线正当同敌人在激烈战斗中（当时我在洪口养病），把正在火线上指挥作战的军政委杨克明同志撤职调离前方，又将排以上五十余人都调到后方，大部分被杀害了，未被害的只有少数几个人……

王维舟在这里所记述的，只是红三十三军被杀害的干部战士中的极少一部分。

在红三十三军疯狂"肃反"的那些日子里，母亲正活跃在川陕根据地的宣传舞台上。在她演出的节目中，有鼓动"肃反"的小快板。

母亲演得很投入，很忘情，也很真诚。

我替母亲难过。

也许母亲充满激情地演着那段快板的时候，她的某一位哥哥或者姐姐正倒在"肃反"的枪声下。

当然，这是我在二十一世纪第一个夏天的思考。

六十多年前，张国焘亵渎了神圣的"革命"，也亵渎了一个十岁小红军的纯真。

没有比这更残酷的。

二 六姨父被"肃杀"

1962年我上初中的时候,有一天放学回到家里,看见一个陌生的老太太坐在家里,正戴着老花镜翻看相册。听到我进了屋子,老太太从相册上抬起头,眯着眼打量了我一阵,笑着说:"你就是小云吧?"

我极不礼貌地"嗯"了一声。

说实在话,眼前的这位老人给我的印象并不十分好,一双小脚很刺眼,绾着稀稀的发髻,穿着有暗花的大襟衣服,裤腿紧扎着,笑起来满脸的皱纹挤到了一起。在我这个一落地就长在军营里的中学生眼里,她就是一个活脱脱的地主婆。电影上的地主婆就是那样子。

老太太张着嘴,笑着,似乎还想和我说什么。但阶级觉悟很高的我已不想再搭理她。就在我做出皮笑肉不笑的表情,准备转身离去的时候,母亲从另一间屋子走了进来。

我的任何细微的情绪变化都躲不过母亲的眼睛,她一进屋就感到了屋里的气氛,她显得有些尴尬。

"云娃,叫六姨。"母亲说,尽量笑着。

"……六姨。"我极不情愿地叫了一声,我想我怎么会有这样一个地主婆似的六姨。

"六姐,这就是小云。"母亲又指着我向六姨介绍说。

"我刚才已经问过了,"六姨依然眯着眼睛笑,一边拍拍手中的相册说,"跟他爸爸长得一模一样。"显然,她并没有介意我刚才的不恭——也许她根本就没有注意到我的脸色,我看她起码有七十多岁。

趁着母亲和六姨说话的时候,我还是溜出了屋子。

地主婆这个词在我脑子里怎么也挥之不去。

晚上,母亲和我单独在一起的时候,说起了六姨王心雪的身世。

母亲说六姨很可怜，二十四岁就守了寡，拉扯着一子一女苦熬，尤其是红四方面军长征走了以后，白军到处捕杀红军家属，六姨抱着小的拉着大的，四处躲藏，要饭，为人帮佣，什么活都干过。

听母亲说六姨二十四岁守寡，我很快在心里推算着她岁数。之后吓了一跳，这个看上去七十多岁的老太太，其实还不到六十岁。岁月沧桑，使她过早地衰老了。

过早衰老的六姨让我产生了怜惜。

这时，我已急欲多知道一些关于六姨的事情了，就问母亲："六姨的丈夫也是红军吗？"

母亲点点头："是的，很早就死了。"

"怎么死的？"

"……不知道。"母亲说，神情戚然。

那时，红军"肃反"还是一个被忌讳的话题。对六姨父的死，不知母亲是不愿跟我这个孩子说，还是她自己确实根本不清楚。不过母亲还是说了这样的话："你六姨父是个很勇敢的红军，对敌斗争经验丰富，在清溪场一带名气很大。"

第二天是个星期天，我带着六姨去了一趟景山。六姨扭着一双小脚，走得很慢，有时还要坐下来歇一会儿。她对景山公园的一切都很有兴趣，在崇祯皇帝上吊的古槐下，她在一个石凳上坐了很久，站起来时，轻叹一声，竟文绉绉地说了句："斯人为国君，大明之不幸也。"我惊奇得几乎要叫了起来。回来说给母亲，母亲笑了，说你可别小瞧了六姨，她可是自小读过孔孟的。

那次六姨在我们家住了一个多月。

她和母亲都没有提过她的丈夫。

她们好像都在故意躲避着关于六姨父的话题。

二十年之后，六姨早已作古，我才大致搞清楚六姨父任峻卿被"肃杀"的一些细节。

在母亲那死于川陕"肃反"运动的四位亲人中，六姨父是最早遇难的。

六姨父任峻卿死在他当过民团团长的峰城。

死前他是二九七团一营营长。

1933年12月初，溃逃到开县的宣汉、万源敌军在警备四路司令陈国栋指挥下，向二九七团阵地发起进攻。二九七团三个营在九十九师师长兼二九七团团长王波率领下，从几个方向对敌进行反击。在半个月的时间里，与敌周旋于樊哙、土黄、铧尖坝、白马庙、五童岭等地，在运动作战中给敌军以重创。之后，于17日全团转移至峰城进行短期休整。

此时，红三十三军的"整肃"已全面铺开。张国焘派方面军政委陈昌浩、政治保卫局局长曾传六（先为周纯全，此时周已调任川陕省委书记——笔者注），赶到驻在黄石乡三湾岩的红三十三军军部坐镇指挥全军的"肃反"工作。他们一到，便将连以上干部，特别是政工干部几乎全部换掉。然后从火线上把第九十八师排以上干部和第九十九师二九八团、二九九团紧急调回军部，清查所谓的地主豪绅、反革命、"AB团"、改组派。

红二九七团前脚刚到峰城，政治保卫局负责"肃反"的人后脚就赶到了，带队的是保卫局审讯科科长郑训刚。

他们一来，立即发动"火线整顿"。和三十三军军部进行的"整顿"一个模式，以事先派遣的政工人员为骨干，突击对干部战士进行排查、审讯，以家庭成分高低，手掌有无硬茧，是否上过学，有没有在国民党政府中做过事等，作为划分好人坏人的标准。临时设置的审讯室外，每天都有排着长队等待审讯的干部和战士；审讯室里，皮鞭的抽打声和受刑官兵的呻吟呼号声不绝于耳。

六姨父任峻卿是二九七团第一个被肃出来的"反革命"。

具有讽刺意味的是，抓他时他正在给全营念张国焘的那篇题为《坚决肃清反革命》的讲话——本来这应该是教导员的事，那天教导员恰恰有事出去了，只好由他出面组织学习。

张国焘的那篇文章念了还不到一半，就来了两个保卫局的人，他们身后还跟着四个荷枪实弹的战士。保卫局的人旁若无人地走进会场，其中的一个朝六姨父大喝一声：

"任峻卿！"

姨父一怔，问他们："有事吗？"

"当然有事，"那人说着，回头向身后的战士挥了一下手，"把他的枪下了。"

一个战士走到姨父跟前，下了别在他腰上的盒子枪。

保卫局的人走过来，从口袋里掏出一个铐子，不容分说，抓过姨父的手，"咔嗒"一下，把他的双手铐了。他们动作快得让你回不过神来。——很显然，由于经常捕人，干这一类事，他们早已驾轻就熟。

"我是这个营的营长，你们搞错了。"姨父坦然地说。对这突如其来的灾难，他虽然没有任何心理准备，却也并不怎么紧张。

保卫局两个人冷笑了一下，吼道："快走，莫要啰嗦！"

全营官兵看着这场面，一片惘然。

惊惘过后，立即骚动起来，干部战士大声喊着质问：

"为啥子抓营长？"

"你们凭什么抓人？"

"任营长犯了哪家的法？"……

保卫局的人让大家安静下来，大家哪里肯听，呼喊声此起彼伏，会场一片混乱。那人索性掏出手枪，朝天放了一枪。

顿时安静下来。

保卫局的人亮出了他们的身份。

有人还要说话，姨父用戴铐的手向他们示意安静。

姨父看看他的部属们，轻描淡写地对他们说："我去一下就回来。"他没有把这突然发生的情况当回事，虽然他知道保卫局很厉害，但他心想一定是他们把什么搞错了，说明白了就马上能回来。

姨父跟在保卫局的人后面，走到驻地北边的一间小土屋前停了下来。土屋的门开着，门的两边各站着一个战士，他们岁数都不大，左边的那个看上去最多只有十五六岁，两个战士的脸上，都挂着与他们年纪不相符的严肃。

姨父从门外向屋里看了看，空荡荡的地上，一只粗碗很显眼，再就是靠墙的一堆干草。其余什么也没有。

"进去！"保卫局的人在他身后喊了一声。

姨父回过头，对保卫局的那两个人说："要问什么现在就问，下午还有操课。"

"没有啥子可问的。"保卫局的人把他推了进去。

姨父这才有点慌了："你们为啥子抓我？"

"你是反革命。"

"……反革命？"姨父惊得说不出话来。

"国民党派来的奸细，装什么蒜！"那个人又冷笑着说。

"凭什么……"姨父质问他们。

保卫局的人根本不听他的辩说，从外面反锁了屋门，带着四个兵走了。

姨父感到问题严重，他用被铐着的手拼命敲打门板，大声喊着，想把保卫局的人喊回来。

没人搭理他。

姨父无奈地坐在墙角的草堆上。

晚上到了吃饭的时间，也没人来送水送饭。饥好忍，渴难挨，姨父拿起地上的破碗，敲敲门板，招呼门外看守他的战士弄点水来。起先两个战士不肯，后来他们商量了一下，由那个十五六岁的战士接过姨父递出的碗，去找水。

水还没找来，屋门就被推开了，接着拥进来四五个拿着长枪短枪和绳子的人。

姨父感到不好，一下子从草堆上弹跳起来，贴墙站着。

"你们要干啥？"姨父问，这才看清这群人中有下午抓他的保卫局的那两个干部。

"保卫局决定对你执行死刑。"保卫局的那个干部冷冰冰地对他说。

"凭什么？"姨父没有一点惧意。

"你自己心里明白。"

姨父还要说什么，早有人跑过去，把事先带来的一团棉絮塞进了他嘴里，接着又用一根粗绳把已经上了铐的一双手紧紧捆在身上，然后，连拥带揉，把他推出了屋子。

这时，那个找水的小战士正端着一碗水向屋子走来。看到这情况，小战士愣住了，呆呆地站在那里。

姨父和他擦身而过时，停了短暂的几秒钟，冲小战士点点头，又

043

跟着保卫局的人向前走去。

走了大概半个钟头，姨父被带到了一个低洼的荒滩里，走着走着，一根绳子从身后搭到了他的脖子上……

姨父连最起码的审问程序都没有经过就被糊里糊涂地处死了，他至死也不清楚自己犯了什么罪。有人看见过他的尸首，说他死时两眼瞪得铃铛大，好吓人。

姨父无法瞑目。

保卫局在处死令中给姨父构陷的罪名很简单，只有两句话：任峻卿曾任峰城民团团长，系国民党打入红军的奸细。

天大的冤枉。

在有关红三十三军的史料中，关于二九七团峰城"肃反"，只提了一笔：

> 第九十九师二九七团在峰城进行"火线整顿"，逮捕杀害营长任峻卿以下官兵三十余人。

那这三十多人的罪名呢？

三 死在"肃反"祭坛上的亲人们

母亲的二哥（我的二舅）王心敏也被杀在那个血腥的12月。

过来的人都说那年的12月特别冷。

12月初，二舅所在的九十八师正在洲河前线作战，战斗打得很激烈，正在此时，师政治部接到红四方面军总部一道命令：

> 即命全师排以上干部紧急集中于军部，进行整顿。

二舅接到要他到军部"整顿"的通知时，正在处理一个班长未经报告私自换枪的问题——一个作战很勇敢的班长在上缴战利品时，把缴获敌人的一支新枪擅自留了下来，用自己的坏枪顶替缴了上去，这在当时是不允许的。连里知道了，要排里追查。二舅王心敏召集了几个骨干开会，帮助那个班长认识错误。正开着会，连里的文书跑了进来，说连里刚刚接到上级通知，要排以上干部立即赶到军部去参加整顿。二舅问什么时候出发，文书说现在，马上。二舅说我们的会马上就开完了，稍微等一等。文书说不行，紧得很，连长说了不管干什么，都马上停下来，立即到连里集合出发。二舅就宣布暂时散会，等他回来再说。

那次二舅他们连一共去了五个人，连长、副连长和三个排长，只留了一个指导员主持工作，各排派一个班长临时负责。二舅他们赶到黄石乡三湾岩的军部时，天已经擦黑。

到军部，他们才发现来的人很多，不只是他们师的，九十九师的人也不少。驻地附近的老乡家里，都挤得满满当当。

以前在川东游击军时，每逢集中这么多人开会，大家见面总是热热闹闹的，气氛很融洽。今天则不然，兄弟部队的熟人见了面，最多就是点个头，说声"你来了"，就匆匆离开了，空气很沉闷。

吃过饭，在一个大房子里睡了一觉。第二天，就把来参加整顿的人全部集中到一个空场子上开会。会场的前面，放着一张长长的白木桌子，桌子上方扯着一幅大标语："肃清一切反革命，坚决保卫苏维埃。"桌子后面，坐着几个干部模样的人，红三十三军的主要领导人军长王维舟、政委杨克明都不在场。

宣布开会以后，首先由方面军总政委陈昌浩讲话，进行"整顿"动员。接着，政治保卫局局长曾传六宣布"整顿"纪律。他们讲话的大意是，经初步调查，红三十三军的问题很多，从军一级一直到班排战士，层层都有不少坏人。在这次整顿中，每个人都必须对党忠诚老实，认真交待自己的问题，同志间要互相检举揭发，不能通风报信，不能串供，通过整顿，把混进红三十三军的地主富农、"AB团"、改组派、国民党奸细、形形色色的反革命通通清除干净。

幸存下来的一个老同志回忆当时会场情况说："川北的12月，本来就冷，那天太阳又是阴死不活的，刮着北风，再加上陈昌浩、曾传六那番讲话，每个人都感到身上冷飕飕的。挨我坐着的是二九八团的一个连长，川东游击军时我们就认识，那么冷的天，他头上豆大的汗珠往下滚，脸色煞白。我悄悄问他，你咋的不舒服？他没说话。我又问，他才小声说，我父亲当过甲长。我这才明白他头上的汗是吓出来的。那以后我再没有见到过他，据说在三湾岩'整顿'时被杀掉了。"

那天开完会后，又学习了半天，就开始整顿。

一天上午，二舅被两个背枪的战士带往审讯室。路上，与他的师长冉南轩不期而遇。冉师长一双手被铐着，穿件单衣，头发蓬乱，脸上有隐隐的血痕，他被两个持枪的战士押着，正向自己走来。

二舅一怔，冉师长也是清溪场人，小学毕业后，他父亲把冉家垭口街上"五贤慈"茶馆交给他管，成了茶馆的小老板。他豪侠仗义，在清溪场一带极有人缘。王维舟从苏联回国后，秘密组织共产主义小组，冉南轩是最早参加的活跃分子，经常和舅舅他们一起，在母亲家的阁楼上参加王维舟召集的秘密会议。1927年大革命失败后，大江南北一片血雨腥风，冉南轩恰在此时入了党，以后又和王维舟一起创建了川东游击军，是王维舟最器重的战将之一。他怎么也被抓了起来？

二舅走近冉南轩时，喊了一声："师长。"

冉南轩看了他一眼，说："你是哪个？我不认识。"说完，径自向前走去。

据当时看到这情况的人说，冉南轩师长之所以这样说，大概是不愿连累我的二舅王心敏。当时二舅既没有戴手铐，也没有绑绳子，冉南轩大概觉得二舅的问题不大，而他已意识到自己不会被轻易放过。

二舅被带进审讯室时，早有两个保卫局的人在那里等他。屋里烟雾腾腾，气味很难闻。很明显，在他进来之前，刚刚有人在这里被审讯过。

一进屋，保卫局的人先叫二舅伸出手。

二舅伸出双手，保卫局的一个人走过来，抓住二舅的手看一看，摸一摸。然后回过头，对另一个坐在桌后的保卫人员说："记下，没茧。"说完，走到桌后，坐下来。

"你叫王心敏？"保卫局的干部看着桌上的一张纸问。

"是。"

"你有个弟弟叫王心正？"

"是，他就在军部宣传委员会。"二舅说，分别几个月，他想从他们那里得到弟弟的一点消息。

"晓得，"保卫局的人说，岔开话，又问，"你父亲是王二贡爷？"

"乡亲们都那样唤他，他已经死去多年了。"二舅说，他很吃惊他们怎么什么都知道。

"你家有地有楼，还开着油坊？"

"是的。"

047

"你会扶犁使耙吗?"保卫局的人又问。

"使得少,我一直在上学。"

"什么程度?"

"高中读到一年级。"

"以后呢?"

"参加了川东游击军。"

保卫局的人冷笑一声,沉下脸来,说:"你这个地主少爷,是怎么混进共产党的?都做了哪些坏事?和国民党有什么联系?都要老实交待。"

二舅一下被问蒙了,参加革命五六年了,还没有人这样跟他说过话,他第一次被人说是"混进共产党"的。血气方刚的二舅被激怒了。

"王二贡爷的儿子就不能当共产党?哪里的章程?"二舅大声质问,没有领教过"肃反"厉害的王心敏要和保卫局的人辩一辩,理论理论。

"看你这态度,就是反革命死硬派。"保卫局的人拍着桌子声嘶力竭地喊,他们"肃反"从鄂豫皖一直肃到川陕,很少有人敢以这种方式回答他们的问题。

单纯的二舅不知深浅。

"你们……"不容二舅说话,从外面进来两个手提藤条的汉子,冲他身上一阵乱打。

"怎么混进共产党的?你说不说?"打了一阵,保卫局的人又问。

"我不是混进来的。"二舅说。

又是一阵毒打。

二舅咬紧牙,有时发出一声惨叫。

"你说不说?"

二舅不开口。

审讯持续了将近一个钟头，他被带出审讯室时，浑身上下血迹斑斑，衣服成了碎片。

再没有提审过他，三天以后，他和二十多个干部被带到一片竹林的后边枪毙了。

那次三湾岩"整顿"，先后整掉了五十多个干部，包括二舅死前见过最后一面的九十八师师长冉南轩，以及九十九师二九八团正副团长吴志太、刘君门等。

我的三舅王心正也在三湾岩被"肃杀"。

关于三舅被杀的具体时间，有两种说法，一说在二舅到军部之前，就被秘密处决了，一说在二舅被杀之后。都说是在晚上。那天晚上三舅还演了一场节目。演出回来后，正准备睡觉，一个干部直接把他从宣传队叫了出去，说有事要问。叫走后就再没有回来。

也有人说，二舅和三舅的死跟军直一个姓张的文书有关系。张文书也是清溪场的，岁数也不大，跟两个舅舅在一个学校上过中学。审查张文书时，要他检举混进红三十三军的地主豪绅反革命，他挨不过酷刑，胡乱说了几个成分高的，其中就有王二贡爷的两个儿子。那几个被他供出的"反革命"无一幸免。之后，张文书自己也被杀掉了。

我始终没了解到三舅王心正遇害的细节，但三舅死于三湾岩那次"整顿"，似乎可以肯定。三舅在军部工作，常在王维舟姥爷的眼皮子底下，王维舟后来回忆说，三湾岩"整顿"之后，他就再也没有看见过他。当时红三十三军的"肃反"是陈昌浩和政治保卫局直接抓的，他这个军长是不能过问的。

三舅死时才十三岁。

十姨王心国的死是个谜。

她从红四军调到川陕省委后，因为文化高，字写得好，人也长得漂亮，就给川陕省委书记周纯全当秘书。凡是接触过她的人都说她人小水平高，刻蜡版，写标语，写讲话稿，收发文件，干什么都有条有理。秘书工作接触的人多，她见了来办事的人也很和气，人缘很好，大家都叫她"小王秘书"，谁看见都愿意跟她聊几句。因此有一天，当大家发现"小王秘书"突然不见了的时候，都感到很纳闷。不过谁也没有打听，从鄂豫皖到川陕，没有间断过"肃反"，大家已经习惯了不明不白的"失踪"。

据说第一个打听王心国姨姨的是川陕省苏维埃主席熊国炳。熊国炳以前是个靠抬滑竿为生的穷人，大字不识一个，张国焘排斥知识分子，就让他当上了省苏维埃主席，以便于自己控制。熊国炳到省委开会，发现周纯全的秘书换了，就问："小王秘书呢。"

"换掉了。"周纯全说。

"为啥子换？"

"她是'AB团'。"

"杀了？"

周纯全点点头。

"她……是吗？"熊国炳疑惑着问。

周纯全看他一眼，又点点头。

"看上去……不像。"熊国炳说。

"'AB团'写在脸上吗？"周纯全说。

熊国炳瞪着眼，没有说话。

姨姨王心国死时十六岁。

在母亲的七个哥哥姐姐中，母亲和王心国姨姨的感情最深，她们是家中最小的两个女孩子，小时候，两人形影不离，家里人和乡亲们都说心兰是心国的尾巴。后来，又是心国姨姨拉着母亲参加了红军。几十年过去，那个漂亮的小姐姐总在她的眼前闪动。

小时候，我们翻看旧时的相册，看到母亲年轻时的相片时，妹妹萧霞惊羡地说："妈妈真漂亮。"

坐在一旁的母亲轻轻笑了一下，说："妈妈算什么，如果心国姨姨活着的话……你们没见过，那才叫漂亮。"母亲说罢，望着窗外，半天没有说话。

母亲的思念是没有尽头的。

抗战时期，父母在山东抗日根据地工作。1942年，曾当过红四方面军政治保卫局局长、川陕省委书记的周纯全被任命到设在山东的抗大一分校当副校长，从延安来到了山东。母亲一见到周纯全，就想到了王心国姨姨，母亲说有好几次她都想当面问一问周纯全：你把王心国弄到哪里去了？王心国究竟有什么罪？是怎么死的？但几次都被父亲挡住了。父亲说，事情都过去那么久了，算了，免得影响两个方面军的关系（父亲是一方面军的——笔者注）。母亲最终还是被父亲说服了，没有问周纯全。我理解母亲。

我的眼前，是那个站在嘉陵江边，望眼欲穿的小红军。

四　与死神擦肩而过的小宣传队员

母亲一直到了延安，才得知她的四位亲人被"肃杀"的消息，是王维舟姥爷告诉她的。

母亲说她最初听到这消息时，先是悲哀，接着感到了巨大的恐惧。她不相信她的哥哥姐姐们一下子被这世界抹掉了，一个都没有留给她。

她说她真不敢相信。

母亲每当说到这里，总会低下头去，沉默半天，不说一句话。

我怕母亲流泪。

母亲终于抬起了头，吃力地从沙发上站起来，然后推开门，在屋外的走廊上慢慢地踱步，走过来，再走过去……

母亲没有流泪。她的泪在过去的无数个寒暑里已经流干了，她的泪流在陕北的黄土高原上，流在山东抗日根据地的青纱帐里，流在解放战争的白山黑水间，月亮在母亲的眼里模糊过，星星在母亲的眼里模糊过……母亲在心底，为她四位共产党员的亲人设置了最圣洁的祭坛。

母亲从未怀疑过他们的血是炽热的、鲜红的。痛定思痛，母亲为此而更加悲哀，她的眼泪流干了，心还在流血……

"你们的心国姨姨，那才叫漂亮……"母亲如今已是古稀老人，她的小姐姐在她心中，永远定格在十六岁的模样上。

我一直在想，如果在过嘉陵江之前，母亲已经得知了她的哥哥姐姐们被害的消息，她还能活着走完漫漫长征路吗？我问自己，我不知道，我找不到答案。

1935年3月30日晚上，受到许世友军长安慰的母亲迈动稚嫩的小腿，被宣传队的大哥哥们搀扶着，登上了渡江的木船。

母亲开始了她的万里长征，这一年，她不满十一岁。

母亲不知道这条船会把自己带到哪里去，她只知道自己必须跟着这支队伍走，因为除了这支队伍，她什么也没有了。

那天晚上，我的母亲是被爆豆似的枪炮声送过嘉陵江的。

登上岸的那一刻，母亲回头朝家乡的方向看了一眼，星光微暗，江对岸的川东北大地，一片朦胧。

一次，我问过母亲对长征的感觉。母亲说："最深的感觉就是走路，没完没了的走路，整天整天地走，整夜整夜地走。"

孩子的感觉是真实的。

川北的路崎岖难行，为了防止掉队，母亲他们用绳子把胳膊连到一起，一个倒下去，十几个一起往上拉。行军中他们带着竹板、洋鼓、洞箫、横笛、锣镲等简单乐器，边走边宣传鼓动。部队打仗时，他们就和群众一起抢救伤员，有时一天要抬几百个伤员，母亲的年纪小，抬不动重伤员，就扶着轻伤员走。母亲会讲笑话，有她的地方，总有许多笑声。

过江半个多月，就听不到母亲的笑声了。她染上了重伤寒，吃不下饭，身体一天比一天虚弱。每天拄根棍子，无言地跟着队伍往西走。宣传队的大哥哥大姐姐问她要不要歇一歇，她摇摇头。十一岁的母亲十分清醒，她提醒自己，无论如何，千万不能掉队。在这种时候掉队，等着自己的只有死亡。

一天早晨，母亲挣扎着刚走了十来里地，眼前一黑，就一头栽倒在地上。战友们用树枝扎了担架抬着她继续往前走。部队走到川西时，她已牙关紧闭，不省人事。没过多久，头发眉毛全都脱落了。伙夫老谢来送饭，摸摸她的额头，翻开她的眼皮看了看，神情哀伤地说："这娃儿怕是不行了。"宣传队的彭道华大姐抱着一线希望，天天把饭嚼烂，掰开她的嘴，一点点喂她。渐渐地，母亲又奇迹般地睁开了眼睛。

那时敌人紧紧尾追，张国焘一路还在不断地搞"整肃"，今天抓托派，明天抓AB团，许多干部战士被杀害，非战斗减员越来越多，部队消耗很大。宣传队抬着重病中的母亲行军，行动十分艰难。在一个村子宿营时，有人建议给房东三十元大洋，把母亲留下来。红四军政治部主任洪学智得知后，赶忙来到宣传队，说："这孩子表演技术不错，一台好的演出，对部队是一股巨大的精神力量。"他给宣传队下了一道命令："再难也要把她带上，谁把她丢了，我找他算账！"

母亲说，躺在担架上的滋味可不好受。部队天天行军打仗，沿途又找不到吃的，同志们个个都骨瘦如柴，抬她的同志担架一上肩，身子直趔趄。母亲心如刀割，担架往前走着，母亲躺在担架上呜呜地哭着，几次要求把自己丢下。同志们笑着说，大家才舍不得把你扔下呢，还等着看你跳舞听你唱歌呢，等你病好了，好好给大家跳个舞唱个歌谢谢大家。母亲说同志们是在安慰她。

母亲躺在担架上，被战友们抬着走了个把月。渐渐地，她开始进食了，脸色也好了起来，部队到达理番时，她已能勉强坐起来了。

死神与母亲擦身而过。

当母亲能下地以后，又拄根棍子，拖着红肿的双腿，紧紧地跟着队伍，走那永远也走不到头的路。母亲人小腿短，别人走一步，她得走两步，她一边走一边在心里告诫自己："千万不能掉队，千万不能掉队！"就这样，母亲跟着队伍从冬天走到春天，又从春天走进了夏天。

母亲的病终于好了，可以参加宣传队的工作了，为了轻装，她扔了烂成鱼网似的棉衣，冒着满头大汗，跑前跑后地搞着宣传鼓动。

6月中旬，母亲终于站在了海拔四千多米的雪山下。

那天晚上他们就在山下宿营，许世友军长专门来到宣传队，给他们讲过雪山的注意事项，临走时，许世友跟母亲开玩笑说："王新兰，你这么小，山那么高，爬得过去吗？"

母亲说："爬得过去。"

许军长说："山上冻了可莫哭哟，一哭眼泪就成了冰棒棒，结在脸上扒不掉。"

母亲说："哪个哭？"

大家都笑了。

凌晨三点，母亲睡得正香，就被队长指导员叫醒了。大部队定在五点动身上山，宣传队必须提前到险要处搭宣传棚。队长给大家每人发了一块布，让把脚裹好，又让大家把能穿、能披的东西都带上，说山上奇冷，以防冻伤，每人又喝了一大碗辣椒汤，之后，拄上头天准备好的木棍，向雪山走去。

母亲他们刚走到山脚，就感到了雪山的厉害，地下的雪冻得硬邦邦的，木棍着地，发出"咯咯"的响声。走到山腰，狂风大作，冰雪横飞，吹到脸上，像刀割锥刺，他们把所能披的东西都披到了身上，也无济于事。越往上爬，空气越稀薄，呼吸越困难。这时，先头部队已经上来了，母亲亲眼看见一个战士在雪地上坐了一会儿就冻僵了，没有再起来。再往上爬，天慢慢大亮了，皑皑白雪被太阳照着，发出刺眼的寒光。指导员带领大家在寒冷的风口子上搭起了宣传台，母亲打着小竹板，向路过的部队一遍又一遍地说着一段背得烂熟的顺口溜：

　　同志们，加劲走，
　　赶快穿过大风口。

莫歇劲，莫逗留，
"三不准"要求记心头。
累了不准地上坐，
坑洼里的积水不能喝。
不准打闹大步跑，
互相帮助都走好。
红军战士英雄汉，
定能征服大雪山……

在母亲的快板声中，第十师走过去了，第十一师走过去了……十一师政委陈锡联带着队伍走上去，爱怜地摸着母亲冻得通红的小脸蛋，关切地说："部队都快过完了，你们宣传队得快些走，这里风太大，不能待得过久。"

队长和指导员商量了一下，决定让年龄小的队员先走，他们带几个大些的继续在风口再坚持一会儿。母亲虽然不乐意，但拗不过队长、指导员，只好离开大风口，和其他小队员一起，向山上爬去。

母亲他们爬上山顶，回头往下一看：长长的队伍，前不见头，后不见尾，像一条长龙，把茫茫雪岭划成两半，十分壮观。母亲又来了精神，站在高高的峰巅，打起小竹板又唱了起来：

同志哥，加把油，
努力前进别停留。
胜利登上大雪山，
红军豪气冲云天……

一直等到大队伍差不多都过完了，母亲他们才学着前面部队的样子，坐着冰"飞机"，滑了下去。

我想，空阔无涯的大雪山一定留下过母亲爽朗的笑声。

五　一过草地

翻越大雪山之后的一些日子，母亲一直沉浸在自西渡嘉陵江以来少有的兴奋中：能吃饱饭了，能住上房子了，长途跋涉之后可以美美地睡几个囫囵觉了……当然，最让母亲兴奋的还是一、四两个方面军在懋功胜利会师了。十万大军聚集在一起，两个方面军的同志相互倾诉，相互慰问，互赠礼品——草鞋、袜子、衫衣、牛肉、羊毛、青稞……到处都热气腾腾，空气中充满了歌声和笑声。

母亲也想给一方面军的战友捐礼品，她把自己的小背包翻来翻去，只有一件比较新点的衬衫还拿得出手，她便拿着去交给指导员。指导员把小衬衫抖开看了看，笑笑说："小娃儿的褂褂谁能穿呀？"母亲生气地说："一方面军就没有小兵吗？"指导员说："哪有你这么小的。"母亲无奈地说："除了这件衣服还像点样，我再没有啥子好捐了。"指导员说："你演出节目，鼓舞士气，也是以实际行动欢迎一、四方面军会师嘛。"

那些日子，母亲每天都有演出，唱歌、跳舞、吹口琴。她年纪小，穿身小军装很精神，演出时很受欢迎，唱歌的时候，干部战士总要起哄让她返场加演，有时她一连要唱七八支歌子，直到把所有的"存货"都倒完才能完事。累是累，但母亲很高兴。有一天，宣传队队长拿来了一方面军陆定一填词的《两大主力会合歌》的歌谱，让大家学唱，母亲学谱子快，很快就学会了。之后，她一个连一个连地跑着教，雄伟昂扬的歌声从早到晚响彻在川西北的上空。

1987年建军六十周年，电视台的记者采访母亲，母亲依然能一字不落地唱完半个世纪前的那支歌子：

> 两大主力军在邛崃山脉胜利会师了，
> 欢迎红一方面军百战百胜的英勇弟兄！
> 团结中国苏维埃运动中心的力量，嗳！
> 团结中国苏维埃运动中心的力量，
> 坚决争取大胜利。
> 万余里长征经历八省险阻与山河，
> 铁的意志血的牺牲换得伟大的会合！
> 为着奠定中国革命巩固的基础，
> 高举红旗向前进！

母亲说，陆定一原歌词第二句是"欢迎红四方面军百战百胜的英勇弟兄"，她在教唱时，把"欢迎红四方面军……"一句改成了"欢迎红一方面军……"，为此，她还受到了宣传队指导员的表扬。

当母亲和两个方面军的十万官兵一起高唱"会合"的时候，她并不清楚，这两支刚刚走到一起的队伍正面临着分裂的危机。

不仅仅是十一岁的母亲，十万红军官兵中的绝大多数都不了解巨大的危机正在慢慢向他们靠近。

危机来自上层。

毛泽东、张国焘这两位中共一大代表在懋功经历了阔别八年之后的拥抱之后，很快便结束了他们短暂的政治蜜月。张国焘依仗着他兵多枪多，频频向党中央、毛泽东发难、要挟，在马拉松式的会议上，一次又一次地与中央讨价还价，要职要权，致使红军在草地南端滞留了两个多月。

母亲问宣传队长："我们怎么不走了？"

队长说："不晓得。"

母亲看见许世友军长，问："我们不走了吗？"

许军长说："你等急了？"

天在慢慢冷下来。

疾病开始流行。

食物越来越少。

红军开始挖野菜充饥，在四军的一个连队里，母亲参加了两名因误食毒蘑菇而死亡战士的葬礼，其中的一个姓黄，是个老兵，安徽金寨人，参加过著名的红安暴动。一次母亲教他们唱完歌子后，他拉着母亲不让走，和母亲说了许多话。他对母亲说，参军前他就有了老婆，离开鄂豫皖时，老婆告诉他已经怀上了他的孩子。他说现在他的孩子已经该有三岁了，他还不知道那孩子是男是女，他说等革命成功了，第一件事就是回去看孩子。说着，他又抱歉地摇摇头，笑着对母亲说："看我，对你这个娃儿说这些做啥！"然后，他又从衣兜里掏出两个核桃，极其珍重地送给母亲。母亲不要，他硬塞进母亲手里，摇晃着走了。

母亲说她记得那晚的月亮很圆很大。母亲说驻地一带不出产核桃，她至今也弄不明白那两个核桃，黄老兵是从哪里搞来的。

母亲说参加黄老兵的葬礼时她哭了，哭得很伤心。

8月上旬的一天，政治部主任洪学智来到宣传队，对大家说，为了继续北上抗日，红军两大主力以军为建制，统编为左路军和右路军，红四方面军的第四军和三十军编入了以红一方面军为主的右路军，中央机关也随右路军一同行动。洪主任说草地很大，过一次得好几天，要求大家做好过草地的准备，并做好过草地的宣传。

母亲说，在准备过草地的那段时间里，他们从当地的藏族群众口中，听到了许多关于草地的真实故事。

在藏族群众眼中，茫茫草地是可怕的死亡之地：两个部落因为争夺草山打冤家，一个叫达哇的小部落被打败了，整个部落被逼到了草地的边缘，男人们凭着最后几支枪，阻击对方，小头人带着部落的七十多个女人和孩子在无路可走中，被迫向草地腹部撤退。那几个男人全部战死在草地边上，进了草地的小头人和七十多个女人、孩子从此再无音讯。这个勇敢的部落创造了一个没有结局的结局。

二十多个从北边过来淘金的汉人，迷了路，糊里糊涂闯进了草地，从第三天起，开始死人，第一个死去的是一个三十多岁的汉子，他被泥浆吸住了，一点一点往下陷，他的弟弟去拉他，也陷了进去。接着，是接连不断的死亡……在第十三天上，只剩下了一个四十多岁的甘肃民勤人和一个十五岁的孩子，他们开始烤食同伙的尸体。第十五天夜里，民勤人把这支队伍淘来的沙金全部撒扬在大大小小的水洼里，给孩子留下了一个打火的火镰，瞪着一双空洞的眼睛，死在了孩子的腿上。孩子的恸哭声，搅动着呼叫的夜风。第十六天，只剩下一口气的孩子被一个逃乌拉差的藏族汉子救了起来，他后来成了一个瘸子……

还有很多很多。

对于杀人不眨眼的草地，我感情复杂，既憎恶又眷恋——憎恶和眷恋都因为我的当红军的父亲母亲的缘故，他们都和草地结下过一段割舍不去的生死之缘。

于是，寻访草地成了我的一个挥之不去的夙愿。

1979年8月，也就是当年父亲母亲过草地的那个月份，我同已在兰州军区工作的父亲母亲重走长征路，来到了松潘草地的边缘。

我意识到自己已经置身草地时，最初的感受是：草地真美！

是的，那是草地上一个美丽的瞬间。

一尘不染的蓝天，洁白轻柔的白云，青黄相间的野草，五彩斑斓的鲜花，以及映着白云蓝天的明镜般的水洼，使这个无人涉足的地方充满了神秘的美丽。

父亲把军帽托在手中，神色凝重，沿着草地默默地走着；母亲的眼睛里已经蓄满了泪水。

我想，他们大概又回到了过去。

对于他们来说，苦难也是财富。

父亲从那边回来的时候，天边出现了一片浓云。

父亲说："上车吧，草地要变脸了。"

我们刚坐进车里，那片乌云就遮了过来，接着就是噼里啪啦的冰雹、轰隆轰隆的雷雨和铺天盖地的黑风。

父亲望着混沌一片的草地，对我说："这就是草地。"

雨雪冰雹还在肆虐。

一会儿，父亲又说："你妈妈在这草地上来回走了三次。"

母亲一直看着车窗外，没有说话。

过了一会儿，司机问了一声："首长，走吗？"

母亲轻轻地说："不。"

母亲望着车窗外，固执地向过去走去。

我仿佛在接受一次隆重的洗礼。

1935年8月下旬,母亲随着右路军,走进了凶险莫测的草地。

母亲在她的"文革""交待材料"中这样写到了自己过草地的情形:"我背着一条线毯,一双草鞋,一根横笛,拄着根小棍,紧紧跟着前边的同志,踏着他们的脚印,一步一步地挪动。部队在懋功一带停留过久,没有筹到多少粮。进入草地后,我们七八个孩子共用一个脸盆,部队一住下休息,就四处拔野菜,弄回后小心翼翼地倒上点粮秣,用脸盆煮熟,每人分半缸子,用木棍拨着吃。越往前走,断粮的越多,野菜找不到了,就吃菜根,后来菜根也没有了,整天饿得发慌,挪动一步,浑身摇晃,眼前直冒金花,晚上栽到泥水里,再也不想起来。队长分的一点炒面,路上舍不得吃,他无声地走过来给我们每个孩子的缸子里倒上一点。'这是队长的救命粮啊!'我噙着泪水,望着他那直冒虚汗的额头,久久不能下咽。是指导员把我扶起来,一点一滴拨到了我嘴里。第四天、第五天,是进入草地最艰苦的日子,泥潭越来越多,部队早就断粮了。艰难的跋涉,使大家双腿像灌了铅似的,一脚下去就很难再抬起来。偏偏在这时,天气又变化得特别快,一会儿下雨,一会儿飘雪,一会儿又下起冰雹,草地上无树无房,没有避风遮雨的地方,核桃大的冰雹打得头顶直响。我吃力地把小背包举到头顶上,头护住了,肩膀还是被打得火辣辣的疼。有些同志支持不住了,倒在地下就牺牲了。晚上,又饿又冷,俩人一对背靠着背坐在草地上,怎么也睡不着。指导员到附近找来枯草,生起一把火,领大家搓手、跺脚、唱歌。歌声驱散了寒夜,迎来了黎明。早晨起来,不少人坐在那里一动不动,大家上去拉一把,发现浑身冰凉,不知何时他们坐在那里牺牲了……"

第七天还是第八天,母亲跟随右路军终于走出了茫茫水草地,来到了草地北缘若尔盖地区的班佑。

母亲说,走出草地的那天中午,当她远远地看见藏民用牛粪饼垒的两座黑乎乎的房子时,好像见到了天堂。

从死神眼皮下走过的那种感觉并不夸张。

母亲不能不说是幸运的,以她那样小的年龄,竟然活着走出了草地,不能不说是个奇迹。

她的身后,无数人永远留在了那片神秘的水草地上。那些牺牲者几乎都死得无声无息,没有中弹时血染的辉煌。

母亲后来才得知,把他们带出草地的是毛泽东。

六　再过雪山草地

8月底,右路军全部走出了草地。

8月29日到31日,母亲所在的红四军一部与同属右路军的红三十军经过激烈战斗,攻占了上下包座,全歼敌胡宗南部第四十九师,毙伤敌师长伍诚仁以下五千余人,缴枪一千五百余支,还缴获了大批粮食和七八百头耗牛。

包座之战,是红一、四方面军会合后,在党中央指挥下的第一次战斗,它为红军北出甘南打开了通道,粉碎了蒋介石阻止红军北进的企图。

刚走出草地阴影的红军士气为之大振。

母亲又问队长了:"我们还走吗?"

队长说:"当然。"

母亲问:"往哪里走?"

队长说:"往北,北上抗日嘛。"

母亲问:"什么时候走?"

队长说:"天凉了,待不了几天了。"

母亲问:"前面还过不过草地?"

队长说:"雪山草地都过完了,下面的路好走了。"

母亲笑了。雪山草地留给一个红军小战士的印象太恐怖了。

但部队待在草地北缘,迟迟没有行动。

母亲看着天上的浓云疾走,雁阵南下,盼着继续北上的日子。她哪里知道,上面的斗争随着冬天的逼近也日趋激烈。张国焘一直沉醉于他的南下计划中,本来约定好由卓克基地区北进阿坝的左路军在他的控制下,迟迟不肯北进。毛泽东、党中央多次去电催促无效,与张国焘同在左路军的红军总司令朱德反复劝说,也无济于事。不仅如此,张国焘竟密令在右路军的陈昌浩率领右路军南下,并提出"彻底开展党内斗争"。为了避免刚刚走出困境的红军可能发生的内部冲突,9月10日凌晨,毛泽东、党中央率领右路军中的一、三军团迅速脱离危境,单独北上。

母亲是那天夜里的后半夜才得知这一消息的。

一阵阵骤然而起的嘈杂声吵醒了熟睡中的母亲,她睁开眼睛,看见同屋的大姐姐们也都起来了,她忙问:"出啥子事情了?"彭道华说:"快起来,出大事了。"彭道华一面说着,一面和大家一起跑出了屋子,母亲穿好衣服也跟了出去。外面到处都是红四军的人,说话声，叫骂声，哨声，跑步声，混成一片，乱哄哄的。母亲竖直了耳朵听了半天，才断断续续听清了大家叫喊的一些内容："一方面军逃跑了！""毛泽东逃跑了！""都是红军，走不到一块儿也该打个招呼呀……"

母亲说她真怕自己听错了，一方面军刚刚和四方面军会合，怎么突然说走就走了呢？

母亲说她看见许世友军长手里提着手枪，紧拧着双眉，黑虎着脸，在地上不住地走来走去。许军长以往见了她，都要打个招呼说说话，今天他好几次从母亲身边走过，连一句话也没有说。

过了一会儿，宣传队也紧急集合了，队长站在队前说："前半夜，一方面军跟着毛泽东跑了，现在大家一定要稳住情绪，不要乱。徐司令员和陈政委还在（指徐向前和陈昌浩——笔者注），没有走，我们下一步怎么办，正在请示张主席（指张国焘——笔者注），上面会做出安排的，大家听候命令。"

母亲后来对我说，由于张国焘、陈昌浩对红四方面军的长期影响，那晚大家的情绪都很激动，都认为毛泽东率一方面军单独"逃跑"是不对的。母亲说她也一样。

过了两天，陈昌浩向红四军和红三十军的干部传达了在草地南缘卓克基的张国焘给党中央的复电，指责中央"不图领导全部红军，竟率一部秘密出走"，反诬中央造成"红军大分裂"，最后预言：红军一、三军团北上，"不拖死也会冻死"。

而对中央几次规劝张国焘速率左路军立即北上的指示文电，陈昌浩却秘而不宣。

母亲说，对于自从两个方面军会合，到毛泽东单独率一、三军团秘密出走那段时间发生的一切，她一直都是糊里糊涂的，什么都不懂，什么都不知道，上边叫怎么走就怎么走，直到南下碰壁，清算张国焘的分裂主义时，才知道是路线上出了问题。

没办法，那时母亲太小了。

当时已到草地以北的母亲只关心下一步怎么办？往哪里走？

她不敢想象再过草地……

然而，母亲最担心的情况终于来了。

9月18日，张国焘电令徐向前、陈昌浩，立即率红四军和红三十军由包座南下，与在卓克基的张国焘会合。

母亲遥望草地，脸上显出与她年纪不相符的沉重，前几天不是说过要继续往北走，北上抗日吗，现在又要南下，日本鬼子不在那边呀？母亲疑虑重重，重新拣起已经扔掉了的棍子，随着大部队，掉头向草地走去。

茫茫草地，又不动声色地铺开了那张随时准备猎取的大网。

不幸的母亲和红四方面军广大官兵注定要在那张杀人不见血的大网里再走第二遍、第三遍。

草地，是红四方面军的炼狱。

母亲在"交待材料"中对二进草地的描述是悲怆的：

"……九月中旬，我们二过草地。时值深秋，无衣无食，加上部队刚过了一次草地，又经过包座、松潘两次苦战，已疲惫不堪。我们几个小队员，每人拄一根小棍，闷闷地跟部队走着，谁也不说话，只是在心里嘀咕：'为什么不跟中央北上，为什么又要过草地南下？'越往前走，掉队的越多，路旁不断增添新隆起的坟头。早晨一觉醒来，总看到有人在倒下的战友身旁，无力地挖掘着简陋的土坑。二进草地的第三天，我们看到了第一次过草地时未及掩埋的四具红军的尸体。他们躺在一个水洼旁，脸上的表情很痛苦，看样子他们是不慎喝了有毒的水导致死亡的，从衣服的颜色上看，是一方面军的。我们挖了个大坑，把他们埋了。七天后走到草地南缘时，我们几乎耗尽了最后一点力气，总觉得双腿在吃力地走，可是晃了半天，也没有挪出几步……"

草地过去，又是雪山。

饥饿，寒冷，疾病，死亡……以及不间断的战斗，是之后一年中留给母亲的最深刻的记忆。

母亲亲眼目睹了无数大哥哥大姐姐在生命最后一刻的挣扎，当然，也有在晚上宿营时默默死去的……她记不清自己的一双小手在草地上采过多少次野花，献在一个个散发着泥土香的土包上；也记不清多少次用一双小手掬着雪，和战友们一道，在雪山上垒起一座座晶莹洁白的雪冢——那每一个土包和雪冢的下面，都有一个她曾崇敬过或热爱过的生命。

母亲把他们的名字刻在心底，继续前进了。

四川军阀刘湘得知四方面军孤军南下，纠集了五十多个团，层层布防于宝兴、天全、芦山一带。红四方面军在朱德、徐向前的周密部署下，于10月下旬分左中右三路纵队，向天全、芦山、宝兴发起进攻。在以后的十多天时间里，红四方面军"打狗如打狼"，穷追猛打，战若雷霆，连下宝兴、天全、芦山诸城，共歼敌五千多人，击落敌机一架，声威大振。邛崃山以西、大渡河以东，青衣江以北及草地以南的川康边广大地区，均被红军控制，造成了东下川西平原，直略成都的战略态势。成都告急，重庆震动，国民党军政要员和大小军阀，无不惶惶终日。

母亲的歌声随着大军奏捷的号角一路飞扬着。

母亲说她唱《打刘湘》，唱《打骑兵歌》，唱《赤化四川歌》，母亲说"赤化四川"是张国焘南下时提出的口号，张国焘还有一个天天喊的口号是"打到成都吃大米"。母亲说打了胜仗大家都很高兴。

徐向前、陈昌浩继续挥军向名山、邛崃地区进击。

当时，很少有人会意识到红四方面军即将为张国焘的错误决策付出代价。

11月16日，徐向前、陈昌浩率中纵队全部及右纵队四军，共十五个团，攻下邛崃、名山大路上的重镇百丈。此时，离人稠粮丰的川西平原仅一步之遥。

四川省主席刘湘惟恐川西平原有失，成都平原难保，下令川军拼死夺回百丈。明令：临阵不前者，就地枪决。

19日拂晓，川军十几个旅从东、南、北三面向红军阵地进攻，拉开了百丈决战的帷幕。红军与敌人反复拉锯，血战三昼夜，整营整营的川军被击毙在红军阵地前的稻田里。22日，百丈被敌人突入，红军与川军展开了激烈的巷战。

背水一战的川军表现出了百倍的疯狂。

参加了百丈之役战场救护的母亲说，在此之前，她还没有看见过那么惨烈的战斗：红军和川军相互扭结在一起，用手撕，用嘴咬，每一堵土墙，每一间房屋，每条小巷都在燃烧，都在流血，都在死人，红军、川军的尸体摆在一起，纵横错列，触目惊心。母亲和宣传队的同志们一次次地冲进硝烟里，把一批又一批伤员抬下来，母亲说在百丈激战的七天七夜里，他们宣传队的工作特别艰难。

母亲说在以后的日子里，她的眼前经常出现一个因伤痛而扭曲的战士的脸。战士叫王有发，长征初期，曾为重病中的我的母亲抬过担架，百丈战役中头部和胸部负了重伤。母亲和另一名宣传队员发现他时，他已奄奄一息。他双眼紧闭，大张着嘴呼气，胸脯剧烈地起伏着，从胸腔里发出可怕的声响。母亲喊着他的名字，用水壶给他喂了一点水，他勉强睁开了眼睛，定定地看着母亲，然后努力笑了笑。母亲说那笑很可怕，很空洞，那笑让她感到了马上就要降临的死亡。她哭着央告他再坚持一下，她说坚持到野战医院就好了。他又用扭曲的脸很可怕地笑一笑，张大着嘴呼吸了一阵，嘴唇努力翕动着。母亲知道他在说话，但他的声音极其微弱。母亲趴在他的嘴边听了半天，才听清他说的是"我真想活着……我真想再听一听……你唱的《打刘湘》……"，母亲扶着他的头哭着说："大哥哥，你一定要活着……我给你唱一千遍一万遍《打刘湘》……"王有发又可怕地笑了笑，然后闭上了眼睛。

母亲哭喊着，没有再叫醒他。

激烈的枪炮声盖住了母亲的哭号。

七　王维舟说：你这个小丫头还活着！

七天七夜，百丈的战火渐渐熄灭了，而凛冽的西风中却充满了令人恶心的血腥味。

交战双方伤亡惨重：川军一万五千人，红军近一万人。

母亲说，经过百丈一战，她觉得自己一下子长大了。

此时，薛岳的中央军又从南面压了上来，力量对比悬殊，徐向前、陈昌浩只好放弃原计划，于11月下旬率部撤出百丈地区，从进攻转入防御。至此，南下或东出已无可能。

百丈决战，是张国焘南下碰壁的开始。

这时，红四方面军大部集中在夹金山以南的天全、宝兴、芦山，他们将在这里度过漫长的冬天。

部队在天全、芦山一带休整时，母亲又拿起竹板、口琴，和宣传队的大哥哥大姐姐一起慰问部队，宣传群众——战争不允许他们永无休止地舔舐自己的伤口，他们必须履行作为战士的职责。由于母亲在火线救护和宣传中的突出表现，这一年的11月，她光荣地加入了共青团，成为宣传队中年龄最小的团员。

一天，总部来通知，要求所有宣传队员都到总部去受训，学习舞蹈。其他人都去了，只留下了母亲一个人。母亲急了，找到政治部主任洪学智，劈头就问："为啥不让我去受训？"

洪主任笑笑说："好大的脾气。"

母亲使了性子："我哪点不够资格？"

洪主任依然笑着说："不让你去，是军长定的。"

"我去找军长。"

母亲说完，也不顾洪主任乐意不乐意，径自找到许世友军长，还是原话："军长，为啥不让我去受训？"

许世友笑着看她，不生气，也不说话。

母亲又问："我哪点不够资格？为什么别人能去我去不得？"

母亲越急，许世友越笑。等母亲急得差不多了，他才问："你为啥非要去不可？"

"我要多学点本事，好好为战士们服务。"

许世友问："你是哪里培养出来的？"

母亲不知许军长是什么意思，答道："当然是四军。"

许世友点头称是，又问："到总部受训后，还回四军吗？"

母亲不假思索地说："当然回来。"

"如果总部要留呢？"

"那我也要回来。"

"好！说话算数？"

"当然算数！"

许世友笑笑，说："好好好，去吧，就说是我说的。"

母亲这才明白起先不让她去参加集训的原因，原来是怕她走了就回不来了。

在总部，母亲见到了一方面军来的李伯钊大姐。李伯钊在苏联留过学，表演技艺精湛，在苏区有"舞蹈明星"之称。母亲跟着李伯钊学会了乌克兰舞、马刀舞、骑兵舞、儿童舞、海军舞，这些节目后来都成为母亲的保留节目。

新奇的俄罗斯舞蹈并不能完全替代环境的严酷——那年冬天留给母亲最深的记忆是饥饿和寒冷。

母亲的感觉我在徐向前元帅日后的回忆录中得到了印证。在徐向前的笔下，那是一个不堪回首的冬天：

> 那年冬天，天气异常寒冷。临近川中盆地的宝兴、天全、芦山，本属亚热带地区，冬日气温较暖，但却一反往常，下了十多年未遇的大雪。位于大小雪山——折多山和夹金山附近的丹巴、懋功地区，更是漫天皆白，地冻三尺，部队派出筹集粮食、牦牛的人员，大都得了夜盲症，有些同志冻死在雪地里……广大指战员愈来愈清楚地认识到：张国焘的南下方针是错误的。

母亲参加的集训还没有结束，国民党薛岳部又纠集十个团配合川军向天全压来,母亲他们奉命连夜赶回部队。敌人的进攻暂时被击退后,红军被迫撤出了川西,由丹巴西进。

2月下旬,红军再次翻越夹金山、折多山等大雪山,于3月中旬到达道孚、炉霍、瞻化、甘孜一带。此时,全军已从南下时的八万人锐减到四万人。

冻馁、伤病、刘湘、薛岳……红四方面军经历着南下以来最困难的时期。

对张国焘的不满情绪在官兵中蔓延。

母亲和她的战友们的水兵舞依然旋转在寒冷的冬夜,但却多了几分沉重;他们的歌声依然婉转在行军路上,但却融进了几丝迷惘……从此时起,十一岁的母亲除了服从之外,还懂得了思考。

母亲说,在那个漫长的冬天,也有令人鼓舞的好消息:红二、六军团已经北上,就要和红四方面军会合了。为了欢迎远道而来的兄弟部队,上级想了许多办法,筹集了一些羊毛、牦牛和青稞,组织女同志打毛线,织毛衣,作为见面礼送给红二方面军的同志。母亲说她就是那时学会打毛衣的。

1936年7月2日,长途跋涉了一万多里的红二、六军团齐集甘孜,同红四方面军主力会师。会师那天,红四军政治部主任洪学智组织宣传队敲锣打鼓列队欢迎,在这支风尘仆仆的队伍里,母亲第一次看到了闻名已久的贺龙、任弼时、关向应等同志。由于朱总司令、任弼时、贺龙、关向应等同志的努力,南下走到绝路的张国焘不得不同意北上与中央会合。

就这样,母亲随着红四方面军,第三次走进了草地。

母亲在"我的交待"中,这样描述第三次过草地的情景:

第三次过草地是最艰苦的一次，走到草地时，部队带的粮食都快吃光了。经过前两次草地行军，草地上能吃的野菜、草根也早都挖光了，而前边还有七天路程呢。进入草地不久，不少人已饿得上气不接下气，有时走着走着就看到前边一个同志倒下去。最后几天倒下的人越来越多，这时我带的粮食一粒也没有了。晚上天冷得难以入睡，我们四个小孩子把四床毯子合在一起，钻在底下挤着。身子暖和了，可人还是睡不着，我们想起一路上倒下的同志，心里渐渐乱起来，我们怕自己也会倒在那湿得冒水的草地上，怕看不到陕北，怕离开我们宣传队的大哥哥大姐姐。快要到目的地了，难道我们却要……这些娃娃的幼稚念头搅得我们无法成眠。指导员走过来给我们拉了拉毯角，他像猜透了我们的心事一样，给我们每人茶缸里放了一点炒面……

母亲终于走完了她的长征路。此时，她十二岁。

我从一本描写长征的书里看到了母亲王新兰的名字。那本书的作者说，从现在可以见到的有关长征的资料里得知，在三个方面军中，母亲是徒步走完长征全程的年龄最小的红军。

作为红军母亲的儿子，我为之骄傲。

日后回顾长征，母亲对采访她的新闻记者说："当时我的年龄小，步子小，别人走一步，我得跑两三步，一天到晚总在不停地跑。别人走完了长征，我是跑完了长征。"

第三次走过草地后，在一个偶然的机会里，母亲见到了已有半年多没有见过面的叔叔王维舟。王维舟看见她时，用狐疑的目光把她上下打量了半天，喃喃地说："你这个小丫头，还活着……"

1964年春天，父亲在杭州抱病创作《长征组歌》，母亲侍候左右，在父亲扶案推敲的长夜里，一个始终小跑着追赶队伍的小红军应该不时出现在父亲的眼前，化作他笔下的文字、胸中的旋律……

八　三军会师了

1936年10月，走过万水千山的一、二、四三个方面军在甘肃会宁胜利会师，震惊中外的长征宣告结束。

翌日，中共中央发布《十月份作战纲领》。在"打通国际路线"的口号声中，红四方面军于10月下旬西渡黄河，执行宁夏战役计划。红四军被置于会宁以西的宁远镇、郭城驿一线阻敌。10月24日至30日，四方面军三十军、九军、红一方面军的五军相继在靖远渡河。10月30日，敌关麟征二十五师推进至靖远一线，隔断了河东红军增援宁夏的道路以及与河西部队的联系。至此，河东、河西的红军被阻隔于黄河两岸。

母亲所在的四军被截在了黄河东岸。

在胡宗南第一军、王均第三军、关麟征第二十五师、毛炳文第三十七军的大举进攻下，红四军及红三十一军随一方面军向打拉池一线集结。

母亲记得那一路上全是大坑，稍不小心就会掉下去。他们用绑带把胳膊串起来，一个掉下去，几个人一起往上拉。沿途干旱少雨，满目一片秃黄，大家的嘴唇裂开了一道道血口子。一天走得正累，突然看到前面出现了一条缓缓流动的小河，母亲他们欢呼着拥过去，用手捧起河水就喝。谁知看着清清亮亮的河水喝到嘴里却又苦又咸，呛得他们直想呕吐。

这时，一个拦羊的老汉走了过来，对他们说："这是盐池，这水喝不得。"

母亲问："大爷，哪里有能喝的水？"

老汉从腰上解下一个盛水的葫芦，递给母亲，说："喝这个。"

母亲摇摇头，不好意思接老汉的水。

老汉生气了，说："你这个红军娃娃，还跟我老汉见外呢，连老彭都唑过我的烟袋锅锅呢。"说着把水葫芦塞进了母亲手中。

老汉一句话把大家都逗笑了。老汉说的"老彭"是指彭德怀，彭德怀当时是中革军委副主席兼一方面军司令员。

母亲说她刚踏上陕甘宁边区的土地，一股暖烘烘的气息便迎面而来，那种感觉，是孩子终于回到母亲身边的感觉。

在巴山蜀水间长到十岁的母亲，终于站在了北方的黄土崮上。

1936年12月12日，发生了震惊中外的西安事变。

"蒋介石被抓起来了！"消息传到驻地，大家奔走相告，部队一片欢腾。

怎么处置蒋介石成了那几天干部战士议论的热门话题，说什么的都有。有的说杀了了事；有的说杀了太便宜，应该进行公审，彻底清算一下他的罪行，然后立个耻辱碑，让千秋万代唾骂；有的说干脆流放边疆，罚做苦役……

母亲说他们连夜赶排了一个小话剧，剧名叫《公审蒋介石》，结局当然是蒋介石被枪毙。母亲在剧中扮演了一个父母都死于国民党屠刀下的孤儿。她在控诉了蒋介石的罪行后，从红军审判员手中接过一把盒子枪，亲手枪毙了蒋介石。母亲说每当她演到处决蒋介石那一段时，剧情进入高潮，台下发出一片"杀了他！杀了他！"的喊声。

母亲说那个小话剧他们只演了三场，就停演了。

宣传队长说，上级说让暂时停一下。

母亲问为啥不让演了，队长说他也不清楚。

一天，母亲正在一片树林旁练踢腿，军长陈再道（1936年夏天，红四方面军在甘孜整编时，陈再道接替许世友任红四军军长——笔者注）走了过来。陈军长看了一会儿，走到我母亲跟前，说："王新兰，你前几天演的话剧我看了，演得很好，大家很欢迎。"

母亲怕夸，红了脸说："演得不好。"

陈再道说："好就是好嘛。"

母亲鼓起勇气问："那为什么不让演了？"

陈再道没有直接回答，岔开话问道："如果让你处置蒋介石，你打算怎么办？"

"当然枪毙，他杀了我们多少人。"母亲想也没想就说。

陈再道说："如果放了他，你答应吗？"

"当然不答应，"母亲说着，又反问了陈军长一句，"军长，你能答应放了蒋该死吗？"

"我也不答应。"

"没有人会答应。"

"如果党中央要放他呢？"陈再道又问。

母亲瞪大眼睛看着陈军长，问："党中央……不会吧？"

陈再道说："党中央、毛主席打算和平解决西安事变。"

母亲眼睛瞪得更大了："真的要放蒋介石？"

陈再道点了点头。

母亲急了："为什么？"

"党中央决定停止一切内战，一致抗日。"陈再道说着，拍拍母亲的肩膀，叮嘱道，"今天下午各部队都要传达党中央的有关指示，你这个宣传队员可要带头转好这个弯子哟！"

望着陈再道军长离去的背影，母亲陷入了深深的迷惘。

母亲说当天下午，政治部主任刘志坚（甘孜整编时接替洪学智任红四军政治部主任——笔者注）就组织他们学习中央向全党全军发出的《关于西安事变及我们任务的指示》。虽然明知党中央说得很有道理，但感情上总是有点别扭，觉得太便宜了蒋介石这个大坏蛋。

母亲说那种情绪大概持续了十好几天，以后，就完全想通了。母亲说从那时起，她懂得了革命是一种很复杂的事情。

严冬将尽，从河西走廊传来了西路军失利的消息。

为了相机援助和接应西路军，1937年2月27日，中央军委组织了由四军、三十一军、二十八军和三十二军组成的援西军，由刘伯承任司令员，张浩（即林育英，此前任中共驻共产国际代表——笔者注）任政治委员。母亲所在的宣传队也随四军从三原出发，向西开进。三月中旬，援西军各部集结于甘肃的镇原县，援西军司令部带随营学校驻县城，四军驻扎在离县城不远的屯字镇。就在部队准备出发西渡黄河时，却传来了西路军兵败祁连山的消息。在一个北风割人的早晨，援西军司令部在县城召开了一个连以上的干部会，由于我母亲当时已是宣传队分队长，也参加了那次会议。会上，援西军政治部主任刘晓宣读了一份电报，说西路军经过多次残酷血战，迭遭重挫，高台一役，红五军军长董振堂以下三千人全军覆没。梨园口血战后，西路军余部被迫退入祁连山腹地的康隆寺，已经到了弹尽粮绝的地步。援西军此时再渡河西去，已远水解不了近渴了。

母亲回忆说，这份电报刚一念罢，会场上顿时传出一片哭声，刘伯承司令员话也讲不下去了,拿起手帕擦眼泪。母亲也止不住嚎啕大哭起来。母亲与西路军二万二千名官兵同爬雪山过草地,情同手足,他们中,更有和她一起参加总部集训的各军宣传队的大哥哥大姐姐们;血染高台的三千壮士中,有两千名是和她一起喝清溪河水长大的宣汉子弟(1936年1月,王维舟创建的红三十三军在丹巴与红一方面军的五军团合编为红五军,红三十三军番号至此撤销——笔者注)。听到他们失败的消息,母亲悲痛欲绝。

大哭了一场后,刘伯承司令员和张浩政委分别讲了话。刘伯承说,现在除了坐飞机去营救西路军,别的什么法子也没有了,但我们没有飞机,大家必须面对现实,稳定情绪,化悲痛为力量,把部队整顿好,就地屯兵待命,努力扩军,使陕甘宁边区的革命烈火越烧越旺。刘伯承还说,眼下援西军在屯兵待命中还有一项重要任务,这就是要在西兰公路沿线接应收容西路军被打散逃回来的干部战士,哪怕一个两个、三个五个,都要热情接待,妥善安置。

母亲说,之后的几天时间里,她的眼前过电影似的,轮番闪现出许多熟悉的面孔:孙桂英、德娃子、萧炳云、宋实华、桂娃子、"圪蚤"……他们都是在总部集训时认识的各个宣传队的宣传队员。

母亲他们带着失去战友的悲伤投入了各项工作,宣传党和红军的政策,发动群众,建立政权,改造二流子……他们的歌声从一个村子传到另一个村子。

一次,母亲到镇外的一个村子里贴标语,完成任务后正往回走,远远看见一个叫花子般的人正从对面的梁上往下走。那人走近母亲时,忽然问了一声:"幺妹,这里是陕北吗?"

在镇原两个多月,听惯了老乡的甘肃话,那人浓重的四川话让母亲吃了一惊。

母亲把那人又仔细打量了一番：黝黑的脸上结着一层厚厚的泥土，嘴唇裂开了口子，流出的血在嘴角结成了血痂，头发蓬乱，像一丛黑色的野火，一件说不上颜色的棉袄已经破成了鱼网，风不断撕扯着裸露的棉絮，一条破成碎片的单裤被风撩起，露出血痕斑斑的腿。

单看外表，是一个十足的乞丐。

"同志妹，我到陕北了吗？"那人又问，他从母亲的装束上看出了她的红军身份。

"这里不是陕北，是陇东。"母亲告诉他。此时，母亲也已猜到了他是西路军的，便问："你是……"

"我是红五军四十三团的，团长叫万汉江。"那人说。

母亲的眼泪一下子流了出来。四十三团是由原三十三军二九五团改编的，来人原来竟是宣汉故乡人。

母亲抽泣着对那人说："同志哥，你到家了。"

那人也哭起来。

在带那人往驻地走的路上，那人对母亲说董振堂军长率五军主力攻占高台的时候，他们四十三团随政委黄超留驻临泽，后来突围至梨园口，兵败后退入祁连山。石窝会议后，已不足二千人的西路军化整为零，分三路边打游击边突围。那人说他分到了右支队，他们起先有六个人在一起顺着祁连山往东走，十天后，冻死了一个，过了三天，连病带饿带冻，又死了一个。那时马家军漫山遍野地撒下网搜山，为了减小目标，他们剩下的四个人又分成两组，他和一个叫刘成三的湖北籍军医一起走。一天夜里，他们在一个避风的山洞里过夜，第二天起来，他发现刘军医躺着的地方有一摊已经凝冻的黑血，他赶紧推他，发现他已经死了。刘军医的左手腕上，有一道口子，血就是从那个口子里冒出来的，他是割腕死的。那人说为了活着走出祁连山，他和一只瘦狼眼瞪眼地僵持了足有大半天，最后他用连自己也感到惊恐的怪叫吓退了那只饿狼；他曾背着一只死羊羔，一边走一边吃，整整吃了五天生羊肉……

母亲至今还记着那个从死神眼皮下走出的红军战士的名字：张成仁。

母亲说后来刘伯承还专门在县城接见了那位战士。

难忘的1937年春天，对母亲来说，意义非凡。

上级通知，取消部队中的共青团组织，团员中表现好的，可以转党。四军宣传队党支部讨论了母亲的情况，作出决定：王新兰年龄虽小，但聪明伶俐，入伍后工作一贯积极，在战场上勇敢不怕死；在长征途中爬雪山过草地，不怕苦，不怕累，英勇顽强，已经具备了党员条件，同意直接由团转党。

母亲说她记得指导员通知她入党的那天，白云洁净，蓝天高远，天气格外地好，院子里的枯槐上，还飞来了两只花喜鹊。

此时，离母亲的十三岁生日还有三个月。

第三章

云阳镇之恋

在我们家里,虽然父亲十分开朗,母亲不乏幽默,却很少跟我们这些孩子谈他们的感情生活。

母亲和父亲的恋情,开始于云阳镇那个美丽的黄昏。

我知道母亲与父亲相识的细节,是在20世纪90年代初,那时父亲已经去世六七年了。

一　口琴为媒，初识父亲

援西军在镇原驻防了将近六个月，直到7月底。

母亲记得7月中旬的一天，他们宣传队参加了红四军政治部在屯字镇召开的干部大会。会上，陈再道军长讲了话，说"七七事变"爆发后，国共两党结成抗日民族统一战线，红军即将改编为国民革命军第八路军。接着刘志坚主任宣布了中央军委发布的两项命令：其一，取消援西军司令部；其二，全部援西军部队立即开赴陕西三原，改编成国民革命军。援西军所属的第四军、第三十一军编入刘伯承为师长、徐向前为副师长的一二九师；第二十八军、第三十二军编入贺龙为师长的一二〇师。

会后，援西军政治部主任宋任穷（原主任刘晓此时已调上海工作，宋接任主任——笔者注）派通信员把母亲和宣传队的彭道华、刘建华几个人找了去，对她们说，部队要改编，不设政委了，也没有女同志的岗位，组织决定派你们去延安"红大"（即后来的"抗大"——笔者注）学习，将来部队发展了，需要你们时，再请你们回来。

母亲说当时听了宋主任的话，既高兴又难过。高兴的是，延安是党中央、毛主席住的地方，能在那里工作学习，是一件很光荣的事情；难过的是，舍不得离开培养了她们的主力部队，更舍不得离开同甘共苦、生死相依、亲如手足的宣传队战友，两种感情相融，她们竟哭了起来。

宋任穷主任把自己的毛巾递给母亲，笑着说："快把眼泪擦擦，爬过雪山，过过草地的红军还会哭鼻子！"

宋主任一句话使大家破涕为笑。

宋主任开导了母亲她们一阵后，又让政治部的吴富善同她们谈话。吴富善说，宋主任对你们去学习很关心，专为你们买了笔、本子等学习用具，还做了新衣服。学好了再回来，以后可以更好地为部队工作。

临行前，领导给母亲她们发了路上用的边区票子，还为她们量体裁衣，每人做了一身杏黄色的列宁装，穿在身上既合身又漂亮。

母亲跟随参加改编的四军先到了三原。正赶上部队换装，干部战士一律要把红军军服换成国民党军服。一块胸章，一块臂章，一枚青天白日帽徽，是国民党的突出标志。以往，红军就是同穿这种衣服的部队打仗的，而且一打就是十年，在他们的屠刀下，红军血流成河。而此时，红军却要穿上这种军装，从红军变成"白军"，在感情上很难接受。红军战士一手拿着国民党军服，一手端着缀有红五星的八角帽，表情戚然，有的干脆把国民党帽徽甩到地上，再狠狠地踩上几脚。

母亲经常到部队演出，许多人都认识她，他们看见母亲穿着崭新的列宁装，都十分羡慕，说她不用变"白军"了。

8月底，母亲一行恋恋不舍地告别了生活战斗了几年的主力部队，来到了八路军总部所在地、陕西三原的云阳镇。

在云阳镇，母亲认识了我的父亲。

90年代初，我"下海"到深圳，刚认识我的妻子艳时，她好几次问我，母亲和父亲是怎么走到一起的？我说他们是在陕西一个叫作云阳镇的地方认识的。艳问我他们认识的细节，我说不知道。

这是真的。

在我们家里，虽然父亲十分开朗，母亲不乏幽默，却很少跟我们这些孩子谈他们的感情生活。记得"文革"前的有一年春节，我们在一起闲聊，已上高中的妹妹突然问母亲："妈妈，当初你和爸爸是怎么认识的？谁先提出来的？"母亲笑着骂了一句："这鬼丫头！"没有作答。那时我留意到母亲的脸红了，在笑。我想那神情传递的就是幸福。

我是不会向父亲母亲提那样的问题的。作为家中唯一的男孩子，我几乎从刚懂事就知道怎样进入自己在家庭里的角色，我不记得自己对父亲或者母亲有过过分亲昵的举动和言语，这有时会阻隔我与父母正常的情感交流。以致到我长大成人，向母亲表露感情成了一种心理障碍，我羞于对母亲说一些在我的朋友那里张口就来的亲热话。

我除了知道他们是在云阳镇认识的之外，还知道牵线的是罗荣桓元帅。那是父亲"文革"出狱后，一次在说到罗帅时偶然间提起的。父亲说，罗帅是个好领导，是个好人，知道关心人，对我有知遇之恩，我和你妈妈就是他扯到一起的。

我记得父亲说这话是在冬天的一个傍晚，天上刮着小风，路上行人很少，我跟父亲在京西宾馆外面的便道上散步，谈到往事，谈到罗伯伯，父亲说了上面的话。那时父亲还没分配工作，暂时住在京西宾馆，心情不是很好，我每个星期六晚上都要去看他。那天晚上父亲送我出来时，说了好些话。在我的记忆里，那是父亲跟我说话最多的一次。以前没有过，之后也没有。

我觉出那天父亲有些怀旧，心情有些沉重，这在父亲是少有的。

我知道母亲与父亲相识的细节，是在90年代初，那时父亲已经去世六七年。那是母亲对一位采访过她的女记者讲述的。后来，我在母亲的床头看到了那位女记者写的书，里面有母亲的一节。母亲发现我正在翻看写她的那篇文章，对我说，看吧，看看我们两个人的云阳镇。

"我们两个人的云阳镇。"这话让我有点感动。

后来我一直在想，母亲向一个记者透露自己的初恋，难道仅仅只是由于那个记者的真诚要求吗？

不，母亲在咀嚼失去父亲的痛苦的时候，也在咀嚼和父亲在一起时的幸福。

小小的云阳镇在母亲心中，是一个圣洁的殿堂。

母亲来到云阳镇后，八路军政治部组织部长黄克诚亲切接见了她们一行，鼓励她们到红大好好学习，等部队发展了再回来。他又亲自把组织干事谢友发找了来，关照他为母亲她们开到延安的介绍信。谢友发说，本来你们明天就可以走，可惜前几天发大水，到延安的公路被冲断了，得等路修好了才能走。谢友发把母亲她们安排在老乡的一个院子里住下，让她们在这里耐心等几天。

云阳叫镇，其实不大，就一个小村子。由于八路军总部驻在这里，各部队来开会办事的人很多，给母亲总的印象是这里当兵的比老百姓多，一出门，满眼都是当兵的。母亲她们等得久了，难耐寂寞，吃过晚饭，常相约到村外散步，有时边走边唱，高兴时就在村头跳起舞来，引来许多大人娃娃观看。

一天，母亲正在口琴的伴奏下忘情地跳《马刀舞》，突然附近响起一片掌声："跳得好！再来一个！"

歌声、琴声戛然而止，母亲也停了下来，她们朝声音望去，十来个红军干部正朝她们走来，母亲认得其中的两个，一个是前不久才找她谈过话的援西军政治部主任宋任穷，一个是曾跟她开过玩笑的一军团一师的陈赓师长，其余的几个面生，没见过。

母亲的两个歌舞同伴不知所措地看着不期而遇的几位首长，母亲岁数小胆子大，并不显得拘束不安，反倒没来由地笑着。

陈赓看了一下母亲，忽然三步并作两步地跑过去，抓着母亲大声喊着："好啊，又让我找到你啦！这回可不能让你再跑了！给我做女儿，快跟我回家吧！"

在场的首长和女兵们都被陈赓弄蒙了，不知所措，显得很尴尬。母亲却不躲不闪，也不作答，只是一个劲地笑。

吹口琴的大姐姐想着上路的事，没头没脑地问："首长，你们是来开会的吧？你们有汽车吗？"

陈赓并不理会，只是拉住母亲的手不放，一再佯装生气地追问："从哪里来，到哪里去？还跑不跑？"

母亲不再笑了，很认真地说："陈师长，帮帮忙吧。"

大家一下子惊住了，原来这一老一少本来就认识。

这时，陈赓才哈哈大笑起来，指着母亲说："我还以为你把我这个干爹忘了呢！"

大家更加莫名其妙。

站在陈赓旁边的一个年轻干部问："你们到底是怎么回事？"

陈赓卖起了关子，笑道："说来话长，来，先互相认识一下，她叫王新兰。"然后又指着同来的几个干部，一一向母亲她们介绍，"我们都是一方面军的，他是萧华，我们最年轻的指挥员，这是李天佑，这是杨勇……我们是来总部开会的。"

介绍完毕，陈赓又起哄道："现在，先让王新兰跳个舞好不好？"几个干部齐声叫好。

母亲没有马上跳舞，接着刚才的话题说："我们心里急得冒火呢，都怪老天爷，下这么大的雨，把路冲断了，把我们隔在这里，急死人了。"

"你们要到哪里去？"陈赓这才问。

"延安。"母亲说。

"到延安去找谁呀？"陈赓继续笑着问。

母亲爽爽朗朗地说："找毛主席，朱总司令，徐总指挥……还有我叔叔。"

"哟，你人小口气可不小呀，找的都是大人物，"陈赓打趣道，又回头对那几位红军干部介绍说，"她要找的叔叔是王维舟。"

首长们脸上露出恍然大悟的神色。

母亲继续追问陈赓："首长，你们有汽车吗？"那时，汽车成了她们时刻牵挂的一块心病。

陈赓成心逗乐："不认我这个干爹，哪来的汽车，就是真有汽车，也不让你们坐。"

母亲急得红了脸，她不知道怎样对付这个陈师长。

停了一会儿，陈赓降低了条件，说："要不，给我们跳个舞，或唱支歌，我就放了你。"

母亲的两个女伴显得有些着急，一起和母亲商量说："王新兰，就给首长唱支歌吧，我们给你伴奏。"

母亲依然不肯，一定要以坐汽车为交换条件。

陈赓终于作出让步，说："好，给我唱支歌，还得加上一段舞，我就让你们坐汽车。"

"真的？太好啦！"三个姑娘齐声欢呼起来。

后来成了我的父亲的萧华对母亲说，当时他真替陈赓捏了一把汗，汽车当时是稀罕物，鬼知道他能从哪里给人家弄汽车去。

母亲听到陈赓答应了她们的条件后，立即像正式演出那样，走到井台的一边，面向几位首长，大大方方地唱了一首川东民歌，又跳了一段苏联水兵舞。

陈赓看看天色还早，有意要逗逗母亲，又拿出了开始的那个条件："还得叫干爹，不然，一切都作废。"

母亲并不怕他，说他耍赖，据理力争。看到母亲认真的样子，大家笑得更欢了。

那个叫萧华的年轻干部终于在一旁说话了："陈师长，歌也唱了，舞也跳了，不要再难为人家了。"

陈赓回头看看萧华，更离谱地说："萧华，你心疼了？"

母亲后来说，陈赓一句玩笑话，烧红了两张脸。

二 兴国城里泥瓦匠的儿子

往回走的路上，在同伴们的再三追问下，母亲向她们讲述了自己跟陈赓师长认识的经过。

半年前的一天，母亲他们宣传队演出结束后，首长照例到后台接见宣传队员们。那时母亲刚卸完妆，就被一个穿着国民党军服的"大官"拉住了。那人虎着脸，瞪着眼，对母亲说："好啊！我可找到你了，快跟我回家去！"

那位国民党"大官"就是陈赓。

母亲当时一下子愣住了。在她的记忆里，亲属中没有这么个长辈，也没有在国民党军队里做事的。开始，她以为陈赓认错了人，笑笑躲开了。后来见陈赓追着她不放，心中害怕起来，赶忙跑到宣传科长吴光澡的身后躲了起来。

这时，吴光澡和陈赓都笑了起来。

原来，演出开始前，穿着国民党将军军服的陈赓，陪同南京派来的国民党中央考察团刚刚来到四军，考察部队改编情况。听说文工团在演出节目，爱凑热闹的陈赓就赶来看演出了。当时，母亲正在台上跳舞，旁边的一个干部用手捅了捅陈赓，说："老陈，看这小姑娘，多像你的女儿。"

于是，演出结束后，喜欢开玩笑的陈赓就借接见演员之机，穿着国民党的将军服到后台找"干女儿"来了。

那时候，参加红军的女战士，绝大多数是穷人家的孩子，但也不乏母亲这样的富家大户小姐，而富家小姐多数又是从家中逃走的，因此红军部队中常出现富家大户找子女回家的事情。

听我的六姨说过，母亲小时候长着漂亮的圆脸蛋，皮肤白皙娇嫩，笑起来很好看，加上能歌善舞，陈赓认定她是从家中逃出来的富家小姐，就冒充找女儿的国民党军官，和她开个玩笑。

看到母亲害怕的样子，吴光澡制止住了陈赓，并把大名鼎鼎的红一师师长陈赓向母亲作了介绍。从此，母亲知道了在红军里有一个爱开玩笑的将领。陈赓找"干女儿"的玩笑一直持续到新中国成立以后，在我记事以后，陈赓每次见到母亲，都要半真半假地让母亲喊他"干爹"，母亲总是无可奈何地说他"没正经"。

母亲和父亲的恋情，开始于云阳镇那个美丽的黄昏。

不过母亲当时并没有意识到那个黄昏将会对她日后的生活发生怎

样的影响。她觉得自己只不过碰到了几个年轻的首长，他们都很和蔼可亲，也许，他们还可以为她们搞到一辆去延安的汽车，仅此而已。

而一种从未体验过的感情此时却在那个年轻的江西兴国籍军官的心中悄悄滋生了。

第二天，几乎在同一个时刻，头天的几位首长又来到了母亲她们跳舞的那个井台旁。这次相遇，首长和女兵们都不再尴尬，大家无拘无束地说笑，跳舞，唱歌。临分手的时候，那个叫萧华的江西籍军官悄悄地约母亲单独走一走，他说有话要跟她说。

对于首长的邀请，母亲没有拒绝。

也许，她还不懂得拒绝；也许，她不愿拒绝。这是母亲的秘密。

两个人避开陈赓、杨得志等人的视线，并肩向村边的大路走去，很快，他们消失在朦胧的暮色中。开始时，他们相互只询问家乡、家人和家境，说些各自部队的人和事；后来，便主动地谈了各自的年龄、爱好、兴趣等等。说到高兴处，两人开怀大笑；说到伤心事，两人一起伤感落泪。这一天，母亲最突出的感觉是：时间过得太快。

第三天，我的父亲萧华又来邀母亲散步。这次陈赓他们没有来，母亲的另外两个女伴也没有来。

他们谈了很多，他们更深入地进入对方的视野。年轻的江西籍军官萧华的身世深深打动了母亲。

我的父亲萧华是江西兴国城里一个泥瓦匠的儿子。从他的父亲上溯三代，皆为泥瓦匠。他的父亲即我的爷爷萧能球是兴国县数一数二的泥瓦匠兼画工，他从祖辈手里接过描龙绘凤的手艺，同时他接过了贫穷。萧能球从自己能提动灰浆桶的时候起，就跟着当泥瓦匠的父亲，走在兴国的大街小巷中，没黑没白地盖屋造楼，雕梁画栋。汗流尽了，苦受尽了，但是贫穷像个赶不跑的影子，总是紧紧地追随着自己。直到去世，盖了一辈子房子的萧能球却没有属于自己的一座屋。他们的栖身之所是"大夫第"萧家祠堂西墙下的一间茅草房。

1916年1月一个寒意料峭的黄昏，我的父亲萧华就出生在这间茅草屋里。

后来成为共和国开国上将的我的父亲萧华出生之日，"大夫第"没有出现任何祥瑞之兆。

"大夫第"是懵懂未开的萧华熟读的第一本"书"。在父亲母亲外出做工的白天，他常常一个人坐在自家小屋的门前，望着空落落的"大夫第"出神。平日，这个院子永远是那么单调那么枯寂那么冷清，高大的正厅和稍矮一些的厢房终年紧锁着，在一个两三岁的孩子眼中，那种神秘感和压迫感是巨大的。听大人们说，这里供奉着萧家的祖先。大年前夕，长年挂在正厅上的大铜锁被一个族中的年长者打开，然后会来一些人，拿着拂尘扫帚，挪桌子搬凳子，忙碌一番。这个时候，他的父亲总是那群人中的一个。正月初一祭祖，是"大夫第"最红火的日子，阖族老幼，按尊卑贵贱排着队，走进供奉着祖先牌位的正厅，在香烟缭绕中，进行一系列同样带点神秘色彩的仪式。在整个仪式过程中，父亲总是站在后排一个不显眼的位置上。

月落星沉，寒暑易节。

萧华一家在"大夫第"西墙根下那间用土砖和木板隔开的破茅屋里打发着沉重的日子。

在萧华的记忆里，身强力壮的父亲永远没有歇下来的时候。天还没亮，他就拿起瓦刀和画笔出门了，一直干到很晚才回来。偶然回来早些，他便会放下做工的家什，跑到潋江码头去帮人拉纤和装卸。那时，萧华就会跑到潋江边上，坐在一个不被人注意的地方，听着沉重的号子，担心地望着被纤绳和麻包压弯了腰的父亲。他随时都在担心着，怕父亲在哪一刻突然倒下来。那时，被晚霞落照染红的潋江在童年萧华眼中，像流着一江血水。

萧华的母亲是个雇农的女儿，勤劳、贤淑、坚毅。为了糊口度日，常常替人家缝补浆洗，挣点工钱，换点红薯回家来当饭吃。萧华所能做到的，只是在母亲进门以后，将一碗凉好的开水端给她。

不久，萧华又添了一个弟弟。每天父母外出做工的时候，萧华便担当起了照看弟弟的任务，整个白天，空落落的"大夫第"里便剩下了年幼的兄弟俩。

一天晚上，当父亲拖着疲惫不堪的身子回到家里以后，萧华将在心里埋了好久的念头告诉了父亲："爸爸，你教我造屋吧。"

父亲看着才长到自己腰间的儿子，说："你才六岁。"

"我有劲，能当小工，提泥搬砖都行。"

父亲摇摇头，说："崽，你要读书。"

萧华从父亲的目光里看出父亲的意志是无法更改的。

就在萧华提出要学泥瓦匠的那个晚上，萧能球夫妇带着几分悲壮地做出了让大儿子读书的决定。他们让儿子读书的理由很朴素，也很简单：在兴国城里，那些显赫人家，哪家都有几个读书人；当泥瓦匠，手艺再好，也填不饱肚子。读书，是出人头地之路。

1922年，六岁的萧华上学了。

他就读的学校叫赤坜小学。赤坜小学是兴国萧氏宗族学校。作为回报条件，他的父亲和两个叔叔答应包揽学校全部房舍的修缮工程。

在学校里，萧华最喜爱的功课是读唐诗。他读会的第一首诗是："春种一粒粟，秋收万颗子，四海无闲田，农夫犹饿死。"回家后，他把这首诗念给母亲听后，皱起眉头对母亲说："种田的饿死，造屋的挨冻，世间不平，古今一样。"

对诗的偏爱，使他在入学不到一年的时间里，便把老师编选的一百首唐诗背得滚瓜烂熟。以此发端，他一生与诗结下了不解之缘。

兴国有较好的革命基础。萧华就读的赤坜小学，校长萧以儒、教员萧藻全等人，都是地下党员，学校除了教授语文、算学，还开设有党义课和总理纪念周。他们利用这些课程给学生们讲什么是军阀，什么是帝国主义。后来萧华到了高年级，学校还油印了《共产主义ABC》等小册子，供进步学生阅读。这些早期的马克思主义启蒙教育，启发了少年萧华的思想觉悟，打下了日后献身革命的基础。

一个翻天覆地的大时代正在来临。

1926年9月，北伐军攻克南昌、赣州，共产党员、兴国籍黄埔三期生萧以佐率一个营的兵力来到兴国。为了庆祝北伐胜利，县城举行了盛大的提灯游行大会。萧华和赤坜小学的同学们打着灯笼，高呼着口号，从兴国城的大街小巷走过，经历着从未有过的喜悦。

随着北伐军进入江西，兴国人民的革命斗争得到了迅猛发展。工会、农协、妇女会、青年干社如雨后春笋般地成立起来了，萧华经常兴致勃勃地跟着父亲去听总工会委员长谢云龙作报告。不久，他秘密加入了共产党的外围组织——赣南青年干社，参加了县委在青年干社举办的青年干部训练班。在党组织的领导下，他还和县城的工人、学生，郊区的农民一道，捣毁了美国在瑶岗瑙建立的天主教堂，洋神甫吓得落荒而逃。

劳苦大众从来没有这样扬眉吐气过。

萧华一家和亲戚都参加了工会和农会。他的父亲萧能球当上了泥瓦工会的委员长、县总工会执行委员；母亲严招胜当了城区妇女工作委员会的主任；大叔萧能岩，是兴国县第一届苏维埃政府主席；小叔萧能隆也参加了工会工作，在四一二反革命政变后被推举为兴国工会赴南昌请愿团团长。在大革命的洪流中，他们都秘密加入了共产党。

不过，舒心的日子十分短暂。

1927年，蒋介石在上海发动了四一二反革命政变，向共产党人疯狂举起了屠刀。浊浪所及，天高皇帝远的兴国也陷入了一片白色恐怖之中。"清党军"杀气腾腾地进驻兴国城，封杀了工会、农会、妇女会、学生会等团体，城乡贴满了通缉革命人士的布告。

兴国县的党团活动被迫转入地下。萧华的家成了兴国县党的秘密交通站和联络站。萧华由于年小机灵，不大引人注意，常常担负起大人不便的送信任务。

我想，当年在云阳镇的土路上，父亲向母亲讲到这里时，母亲一定会有何其相似的感觉，两个家都是党的秘密联络站，两个孩子都充当着秘密交通员的角色。

以孩子的身份送信，这大概是早年参加革命的人在他们的革命履历表上写下的第一行。

这几乎是共通的。

与母亲不同的是，父亲萧华在送信时，总随身携带着两件必不可少的东西，一件是佯装走亲戚的竹筐子，另一件是包着石灰粉的小布包。遇到警察盯梢和追捕，实在摆脱不了时，就瞅个机会将石灰包向敌人脸上甩去，他便乘机逃脱。

身为一个大户人家的女孩子，母亲无论如何做不到这一点，那是男孩子的方式。

我猜想，当父亲向母亲讲到这些时，母亲的眼前一定闪动着那个男孩子机敏的身影……

1928年底，父亲经他的老师萧全芳介绍，加入了中国共产主义青年团。那时，党团生活还没有严格分开，他被编入党支部生活。两年后入党。

父亲入团时十二岁，入党十四岁。母亲入团入党都比父亲早一年。因此父亲跟我们孩子开玩笑说："在咱们家，真正的老资格其实是你们的妈妈，入党入团都比我早。"

三　红军师政委的传奇

去延安的路还没有修好，陈赓师长答应的汽车也杳无踪影。

母亲已不像先前那样焦急，她和那个叫萧华的红二师政委走在黄昏后的云阳小路上，有说不完的话。

我想，父亲和母亲应该感谢那场冲毁了通往延安公路的大雨，不然，丘比特之箭是不会射向他们的，他们将会擦肩而过。

这是一个偶然。

绝对的偶然。

身为他们的儿子，我感谢命运。

年轻的红军师政委的传奇经历使女宣传队员激动得热血沸腾，路边的马兰草发出的阵阵幽香让母亲沉醉，夕阳残照无比动人。

虽然同为红军，但在母亲眼中，面前这位红军师政委却见多识广，是个经历过大场面的人。

父亲继续走进母亲心底……

1928年4月,中共兴国县委在"冰心洞"召开党团活动分子紧急会议,传达中共中央八七会议精神,决定在兴国举行武装暴动。

萧华参加了"冰心洞"会议。

年底,兴国暴动如期举行。

12月20日凌晨,天黑得伸手不见五指,这里那里,不时传来阵阵狗吠声。为了暴动时不至于打错了土豪,萧华约上了东街和西街的几个共青团员,穿街过巷,悄悄摸到一个个反动家伙的门口,用木炭条在门上画个"大船"做记号,并把事先写好的标语贴满了大街小巷。

黎明时分,暴动队伍红二团冲进县城。萧华带领便衣队,冲进警察局,救出了红二团的交通员张民,释放了全部"犯人"。暴动队伍按照萧华他们做的记号,按图索骥,准确无误地抓住了罪大恶极的家伙,缴获了他们家中隐藏的枪支弹药。敌人尚在梦中,鲜艳的镰刀旗已高高飘扬在兴国县城。

暴动中,萧华出色地完成了里应外合的任务,得到了红二团领导人李韶九的表扬。

十二岁的萧华第一次接受了战斗的洗礼。

1929年4月中旬,萧华第一次见到了中国工农红军的主要创始人之一毛泽东。

那是杜鹃花开的时候,毛泽东率领红四军第三纵队从雩都出发,经过赣县的江口、雩都的峡山,浩浩荡荡地来到了兴国。

毛泽东来到兴国后,住在潋江书院的文昌宫。在这里,他亲自起草了《兴国土地法》,主持举办了共有四十多人参加的土地革命干部训练班,年仅十三岁的萧华是这个训练班里年龄最小的学员。在毛委员亲自主持的这个训练班里,萧华的阶级意识、革命觉悟得到了进一步的升华。

1929年12月，十三岁的萧华担任了兴国县团委书记。他带着团县委的干部，经过短短几个月努力，使团组织雨后春笋般在全县范围里建立起来了。到1930年春天，萧华他们跑遍了全县十四个区、六十多个乡。在每个区都建立了一个团委，每个乡建立一个团支部。团员由最初的几十人，发展到一千多人。

县团委书记的岗位，是年轻的萧华初展才能的第一个舞台。

1930年3月中旬，毛泽东率领红四军，第二次来到兴国，仍然住在潋江书院的文昌宫（之前，由于战事变化，毛泽东率红四军经宁都往闽西去了——笔者注）。

潋江书院是县革命委员会办公的地方，党和团的县委也设在这里。萧华在这里主持团的工作。一天上午，毛委员的警卫员小王忽然到团委来找萧华，说毛委员要找他去谈一谈。

毛泽东第一次来兴国时萧华虽然见过他，还听过他不少课，但单独找他谈话，这还是第一次，心里不免有些紧张。他跟着小王来到书院的拜亭，见毛委员正坐在一张长条靠背椅上看书。他喊了报告，毛委员立即放下书，笑着迎过来说："哦，你就是那个很能干的萧华？"一边说着一边把他拉到自己身边坐下。

毛委员又问："你今年多大？"

"十五了。"他回答说。他说的是虚岁。

"上过几年学？"

"七年。"

毛委员拍拍手中那本发黄的《兴国县志》问："以前看过县志吗？"

"没有。"

毛委员说："这书很有用，每一个县都有一本。当地的历史沿革，吏治政要，四时出产，民风民俗，名人轶闻，无所不包，是一本很有用处的书。"说着，毛委员翻到一页，说："比如这里收录海瑞的《兴国八议》，对我们了解兴国，就很有帮助。"

毛委员的博闻强记，给萧华留下了深刻的印象。

见气氛轻松下来，毛委员的话才入了正题。

毛委员向萧华详细询问了兴国共青团的工作，从全县有多少个共青团的支部，发展了多少团员，到共青团的各项工作如何开展，等等，甚至对有多少儿童团员都一一问到了。萧华思路清晰，加上熟悉情况，汇报得有条有理。毛委员专注地听着，不时点点头。萧华汇报完后，毛委员从椅子上站起来，笑着连说了好几个好，还热情地留他吃了午饭。

对于年轻的萧华来说，毛泽东的这次接见，意义深远。一代巨人以他的非凡魅力征服了赣南小城的这个年轻人，从此时起，一座只能仰望的高山永远矗立在萧华的眼前。

毛泽东与萧华，一种类似师生的革命友情，从1930年3月那个清爽的上午就开始了。这种感情，一直延续了萧华的一生。

此后，毛泽东又两次来到兴国，先后找萧华单独谈话六次。有时谈得太晚了，毛泽东就叫人在他的大床边搭一小床，毛泽东贺子珍睡大床，萧华睡在小床上。显然，年轻机敏的萧华已经在毛泽东心中打下了深深的烙印。

萧华面临着革命生涯中一次命运的转折。

1930年春天，在毛泽东最后一次离开兴国不久，萧华就接到了调他去红军工作的通知。由于新的团县委书记还没有到任，他一直到6月份才启程去红军总前委报到。

启程那天，他的母亲起了个大早，将萧华送了一程又一程，最后终于在一棵大榕树下分手了。萧华走出好远后，回过头，看见母亲还站在榕树下，风吹乱了她的头发。萧华滚下几滴热泪，咬咬牙，向前走去，没有再回头。

萧华和他的母亲都没有想到，这一别，竟成永诀。

不只是与母亲，萧华这一走，再也无缘与父亲、祖母、弟弟和两个叔叔相见。

四 "肃反"——两个家庭相似的悲剧

在萧华走后的几个月内，他的父亲和两个叔叔相继在苏区的"肃反"中被错杀。

父亲萧能球参加了兴国暴动，后任兴国城区区委书记。萧华离开家的三个月后，即1930年9月，李韶九来兴国主持"肃反"，将萧能球逮捕，当作"AB团"杀害。

大叔萧能岩，也是泥瓦匠，与萧能球先后入党。1929年4月，毛委员在兴国县主办土地革命干部训练班，他与侄子萧华同为该班学员。1930年3月，萧能岩当选为兴国县第一届苏维埃政府主席，成为兴国县泥脚子掌权的带头人。1930年9月，红一方面军秘书长兼肃反委员会主任李韶九主持江西"肃反"，在兴国大抓"AB团"。在审问一个干部时，重刑之下，那个干部胡乱招供说，我们都是"AB团"。于是，县苏维埃政府的干部全被逮捕。萧能岩被视为"AB团"的"头子"秘密处决。

小叔萧能隆，中共党员，处世豪爽，为人豁达，因而在大革命时期，被推选为兴国码头工会主席。1927年3月，蒋介石指示驻军残杀了江西总工会副委员长兼赣州市总工会委员长、共产党员陈赞贤，萧能隆率工人请愿团到南昌请愿。四一二反革命政变后，他又参加了县委为陈赞贤在鸡心岭召开的追悼大会。1930年，两位兄长被当作"AB团"错杀后，他也受到株连，被免去党内外一切职务。为了承担起赡养老母和兄弟三家（除萧华在部队外，三兄弟还有六个孩子——笔者注）的生活重担，在街上开了一家为挑夫、苦力服务的低档伙铺。1932年初夏，因贩卖粮食，被指责为"破坏苏区粮食政策"，也被打成"AB团"处决。临刑前，他被五花大绑从兴国县城的大街上走过，面无惧色，从容高呼"共产党万岁！"，闻者无不动容。

萧华年近六旬的祖母李氏，被国民党清乡委员会抓捕后，脚朝上头朝下地吊打，老人用刑后卧床不起，不久含冤而死。

弟弟萧以侃，在父母、两个叔叔相继牺牲后，无依无靠，四处飘零。一次在帮别人盖房时，摔成重伤，无钱治病，结果感染致残，不久离开人世。

母亲严招胜，原名招秀，入党后改为招胜，以示革命到底之决心。在1930年11月21日兴国城区区委组织部发布的《城区委组字通告第二号》文件中，严招胜的党员号码为11号，是兴国的老党员。她和丈夫萧能球、儿子萧华一起参加了兴国暴动。苏维埃时期曾任兴国县东街妇女主任、妇女赤卫连政治指导员。为保卫红色政权，积极支持儿子参军。1930年6月，在高兴圩受到毛泽东的亲切接见。丈夫和两个小叔子被错杀后，她忍住悲痛继续坚持革命斗争。1932年8月，南雄水口战役后，萧华随部队回到兴国，驻扎在竹坝。严招胜得知后，赶到竹坝，谁知部队在头一天夜里已经开走了……

关于我没有见过面的奶奶严招胜的最后情况，父亲是在新中国成立后从陈毅元帅口中得知的。

1934年10月，中央红军主力长征后，国民党重新占领了兴国县城。奶奶严招胜随城区苏维埃干部撤到杰村、九山一带坚持游击战争。后来队伍打散了，奶奶和少数几个人在深山老林中与敌人周旋。敌人疯狂搜山和封锁，奶奶死不反水，不肯出山投降。一次，留守江西坚持斗争的陈毅带着部队在一条山沟里与奶奶意外相遇。那时，奶奶的头发已经苍白，骨瘦如柴。看到陈毅，她颤巍巍地走过去，问："我的小华子现在在哪里？"陈毅安慰老人家："萧华同志跟着毛委员走了，他们会打回来的。"奶奶喃喃着："那……我等着……"陈毅走出老远了，奶奶还站在那里凝望。这次与陈毅见面之后不久，奶奶就在敌人搜山"围剿"中牺牲在深山密林里。后来陈毅还专门派人去找过奶奶的遗体，但没有找到。没有人知道奶奶的遗体在哪里。

1956年，父亲时隔二十多年重返兴国，回首往事，悲不自胜，面对青山，潸然泪下，满怀深情地写了一首《哭严招胜同志》的诗，献给他的伟大的母亲：

> 辞别故乡去从军，母亲送到五里亭。
> 儿跟委员去杀敌，娘在家乡干革命。
> ……
> 青松挺拔严招胜，乌云压顶看浮沉。
> 毕生血汗献给党，鞠躬尽瘁为人民。
> 任凭黑夜豺狼嚎，雄鸡终将唱黎明。
> 烈士忠骨埋桑梓，鲜花沾血祭英灵。

其时，父亲的父亲和两个叔叔的"问题"还没有平反，具有高度组织纪律性的父亲没有为他们祭上藏在心头的纪念。

他们堂堂正正地走上烈士的祭坛，是在中共十一届三中全会之后。

毛泽东对我父亲的家世感慨满怀。

1955年9月下旬的一个午夜，父亲被毛泽东召到了中南海丰泽园——几天之前，父亲刚被授予中华人民共和国上将军衔，在五十七名开国上将中，四十岁以下的仅父亲一人，那年他三十九岁。在飘散着浓烈烟草味的书房里，身穿肥大睡衣的毛泽东对父亲说："不知何故，今天我忽然想到要与你这个年轻人谈谈你我的家世。"

父亲看着毛泽东，不解其意。

毛泽东在地上踱起步来。他再次踱到父亲面前时，站住了，拿着烟，仰头看着天花板，声音沉重地说："你我都犯杀气。当了一回共产党，你家四口，我家六口，都被杀掉了。"

父亲说，主席说完那话以后，吸着烟，好长时间没有再说话。

直到父亲要离开丰泽园时，毛泽东才又说了一句话："认识你时，你还是个娃娃，转眼成了一个上将，时光好快。"

五　父亲的两个救命恩人——周恩来、罗荣桓

父亲母亲各有四位亲人为革命献出了生命，其中的七位是在"肃反"中被处决的，父亲家三人，母亲家四人。父亲的亲人死在赣南，母亲的亲人死在川东。

在云阳镇，母亲还不知道四位亲人的死讯。她还天真地想着哪天早晨，说不定能忽然看见哥哥姐姐中的哪一个。

发生在兴国的那一切，父亲却是清楚的。我不知道，在云阳镇的土路上，父亲对母亲是怎样绕过"肃反"那个严肃而沉重的话题的。

也许，他们只是轻轻带过；也许，他们真的把屈死的亲人看作是"反革命"，尽管他们心中不会接受——他们对组织几乎无条件的相信只能产生这样的结论。

除了接受对亲人的判决，他们别无选择。

在红军总前委，萧华又见到了毛泽东。此时，根据中共中央指示，红四、红六、红十二军正在长汀整编为红军第一军团。毛泽东见到萧华十分高兴，要他在前委住几天，待整编结束后再去红一军团工作。

在总部待命的几天时间里，毛泽东稍有闲暇，就给萧华介绍当前的革命形势和红军的情况。一到吃饭时间，就派人叫来萧华，让他和自己一起吃饭。一次，在吃午饭的时候，毛泽东对萧华第一次说了日后被广泛提及的"不吃辣椒不革命"的戏言。

红一军团成立不久，红军就奉命北上，执行打九江、南昌的任务。萧华被总前委任命为红四军政治部专职青年委员，这是萧华参加红军后的第一个职务。

在红四军军部所在地——距南昌百公里的樟树镇，萧华见到了年长他十二岁的红四军政治委员罗荣桓。

从此时起，开始了他们几十年的战斗友谊。在以后革命生涯的各个阶段中，作为罗荣桓元帅的得力助手，他们几乎是形影不离地工作、战斗在一起。在萧华心目中，罗帅是良师益友，是事事处处皆可作为楷模的兄长。

1932年9月，萧华担任了红一军团政治部青年部长；4个月后，又被任命为总政治部青年部长。在红都瑞金，他第一次认识了中央苏区的最高首长、中共苏区中央局书记周恩来。

1933年初，为了庆祝第四次反"围剿"胜利大会，鼓舞士气，他主持召开了全军青年工作会议。开会那天，周恩来、朱德、顾作霖、王稼祥、杨尚昆以及刚由上海来到苏区的中央总负责人博古全都来了。参加会议的青年干部只有几十个，而"讲台"后面的主席台上，首长却坐得满满当当的。当周恩来的主题报告讲到一半时，突然有六架敌机出现在开会的祠堂上空。原来，敌人已探知这一带有红军的首脑机关，专门派飞机来寻找目标轰炸。周恩来中断讲话，正要和萧华一同指挥大家撤出祠堂，敌机已经俯冲下来，黑黝黝的炸弹接二连三地投了下来，祠堂周围硝烟弥漫，霎时变成一片火海。萧华想起祠堂外不远的山前有个防空洞，于是就猫着身子跑到门外，挥着手让大家到那里躲藏。恰在这时，当空落下几枚炸弹，周恩来一把把萧华拉进门槛，大喊一声"卧倒！"随即将萧华按倒在自己身下。就在这时，好几颗炸弹在门口几步远的地方爆炸了。弹片擦身而过，厚厚的尘土盖了一身。

当年在场的人几十年后对发生在那天的一幕一直记忆犹新。60年代，在中央一次会议休息时，闲聊中，朱总司令提起那次会议，还风趣地说："总理那一身子压得好，压出了个总政治部主任（1964年，父亲被任命为总政治部主任——笔者注）！"

父亲也不止一次地跟我们说过，他这一生，有两个人对他有救命大恩，一个是周恩来，一个是罗荣桓。周恩来把他从敌人的炸弹下救了出来，罗荣桓把他从"肃反"的枪口下救了出来（父亲一到红四军，就被打成"AB团"。理由很简单：萧华是兴国人，而兴国的"AB团"最多，萧华的父亲和两个叔叔都是"AB团"，由此类推，萧华也是"AB团"——笔者注）。

不幸的是，在那次敌机轰炸中，当时的总政治部主任王稼祥的腰部被弹片炸中，负了重伤。空袭过后，周恩来立即指挥人把他送进了医院。当时根据地医疗条件很差，没法做大手术，医生在王稼祥的腹部开了个口子，装了个管子引流。第五次反"围剿"失败后，他躺在担架上，开始了对他来说痛苦万分的二万五千里长征。

那次敌机轰炸的半年后，在"扩大一百万铁的红军，捍卫胜利果实"热潮中，父亲被调到成立不久的"少共国际师"任政治委员，与先后担任过师长的陈光、吴高群、曹里怀、彭绍辉搭档，率领"少共国际师"健儿，驰骋沙场，为捍卫红色政权写下了可歌可泣的篇章。在四任师长中，最年轻的师长曹里怀还年长父亲四岁。

父亲担任"少共国际师"政治委员时十七岁。

1934年10月16日夜晚，父亲率领在第五次反"围剿"中遭到重创的"少共国际师"，跟着毛泽东，渡过雩都河，最后一批离开了中央根据地，开始了日后被称之为二万五千里长征的战略转移。

关于那个夜晚，父亲记忆深刻：那沉闷的夜色，呜咽的河水，含泪相送的乡亲，一步三回头的战士……父亲不知哪天才能回到这块生他养他的土地上来。这块土地让他懂得了革命，这块土地使他成为了战士，他在这块土地上认识了战争。

这种离别故土的感情与母亲又有些相似，在赣南的父亲和在川东的母亲都经历过那样一个沉闷的夜晚，一个过的是雩都河，一个过的是嘉陵江。

这种感情酝酿了三十年，最后化作父亲传遍整个中国的《长征组歌》中的第一首诗篇：

红旗飘，
军号响；
子弟兵，
别故乡。
红军主力上征途，
战略转移去远方。
男女老少来相送，
热泪沾衣叙情长。
紧紧握住红军的手，
亲人何时返故乡。
乌云遮天难持久，
红日永远放光芒。
革命一定要胜利，
敌人终将被埋葬。

我想，这首诗中，一定也融进了母亲的感受和体会。

"少共国际师"在湘江突围中再遭重创。战役结束时，全师已不足三千人。

遵义会议以后，取消"少共国际师"建制。父亲被任命为红一军团政治部组织部长，之后一直随先头部队执行任务：先协助黄永胜指挥红三团征服乌江天险；后又率工作团进大凉山，成功地导演了刘伯承与小叶丹的彝海结盟；安顺场边，泸定桥头，雪山上下，草地内外……当毛泽东巧妙运筹，将危机濒临的红军一次次带出死地的时候，父亲几乎总是处于一个相对重要的岗位。

1935年7月，在毛儿盖，十九岁的父亲被任命为红一军团第二师政委，师长是年长他九岁的"少共国际师"第一任师长陈光。

六　罗荣桓热心搭鹊桥

路修得很慢，母亲她们在云阳镇一待就是一个多月。

8月下旬，野地的谷穗开始发黄的时候，去延安的道路终于修通了。

陈赓师长真有办法，竟然联系到一辆去延安的汽车，答应带母亲她们去延安。

女兵们兴奋极了。

母亲虽然对年轻的红军师政委产生了好感，有点依依不舍的感觉，但到延安开始新生活的诱惑毕竟太大了，当然，坐汽车的诱惑也不小——很快，上延安成了她心中的头等大事，她在高兴地做着上路的准备。

陈赓师长找到汽车的第二天，罗荣桓政委（红军改编为八路军后，不设政委，罗荣桓改任一一五师政训处主任，父亲任副主任，但干部们依然习惯于称罗荣桓为政委——笔者注）打发警卫员把母亲叫到他的住处。

在过去几天的交谈中，年轻的红军师政委多次向母亲提到过罗荣桓。此时，站在这个戴着一副深度近视眼镜的高大魁梧的首长面前，母亲还是感到了一阵紧张。她不知道这位陌生的首长叫自己来做什么。

罗荣桓递给母亲一杯水，问："你叫王新兰？"不等母亲回答，又开门见山地问，"你认识萧华吗？"

母亲说："刚刚认识。"

"你喜欢他吗？"

"喜欢啊，"还没有完全脱掉孩子气的母亲不假思索，脱口而出，"我们在一起说得来，玩得好。"

"你爱他吗？"罗荣桓的询问完全是公文式的。

母亲一怔，脸唰的一下子红了。她一直觉得萧华可亲可敬，从心里喜欢这位兄长般的首长，说到爱不爱的问题，她一时不知该如何回答才好。

她确实没有往这方面想过。

这一年，母亲才十三岁。

屋子里出现了短暂的沉默，空气显得紧张起来。

见母亲不说话，办事认真的罗荣桓拿出了最后一手，说："萧华说他爱你。"

母亲的脸涨得更红了，低着头，只觉得心里热乎乎的，依旧不知说什么好。

罗荣桓趁热打铁，又说："萧华年纪不大，本事不小，在一方面军可是个名气不小的人物。他说他爱你，不知你爱不爱他。你可以再考虑考虑。要是爱，你们之间的关系就确定下来，你到延安时就不要再找男朋友了，毕业分配到我们一一五师来工作。要是你不爱他，你就直接告诉我，我去同萧华谈，让他死了这条心。"

母亲听到这里，心里一阵慌乱，忙对罗荣桓说："我觉得他这人很好，我毕业后愿意到一一五师工作。"

罗荣桓笑了："好，这就算定下来了。我给延安的同志写信，让

109

他们好好照顾你，并保证你毕业分到我们一一五师来工作。刚才我已经说过了，萧华文能笔墨，武能上阵，是个优秀干部。"说着，罗荣桓停顿了一下，考虑了一会儿，又说："延安那边也是人才济济，再有，男女比例是八百比一，咱们要不要来个约法三章呀。"

母亲的头低得更低了："首长的意思我明白。"

罗荣桓认真地说："那咱们两个就是君子协定了。"

母亲使劲点了点头。

原来，红军师政委萧华和母亲接触了几天后，心里再也放不下这个姑娘了，从不失眠的他开始失眠了。

他知道他爱上她了。

他每天都在打听通往延安的路通了没有，说实在话，他并不希望路马上修好。但眼看着路一天天修好了，陈赓的汽车也有了眉目，而他们的会议已近尾声。一切迹象都告诉他，他和那个叫王新兰的四方面军女宣传队员分手的时候到了。

他很着急。他和她的关系还隔着一张没有捅破的纸。

他自己不敢去捅它。他怕那难以预料的结果。

最后，他咬一咬牙找了罗荣桓，红着脸说了心里的秘密。

罗荣桓一口答应，于是，就有了上面他和母亲的那番谈话。

母亲就要动身了。

萧华给他在延安的老战友罗瑞卿和刘亚楼分别写了一封信，托付他们照顾母亲。罗荣桓也给在"红大"学习的爱人林月琴写了一封信，信中谈到了萧华和王新兰的关系，要林月琴好好照顾她。

临出发的头一天晚上，萧华把改编中领到的一床新棉被送给了母亲。

母亲她们动身这天，天蓝云白，朝霞如染。刚吃过早饭，萧华和陈赓、杨得志等许多混熟了的首长都赶来为她们送行。陈赓不改爱开玩笑的习惯，指指母亲，又指指萧华，说："萧华，你搞走了我的干女儿，往后，你我之间可得有个长幼之分了。"大家都笑起来。陈赓没有笑，他又佯装严肃地对我母亲说："你也不简单，蒋介石刚刚委任的国军少将（父亲在三原改编中任一一五师政训处副主任，被授予少将军衔——笔者注）让你搞走了，萧华才二十一岁，我不晓得国军里还有没有这么年轻的将军。"在大家的一片笑声中，母亲的脸更红了。

母亲她们是头一回坐汽车，刚坐好，还没来得及和车下面的人打个招呼，汽车就呼地开动了。母亲只觉得两耳生风，路边的景物很快地往后移动着。她拼命地扭过头往后看，看见萧华站在一处高坎上，不住地向她招着手。汽车越走越远，萧华终于从她目光里消失了。

看着沐浴在朝霞里的云阳镇，母亲悄悄洒落了几滴泪珠。

云阳镇——母亲默默叨念着这个地名。

在以后的日子里，她会常常想起干旱的黄土高原上这个不起眼的地方。梦牵魂绕的云阳镇，在这里，母亲获得了她人生的另一半。

1982年夏天，在兰州军区后勤部任副政委的母亲到西安开会，会后专程驱车去了一趟云阳镇。让母亲惊异的是，四十多年过去了，云阳镇总的格局还没有太大的变化。顺着长长的一条镇街，排列着高矮不齐的房舍，房屋的颜色和模样都和原先差不多，土蒙蒙的一片。最显眼的是新盖的邮局，墙上竟然贴了光亮的马赛克，显得扎眼，有两个年轻姑娘以它为背景在拍照。镇街上的店铺似乎也多了些，卖粮食的，卖农具的，卖种子农药的，卖时新衣服的。最多的是小饭馆，西安的羊肉泡馍，三原的锅盔，岐山面，羊杂碎，拌凉粉……母亲去时是上午十点多，镇街上没有多少人，那些店铺显得多少有些冷清。

当年八路军总部在这里时，这里何等热闹。到处是当兵的，唱歌的，走操的，骑马的，挎枪的，有的穿着破旧的红军军服，有的刚换上崭新的国民党军装，人吵马嘶，抗日标语随处可见，到处热气腾腾……时代往后推移了三十多年，墙上的标语从抗日的内容变成了计划生育和养鸡养蝎。看得出，改革开放的脚步正悄然向这个偏僻小镇走来。母亲徜徉在一片黄土中，满眼满目都让她心动神往。她竟然找到了自己当年和父亲邂逅的那个井台，井水已经干涸，井台也已残缺不全，但她还是在那儿照了一张相。之后，顺着那个井台，母亲又找到了当年住过的那个院子。院墙已经翻新，院外的古槐却苍老了许多。她走进院子，一切看上去都很眼熟，除了上房重新上瓦砌墙，其余大体如旧。一个老奶奶坐在正屋的墙下搓玉米，看见母亲他们进来，热情地站起来，招呼进屋坐。母亲说就在外面，于是坐在台阶上跟老奶奶聊了起来。老奶奶健谈，看母亲穿着军装，说她的一个儿子也在队伍上，在新疆当营长。从现在说到从前，老奶奶说民国二十六年，她家里还住过三个女兵呢，她说那时候她当新媳妇刚过门，三个女兵就住在她的东厦屋里。那是她的新房，刚裱过顶。老奶奶说着，用手指了指那个破旧的小厦屋，说现在放种子当仓库，娃们说打算翻修一下。她说那三个女娃子能唱能跳，本事大得很，后来去了延安。她最后说不知她们现在还在不在，如果在，不准是大干部呢。

母亲说她终于从老奶奶皱纹密布的脸上，辨出了那个叫杏花的小媳妇。那时她十七八的样子，扎着一条长辫子，常到井台去挑水，看见她们唱歌跳舞，就挂了扁担静静地看，抿着嘴笑。母亲要教她跳舞，她连连摇手，说："我人笨，学不会。"母亲临走的头天晚上，她在母亲她们住的东厦屋里坐了好久，说你们这么小当兵，美死了。母亲说你也可以当兵呀，她的脸红了，小声说："我已经有了。"说着看看自己的小腹，母亲这才知道她已经怀上娃娃了。

母亲说她到底没有向老奶奶说自己就是当年那三个女兵中的一个。我问她为什么，她说她也说不明白，她说那感情一定很复杂。我相信母亲说的那种感觉。母亲不是爱张扬的那种人，不愿意让老人知道她是一个官，以一种平等的身份与老人对话，要轻松得多。母亲问老人在部队上的儿子的情况，老人轻轻唉了一声，说在新疆当兵，离乌市（大概嫌拗口，老奶奶这样简称乌鲁木齐）还要走三天，胃总疼，腿也总疼，想往近调调，没认得的人。母亲问有没有他的地址，老奶奶说，有哩，在信上。说着，老奶奶进了屋子，拿出一封信递给母亲。母亲看了信封上地址，是塔什库尔干某某某部队，知道那是帕米尔高原上的边防部队。母亲让随行的助理员记下那地址和老人儿子的名字，告辞了老奶奶。回到兰州后，母亲想方设法，通过干部部门，将那个干部调到了陕西。那是母亲在兰州军区工作的七年时间里，亲自过问的唯一一次干部调动。

在云阳镇，母亲当然要在当年和父亲散步的公路上走一走。路已经不是土路，铺上了沥青，也拓宽了不少，路边的榆树和柳树依然葱郁。母亲说她在那条路上走了很久。

当天下午，母亲在下榻的招待所，给兰州的父亲挂了电话。当时我正在兰州休假，父亲接完电话后，笑着对我说："你妈妈去云阳镇了。"说完，在地上很快地踱起步来，踱了几步，又停住说："你妈妈说云阳的路宽多了，铺了沥青。"之后，父亲一直在屋里踱来踱去。显然，他很兴奋。

晚上吃饭，父亲喝了一杯红葡萄酒。他要我也喝一点。

第四章

到延安

从此时开始,母亲一直工作在通信机要工作岗位上,直到全国解放。母亲已记不清经过自己的手,接收到了多少上级的指示,又送出去多少重要消息。

周总理说:"王新兰发报,清晰,干净,有节奏,像她人一样,有灵气。"

一　从抗大到新华社

母亲她们一行三个女兵坐着汽车,从云阳出发北行,在黄土高原上整整走了两天。沿途全是裸露着黄土的山山峁峁,有时也会出现一片一片葱绿,那是山峁背阴处的梢林。走到第二天的下午,前方突然出现了几座高山,东边山上的一个小黑点越来越大。一个男兵大声喊了一句:"延安到了,快看,宝塔山!"母亲她们看着渐渐清晰起来的宝塔,也都禁不住欢呼起来:"到了,到了,我们来到革命红都了!"

"红大"设在延安大街上的旧衙门里,门庭高大,房屋整齐,可以说是当时延安最讲究的建筑。罗瑞卿是"红大"的教育长,刘亚楼是训练部长。母亲到教务处交了介绍信,报了到之后,找到罗瑞卿、刘亚楼,把罗荣桓主任、我父亲写的信分别交给他们。之后,又去看望了罗荣桓的夫人林月琴,把罗荣桓写的信交给了她。

林月琴也是原红四方面军的,是赫赫有名的妇女工兵营第一任营长。母亲在红四方面军时很早就听说过这个女英雄,但一直没有见过面。乍见林月琴,觉得她相貌端庄清秀,待人热情可亲,俩人没有说上几句话,就有一见如故的感觉。从此时起,母亲在革命队伍里便有了一位可以推心置腹无话不谈的大姐姐。她们的亲密关系就像罗帅和父亲,这种革命情谊一直维系到她们晚年。

母亲入学不久,"红大"就改名为"抗大"。母亲被编到三大队,学习的科目主要是军事和政治两项,毛泽东、张闻天、博古等领导同志有时也来讲课或作报告。

一天课后,有个战士给母亲送来一个条子,母亲打开一看,是她的叔叔王维舟派人送来的。信上说他现在是三八五旅副旅长(不久改任旅长——笔者注),住在庆阳,现在到延安来开会,希望能见她一面。母亲看到叔叔的信时,高兴极了。虽然同在红四方面军,但自叔叔受制于张国焘之后,母亲已有好几年没有见过他的面了,她多想念把自己带进革命队伍里来的叔叔啊。母亲接到信时是星期四,好不容易盼到星期天,请了假,匆匆赶到叔叔开会的地方。多年不见,叔叔老了,胡子也长了。王维舟一见自己的小侄女,一把就把她抱在怀里,也不管有人在场,放声大哭起来。母亲也忍不住泪流满面,但是看到叔叔越哭越伤心,便劝慰他说:"叔叔,别哭了,我这不是已经长大了嘛。"叔叔泣不成声地说:"新兰,我对不起你们兄妹,对不起你们父母,我把你们兄妹四个带出来当红军,现在就剩下你一个人了……"这是母亲自参加红军以来,第一次得知哥哥姐姐的消息。叔叔一句话,让母亲惊呆了,她急切地问:"哥哥姐姐姐夫呢?""都死了……""怎么死的?为啥子?"母亲抓着叔叔的手哭着问。叔叔摇头直哭,当时他只知道他们已经死了,确切的死因他也说不明白。母亲搂着叔叔大哭了一场。

王维舟姥爷劝了母亲一阵,留她吃过午饭,又亲自把她送回了学校。路上,他再三叮嘱母亲有空就给他写信。母亲认真地听着,答应着,可是战争岁月,戎马倥偬,加上交通阻隔,竟没能给老人家发过一封信,也再没看见过他。直到十几年后,全国解放,母亲才第二次见到了叔叔。那时,老人已年过花甲。

抗大毕业后，组织又决定送母亲到军委通信学校学习。这所学校设在延安以北三十里路的延甸子，它是从中央苏区就创办起来的，专门为红军和白区地下党培训无线电技术人才，是红军唯一一所无线电通信学校。母亲这一期是第十期，共一百多名学员，都是经过认真挑选保送来的。能到这所学校学习，别人是很羡慕的。

通信学校学习的主要内容是收发报知识，机械原理，还有英语。当时选送的人，文化要求很严格，大部分是初中、高中文化程度，还有少部分是投奔延安的大学生。母亲只上到小学四年级，是班上唯一只有小学文化程度的学员。我曾问过母亲，为什么选中了她。母亲说是抗大教育长罗瑞卿推荐的。母亲抗大毕业时，罗瑞卿问她："王新兰，想不想再到无线电通信学校去学习？"母亲知道那所学校要求严，说："想也白想，我文化程度不高。"罗瑞卿说："我看你能行，是个学通信技术的好材料。"罗瑞卿虽然那样说了，母亲只当是随便说说，并没在意。直到通知下来了，母亲才知罗瑞卿真的推荐了她，自然喜出望外。母亲自小个性就强，不服输，知道自己基础差，在通信学校就拼命往前赶。课余时间，别人都去打球、爬山、散步，她就躲在窑洞里啃书本。晚上熄灯后，别人都睡了，她还在黑暗中默背白天学过的东西。有些原理、英语单词一时记不住，就写在纸条上，抽空就拿出来复习。功夫不负有心人，一个月后学校考试，母亲竟名列前茅。

当时，前线的白区地下党急需报务人员，学校根据学习成绩编班，学习成绩好、接受能力强的编在甲班，次一些的编在乙班，再次的编在丙班，以便早学好的早向前线输送。母亲聪明、好学，被编在了甲班。甲班实际上是速成班。在这个班里，除了她，另外九名学员的文化程度都很高。母亲感到压力更大，学习也更努力了。她的学习精神感动了班主任汤汉章，他经常给她"开小灶"补课。按原计划每期一年半的课程，母亲不到半年时间便全学完了，理论、操作在全班都是最出色的。她的发报业务尤其突出，手法轻盈，节奏清晰，发报时，手指像击在钢琴键盘上，给人一种音乐感，一种韵律美。大家常说，新兰不愧当过宣传队员，她发的电报像她唱歌一样，特别清脆，好听极了。

1938年5月，母亲被分配到新华通讯社国际新闻台实习。当时的新华社设在延河岸边清凉山上，住的也是窑洞。电台的窑洞与一般的民用窑洞不同，由于电报通信设施十分重要，也很昂贵，中央对电台非常重视，为防止敌人空袭，窑洞全部用石头箍成，非常坚固。在这里，电台每天二十四小时向国际发布中国共产党和八路军、新四军在抗日斗争中的最新消息。

从此时开始，母亲一直工作在通信机要工作岗位上，直到全国解放。母亲已记不清经过自己的手，接收到了多少上级的指示，又送出去多少重要消息。

周恩来总理夸过母亲发电报。

一次，父亲陪同朱总司令和周总理视察部队，参观了那个部队的电台后，闲谈中，周总理问父亲说："王新兰现在还能发报吗？"父亲说："好久不干，大概不行了。"总理连说"可惜"，转回头对朱老总说："他们（指父亲母亲——笔者注）在山东，在东北，只要是王新兰发的电报，她的同行一下就能听出来。"朱总司令笑道："哦，好了得！"周总理说："王新兰发报，清晰，干净，有节奏，像她人一样，有灵气。"父亲连说"哪里，哪里"，周总理只叹"可惜，可惜"。朱德在一旁眯了眼睛笑。

二 毛泽东对母亲说：快去追萧华吧！

在延安，母亲认识了毛泽东。

也许说毛泽东认识了母亲更确切。因为在此之前，母亲在抗大已经当面聆听过毛泽东讲时局。毛泽东是个接触一次就会让你终生难忘的人物，母亲对这样的领袖人物当然印象深刻。而毛泽东是不会注意到他的听众中一个普通女学员的。

母亲引起毛泽东注意也是在盛夏七月的一个傍晚，头年在云阳镇认识父亲就是在这个月份。因此，母亲常说，七月对她来说是个好月份。

他们相遇是在延河边。

母亲说那时候延河很宽，水也很清，像一条飘带，绕过清凉山脚缓缓而去。工作之余，她们经常在河边戏水、散步。毛泽东住的窑洞就在新华社的对面，与清凉山隔河相望，母亲经常能远远地看到毛泽东绕到河这边来散步。

七月下旬的一个傍晚，当晚霞满天、清风送爽的时候，工作了一天的母亲和几个女伴又相约来到延河边。她们一边散步，一边说笑着，追逐着，有时还亮开嗓子，唱几声刚跟老乡学会的《信天游》。这天，恰巧毛泽东也到延河边散步来了。当他从母亲她们身边走过的时候，大家都噤住声，不敢唱不敢跳了。毛泽东的秘书叶子龙经常出入国际电台，认识母亲，就不经意地跟毛泽东说："那个小朋友是王维舟的侄女，叫王新兰，萧华的女朋友。"

"噢，萧华已经有女朋友了？"毛泽东说着，停下了脚步，回过身来，看了母亲一阵，向她招招手说："唱歌的小同志，你过来，过来！"

母亲和女伴们回过头，见毛主席向她们招呼，都有些拘束。

毛泽东看着母亲，又挥手说："小姑娘，过来，我喊的就是你！你们几个都过来！"

母亲和同伴们赶忙整整衣服，走到毛泽东跟前，向毛泽东敬礼，问"毛主席好！"，毛泽东和她们一一握手之后，便双手叉腰，笑眯眯地对母亲说："你叫王新兰，对不对？"

母亲惊得瞪大了眼睛，看着毛泽东，她不知道毛主席这样的大人物是怎么知道自己名字的。

毛泽东又说："你叔叔是王维舟，对不对？"

母亲更惊奇了。

不等母亲回答，毛泽东又笑笑说："你莫惊，我能掐会算，你看准不准？"

母亲认真地点一点头。

毛泽东又笑了，说："王维舟是我的老朋友，他是个好人啊。"

几句话过后，母亲觉得和毛主席这位巨人的距离一下子拉近了，不再拘束了。

毛泽东继续笑道："我还晓得，你是萧华的女朋友，对不对？你知道萧华现在在哪里吗？"

母亲摇摇头，说："不知道。"

她确实不知道，平型关大捷后，她再也没有收到过父亲的信。

毛泽东说："萧华这阵子还在山西的八路军总部，再过几天，就要到渤海那边去了。"见母亲眼里闪动着惊异的神色，毛泽东觉得有趣，又开玩笑说，"你知道吗，渤海与日本只有一海之隔，近得很呐！从渤海驾上一条船，向东划过海，就到日本了。你呀，再不去找萧华，将来他就到日本去了，当心日本姑娘把萧华抢走了！"说着，毛泽东自己也忍不住笑了起来。

母亲听出毛泽东在开玩笑,便红着脸说:"抢走就抢走吧,我才不怕呢。"

毛泽东板起脸,认真起来,说:"那么好的一个萧华,被人家抢走还行啊。细妹子,要想办法去追上他。"说着,毛泽东在草地上踱了几步,又站住,以关切的口吻对母亲说:"成人之美,早有古训,我给你出个主意。按原定计划,萧华此时还在八路军总部驻地待命,今晚我给他拍个电报,让他们在总部等你几天,我想办法马上把你送到太行山去,你看好不好?"

见毛泽东为自己想得这么周到,母亲使劲点着头,用感激的目光看着毛泽东。

毛泽东笑一笑,握着母亲的手,说:"一言为定!你等着。"说罢,迈着大步,顺延河走去了。

母亲望着毛泽东高大的背影,想起了在云阳镇时父亲给她讲过的关于这位伟人的往事,沉浸在巨大的幸福中。

那天晚上回到住处后,母亲失眠了。

白天毛主席的一番话,勾起了她对萧华的深切思念。他们在云阳镇分手,至今整整一年了。

母亲1937年7月底到延安不久,就得知他们分手的一个月后,萧华便随一一五师东渡黄河入晋,进入抗日前线。之后,两人很少音讯。平型关战斗前夕,母亲曾收到过萧华的一封信,信中表露了思念、关爱之情,叮嘱母亲好好学习,多多保重,信中口吻,既是热恋中的情人,又是体贴入微的大哥哥。那封信是由前线来延安的一位同志捎来的。由于该同志急着返回前线,母亲来不及写回信,随手把自己一张半身照片交给他,让他转交萧华,并让他告诉萧华,她在延安一切都很好，让他不要牵挂，放心打仗。自那以后，她再也没有得到他的只言片语。

母亲从延安的《解放日报》上和工作的电台捕捉着能和父亲联系起来的一切消息：平型关大捷，广阳伏击战，夜袭义棠镇，大战午城……黄河那边每一次战斗都牵动着母亲的心。

如今，他又要往东边走了。毛主席说他要到与日本一海之隔的渤海那边去，那边是个什么样儿呢？毛主席说要他在八路军总部等一等，把自己送到他那儿去，果真那样就好了。她恨不得立马长上翅膀飞过黄河去，追上他，一同去渤海。她又想，毛主席那么忙，该不会忘了这事吧；也许，风趣的毛主席压根儿就是在和自己开玩笑。

母亲迷迷糊糊似睡未睡，整整一夜。

第二天上午，母亲正在发报，一个干部拿了份电报跑来交给她，说是毛主席让母亲看的。

母亲匆匆看了一眼电报，只见上面写着：

主席：来电尽悉，国难时期，一切以民族和党的利益为重，个人问题，无须顾虑。

萧华

原来，毛泽东在延河边跟母亲说了那番话后，当晚就给远在太行山八路军总部的父亲拍了一份电报。

母亲看到的是父亲给毛主席的回电。

看完电报之后，母亲百感交集，她为毛主席的关心感动，也为父亲的精神感动。

父亲给毛泽东的这份电报，母亲一直珍藏着，直到"文化大革命"抄家被抄走。

其实，自从云阳分手后，父亲也一直思念着母亲。

1937年底，父亲曾产生过去延安的念头，他想上中央党校，接受比较系统的学习。只上到中学二年级的父亲自1930年参加红军后，一直期望能有这样一个学习机会。但在过去的八年时间里，一直处在接连不断的战争环境中，未能如愿。过黄河之前，他曾向师首长提出过到延安学习的想法，林彪说"可以考虑"；聂荣臻说，"改编以后，部队干部编余很多，可以抽出来专心学习一段时间，只是要选择个合适时间"。后来战斗频繁，父亲没好意思再提出来。

平型关战斗之后，部队南下到洪洞、赵县一带整训。这时，八路军又恢复了政治委员制度，父亲被任命为三四三旅政委。父亲视如兄长的罗荣桓也从冀西回来了，考虑到战争形势相对稳定，父亲又把想到延安学习的心愿告诉了罗荣桓。罗荣桓十分理解父亲的心情，他经过认真考虑后，认为父亲到延安是必要的，也是可行的，并及时向八路军总部作了报告。

不过，父亲此时提出到延安去，除了学习之外，还有另一层原因，那就是想去看一看分别将近一年的我的母亲。

1938年5月下旬，八路军总部正式通知一一五师，批准父亲离职到延安学习。

接到通知后，罗荣桓的高兴程度不亚于父亲，他为父亲准备了书、笔、笔记本之类的学习用品，还把自己在延安学习时用的笔记本送给了父亲。

处于极度兴奋中的父亲也在工作战斗之余，做着出发的准备。几天过去，一切就绪，就等新政委一到，立即启程。

可是，就在父亲出发在即的时候，罗荣桓突然接到八路军总部的一封电报：中央军委指示，由毛泽东提议，命三四三旅政委萧华率一支精悍小分队，立即挺进冀鲁边区，统一领导那里的武装斗争，开辟和建立新的抗日根据地。

罗荣桓拿着电报，愣住了。

情况来得太突然。罗荣桓知道父亲渴望学习已久，再加上有个在延安读书的王新兰，一时不知怎样向萧华传达总部这一新的决定。但军委已经决定了，又是毛主席亲自点的将，只有无条件执行。他派警卫员将父亲找了来。

父亲走进罗荣桓的屋子，见罗荣桓正皱着眉头斜倚在土炕上难受，知道他的痔疮病又犯了。

父亲问："找我来有事吗？"

罗荣桓沉吟了一下，用手指指桌子，说："桌上有份电报，刚到的，你先看看。"

父亲从桌上拿起电报，匆匆看了一眼，便抬起头，望着罗荣桓，问："什么时候出发？"

父亲平静得像什么事情都没有发生过一样，罗荣桓的顾虑一扫而光。但他还是有些歉疚地说："学习的事情只好以后再说了，只是王新兰……"

父亲把手习惯地一挥说："战争要紧，再有人去延安，捎封信就是了。"

罗荣桓说："再有人去延安，我干脆托他把王新兰给你带回来。"

父亲知道罗荣桓说的是认真的。为了不让他太操心，父亲说："我这一走，相隔千山万水，哪有那么方便，你别太费心了。"

罗荣桓说："山不转人转嘛，原先你在江西，王新兰在川北，还不是一步一步，都走到云阳镇了嘛。只要她不被别人抢了去，我一定给你弄过来。"

说罢，俩人都笑起来。

9月下旬，以三四三旅司令部、政治部直属队为基础组建的东进冀鲁边的部队正式组成，父亲任纵队司令员兼政委（三个月后，这支部队到达山东乐陵后，与先期进入山东的第一一五师第五支队、第一二九师津浦支队以及当地抗日武装合编，正式组成"八路军东进抗日挺进纵队"，父亲任司令员兼政委——笔者注）。

父亲正在加紧做着挺进冀鲁边准备的时候，收到了毛泽东要他在总部等候母亲的电报。

之后，就有了他给毛泽东的那封回电……

父亲如期东进，拉开了创建冀鲁边区敌后抗日根据地的序幕。

三　告别延安

母亲在延安的一年多时间里，生活是稳定的，欢乐的，学习、工作也很充实。

母亲说起在延安的那段时间，脸上总会浮现出神往的神情。

延安时期，党在生活上优待知识分子。当时一般干部每月的薪金是三元，高级干部也只有五元，而像母亲这样的技术人员，除了三元薪金外，每人每月还有三元的夜餐费，三元的技术津贴，加起来共九元钱，比高级领导干部的钱还多，算是革命队伍里的"大富翁"。延安的边币信用一直很好，很顶用，连西安过来的生意人都喜欢要边币。母亲的队长是国民党起义过来的，钱比较多，母亲他们十来个人经常闹着要队长请客吃饭。开始队长答应了，后来就提出抓阄，谁抓到写着"大头"的纸阄就请客。晚上抓阄时，母亲他们把十来个纸阄全都写上"大头"，他们年轻人因为知道底细，抓到以后都不说。队长蒙在鼓里，抓起一看，沮丧地说，怎么又是个"大头"。于是母亲他们在欢声中拥着他掏钱请大家吃饭。当时，延安有个军人合作社，还有个南关市场，吃的、用的都有，星期天母亲他们总爱到那里去转转。

逛军人合作社和市场，不只是为了吃饭和买东西，有时只是为了去看看。那时，大批青年知识分子涌向了延安，他们来自大上海、来自北平以及香港，还有不少南洋华侨青年也漂洋过海，辗转跋涉，来到西北黄土高原上的这座古城。他们给延安带来了色彩和活力。尤其是那些刚来乍到的女青年，穿着剪裁合身的中式旗袍、考究的西服长裙和富有生气的学生装，在延安街头形成一道亮丽的风景。她们在这里接受革命的洗礼，然后扛起枪，背起简单的行装，奔赴各个抗日根据地。母亲说，在延安，随处都能感受到青春的气息和滚滚的抗日热浪。

在新市场，母亲看见过一次江青。

那天，母亲正在一个卖百货的小摊上挑选一支发卡，同行的一个同伴用肘碰碰她说："快看，蓝苹！"母亲朝同伴目示的方向看了过去，只见一个高挑的女人正同两个男的边说边从市场街中走过。看样子他们刚到延安不久，那个女的给母亲印象最深的是身材很苗条，长得还算漂亮，穿着一件很入时的长大衣。那时母亲还不知道蓝苹这个名字。等蓝苹他们走过去后，同伴告诉她，蓝苹是上海的电影演员，也演话剧，演过《娜拉》，不久前才由重庆转道西安来到延安。

匆匆看过江青那么一眼，母亲没有太深印象。

在延安新市场见到江青时，母亲万万不会想到，那个身段苗条、穿着时髦的女人，竟会在三十年后，在华夏大地上掀起一股铺天盖地的妖风浊浪。裹在那股浊浪里的邪恶，在960多万平方公里的土地上整整肆虐了十年。

中国深受其害。

父亲母亲深受其害。

1938年11月20日，是个星期天，母亲和国际电台的几个女同志结伴，到军人合作社去买东西，刚走上延河的浮桥，就听到从头顶传来一阵"嗡嗡"的声音。她们正在诧异的时候，突然看到林彪带着几个人从河对岸匆匆跑了过来（1938年3月，林彪率一一五师过隰县以北的千客庄时，被晋军的哨兵误伤，即返回延安，任抗大校长兼政治委员，年底去苏联就医——笔者注）。母亲认识林彪，好奇地问："林师长，到哪里去？"林彪没有答话，一把拉住母亲，用不大的声音吼了一声："敌机来轰炸了！"母亲抬头一看，只见天空黑压压一片，布满了敌人的飞机。当时没有报警器，山上的人已经开始鸣枪报警。林彪把母亲拉到清凉山下，母亲让他也到电台去躲一躲，他摇摇手，就走了。母亲和女伴们刚跑回窑洞，炸弹就落了下来，"轰轰"的爆炸声响成一片，山上山下变成了一片火海。

包括抗大在内的许多房舍被炸塌了，许多同志在这次敌机轰炸中牺牲了。

11月20日至21日，敌机连续轰炸延安两天。

20日，敌机轰炸的当天晚上，中央就作出决定：驻延安的机关和部队紧急疏散，到前线的干部立即出发。中组部把到八路军总部和山东去的干部召集到一块，编了个队，指定由王树声带队。母亲作为派往冀鲁边的干部，也被编到了这个队。同行的有不少是八路军的高级干部，除了带队的王树声外，还有许世友、王建安、王宏坤等，陈赓的夫人王根英以及范筑先先生的两个女儿、两名教授也跟他们一起走，一行共二十多人。

当天晚上，林彪把母亲叫了去，拿出二十元钱交给她，让她路上用。二十元，是个大数字，像林彪这样的高级领导干部，也得攒半年。母亲说什么也不肯拿。林彪说："拿上，路途遥远，不知会出什么事，我用不上。"

母亲只好接过了钱。

第二天（11月21日），在那个刮着寒冷西北风的早晨，穿着国民党军服，佩戴着少尉标志的母亲在延安坐上了一辆开往西安的汽车。王树声、许世友、王建安等领导同志在四方面军时都是母亲的老首长，彼此很熟悉，一上车就跟母亲逗乐子。王建安故意打趣问："王新兰，你晓得冀鲁边在哪里吗？"

母亲认真地回答说："在渤海边上。"

又问："为什么非要跑那么远呢？"

母亲这才听出味道，说："离日本近，打鬼子方便！"

王建安吐了一下舌头，说："这丫头嘴真厉害。"

大家笑起来。

许世友是母亲的老军长，也逗她："王新兰，几天不见长高了，长大了，现在不知还转动转不动你了。"

母亲笑着说："等车子停下来你举举试试。"

车上的人听了又哈哈大笑起来，寒意马上被驱散了。

延安通往西安的公路路况很糟，到处是坑坑洼洼，崎岖不平。母亲和另外几个女同志都被颠得晕车了，一路呕吐。几个首长像大哥哥一样照顾她们，给她们讲笑话，分散她们的注意力。车赶到洛川，休息了一夜。第二天继续走，到晚上才赶到西安，住在八贤庄的八路军办事处。

林伯渠是西安八路军办事处的主任，母亲他们到西安时，正赶上他外出开会，他的夫人李长碧接待了他们。李长碧是母亲的表姐，这一夜母亲就住在她的宿舍里，姊妹俩见面，有说不完的话。

母亲他们原打算坐火车到山西。在西安等了两天，才等来一辆火车，且只能坐到潼关。原来日寇炮轰潼关，把铁路炸断了，往前再不能通车了。等铁路修通，没有时日，他们在潼关下车后，只好步行进入山西。

本来，从西安到冀鲁边，坐火车充其量两三天便可到达。然而在抗日战争异常艰苦的1938年、1939年间，由于敌人严密封锁，母亲跟着部队，几度穿越平汉线和胶济路，频繁作战，险象环生，时进时退，不长的路途竟然走了整整一年。

这是母亲和远在冀鲁边的父亲都没有想到的。

第五章

风雨山东

母亲带着大家一连三天急行军,才摆脱了敌人的追击。

…………

看着这一百多人安全地进入了根据地,母亲终于感到身上一副重担落了地。这是母亲第一次离开大部队单独行动,也是第一次在失去组织联系的情况下,独自担负起指挥部队的重任。

这时,母亲尚不足十五岁。

一　千里寻夫，一年跑死两匹战马

走出潼关不远就是敌人的活动范围，到处是断壁残垣，百业凋零，远远望去，一片死寂，与延安的抗日气氛形成强烈的反差。

进入山西，天天在荒山秃岭上赶路，越走越累。王树声、许世友这些领导每走到一个村子，第一件事就是租老乡的毛驴，给母亲她们这些女同志骑。山野茫茫，蹄声嗒嗒，行旅寂寞。为了活跃情绪，陈赓夫人王根英边走边给大家讲故事。她是一位老党员，当时已有三十多岁，原先一直在上海做党的地下工作。上海地下党组织被破坏后，她一直被关在国民党的监狱里。西安事变后，党组织才通过关系把她营救出来。王根英跟陈赓一样，也很豁达开朗，经历丰富，故事很多。

一天午后行军，由于头天夜里赶路，没有休息好，大家头昏脑沉，直想打瞌睡。母亲她们又缠着王根英大姐要她讲故事解闷。她想了想说，好吧，就讲个我自己的故事。她一边走一边就讲了起来：

"我从延安党校毕业后，中央让我担任新华社党委书记，单独给了我一个窑洞，里面放了一张桌子，一个凳子，窑洞门口吊了半截门帘，还真是'首长'待遇。我走进屋一坐，觉得还蛮神气，干革命以来，我还从没有这么排场过，当官儿了。我正在那里自我得意，突然外面喊了一声'报告'，是通信员送文件来了。我一听吓了一大跳，不知道该怎么回答才好,心中直埋怨党校怎么没讲遇到这种情况该怎么回答。通信员见我不发话,以为'首长'没听到,又连着喊了三声'报告'。我急得没办法,只好顺口答了一声:'有!'——下级回答上级时才那样喊。通信员听了连声说:'不对、不对,你要说进来,不能说有。'……"

王根英的故事还没说完,大家已经笑弯了腰。

王根英大姐却一本正经地对母亲说:"别笑,别笑,这都是真的,论党的知识我可能比你懂得多些,论军事知识可比你差远了。"

进入山西后,走了二十多天,到了晋东南的八路军总部(也叫十八集团军总部——笔者注)所在地麻田。总政治部副主任傅钟接见了他们。具体接待母亲的是三处处长孙开楚。孙开楚早就听说给前线分了个无线电报务员,见到母亲很高兴。看过介绍信后,见母亲穿得单薄,立即带她到后勤部去量衣服,做了一身单衣,一身棉衣,一件大衣。在总部休整了几天,王树声留在总部,其余从延安来的同志兵分两路,去前线。分到一一五师的有许世友、王建安等领导干部,女同志有母亲和从抗大毕业的范筑先的两个女儿。

离开总部后,走了几天,到达一二九师师部。刘伯承师长、邓小平政委请他们吃了一顿饭,刘伯承师长专门派一个骑兵小分队送他们过平汉路。见母亲年纪小,刘伯承送她一匹花斑走马,并让通信员牵着马,一直送她过平汉路。从一二九师师部到平汉路,全是敌占区,他们昼宿夜行,每天走七八十里。平汉路终于到了,高高的路基,黑沉沉的铁轨。一二九师派出掩护的同志让他们在一个土坡后隐蔽下来,派人去铁道边侦察。侦察员回来说,现在没有敌人,抓紧时间通过。骑兵分队带着一行人飞快地穿过了平汉路。

过了平汉路,依然是天天夜行军,每晚都要过好几道公路。风吹得公路旁的电话线嗡嗡作响。那时，大家还不懂电话线的功能，认为它威力无穷，什么声音都能传递。怕从公路上走弄出响声，通过电话线让敌人听到，所以每次穿越公路时，许世友都要求大家把鞋脱了，光着脚走。经过连续多日行军，到达了徐向前、宋任穷的冀南指挥部南宫县。宋任穷和她的夫人钟月林留他们休息了几天，又派人把他们送到了筑先纵队。在这里，母亲的老军长许世友和范筑先的两个女儿留了下来。

母亲和王建安两个人继续南行到范县，李聚奎的部队就在那里。李聚奎热情地请他们吃了一顿羊肉泡馍，又带他们在山山洼洼里转悠了十几天，来到了孙继先的津浦支队（此时已整编为以父亲为司令员兼政委的东进抗日挺进纵队第三支队——笔者注）。李聚奎向孙继先转达了刘伯承师长的要求，要支队相机把母亲和王建安送过铁路，安全送到冀鲁边的挺进纵队。

孙继先带着母亲和王建安在铁路附近边游击，边寻找着通过铁路的机会。支队的年轻人听说母亲当过宣传员，部队休息时，便围上来要她教他们唱歌、跳舞。一次作战，缴获了一辆女式自行车，战斗之余，学骑车又成了大家一项新的娱乐活动。母亲说她就是在那时候学会骑自行车的。

按理说，到了津浦支队，就已经到了冀鲁边的边上，离挺进纵队只一步之遥了。谁知出了个突然变故，使母亲的旅程又增加了好几个月。

春节后的一天夜里，母亲随支队机关住在陈吴营，被日寇突然包围了。拂晓，部队指战员正在酣睡，村外突然枪声大作，步枪、机枪声和手榴弹的爆炸声响成一片。母亲闻声从床上一骨碌爬起来，跑上围墙。这时，支队长孙继先一边组织人抵抗，一边命令部队紧急分散突围，各自为战。他大声喊着，让大家向远处有山的地方运动，进山打游击。远处那一带山是泰山，有八路军的部队。母亲得令后，立即从围墙上跳下来。这时，饲养员老刘已经牵着马焦急地等待在墙脚下。母亲飞身上马，左手抓缰，右手提枪，紧贴着马背冲出村子，只身向泰山方向冲去。村外，是一马平川的平原，没有任何隐蔽物，敌人嚎叫着向母亲的突围口冲来，母亲看着远处隐约的山影，只是策马狂奔。她一口气跑出二十多里路，听着身后敌人的枪声渐渐远去了，不经意地回头看了一眼，只见身后哩哩啦啦地跟了一大群人。其中有支队司令部、政治部、后勤部机关的干部，也有勤杂公务人员，还有许多地方干部，共有一百多人。她觉着奇怪，停下马问他们："你们到哪里去？"那些人说："看着你往这边跑，我们就跟上了。"原来，这些人看她穿着新军大衣，又有好马，把她当成了领导，便跟她冲了过来。母亲弄清楚后，忙向大家解释说，自己不是什么领导，要大家商量一下该怎么办。大家谁也说不出个办法，最后司令部的几个同志说："王同志，你虽然年轻，但当过红军，参加过长征，打仗有经验，现在我们跟你走，你怎么说，我们就怎么办。"

后面枪声又响了起来，敌人马上就会追来。事已至此，不容迟缓。母亲不再犹豫，她把大家召集到一起，说："既然同志们相信我，我就暂时负责一下。"她把人员分成两队，部队的同志编成一队，由司令部出来的同志推荐一人负责；地方的同志编为一队，由地委机关的同志推荐一人负责；把枪支集中起来，又挑选出十个身强力壮的战士组成一个小分队，准备应付可能发生的突然情况。刚刚组织好队伍，敌人就赶上来了，不远处尘土飞扬，已能听见汽车的"隆隆"声。

母亲站在一块石头上，大声说道："大家不要乱，一切听我指挥。

现在我们分成三队,地方的同志在前,支队机关的同志跟上,我和武装小分队断后。孙司令说过,突围后往泰山撤。"母亲下完命令,就指挥一百多人的队伍猛跑。

鬼子紧追不舍。母亲带着大家一步不停地在原野上跑,一直跑到天黑,渐渐和鬼子拉开了距离。一天没吃东西了,大家又累又饿。这时路边有个村子,母亲和几个临时负责人商量一下,决定在这里休息一下。由于不了解村里的情况,母亲要求大家不要进村。大家在路边一个场地上倒头便睡。看着东方发白了,母亲急忙把大家叫起来。大家很饿,一时又找不到吃的,路边有口水井,大家便打了几桶水,每人灌了一肚子凉水,继续上路。

两小时后,这一百多人的队伍来到了黄河故道。越过干枯的河床,松软的沙地,一个大村落出现在面前。村口路边有个饭店,店面的墙壁上,用白石灰写着"住马店"三个大字,也不知是村名还是店名。这是一个比较大的村子,路边有卖大饼的,也有卖面条的。大家已经两天一夜没吃饭了,有人建议分头进村找点吃的。母亲说:"敌人就在后边,我们还没有完全脱离险境,所有人员不能分散,分开了不好找。"母亲当时身上还有离开延安时带的钱,便全部拿出来,把路边的锅饼全买了下来,但由于人太多,每人只分了半个。母亲想让大家吃点热乎的,便问卖饼的老乡有没有面条。老乡说要现擀。母亲考虑到现擀来不及,就请他给做了一锅疙瘩汤。母亲担心敌人追上来,一再催促大家快吃。大家肚子饿了,也不管烫不烫,稀里糊涂吃下去。饭碗一放,母亲立即带着大家走了。

果然惊险。母亲带着人马离开村子不到半小时,日寇就追进了村子。他们看到那个饭铺的炉火还没有熄灭,就马不停蹄地向前追来。母亲他们很快就又听到了敌人的汽车声和鬼子"哇啦哇啦"的叫喊

139

声。听到响动，母亲立即指挥队伍快走，自己带着武装分队借地形卧倒掩护，直到车声远去，才反身追赶队伍。

母亲带着大家一连三天急行军，才摆脱了敌人的追击。

这三天时间，将母亲推到了一个战场指挥员的位置上。一个十几岁的姑娘，体味了从未经历过的人生体验：每天等天完全黑了以后，她才敢安排大家露宿在路边的田地里；东方刚出现一线亮光，她便又催促大家上路。靠近村庄时，她拿出钱，派人去买吃的，分发给大家，一边行军一边吃。三天时间，用光了从延安带出来的全部积蓄。后来母亲回忆说，当时，林彪送给她的那二十元钱起了大作用。

第三天，母亲带着大家终于摆脱了敌人，找到泰西支队。支队司令员何光宇热情接待了他们。

看着这一百多人安全地进入了根据地，母亲终于感到身上一副重担落了地。这是母亲第一次离开大部队单独行动，也是第一次在失去组织联系的情况下，独自担负起指挥部队的重任。

这时，母亲尚不足十五岁。

在津浦支队时，母亲每天都上电台工作，许多电报都是发往冀鲁边的。前面说过，母亲发报水平很高，有节奏感、音乐感，冀鲁边的同志一听就能辨别出是她在发报。有时她还和那边的台长李岩用英语互致问候。那边的同志也经常告诉父亲，今天王同志又发报了。父亲听了很高兴。自从陈吴营突围那天起，冀鲁边那边再也听不到母亲发报了，个个都很焦急。他们已经从孙继先带出的电台里知道了突围的消息，得知部队损失很大，担心母亲遇到意外。父亲更是寝食不安，天天往电台跑，问他们有没有王同志的消息。父亲发报问孙继先，孙继先回报说，陈吴营突围之后，也弄不清她突到哪里去了。听到这一消息，父亲更加着急。直到第六天，孙继先带部队也撤到泰西，才得知母亲不仅安全突围，而且把一百多个同志带了出来，令人喜出望外。孙继先让母亲立即给冀鲁边发封电报报告情况。冀鲁边挺进纵队电台的同志一下子就辨出了母亲发出的信号，电报刚一收完，李岩就兴奋地把耳机一放，跑去告诉父亲："王同志又发报了！"

在泰西支队住了几天，母亲又随孙继先回到了津浦支队。当时冀鲁边急需干部和报务人员，刘伯承师长得知母亲和王建安在津浦支队待了几个月，也未能送过去，十分着急。这时，恰逢一二九师骑兵团要到冀鲁边去给处于极度困难中的父亲送弹药和物资，刘伯承师长便安排母亲和王建安随骑兵团一同去冀鲁边区。

敌人对铁路沿线控制很严密，母亲天天跟着骑兵团在鲁西转来转去。骑兵团长王振祥几次派人到津浦路侦察，由于部队带的东西太多，很显眼，不敢轻易过去，就这样，母亲又在鲁西转悠了一个多月。

铁路没能过去，母亲却在一个月间练就了一身精湛的马术。

1980年，母亲随父亲参观山丹马场，想骑马。马场领导给她挑了一匹枣红马，让她骑。母亲摸摸马脖子，又摸摸胯，说："这马不行。"马场领导说："这匹马老实，没性子。"母亲说："没性子的马打仗可不中用。"她从马群里指了一匹，说："那匹还可以。"马场领导大惊，连夸母亲眼力好，说那马就是有点烈。父亲一旁说："没关系，她年轻时跟骑兵团在一起待过。"母亲骑上那匹马，挥缰扬鞭，在草场上转了一圈。在场的人都夸母亲骑马技术过硬。

1939年大麦扬花的时候，母亲随骑兵团又转回到晋东南的一二九师师部。刘伯承见到母亲和王建安，十分内疚地对他们说："这么长时间也没有把你们送过去，现在一一五师主力已进入山东，萧华的挺进纵队已重归一一五师建制。眼下一一五师二梯队还在晋东南，新兰同志就先随二梯队去山东吧，到了一一五师，去冀鲁边区可能容易一些。"

第二天，母亲告别了刘伯承师长，来到一一五师二梯队驻地。在那里，她见到阔别已久的林月琴大姐。林月琴那时刚刚生了小孩，也到山东去。林月琴告诉母亲，二梯队是由一一五师司、政、后一部分同志组成的，对外称东进支队。

不久，借着青纱帐的掩护，母亲跟随第二梯队又一次通过了平汉铁路，进入山东，来到鲁西平原的范（县）、濮（阳）、馆（陶）一带，到达了一一五师师部。罗荣桓政委见到母亲的第一句话就是："新兰，这八九个月，你可把萧华急坏了！"母亲心里也急，问什么时候能过去。罗荣桓告诉她，眼下鬼子活动很厉害，暂时还得等一等。母亲暂时分到一一五师电台工作。

8月，日寇八百余人，由汶上西犯八路军控制的梁山地区。师部决定，在梁山西南独山庄伏击敌人，电台随师部参加伏击战斗。母亲他们电台的同志格外高兴，把所有器材检查了一遍又一遍，决心搞好通信保障，配合部队打胜仗。8月2日，敌人进入一一五师伏击圈。随着指挥员一声令下，阵地上枪炮齐鸣，敌人猝不及防，死伤惨重。那一仗全歼日寇长田大佐以下六百余人，缴获野炮三门，轻重机枪二十余挺，还抓了二十多个俘虏。

战后为防敌人报复，部队立即转移到东平湖，被俘的几个鬼子就在师部看管。一天早晨，一阵急促的骚动声把母亲从睡梦中惊醒。领导把大家召集起来说，被俘的鬼子夜里用高粱秆把被子撑起来伪装成人睡觉的样子，悄悄逃跑了，要立即抓回来。大家便分头去找。部队当时住的地方多河湖，鬼子晚上跑出去后，找到群众的小船，要渔民送他们去鬼子的据点。渔民们巧妙地划着小船在湖心转来转去，虽然划了一夜，但天亮时还在原地。八路军很快就把那几个鬼子抓了回来。但是有一个鬼子很狡猾，跟师部走了一些日子，暗中记下了路，逃脱了。那个鬼子对情况很熟，师部必须马上转移。

母亲又开始了不断地走路。

那些日子，天天行军，直到9月份，部队转移到泰西，才在泰山中住了些日子。那一年的泰西，天气冷得特别早，刚交11月，就风雪交加，冻得人伸不出手。一天，罗荣桓政委派人把母亲找去说，冀鲁边挺进纵队的曾国华带了一个团到师部来领弹药，你跟他们一起走吧。临行前，罗荣桓又送给她三十元钱，让后勤部给她做了一身便衣，找来了没有公开身份的地委书记张承先，命他将母亲安全送到冀鲁边区。看到罗政委为自己想得如此细致周到，母亲感动得不知说什么好。

路上又走了二十多天，母亲终于在1939年11月21日到达了父亲的司令部所在地——后姜家。

说来也巧，母亲离开延安那天，也是11月21日，不多不少，她在路上整整走了一年。

在这一年艰苦的奔波中，母亲跑死了两匹心爱的战马。

两个真诚爱慕着的年轻革命者终于走到了一起。

二 到达冀鲁边

父亲当时的住所在村东北角一所简陋的农舍里。

母亲到达挺进纵队那天，父亲恰巧慰问部队不在家。父亲的技术书记杨洪耀把她带到了父亲住的地方。这座农舍分里外间，里间一张炕，一个装书的大箱子，是卧室；外间放一张老式的八仙桌，几把椅子，是平时办公的地方。杨洪耀告诉母亲，这就是萧司令的指挥部。

这个草顶土墙的农舍给母亲总的感觉是低矮阴暗，简朴整洁。

杨洪耀把母亲交待给父亲的警卫员小王，介绍说："这是新调到电台的王新兰同志。"又交代了几句什么就走了。

小王把母亲上下打量了半天，说："王新兰同志，我好像在哪里见过你。"

母亲努力回忆了一下，她记不得在哪里见过这个战士。

母亲还没回过神来，小王忽然拍了一下手说："哦，我记起来了，你就是萧司令照片上的那个人。"说着，赶忙给母亲倒了一杯热水。

母亲不禁红了脸，问："什么照片？"

"贴在我们司令员常用的那个笔记本的第一页上，不过那时你戴的是红军的八角帽，"小王高兴地说着，"司令员常常拿出来看呢。"

母亲的脸更红了。

小王说："听司令员说，我和你还是'三同'呢。"

"什么'三同'？"

小王说："我也是宣汉人，也姓王，也是1933年参加红军的，这些，都和你相同。"

母亲笑了："想不到一到冀鲁边，就碰上了一个小老乡。"

小王说："部队刚与鬼子打了一场恶仗，萧司令去慰问一下，马上就会回来。"说着，有点神秘地靠近母亲说："你知道吗，前一阵，我们司令员有整整一个星期没露过笑脸。"

"为什么？"

"开始我也不知道,司令员每天往电台台长那里跑,回来时总是脚步沉重,脸色铁青,严肃得吓人,他可从来没这样过。我没敢问首长,跑到电台台长那里去打听,台长叹了口气说'百灵鸟一星期没叫了'。提起百灵鸟,我就知道是说你,因为台长经常对我们说,王新兰同志发报特别清晰、悦耳,收听她发报,就像听百灵鸟唱歌一样。只要你一发报,司令员就知道你的位置。自从部队报告你失踪了,整整一个星期没有听到你发报,司令员的脸就绷了一个星期。"

小王正绘声绘色地讲着,从外面传来了一阵急促的脚步声。小王说了声"司令员回来了",便向外面迎去。这时,屋外传来了父亲"新兰,新兰"的招呼声。母亲心中一阵狂跳,刚从椅子上站起来,父亲已经推门进屋了,站在了她眼前。

那一刻,他们都怔住了,像电影定格似的呆立在那里,好几秒钟不挪动,不开口。

他们都发现了彼此的变化。

母亲发现父亲比在云阳镇见到他时瘦了许多黑了许多。两年前那无忧无虑的目光消失殆尽,一种在重压下艰苦操持所形成的深沉、凝重、稳健在他身上顽强地表现出来。这使母亲马上意识到冀鲁边区对敌斗争环境的恶劣和他肩负的重担。

在父亲眼中,原先那个一直保存在自己记忆中的小女孩,已经成了一个亭亭玉立的大姑娘,比记忆中的更动人。

母亲终于控制住感情,举手向父亲行了个军礼,用洪亮的声音报告说:"报告司令员,无线电报务员王新兰前来报到!"

这句话打破了屋里的沉闷。父亲一个箭步走上去,把母亲紧紧搂在了怀里,嘴里喃喃着:"你长高了,长大了……"这时,母亲再也抑制不住内心的感情,泪水夺眶而出,偎在父亲怀里哭出了声。

听说母亲来了，第二天，挺进纵队政治部主任符竹庭专程到后姜家来看望。符竹庭原是红一军团的，长征途中曾任过红二师政治部主任，是父亲的老战友；1935年6月一、四方面军会师后，他又在四方面军第四军政治部当过一段时间副主任，成了母亲的老上级。因此，他既是父亲的朋友，也是母亲的朋友。见面之后，大家都很高兴。

叙过旧之后，父亲郑重其事地问符竹庭主任："我们的婚事要不要写个报告？"

符竹庭笑着说："毛主席都同意了，还写什么报告？"停了一下，他又补充说："这样吧，我向组织部说一下，今天打次牙祭就算结婚。"

送走符竹庭，母亲就到电台报到。虽然大家初次见面，但在电台上联络过很久，彼此姓名都能叫得上来，因此并不觉得陌生。那时从延安分个报务员来很不容易，为了表示欢迎，台长李岩专门派人跑出很远，买回几斤小米，做了顿干饭，开了个别开生面的欢迎会……

没有举行婚礼，11月21日，却成了父亲母亲心中最甜蜜的纪念日。从这天起，他们便携起手来，不再分开，共同去迎接未来日子里的风风雨雨。

敌人消息十分灵通，母亲来到冀鲁边不久，一一五师师部和挺进纵队的电台便从截获敌人的电报中看到了这样的电文：

> 据可靠消息来源得知，延安近来给匪首萧华送来一个美人，此人年方十五，经过特种谍报训练，能射善骑，常使双枪，百发百中……

符竹庭把这份电报拿给父亲看，父亲"哈哈"大笑，说："王新兰好生了得！"

三　相濡以沫

来到山东的母亲在一片陌生的土地上，抒写着属于她的青春故事。当然，这故事的主角是两个人——她与作为她的直接上级和人生伴侣的父亲，共同出演着他们革命生涯的大戏。

母亲到达冀鲁边时，挺进纵队正在分批向鲁西转移。

1939年秋，冀鲁边区遭受严重灾害，粮食极其困难。9月4日，八路军总部向一一五师发出指示：萧华活动之冀鲁边地区粮食困难，敌人封锁严密，应以一部转入鲁西地区。根据八路军总部这一指示，东进抗日挺进纵队机关和部队分批进入鲁西。

其实，挺进纵队向鲁西转移，并不仅仅是为了克服由于灾荒带来的困难，还有某种战略意义上的考虑。

鲁西，东临津浦路，南连冀鲁豫，西界冀南区，北接冀鲁边，战略位置十分重要。当时，中央和八路军总部派往山东、华中抗日根据地的干部多由这一地区路过。山东和华中根据地的领导同志去中央和总部汇报工作，也要经过这一地区。鲁西实际上已成为中央、八路军与山东、华中抗日根据地联系的重要通道。因此，占据鲁西，意义重大。

在向鲁西转移的日子里，母亲所在的电台始终跟着指挥所行动。那时，战斗十分频繁。首战国民党顽固派齐子修部，恢复了被其占领的茌平、博平地区；再战和日军勾结、专搞摩擦的顽军李树椿、王金祥部，使聊城附近的几个抗日县连成了一片；接着，两次讨伐顽军石友三部，歼敌二万四千余人，铲除了石友三顽固派的社会基础，粉碎了顽固派妄图挤走八路军的企图，使冀鲁豫和鲁西两个抗日根据地连成一片，促进了这两个抗日根据地的巩固和发展。马蹄嘚嘚，电波嗒嗒，母亲随着电台跑遍了鲁西的每一块土地。

转战鲁西，几乎天天行军、打仗，往往在一个村子里住两天就得转移，以防敌人偷袭。母亲后来跟我们说，她经常晚上在路上走着，就不知不觉睡着了。乐陵县以产枣闻名，枣树遍地，带刺的枝条经常把脸上划开一道道血口子。即使这样，也难驱睡意，他们抹一把脸上的血，仍然边走边睡。母亲说直到现在她也不明白，为什么一边睡着觉还能一边走路。更难以理解的是，那时脑子虽然迷糊了，眼睛却还管用，紧盯着前面的人，能下意识地一步不落地跟上去。

暮年的母亲觉很少，很轻，入睡很艰难，睡着以后，稍微有点动静就会醒来，凌晨四五点醒来是常事。说起当年，母亲说那时候年轻，瞌睡不知怎么那么多。

1940年6月，父亲被任命为一一五师政治部主任。

命令到达之时，父亲因正忙于同杨勇一起领导鲁西军队的整顿训练和地方的政权建设，并即将同宋任穷一道指挥第三次讨伐石友三的战役，未能立即到任。直到9月中旬，一一五师在鲁南费县召开桃峪高干会议时，他才被罗荣桓留在了师部，正式就任一一五师政治部主任。不久，母亲也被任命为一一五师政治部新闻电台报务主任，来到师部所在地鲁南青驼寺。应该说，接下来是一段短暂的相对安定的日子。

父亲好客，下面军区来了人，他总要请到家里吃顿饭。那时八路军实行的是薪金制，从总司令到旅以上干部，每月五块大洋，旅级干部四块，团以下干部三块。父亲一月五块，他的客人多，常常入不敷出，不到月底就没了。这时他就打发警卫员来向母亲"求援"。母亲属于技术干部，依然像在延安时一样，各种津贴加起来是九块，几乎是父亲的两倍。警卫员找母亲要的次数多了，再来时，站在门口不敢开口。母亲一看就明白是怎么回事了，就问："是不是打发你又要钱来了？"警卫员说"是"，母亲就掏给他一块。一块能买不少东西，足可以请一顿客。

有时父亲馋了，自己也往电台跑。母亲就让炊事员买只鸡，买点辣子，改善一下。那时最奢侈的东西是辣子鸡。

父亲见母亲关键时候总能拿出钱，他一来也总有辣子鸡，想摸个底细，问："你的钱怎么总也花不完？"

母亲一笑，说："现在完了。"

说是说，父亲再次打发警卫员来要钱，依然能要到一块。

父亲也批评过母亲。

母亲年轻，性子急，方法简单。她当电台台长，指导员是位红军干部，资历老，实干精神强，勇于负责，为人厚道，就是工作能力有点差，尤其是讲话，抓不住重点，又偏爱翻来覆去地讲车轱辘话，久而久之，养成了一套"哪怕是……特别是……因此嘛……"的讲话模式。电台的同志为此在背后编了段顺口溜："天不怕，地不怕，就怕指导员来讲话。"

一次，在行军一天之后到达宿营地，大家都已十分疲劳。母亲只用几句话便作完了行军小结，之后去处理业务问题。没想到她办完事回来，指导员还在那里"因此""所以"地没完没了。听讲的人个个都捶背捅腰，哈欠连天。母亲急了，走到队列前，对指导员说："你还有紧要的事要讲吗？要没有就让大家休息吧。"不等指导员表态，母亲就向大家下达了解散的口令。众人如释重负，各人急忙去找自己的住处，可指导员却感到自尊心受到了伤害，蹲到地上，半天没起来。

父亲很快知道了这件事。平时十分宽和的父亲这回可发了火，他严厉地批评母亲说："那是一位老红军，是一位好同志，你知道不知道？你怎么能当众伤害人呢？人都是有自尊心的，尤其做领导工作的，更需要在群众中树立威信，你这样做的效果不是适得其反吗？与同志相处，要懂得尊重，不管他是什么人，马夫，伙夫，勤务兵，都一样……"

母亲说，那天，她是第一次发现父亲有这么大的脾气。

她含着眼泪向父亲认了错。

之后，为这件事，父亲又与母亲交谈了几次。

母亲说她第一次懂得了父亲最厌恶的东西是什么。母亲说她从年长自己八岁的父亲身上看到了一种闪光的东西。母亲说她对那次父亲的批评终生难忘，受益匪浅。

1940年底，罗荣桓政委找母亲谈话，要她到成立不久的山东分局高级党校学习。当时，党校开七八门课，主课三门，罗荣桓政委讲联共党史，山东分局书记兼党校校长朱瑞讲哲学，父亲讲党的建设。学校没有专职教员，没有固定校址，师部和分局机关转移到哪里，学校就跟到哪里。母亲虽然参加革命多年，但像这样系统的学习理论还是第一次，有些课程她以前甚至从未接触过。母亲学得很用心，上课时总是瞪着一双大眼睛，认真地听，生怕把老师说的哪个字落掉了；母亲年轻，天生记性好，一学期下来，各门功课都是优良。

学习期间，生性活泼的母亲偶然也有恶作剧的时候。一次，上罗荣桓的课，她在纸上画了一个王八，贴在前边座位学员的后背上。之后，她只顾了埋头做笔记，忘了那个王八。学员们很快发现了那张纸条，不禁笑起来。罗荣桓纳闷，顺着学员们的目光走过来，走到母亲跟前，才发现了大家哄笑的原因。这时，大家的笑声已经打住了，埋头记笔记的母亲还不知道罗政委已经站在自己面前。当她再次抬起头来的时候，触到了罗政委的目光。母亲这才意识到闯了大祸。当她红着脸站起来，做好挨训的准备时，不料罗荣桓扫了一眼那个纸上的王八，说了句："嗯，蛮像。"

大家又笑起来，母亲觉着自己的脸更热了。

罗荣桓对母亲说："撕掉，坐下。"说完，又回到了讲台上。

母亲说，她还从来没有那么难堪过。

父亲闲暇的时候，总会抽空来看看母亲，带给她一些前线的消息。除了讲课，他来去总是匆匆忙忙，有时见了面，掏出一把花生米或枣子往她兜儿里一塞，就走了，那样子就像大哥哥对待小妹妹。有一次，父亲陪罗荣桓到党校检查工作，中午吃饭的时候，罗荣桓让人把母亲喊来一块吃。母亲一进门，给罗荣桓敬个军礼，问："罗政委，找我有事吗？"

罗荣桓指指桌上的饭菜，笑着对她说："找你来和我们一起吃饭。"

母亲看看一旁坐着的父亲，有点不好意思地说："首长来检查工作，我还是回学员队去吃吧。"

平时不开玩笑的罗荣桓笑着说："新兰，直到今天，我这个大媒还没有吃过你们的喜酒呢。今天到了党校，算是到了你的娘家，今天这餐饭，算是娘家请客，你哪有不到之理。"

一句话，把大家都逗笑了。母亲只好留下来吃饭。

那天，罗荣桓的心情特别好。饭后休息的时候，屋里只剩下了罗荣桓、父亲和母亲三人，罗荣桓旧事重提，指着父亲问母亲："新兰，怎么样，云阳镇我给你介绍的这个人还不错吧？"

没有外人，母亲利利索索地说："还可以。"

"还……可以？不行，不行，标准太低。"罗荣桓依然笑着。

父亲一直在笑，不说话。

母亲只好说："不错。"

"嗯，进了一步。"

罗荣桓言罢，三个人同时笑了起来。

罗荣桓跟母亲说："云阳镇你见到萧华，他已经是个官儿了。你这个萧华，刚当兵那阵，连草鞋也穿不好，马也不会骑，下雨了连裤腿也不知道往上挽一挽。我看见了，让他挽，他只挽起来一条，另一条还在地上拖着。"

罗荣桓说完，微微笑了笑，用慈祥的目光看看母亲，又看看父亲。

母亲后来经常对我们说，罗帅的目光永远有一种动人心魄的力量，与那种目光对视，你可以联想到农夫的质朴，学者的智慧，革命家的坚毅，以及长辈的慈爱……与那种目光对视，会让你心地坦荡得没有一点保留。母亲说，遇上罗帅这样的老首长，是今生今世的一种大缘。

1941年秋天，母亲正在写毕业论文，由于连日熬夜，突然得了重病，两条腿又红又肿，像在盐水里浸渍过，看上去十分怕人，稍一挪动，双腿就扯得疼痛难忍。同志们用木板把母亲抬到蛟龙湾父亲的住处。见到父亲，母亲的眼泪忍不住流了下来，紧紧抓住了父亲的手。

经大夫诊断，说是长征过草地时因风寒留下的病患，现在被诱发了。

母亲来到蛟龙湾的两天后，腿病没好，又染上了痢疾，每天要大便一二十次。别人照顾不方便，父亲一次次地背着母亲上厕所。有时来不及走到厕所，大便就流了出来。母亲心疼父亲，连连说着："我真没用，我不好。"边说边哭。父亲一边为母亲擦眼泪，一边逗她："怎么啦？哭鼻子啦？嫌你的笨丈夫没有照顾好你吗？"母亲偎在父亲怀里，哭得更厉害了。

父亲也大病过一次。

父亲的病因其实很小，嘴唇被一只蚊子叮咬了，他用草纸挤毒包，可能由于草纸不卫生，感染了。母亲说那情景真可怕，只几分钟，整个脸就肿了起来，上嘴唇耷拉下来，遮住了嘴。母亲赶紧给医生打电话。医生赶来了，只看了一眼就说："不得了，这是丹毒。"没有消炎药，那个医生很有经验，立即采来了当地的草药，给父亲敷、煎，到第三天、第四天，肿才开始消退。医生吐了一口长气，这才对母亲说："真危险，如果脸肿得和鼻子一样高，就没命了。"

那次，父亲整整躺了十天，眼皮肿得睁不开眼睛。母亲请了假，在父亲床前陪了整整十天。为了分散父亲的注意力，减轻病痛，母亲给他唱歌，讲笑话，读小说。母亲读得最多的是《简·爱》，那本书已经十分破旧了，但不短章缺页，父亲爱听，母亲每天都要给他念几段。

父亲一场大病过去了，母亲一本《简·爱》也读完了。父亲说他病得值得，不是这场病，他可能永远不会走进那么漫长的一个爱情故事的。

父亲说他发现母亲念小说的声音很好听。

相濡以沫——那是艰苦岁月留给父亲母亲的一笔财富。日后回味，醇香似酒。特别在十年浩劫的如磐风雨中，回忆往昔的点点滴滴，成了支撑父亲母亲度过漫长严冬的跳窜的火苗。

苦难把往日的美丽拉近了，成了越发动人的风景。

他们珍藏着。

四　泣血的回忆——突围大青山

1941年10月底，就在母亲勉强能挂着棍子下地的时候，侵华日军推行第三次"治安强化运动"，山东日军第十二军司令官土桥一次中将指挥五万人马，对沂蒙山区实行"铁壁合围"。

11月5日晨，敌人分十一路，在坦克的配合下，从四面八方向留田合围。这时，第一一五师师部、山东分局机关和山东省战时工作执行委员会机关共二千余人住在这里，而战斗部队只有一一五师的一个特务营和山东分局的一个特务连。

上午，敌人已将留田团团围住，八路军几个连分别把守着留田周围的隘口、道路。山东分局书记朱瑞看母亲瘦弱得不行，建议母亲和他即将分娩的妻子陈若克一起到孟良崮的一个兵工厂去隐蔽。朱瑞对我父亲说，那里只有一条小路可以过去，地形险要，一夫当关，万夫莫开。父亲考虑陈若克分娩在即，不去不行，而母亲的腿已勉强能动了，可以骑马，就不要再去给兵工厂添麻烦了。

6日拂晓，母亲拖着病体，爬上战马，随师部突围。一夜间急行百里，连过三道封锁线。由于罗荣桓指挥若定，部队未费一枪一弹，胜利突出了敌人的包围圈。之后，母亲又随部队四处奔波，同敌人周旋了五十多天。

12月29日，根据侦察到的情况，罗荣桓带部队攻击绿云山的日军。为了防备敌人增援时机关受损失，命师部、分局和战时委员会向临（沂）蒙（阴）公路西侧的大青山转移，向抗大一分校靠拢。抗大一分校事先报告说，那里尚未发现敌情。夜很阴沉，四野漆黑一片。母亲伏在马背上，随机关向路西走去。

母亲越走越感到不对头，总觉得不远处好像有人喊马叫，她不停地提醒走在身旁的敌工部部长王立人："你听，是不是有敌人？"王立人停下听了听说："不会吧，预报说这一带没有敌情。"一夜疾行，部队走进了大青山深处。拂晓，路边出现了一个村子，带队的袁仲贤要大家在村头休息，他进村去号房子。这时，母亲一抬头，猛然发现前面山头上有黑点在晃动。她着急地问王立人："王部长，你看山头上是人还是树？"王立人眼睛不好，看了好一阵，疑疑惑惑地说："不会是人，可能是树吧。"母亲说："不对，我们在鲁中山区走过那么多地方，没见过山顶上有树啊。"母亲的感觉果然没错。原来，昨晚就在他们向大青山抗大一分校靠拢的时候，日寇也在向大青山深处的抗大一分校疾进。敌人错将抗大一分校判断为一一五师师部，趁暗夜调动日伪军将抗大一分校团团包围。行动中的机关毫无觉察，钻进了敌人的包围圈。

敌人一发现目标就用机枪射击，机关的人顿时倒下一片，战马受惊狂奔不止，驮子掉得满地都是。母亲带病走了一夜，浑身骨头像散了架，坐在那里挣扎了好一会儿也站不起来。王立人赶忙让警卫员把她拉起来，说："马的目标太大，不要骑马，赶快跟我突围。"冲出村子几百米，有个土坎，王立人让母亲他们在土坎后隐蔽一下，他说去探探路就回来。他刚跃出土坎，就中弹牺牲了。这时母亲抬头一看，头顶上全是戴钢盔的，鬼子就在几米远之外。

和母亲一起冲出来的国际友人、德国共产党党员、记者希伯紧挨着母亲，面对猝不及防的情况，十分焦急，用生硬的中国话问母亲："这是怎么回事？"

"我也不清楚。"

"现在怎么办？"

母亲镇定了一下情绪，说："只有分散突围了，哪里枪声弱就往哪里跑。"

母亲话音刚落,希伯打马就往山下跑。她想拦没有拦住,本来,母亲想让他和特务营的同志一起往外突。

事后母亲才得知,希伯跑出几百米,就被炮弹打中了,疼痛难忍,服毒死了。

当时母亲也不知哪里来的那股劲,顾不上疼痛,骑上马猛跑。背后的枪声追着她响,子弹像蝗虫一样擦着耳根飞过。正跑着,突然一发炮弹落在马前,一声巨响,人仰马翻。母亲眼前一黑,失去了知觉。

不知过了多久,母亲慢慢苏醒过来。她觉得闷得难受,眼前黑乎乎的,什么也看不到。耳朵"嗡嗡"直响,什么也听不到。她用力抽出一只手,摸了一下头,只觉得湿乎乎的,好像是血肉,心想:"头打烂了,这下子完了!"她再用力抹一下脸,一大块血肉掉了下来,眼睛顿时觉得轻松了许多。她睁开眼,这时才看清,自己倒在一块大石头上,被炸得血肉模糊的战马的尸体压在自己身上,刚才从脸上抹下来的那块血肉原来是马肉。

母亲用力从马身子下抽出身来,从头到脚摸了一下,竟然没有受一点伤,便又提起枪,挣扎着向山下跑去。

拐过一个山梁,看到师部的饲养员正在那里哭,母亲问他哭啥?他惊讶地说:"哎呀,你还活着!王部长牺牲了,刚才我以为你也牺牲了……"他要扶母亲走,母亲说不用,我们快走吧。跑了不远,又遇上山东分局宣传部长陈明,三人结伴而行。走出不到百米,陈明又被飞弹击中,倒地牺牲。这时,电台的女报务员刘朗也赶了上来,她已多处受伤,步履艰难。见到母亲,她上气不接下气地说:"王台长,你是老红军,有经验,带我走,我们死也要死在一起。"母亲也气喘吁吁，大张着口说："好，好……"这天阴天，没有太阳，母亲鼓励她和饲养员说："要坚持住，现在，我们三人是一个战斗小组，要分散成前后三角，走曲线。"说罢，母亲三人一直向前突去。

大青山突围，我们伤亡惨重，牺牲了一百六十多人。

山沟里，血流成河。母亲说，连空气都腥得呛人。

母亲离开部队三昼夜，父亲三天三夜没合眼。

他派出十几个人到大青山一带侦察。父亲大概以为母亲已经"光荣"了，黑着脸命令侦察参谋尹健："找不到活人，把死的也给我找回来。"整得尹健在死人堆里仔细翻着找了大半天。

师直属各部突围出来集合在一起的共有六七十人左右，大家组成了临时战斗队，按照各人的工作性质，分别担负起作战、侦察、警卫等责任。他们在山沟里昼伏夜行，转悠了三天。一天夜里，他们正在转移时，一溜人影突然出现在前面不远的地方，正在向他们走来。走近了，那一溜人停了下来，随即，传过来一个四川口音问："你们是哪一部分的？"母亲听到这声音，高兴得喊了起来："老乡，是我，王新兰！"尹健闻声，在离母亲五六步远的地方站住了："起来走吧，这里不能久留。"

母亲浑身疼痛，想让尹健过来扶一把，但尹健却站在原地说："我不能过去，我们身上净是死尸味。"

母亲说，对她来说，那是一场真正意义上的血雨腥风。

回到师部，父亲看见母亲的棉衣上有七八个小洞，他把棉衣从里到外翻了一遍，竟掏出好几颗裹着棉花的子弹头。父亲拿着子弹头，跟母亲开玩笑说："多亏了这件棉衣，你得把它供起来。"

大青山突围回来不久，母亲又为父亲担了一次心。那天，罗荣桓让父亲到鲁南传达分局的战略部署，为了防止路上发生意外，走时，带了一个骑兵班。果然，在传达完分局指示往回走时，遇到了敌人的包围。与敌遭遇得太突然，躲避已来不及了，随行人员显得有些紧张，骑兵班的战士在马背上拉动了枪栓，准备与敌人交火。敌众我寡，兵力悬殊，且处于被重重包围的劣势，硬拼后果不堪设想。父亲判断了眼前处境，很快下达了命令："沉住气，从敌人正面穿过去。"在夜幕中，父亲带领一班人马，大摇大摆地与敌人擦肩而过。这一招险棋果真管用，敌人把他们当成了换防的"自己人"，没有理会。父亲他们一百多里路走了一天一夜。母亲说那一夜她心跳得厉害，总觉得父亲要出什么事，躺在床上怎么也睡不着。躺到半夜，她实在忍不住了，跑去找罗荣桓政委问情况。罗荣桓安慰她说："没事，萧华是个福将，你快回去睡觉吧。"从罗荣桓的口气里，母亲听出他也不知道父亲当时的具体情况。母亲回到住处，依然没法入睡，点着灯，守到天明。黎明时分，忽然听到一阵由远而近的马蹄声，母亲知道是父亲回来了，喜出望外，赶快冲出屋子，跑到村头迎着。一见到父亲，就扑到他怀里，眼泪禁不住夺眶而出。

战火中，互相牵挂着的两颗心是残酷中的一点温暖的慰藉。

母亲说，自从认识了父亲之后，她无时不在为他担心。她说，有一个总让你牵挂的人，是幸福的。

几天之后，一一五师和山东分局为在大青山突围中牺牲的同志举行了追悼大会。会上，罗帅和父亲都讲了话。

挽幛飘动，一片缟素，天地同哀。

五　和铁道游击队在一起

1941年、1942年，山东敌后抗日根据地经历着创建以来最困难的时期。

在这一年多时间里，近四万日军和十八万伪军，对抗日根据地进行了频繁的"扫荡"和分割封锁。据不完全统计，日寇千人以上的"扫荡"就有七十余次，其中万人以上的有九次，千人以下的"扫荡"和袭扰，几乎无日不有。一一五师官兵和山东军民在罗荣桓、陈光、朱瑞等人的领导下，虽然粉碎了日伪一次又一次"扫荡"，但根据地也遭到了极为严重的损失。一批党的优秀干部壮烈牺牲，大片根据地被敌人蚕食，敌人在抗日根据地周围构筑起二千四百多个据点，建立了各级伪政权。我鲁南基本区（即沂蒙山区——笔者注）则被压迫在"南北十余里，东西一线穿"的狭窄地带，有些地区的主力部队只能换上便衣，分散活动。

造成这种局面的客观原因是敌强我弱，力量悬殊；主观原因则是根据地主要领导同志之间长期存在着的意见分歧，以及工作指导中的一些严重失误。

罗荣桓严重的痔疮病更使山东的工作雪上加霜。由于经常在马背上颠簸，痔疮成了折磨他的痼疾，发作起来苦不堪言。在罗荣桓病重时，父亲挑起了政治工作的大部分担子，罗荣桓只发指示定基调，具体工作都由父亲组织实施。

在艰苦的斗争环境里，母亲和她的战友们带着电台随师部不停地转移，除了行军作战，就是收抄延安电台播发的新闻。凡属国内外重大新闻，母亲他们都及时抄出来，送到师部传到基层。在电台全体同志的努力下，山东根据地与党中央、八路军总部之间的信息永远是畅通的。

为了彻底解决山东问题，1942年3月，中央派刘少奇到山东。当时，刘少奇身兼数职：中央政治局候补委员、华中局书记、新四军政治委员。恰巧此时中共中央已决定刘少奇途经山东到延安，参加党的七大，遂决定他就便听取山东分局和一一五师的汇报，解决山东根据地军政领导一元化问题。

4月10日，化名胡服的刘少奇经过二十二天的行程，由苏北阜宁单家港到达山东分局和一一五师的驻地临沭县朱樊村。

经过充分调查研究，周密思考，从4月26日开始，少奇同志分批地、有针对性地对山东问题作了八个报告。少奇同志的深入作风，对问题高屋建瓴的剖析，以及马克思主义的洞察力，给母亲留下了很深的印象。

这年秋天，山东分局和一一五师首长经研究决定，派父亲前往太行山，任务有两项，一是向北方局和八路军总部汇报山东对敌斗争形势和五年来的工作情况；二是前往太行山途中，顺路到鲁南、湖西和冀鲁豫传达刘少奇对山东工作的指示，并检查工作。

从山东分局所在地滨海区去太行山，其间要穿过游击区、敌占区、国统区，要跨越日军严密封锁的津浦铁路和平汉铁路，沿途到处是敌人的封锁沟、封锁墙，一路敌情，一路关卡。为了减小目标，便于行动，父亲决定轻骑简从，只带了秘书康矛召、警卫员徐登昆和勤务员陈洪志。临出发前，考虑到为了便于掩护，又任命母亲为秘书同行，以便于途中以夫妻身份招摇过市，通过敌占区。

父亲母亲的太行山之行，波谲云诡，惊心动魄。

1942年11月初，残秋将尽，父亲一行五人从山东分局所在地莒南县（当时分局和一一五师机关居无定所，飘忽不定，就实记录，非笔误也。下同——笔者注）的十字路启程，打马西行，渡过沂河，进入鲁南抱犊崮山区。

第二天，路过苍山县的一个村庄时，父亲的勤务员陈洪志忽然遇到了面黄肌瘦的弟弟。陈洪志问他怎么跑到这里来了。弟弟哭着说，姑姑家就在附近，今年家乡遭了大灾荒，家里断了粮，只好跑到姑姑的村上，给人家放牛挣口饭吃。眼下，奶奶和小妹妹连病加饿整天躺在炕上，爹娘每天弄些树叶糠菜勉强维持，还不知能挨到哪一天……

不等陈洪志说完，母亲已泪流满面。

父亲心里也不是滋味，和母亲、康矛召商量，决定在陈洪志姑姑家暂住两天，并让警卫员徐登昆带上一些粮食和钱，随陈洪志到十几里外他的家中探望老人。第二天，徐登昆完成任务回来，向父亲汇报了陈洪志家中的景况，父亲决定把陈洪志留下，照顾处于危境中的家人。

父亲母亲"雪中送炭"，挽救了在饥饿死亡线上挣扎的三代五口人的性命。后来陈洪志归队的时候，把弟弟也带到了部队里。1985年8月，已离职休养的陈洪志，从广播中听到父亲逝世的消息，乘飞机从哈尔滨专程赶到北京，代表全家向当年的老首长告别。

留下陈洪志后，父亲四人继续赶路。在费县的一个小村庄里，鲁南军区司令员张光中、政治委员王麓水向父亲汇报了鲁南的斗争情况，父亲向他们传达了刘少奇同志的指示。晚上住在庄子里，老乡用糁子煎饼来款待父亲一行，张司令员、王政委直说"不好意思"。父亲一边啃着粗糙的煎饼，一边笑着说："鲁南已倾其所有招待我们，还要怎样？吃这东西好，撑时间。"父亲好像是在开玩笑，其实说的确是实情。艰苦的战争使鲁南人民的生活极其困难，晚上，妇女们将糠皮、红薯根和小小的山梨泡进水里，鸡叫时分爬起来，推着沉重的石磨在小油灯下磨成稀浆，然后用柴禾、茅草烧起鏊子，烙成一张又酸又涩、难以下咽的煎饼来充饥。大清早起来，辛苦了半宿的女人面容憔悴，眉眼也被柴烟熏得乌黑，又扛起农具家什，下地干活了。

母亲说，山东妇女身上永远有一股与命运抗争的韧劲，默默的，不事张扬。那精神、那神态，看一眼一辈子难忘。

接下来，要越过津浦铁路进入湖西区。津浦铁路是日军重点控制区，为了顺利通过铁路，铁道游击队政委杜继伟带了十几名武工队员，赶来接应父亲一行。游击队员们大都是铁路工人和枣庄的煤矿工人，对津浦线韩庄至滕县一带的情况了如指掌，非常熟悉。他们身穿便衣，腰插短枪，个个精悍、利落。

在杜继伟的安排下，父亲母亲和秘书、警卫员都换上了便衣。铁道游击队带着父亲一行，昼宿夜行。第三天天黑以后，在曲曲折折的小路上奔波一宿，赶到南沙河附近的一个小村子里。这儿离津浦铁路只有五六里地，不时能听得到火车奔驰的声音。进村后，父亲母亲被安排住进了伪村长家里，村长四十上下，瘦瘦的。他名义上是伪村长，实际上是铁道游击队安排的情报员。村长热情地烧了水，招呼父亲母亲洗脚，自己就到村公所睡去了。趁此机会，杜继伟向父亲详细汇报了铁道游击队在这一带的活动情况，母亲在一旁听得津津有味。铁道游击队是一支由枣庄一带的铁路工人和煤矿工人组成的抗日武装，炸火车，袭洋行，歼伪军，神出鬼没，打得敌人蒙头转向。母亲听到他们飞车搞枪的情节时，忍不住问杜继伟："火车跑那么快，你们蹿上蹿下，不会摔着吗？"

杜继伟笑笑："还没有过。"

母亲感到不可思议。

父亲对母亲说："这就叫打鬼子的本事。"

后半夜，趁着茫茫夜色，由铁道游击队掩护，父亲母亲一行四人顺利地通过了津浦铁路。身后，不断传来维持会派人巡逻的梆子声及"平安无事哟"的吆喝声。又走了十几里，与微山湖游击队派来接应的张新华队长接上了头。杜继伟的铁道游击队完成了护送任务，在黑暗中与父母亲分了手。黎明时分，来到微山湖畔，张队长领着父亲母亲他们登上预先准备好的一条渔船。由于在此之前微山湖已被日伪军占领，湖岸四周和湖中小岛上，都有敌人的炮楼和碉堡，白天不敢行动，渔船摇进一片芦苇荡后，便隐蔽起来。张队长他们从小渔船的篷子里端出事先准备好的早餐，有干粮，有热水，还有烧好的鲜鱼。这时候，父亲母亲他们才感到又渴又饿，饱餐了一顿。他们必须在这里静等到晚上才能行动。张队长告诉他们："放心休息，周围群众都是我们的人，芦荡中水路复杂，深浅莫测，敌人不熟悉水道，是不敢轻易往里闯的。"父亲母亲在芦荡里藏了一整天，敌人一直龟缩在据点里，果然没出来。

写到这里，我很自然地想起了上初中时看电影《铁道游击队》时的情景。那部片子看得我们热血沸腾，如醉如痴。看完了电影还不过瘾，又找来小说看。

母亲告诉我们，她见过真正的铁道游击队。

这使我们为之一振："真的？"

母亲说当然是真的。

我们问："和电影上的像不像？"

母亲说，还真像，就那样，便衣，短枪。她还说，电影上说的那些地方，什么枣庄啦，微山湖啦，她和父亲都去过，他们还在微山湖中的芦苇荡里吃过鱼。母亲说后来再没有吃过那么鲜美的鱼，还说也有那样敲着梆子，喊着"平安无事哟"的更夫。母亲说，不过铁道游击队真正的政委叫杜继伟，不叫李正。杜政委亲自送她和爸爸过的津浦铁路。

我们几个孩子惊得目瞪口呆。

我们感到很骄傲。

我们忽然觉得，自己和那个神勇无比的铁道游击队有了某种血缘上的联系，原因自然来自与他们有着千丝万缕联系的父亲母亲。

第二天是个星期天，母亲提议，再看一遍《铁道游击队》，于是我们全家一起，又走进了电影院。

晚上，父亲吹着口琴伴奏，我们在家中的客厅里合唱着电影中那支优美动人的插曲：

　　西边的太阳就要落山了，
　　微山湖上静悄悄，
　　弹起我心爱的土琵琶，
　　唱起那动人的歌谣……

母亲也在唱。她的眼睛微眯着，唱得很专注，很投入。我想，她的眼前，一定晃动着微山湖上那轮慢慢西沉的太阳。

之后，跟同学们议论起《铁道游击队》，我告诉他们，其实，真的铁道游击队政委叫杜继伟。

同学们很惊奇。

问我是怎么知道的。我说听妈妈说的。我说铁道游击队的杜政委亲自送爸爸妈妈通过鬼子严密防守的铁路。

同学们很羡慕。

我很得意。

哦，我怀念那个崇拜英雄的时代。

六　险象环生的太行之行

夜幕降临了，小渔船摇出芦苇荡，继续西行。午夜时分，到达微山湖西岸，父亲母亲弃舟登陆，走了七八里地，在沛县以北，湖西军区派了一个骑兵排来迎接父母一行。

无风无月，漆黑一片，三十多匹马在弯弯小道上鱼贯而进。因为走得急，天又黑，迷失了方向，撞到了敌人的一个据点附近。望着据点上鬼火一般的灯光，父亲他们急忙拨转马头，向回折去。领头的队长姓张，他在暗夜里看到路旁卧着一块斗大的石头，跳下马，在地上来回走了走，很快就弄清了目前所在的位置，确定了该去的方向，带着父亲母亲继续往前走。鸡叫时分，顺利赶到了位于丰县、单县之间的湖西军区司令部。湖西军区司令员邓克明曾任东进抗日挺进纵队参谋长，在冀鲁边和父亲战斗在一起，老战友异地重逢，倍感亲切。

父亲母亲在湖西停留了一个星期，检查工作，听取汇报。离开湖西时，天气已一天天凉了，他们换上了棉衣。邓克明和湖西军区政委张国华又派骑兵连护送他们向北行进。12月上旬，赶到郓城以南的冀鲁豫军区即原来的鲁西军区所在地。冀鲁豫军区司令员杨得志、政委苏振华、区党委书记黄敬热情地接待了他们。父亲调任一一五师政治部主任之前，曾在鲁西工作过一年，旧地重游，老友重逢，大家都很高兴。母亲陪着父亲在这里进行调查研究，了解工作情况，传达少奇同志指示，先后用了半个多月。

离开冀鲁豫，下一步要从晋、冀、鲁、豫四省交界处越过敌占区，跨过平汉路，进入太行山。可以说这是此行中最困难、最艰苦的一段路程。为了顺利通过，杨得志、苏振华派了冀鲁豫敌工部部长王乐亭护送。

王乐亭是河南安阳人，三十来岁，个儿不高，圆脸，面皮白皙，神态安详、文雅，像个教书的，又像个经商的。他不仅熟悉这一带的敌情，而且机智、灵活、果断，善于处理突发事件。几个月前，刘少奇和新四军的陈毅、谭震林路过此地，都是由他护送的。

动身前，父亲让母亲和康矛召将携带的所有文件都交给王乐亭，由他从另一条更隐密的地下交通线送走。他们清理了身上的物品，连常用的钢笔也留下了。骑马走了两天，来到游击区和敌占区的交界处，这里离平汉路只有百把里地了。王乐亭让大家在这里脱下棉军装，换上便衣。母亲也换上农村妇女的装束，裤子下面扎上黑腿带，头上扎起红头绳，骑一头小毛驴，乔装成回娘家的新媳妇。为安全保密，每个人还起了个化名。父亲的化名叫"春涛"，身份是商人。因为父亲母亲和康矛召、徐登昆都不是本地人，口音南腔北调，王乐亭再三叮咛，一路上尽量少开口说话，免得露出马脚，遇到交涉诸事，一应由他出面。

做好了各种准备，父亲母亲就以商人夫妇的身份进入敌占区。王乐亭对沿途的内线关系了如指掌，在他的精心安排下，父亲母亲一路上竟常在伪军军官、地主老财家中过夜。

在化装通过敌占区时，父亲母亲多次与敌人相遇，有时还和敌人同路而行，同榻而眠，多次险象环生。由于与王乐亭密切合作，沉着处事，竟都化险为夷。

进入敌占区的第一个晚上，父亲一行住在离内黄不远的一个小村子里。这个村里住着伪军的一个小队。王乐亭通过内线，将母亲安排在伪军小队长太太的屋里。这个伪军是"白皮红心"，心里向着八路军。四个男的没处住，被安排在村外一间看场的小土房里。房里空荡荡的，只有一个土炕，炕上铺着一些麦草。王乐亭买来几个馍馍，带来一壶凉开水。父亲他们胡乱填饱肚子，将棉袄裹在身上，正准备在麦草上过夜，不料又来了两位往来于游击区和敌占区之间跑小买卖的商人和一个由外地来的伪军士兵，伪军士兵还带着一支步枪和几个手榴弹。他们也挤到炕上睡觉。父亲决定不动声色，见机行事。就这样，一个土炕上横成一排，挤了七个人。

父亲他们每人准备了一块砖，准备当枕头。这时，那两个商人搭讪问："请问你们是干什么的？"

父亲假装哈欠连天，王乐亭笑着回答："做小买卖呗，这年月，胡乱混口吃的。"他怕两个商人继续纠缠，给父亲使个眼色，示意他靠墙睡，王乐亭自己睡在他们与那三个人的交界处。

过了一会儿，那两个商人转过头又问那个伪军："你老兄从哪儿来？有公干吗？"

伪军叹了口气，说："我是从冀南来的，这儿有个排长是我的朋友，找他帮忙来了。"

父亲几个躺下后，为免生枝节，都假装入睡，缄口不语。三个陌生人一时不能入睡，有一句没一句地聊了起来。聊到火热处，商人问伪军："你在冀南当兵吃粮，有啥不好，干吗跑到这个鬼地方来？"

伪军说："唉，别提了，我们在冀南是配属皇军扫荡陈再道、宋任穷的八路军的。八路军可厉害了，我们一千多人马跟八路军一接火，眨眼间，他们的手榴弹、刺刀就闪到眼前了，幸亏我跑得快，才保住这条命。如今在冀南是待不成了，我只好到这里来投朋友，寻碗饭吃……"

父亲躺在炕上，静静地听着，想笑，又不敢笑。伪军哪里知道，此刻就有四个八路军和他们挤在一起睡觉呢。

母亲在伪军小队长家里睡到半夜，不放心父亲他们，从村里跑出来，轻轻敲了敲土屋的门板，喊了声"春涛"。父亲答应一声，母亲才放心地回去了。为这事，第二天一起床，王乐亭就把母亲批评了一顿："往后，晚上你一个人不能随便走动，这里是敌占区，比不得根据地。"母亲红着脸，诚恳地作了检讨。

从这个小村子出发前，王乐亭又作了新的安排："下一步要出大沙窝了，为了不引起敌人注意，还要减小目标，我们五个人得分两条路走。"在他的指点下，康矛召和徐登昆从北面一条交通线上走，父亲母亲和王乐亭仍按原定路线行动。

黄昏时，父亲三人赶到了程庄。王乐亭介绍说，这是一个兼作商人的开明地主的土围子，八路军为争取、团结他，做了不少工作。

这天晚上，地主本人外出了，一个同八路军有内线情报关系的长工接待了父亲他们。母亲被安排住在地主的七姨太屋里。王乐亭临走时叮嘱她："进围子后不要大意，说话要小心。七姨太有文化，见过世面，现在又是掌家的，在她面前，手脚大方些，千万不能露出破绽来。"

父亲和王乐亭就在围子外面的文书家里过夜。

事后父亲告诉母亲，那一夜，他最担心的就是身边躺着个地主七姨太的她。

其实，七姨太对母亲十分热情。

七姨太很年轻，不过二十上下，穿着镶金边的旗袍，烫发头，丝袜，穿着半高跟黑皮鞋，模样儿挺俊。与七姨太相比，母亲反倒显得有点土气。由于王乐亭事先已打通关节，七姨太见了母亲很热情。

她把母亲让进屋里，笑着说："今晚给我做个伴儿，咱俩就睡一个床吧。"接着又问母亲从哪里来，到哪里去。

母亲说："我先生是个买卖人，经商到处走，我顺便随他出来走走。"

七姨太又问："这样说你先生从前读过书了。看样子，你以前也读过书吧？"

母亲点点头。

"你在哪儿上的学？"七姨太又问。

"在北平的一个女子学校。"母亲说。

其实，北平是个什么样儿母亲都不知道。在部队时，有两个医生是从北平学校出来的，他们闲聊的时候，常谈起北平的学校。因此，七姨太问时，她就顺口胡诌了一句。

不料这一说，七姨太更加高兴了："好呢，我也是北平学校出来的，今天算是碰到老同学了！"

七姨太一句话，说得母亲心里直打鼓。她害怕七姨太再刨根问底，察出破绽，便主动岔开话题说："在家靠亲戚，出门靠朋友。我们在外做生意，路上不安宁，不好带什么东西。第一次见面，就给你添麻烦，我这里有点钱，你留着买点自己喜欢的东西吧。"母亲一面说，一面从兜里抓出一把钱塞给七姨太。

七姨太推辞了半天，见推辞不掉，就感慨地说："唉，你若不是个念过书的人，在钱财上也不会这么大方。"

正说着话，佣人提来木制的大食盒，在屋里摆上晚饭。晚饭十分丰盛，鸡鸭鱼肉，摆了一桌子。

她俩一边吃，一边拉家常，七姨太大概寂寞惯了，话特别多。她对母亲说："我原来在北平是个中学生，当家的看上我有文化，讨我来给他管家务。可家业这么大，头绪这么多，他经常在外面跑，别的

169

太太们见我年轻，又有文化，嘴里不说，暗地里与我处处为难，说是管家，实际上是受不完的窝囊气……唉，回想当学生的时候，多自在啊……"说着，七姨太的眼圈儿竟红了。

母亲安慰了七姨太几句，问："你们当家的总共有几个太太？"

"九个。"

母亲吓了一跳。

七姨太擦擦眼睛说："我下面还有两个呢，最小的九姨太是个穷人家的姑娘，长得俊气，让他给看上了，花了一石粮食换进门的。"说着，又看看母亲，"你多好呀，先生是读书人，你跟他到处走，自由自在，哪像我们……"

临睡前，七姨太又悄悄对母亲说："一回生，二回熟，咱姐妹都是读书人，又都是中国人。现在这年月，中国人的心还是向中国人的，谁都不愿做亡国奴，咱交个朋友，下次回来从这儿路过，还是住到我屋里来吧。"

翌日清晨，吃过早饭，父亲母亲又上路了。这时他们坐进了地主家的轿车，轿车上有帘子，帘子上挂着镜子，三匹骡子驾车，几串铜铃，一路风光。

在轿车里，父亲问母亲："和地主的七姨太睡一个床，害怕不害怕？"

母亲说："害怕啥？再睡两晚上，我保证能再带出来一个女八路。"

母亲指的是七姨太。

母亲曾经给我说起过那个七姨太。母亲说她有教养，识大体，只可惜给地主当了姨太太。如果在革命队伍里，她会锻炼成一个好干部的。

母亲真诚地替那个二十岁的七姨太惋惜。

七　在八路军总部

天黑时分，车子进了安阳附近的一个小村庄。

这里离平汉线已经很近了，可以清晰地听到火车的鸣叫声，敌人的探照灯不住地扫来扫去。轿车三拐两拐，停在了一个收拾得挺漂亮的小院里。王乐亭悄声告诉父母，这是一个伪军排长的家。

排长夫妇对父亲他们很热情，专门给父亲母亲腾出一间屋子，炕上的新棉被花色艳丽。晚上八点多，天黑严了，村外公路上传来一阵响动，同时出现了一束汽车灯光。排长立即拔出驳壳枪，镇静地说："万一鬼子进来了，你们就从窗子跳到后院藏起来，这儿有我应付。"车没进村，向远处开走了，虚惊一场。排长望着渐渐远去的汽车，蔑视地说："别看日本人张牙舞爪，实际上他们没什么了不起，我们的八路军和老百姓才是天罗地网。在咱们这儿，他日本人是聋子、瞎子，只有挨打的份儿。"原来，这个排长也是个"白皮红心"。

排长的太太忙着准备晚饭，母亲过去帮忙。正拉风箱时，排长太太突然凑近母亲的耳朵，悄声说："你这样走远路，要出事的。"

母亲不解地望着排长太太。

排长太太说："你大概是刚学会梳头的吧？看，头发髻没裹好，要是在外面掉下来，多危险。"

母亲感激地点点头。后半夜出发时，排长太太帮母亲重新盘了头。

拂晓前，父亲三人在排长的带领下，赶到临近铁路的一个村子里。在这里，可以看见顺着铁路有一道三四米深的封锁沟，沟边有一个日夜吊起来的吊桥。排长告诉父亲，要想通过封锁沟，必须先到村公所办理手续，然后才能把那个吊桥放下来。

他们转过几条村街，快要走到村公所门口时，突然从半截墙上伸出了一只巴掌，朝他们直晃。那手差点戳在母亲身上，吓得母亲往后倒退了一步。带路的排长也看见了墙上伸出的那只手，赶忙拔枪。这时，墙后转出一个汉子，一面将他们往边上的一个门里推，一面悄声说："快躲起来，日本小队长刚进村公所，正在这里查路呢。"

　　母亲说那次真危险，转过墙角就是村公所，再差几秒钟，再往前走几步，或者几个人响动再大一些，非出事不可，多亏了那个老乡。父母亲他们捏着一把汗，静静地躲在老乡家里，躲过了太行之行最危险的时刻。

　　等一小队鬼子走了以后，村公所的人才偷偷地摸出来，放下吊桥，父亲母亲他们迅速走了过去。趁着迷蒙晓色，从安阳和磁县之间，顺利地越过了平汉铁路。

　　一过铁路，离我们的游击区就不远了。

　　在敌占区的三天三夜终于结束了。惊心动魄的三天三夜，令母亲终生难忘。

　　过了平汉路，再向西走半天，就进入了涉县，这里有八路军一个主管敌占区工作的办事处。在涉县办事处，父亲母亲见到了在大沙窝分手的秘书康矛召和父亲的警卫员徐登昆，他们好几天前就到了这里。大家互相诉说沿途见闻，分外高兴。

　　康矛召告诉父亲母亲，他一路上最担心的是那些汇报材料，尤其是部队的武器装备、伤亡数字和发展情况。如果丢了，或被敌人搜去，后果难以估量。为了防备万一，他把每个数字都颠倒过来写，只有他心里清楚，即使敌人把这些材料搜去，也无法得到真实的数据。

　　父亲夸奖康矛召说，看来危机关头能出智慧。

全国解放以后，康矛召成了一名出色的外交官。

涉县办事处主任叫王伯屏，四十多岁，胖胖的，办事很干练。他安排父亲他们休息了一天一夜。出发时，让父亲母亲脱下便装，重新穿上军装。

父亲一时找不到合身的军装，就穿了一身炊事员换下来的旧衣服。大家围着他笑，说他像个地道的伙夫。

换上军装骑上马，行进速度快多了。当天下午，他们就赶到了一二九师师部所在地黎城。父亲母亲到达黎城时，刘伯承师长正在八路军总部开会，没见上，一二九师政委邓小平热情接待了他们。

邓小平见到父亲母亲很高兴，关心地什么都问。当他听说他们路上遇到了惊险时，风趣地说："很好，这就叫惊而无险。"

邓小平特别关心罗荣桓的身体状况，问他的痔疮病治得怎么样了，父亲详细作了汇报，同时又汇报了山东根据地的斗争情况。

第三天，父亲母亲告别了黎城，师部派几匹马护送他们到总部。过清漳河时，母亲眼尖，远远地看到河滩上有七八个人随着一匹马，正迎面向他们走来。待稍近些，母亲立即辨出骑在马上的人就是刘伯承。她一阵兴奋，不由喊了一声："刘师长。"父亲这时也认出了刘伯承，立即打马迎了上去。

刘伯承大概也认出了父亲母亲，翻身下马，等父亲母亲走近，便热情地迎了上去，抓着他们的手说："萧华、新兰，你们来了呀，你们山东是敌后的敌后，远道而来，辛苦了。"显然，在这里与父母不期而遇，刘伯承很高兴。

寒暄一阵之后，刘伯承问父亲："我们两个有六七年不见面了吧？"

父亲说："从长征结束到现在，快七年了。"

刘伯承感慨地说："是啊，打仗时间过得好快，咱们一起过大凉山，过大渡河，都好像还是昨天的事。"

这时，刘伯承又打量了一下母亲，打趣道："这不是当年那个一见人就打听到冀鲁边区还有多远的四川小老乡吗？今天又见面了，看来咱们有缘分。"

母亲脸红了。1939年她从延安去冀鲁边，途经一二九师，第一次见到刘伯承，就急着打听这里离冀鲁边还有多远。刘伯承说"莫急，至少得半年"，她还以为刘师长在跟自己开玩笑，谁知竟整整走了一年，那次就是刘伯承派骑兵护送她过的平汉路。

刘伯承和父亲母亲在河滩上慢慢走着，有说不完的话。

要分手了，父亲问刘伯承师长："这儿离总部还有多远？"

刘伯承一语双关地说："难走的路还在前面，渡过这段困难时期，就是宽板大道了！"说罢跨镫上马。父母目送着刘伯承上路。刘伯承走了几步，从马上又回过头来，对父母大声说道："从总部回来，到我这里来住，我们好好谈谈，我给你们弄鸡吃……"说罢，扬鞭而去。

麻田是太行山里的一个小镇，坐落在长年流水的清漳河畔。当时，八路军总部司令部驻在麻田，政治部驻在离麻田五六里的桐峪。父母与刘伯承分手不久，又翻过一道小山，就到了桐峪。

一到桐峪，野战政治部主任罗瑞卿和他的夫人郝治平就在村口热情地迎接他们。父亲和罗瑞卿的友谊一直可以追溯到江西中央苏区，当时罗瑞卿是一军团政治保卫局局长，对担任军团青年部长的父亲的工作十分支持。父亲他们组织排演四幕大型话剧《庐山雪》，罗瑞卿不仅欣然担任导演，还自告奋勇扮演蒋介石。他还把军团长林彪请来，扮演剧中的司令员，又临时把政委罗荣桓拉上台……由于演员阵容强大，演出效果很成功，干部战士十分欢迎，用现在的话来说，产生了很大的"轰动效应"。从那时起，父亲对罗瑞卿就一直十分敬重。

见罗瑞卿夫妇亲自到村口迎接，父亲十分激动，真有一种到了家的感觉，忙走上前去握住罗瑞卿的手说："我们终于到家了，谢谢罗主任。"郝治平也迎上来，拉住母亲的手，问长问短，像久别重逢的一家人。太行山区条件极端艰苦，罗瑞卿夫妇总想办法拿最好的饭菜招待父母，每天都为他们准备有小米干饭和肉炒山药蛋，这在当时是很不简单的。

在桐峪住了四天，第五天，彭德怀一定要父母搬到麻田去。在麻田八路军总部，父亲一行被安排在一个村长的家里居住，父亲母亲一间屋子，康矛召和徐登昆一间屋子。在这里住下后，总部的负责同志彭德怀、滕代远、张际春等经常来看望他们。

八路军总部的生活很苦。由于这个地区的农业条件很差，平常年景收成不佳，群众生活水平普遍很低。总部机关平时以黑豆、玉米、土豆、杂菜叶为主食。在这里，小米饭成了最奢侈的食品，老咸菜和杂菜团子是日常饭食。菜团子又黑又散，须用手捧着吃，苦涩得难以下咽。

彭德怀让炊事人员匀出小米来专供父亲他们食用，实行最高的伙食标准。一次，彭德怀请父亲母亲他们吃饭，那时彭德怀夫人浦安修外出了，由滕代远与他的夫人林一作陪。那天吃的是最好的二米饭，即将大米、小米混合起来煮的米饭。彭德怀还让人搞了个小火锅，放了豆腐、粉丝、白菜丝、土豆块，还把珍藏了好久的一瓶牛肉罐头拿了出来。彭总那天高兴，要亲自开罐头，山里没有开罐头的工具，彭德怀拿着一把刀子又砍又撬，一不小心，刀子一滑，把手划破了一道口子，弄得鲜血直流，赶忙找来纱布把手裹了起来。那一天，彭德怀兴致很高，在座的也都兴致很高，一边吃，一边说笑，十分轻松。许多年之后，母亲回忆起那天的情况，彭老总的慈容笑貌依然清晰如昨。

在麻田的那段日子里，彭德怀隔三岔五地总要来看望父亲母亲。进门找不到坐的，就坐在门槛上和父亲母亲交谈。老乡路过见到他，就像见到自家人一样，"老彭长，老彭短"说个不停，没有一点八路军副总司令的架子。

在彭德怀不忙的时候，父母也去看望彭德怀。彭德怀住的是一间不大的农家土屋，这里是他和浦安修的卧室，同时又兼作他的办公室。屋里陈设极其简朴，摆了一张桌子、两把椅子和一张木板床，桌上放着一套中华书局出的《万有文库》，墙上挂着一幅彭德怀夫人浦安修的铅笔素描画像。除此之外，四壁空空。就是在这座普通农舍里，孕育出一个个杰出的作战方案，指挥千军万马取得一个又一个伟大胜利。

在这里，十八岁的母亲熟读了日后成为中华人民共和国第二号元帅的正直、质朴、无私、无畏和一颗博大的仁爱之心。

1959年庐山会议，彭德怀蒙难，母亲在很长的一段时间里默然无语。

太行山见过的那个彭老总，总浮现在她的眼前。

母亲"文革"出狱后，一次与我说到彭老总时，她说，那时，我们都发昏着，只有彭老总是清醒的。

过了一会儿，母亲又自言自语道，不知彭老总现在怎么样……

1943年1月，中共北方局和八路军总部在麻田召开会议，专门听取父亲汇报，研究山东根据地的建设问题。

八　归途中的一个插曲

父亲顺利完成了使命。

1943年2月早春，父母一行四人告别了总部和一二九师的首长，离开太行山，踏上了归程。他们回到山东根据地时，已经到了3月底，桃花将谢，枝头留着几点残红。

途经鲁南军区，父亲母亲与赴延安的一一五师代师长陈光不期而遇。

陈光看上去情绪十分低落，看见父亲，只微微点了点头，什么话也没有说，对母亲态度好点，问了声："你们回来了？"

陈光情绪不好是有原因的。

在父母离开山东的这段日子里，中共中央关于在山东实行一元化领导的方案已尘埃落定。根据中央决定，成立新的山东军区，对外仍保留一一五师番号。由罗荣桓任军区司令员兼政治委员，并为一一五师政治委员兼代师长，黎玉任山东军区副政治委员，父亲任政治部主任。一一五师原代师长陈光回延安准备参加党的七大。至此，终于在山东建立起统一的军事领导核心，解决了武装部队的统一指挥问题。

陈光对调离一一五师抵触情绪很大。

陈光是湖南宜章人，资格很老，是红军中有名的战将，1927年入党，1928年参加了湘南起义，在中央苏区五次反"围剿"中，功劳卓著。从中央苏区起，他一直和父亲在一起工作，曾四次和父亲搭档。第一次是在红三十团，15岁的父亲任政委，他是团长；第二次是在"少共国际师"，父亲是政委，他是第一任师长；第三次是在长征途中，他任一军团第二师师长，父亲于一、四方面军会合后被任命为二师政委；第四次是平型关大捷之后，八路军恢复政治委员制度，父亲被任命为一一五师三四三旅政委，旅长就是陈光。1938年3月林彪负伤后，中央军委、八路军总部决定由陈光代理一一五师师长，直至1943年山东部队整编。

陈光军事很强，个性也很强，以脾气暴烈出名。他发起脾气来无人敢劝，包括罗荣桓、黎玉、我父亲这些人，都对他无可奈何。他的夫人在他发火时更是噤若寒蝉。惟独母亲例外，见他发火，没大没小地说上几句玩笑话，他就不吭声了。因此，在陈光情绪不好的时候，罗荣桓、我父亲就会让母亲去看看。

梁山战斗中，杨勇缴获了鬼子几门大炮，陈光得知后很高兴，命令杨勇一定要藏好，千万不能搞丢了。杨勇将炮拆了，在老乡家里坚壁起来。梁山战斗后，一一五师机关撤出驻地，转移到微山湖地区，鬼子杀回来，把炮又抢走了。为此，陈光大发了一次脾气，在屋子里一边摔东西，一边大吼大嚷，喊着一定要严厉查办杨勇。

罗荣桓听见陈光又摔东西又骂人，对我母亲说："你快去看看吧。"母亲说："我试试吧。"

母亲来到陈光住处，还没走进屋子，就感到了火药味，先是听到他的喊声，接着就听到什么摔到地上的声音。母亲敲敲门，陈光怒气未消，问："谁？"

"是我，师长。"

屋里没了声音。

沉默了一阵，陈光喊"进来"。

母亲进了屋子，见陈光脸色铁青，两眼通红，正烦躁地在地上走来走去。地上有摔碎的杯子的残片、散落的笔记本和铅笔，司令部的一个干部和他的勤务兵脸上带着惊惶，呆站在一旁。陈光看了看母亲，用眼睛指指一张椅子，说："坐吧。"

母亲坐下后,陈光问:"谁让你来的?"

母亲说:"我自己来的。"

"来干什么?"

"听见你吼,我难受。"

"我吼,你难受什么?"

"就是难受,看你发脾气,心里难受,想哭。"

陈光看了母亲一眼,把火压下去,朝勤务兵摆了一下手,说:"倒水。"

母亲看看狼藉的地面,说:"陈师长,你再别发火了。"

陈光勉强地"嗯"了一声,回头又对勤务兵说:"收拾了。"

勤务兵和那个干部赶紧把地上的东西收拾起来,解脱似的跑掉了。

一场风暴过去了。

母亲从陈光那里回来后,罗荣桓笑着说:"对付陈师长,还是王新兰有办法。"

母亲说:"我真担心连我一起骂呢。"

罗荣桓说:"不会的,他不会向一个可爱的小姑娘发火的。"

我想,罗帅的话是对的,在年长母亲近二十岁的陈光眼中,母亲单纯得几近透明,又透着几分聪慧,这样的人在暴烈面前,犹如柔风清雨,有着天然的优势。

父亲母亲此时与陈光在鲁南相遇,双方都有些尴尬。陈光情绪不好,父亲不好说什么,就对母亲说:"你去看看陈师长,熟人见面,总不能一句话都不说吧。"

晚上,母亲来到陈光住处。进屋时,陈光正绷着脸,坐在一条凳子上发怔。看见母亲，他抬起眼睛问："你来了，有事吗？"

母亲一时找不出合适的话，就问："陈师长什么时候能到延安？"

母亲说罢，立即紧张了。当时陈光正为这个心里不痛快，自己却往他的痛处戳，这不是自找倒霉吗。

她提着心，等着陈光发火。

陈光没有发火。他盯着母亲看了一阵，低声说："谁知道。"

这大大出乎母亲意料。

母亲看着陈光心事沉重的样子，不知说什么才好。她理解一直在马背上征战的战将，在即将离开战场时的心情。

陈光让警卫员给母亲倒了一杯水，问："你们这趟走得怎么样？"

母亲说："还算顺利。"

"没遇到麻烦？"

"麻烦不少。"

接着，母亲就绘声绘色地向陈光讲起了险象环生的太行之行。开始，陈光有意无意地听着，渐渐地，就被母亲的描述吸引了，目光显得专注起来。等母亲说到和地主的七姨太同床而眠的那段时，陈光竟"哈哈"大笑了起来。

那晚上，母亲和陈光聊了好久。母亲离开陈光住处时，陈光还走出屋子，送了好长一段路。这在陈光是少有的。

第二天，陈光离开了鲁南军区。

解放战争期间，陈光也到了东北，又和父母战斗在一个战场上。新中国成立后任广东军区副司令员兼广州军区司令员。1954年6月7日在武汉自杀身亡。

五六十年代，自杀是个十分敏感的话题。在很长时间里，对于陈光的死，一直扑朔迷离。听到陈光的死讯，父母都很震惊。母亲说，与陈光接触，你会隐隐感觉到他的性格中的悲剧成分，但这样的人生结局，她是万万没有料到的。

得知陈光逝世消息的那天，父亲母亲一天无话。

父亲母亲回到一一五师时，正是罗荣桓病情最严重的时候，已不单是痔疮，发展到肾脏，频频尿血，有时还带有血块，疼痛难以自持。陈毅得知后，拍电报给中央，建议罗荣桓到新四军去治病，说新四军来了一位奥地利泌尿专家罗生特，医术很高明。经八路军总部、军委批准，在山东整编告一段落后，罗荣桓即赴苏北去治病。

罗荣桓走了以后，父亲忙得不可开交。母亲又回到电台工作，依然当台长，不久兼任了师政治部秘书处机要秘书职务，又开始了动荡不宁的战争生活。

山东实现军事一元化领导之后的1943年、1944年，是抗日根据地顺利发展的两年。根据地一天天扩大，部队一天天增多，敌伪军的分化瓦解工作、国民党的统战工作，都进行得有声有色。每当那一个个胜利的捷报化作母亲手下不间断的电波，传到延安，传到八路军总部，传到各抗日根据地的时候，母亲和她的电台战友们心中总是充满了喜悦。

草枯草荣，花开花落，从那永不消失的电波中，母亲感到胜利的脚步正在走近……

九　雨中天使

1943年底，母亲怀孕了。

母亲说，那时她什么也不懂，罗荣桓的夫人林月琴知道后，经常来关照她，告诉她怀孕后应注意的一些常识。有人从外地给罗荣桓送来稀罕吃的，罗荣桓也要林月琴给她送来一些。

一次，罗荣桓问父亲："近来王新兰怎么样？"

父亲笑着告诉他："还好，就是嘴有点馋了。"

罗荣桓也笑："馋什么？"

"今早起床后她告诉我，她昨天晚上做梦梦见了吃橘子。"

罗荣桓"哈哈"笑了起来。

父亲又说："我说现在打仗，哪里给你弄橘子去。"

罗荣桓说："王新兰这个梦做得正是时候，恰好昨天有人从南边来，给我带了些橘子，我让人给她送去。"

父亲急得直摇手："不行，不行！"他知道，罗荣桓痔疮病犯得很厉害，吃橘子可以利大便，治病的东西怎么能要呢。

当天下午，罗荣桓就让人把橘子给母亲送来了。母亲一边埋怨父亲不该把那个梦说给罗政委，一边又把橘子给罗荣桓送了回去。罗荣桓一定要母亲把橘子拿回去，母亲坚决不肯。这时，罗荣桓的命令也不起作用了，最后，只好俩人一人一半，把橘子分了。

1944年夏天，日军在山东全境调动兵力，对山东军区驻地进行大规模"扫荡"。一天，师部正在碑廊开会，敌机又来狂轰滥炸。母亲临产在即，带着罗荣桓夫人林月琴亲手为孩子做的小衣服，由一名护士陪着，转移到莒南县一个叫南高庄的小村子里，在一位可靠的村长家里安置下来。

7月31日，从沂蒙山区一个简陋的农舍里，传出了一阵清脆的婴啼。父母的大女儿、我的姐姐降生了。

姐姐生下来又白又胖，重达8斤多。母亲说，沂蒙山的野菜团子、杂粮煎饼养人，送给了她一个好女儿。

182

母亲第一次体味到做了母亲的幸福感，立即让人将女儿出生的消息告诉了父亲。

我姐姐出世的第四天，鬼子要进山大"扫荡"，南高庄也在敌人"扫荡"范围之中。当天早晨，父亲派通信员送来一个条子，向母亲提出两个办法，并摆了两种办法的利弊，供母亲选择：一是就地隐蔽，但她的南方口音和头发都会引起敌人注意，很不安全，且会连累群众；二是赶上部队转移，走七十里路，还来得及，但须把孩子托付给群众。

母亲看了条子后，立即排除了就地隐蔽这一条。但是让她把孩子留下去赶部队，她又不忍心。母亲知道父亲想要孩子，平时，每当说到将要出世的孩子，父亲脸上洋溢的幸福让人心动。想到这儿，母亲排除了父亲提供给她的两种选择，自己做主，做出了一个大胆的决定：带着出世四天的女儿追赶部队。

我问过母亲，当时做出那个决定，害怕吗？

母亲说，不害怕。

我问，没想过万一碰到敌人怎么办？

母亲说，没想过。

母亲说她只知道自己应该和刚出生的女儿在一起。

母亲说得那么平静，那么自然，那么不事渲染。这平静让我颤悚，让我感动。我触到了一颗深裹在八路军军服里的母亲的伟大的心。我不禁想起了雨果在《九三年》里关于"母亲"说过的一段话：

> 母性是顽强的，你不能够跟她争辩。一个母亲之所以崇高，就因为她有点像野兽。母性的本能是兽性的，也是崇高的。一个母亲不再是母亲，她是一头雌兽。

她的孩子就是她的幼兽。

因此，在一个母亲身上有些东西是没有理性的，同时也有些东西超出于一般理性之上的。每个母亲都有一种鉴别力。宇宙的无限伟大的神秘意志在她的灵魂里引导着她。她是盲目的，也是有真知灼见的……

那天半夜，又下起了瓢泼大雨。热心的村长找遍全村，找来了一对柳筐和一块油布。村长帮着母亲，把姐姐放进了一只筐里，再拿油布蒙上；另一只筐里放着衣物和孩子的尿布。村长又派了一个可靠的壮年汉子，挑着担子，为母亲送行。

我无法想象，在那个如漆如墨的深夜，产后仅四天的母亲，怎样走在沂蒙山的泥泞小路上，经受着狂风的撕扯和暴雨的冲洗。

落汤鸡一般的母亲赶了七十里山路，到达山东军区机关驻地洼子埠时，已是第二天的下午了。当时，部队正准备转移出发。看到母亲不仅赶上了部队，还带来了刚出生的孩子，大家都喜出望外。罗荣桓、黎玉和父亲一下子围了过来。父亲更是百感交集，一会儿看看母亲，一会儿看看孩子，又心疼，又高兴。罗荣桓看到孩子安然无恙，忽然想起来问："起名字了没有？"

母亲说："还没有呢。"

罗荣桓看看大家，挺认真地说："都想一想，起个好名字。"那神态，像发布什么命令。

黎玉抢着说："这孩子是在山沟里生的，就叫山沟吧，有纪念意义。"

黎玉的提议立即被罗荣桓否定了，他摇头说："不好，不好，这孩子这么漂亮，取那么个土得掉渣的名字，不合适。鲁南临海，依我说，叫滨海。"

父亲说："好是好，可现在以地名为名的孩子太多了。"

黎玉十分热心，想了一下又说："干脆就叫反'扫荡'吧！"

又遭到罗荣桓否决："哪有这么直的名字，孩子长大了，也不反'扫荡'了，喊出来会吓人一跳的。"

父亲抱着姐姐，爱怜地说："这孩子刚出生就淋雨，与雨有缘，我看就叫'雨'吧。"

罗荣桓笑着拍板："'萧雨'，嗯，不错，这名字不俗，还别有意义，就这么定了。"说着，又看看父亲，说："当爸爸的，就是和别人不一样。"

大家都笑了。

这时，罗荣桓注意到了一直没有说话的母亲，忙问："说了半天，真正的功臣还没有发表意见呢。新兰，萧华给孩子起的这个名字怎么样，满意吗？"

母亲笑着点了点头："我觉得不错。"

罗荣桓看看大家，风趣地说："全票通过！"

大家又笑了。

晚上突围，围绕着孩子，几个领导又发生了争执。黎玉说，让那个老乡挑着孩子一起突。父亲说，不行，老乡没有战斗经验，行动不方便。罗荣桓说，干脆让警卫班轮着挑。父亲又摇摇头说，不行，孩子要哭，一哭就会暴露目标。

母亲不愿和孩子分开，一听急了，问父亲："那你说该怎么办？"

父亲牙一咬说："还得留下来，老乡转移时跟着一起走。"说着，习惯地把一只手搭到母亲的肩膀上。母亲望着孩子，含着眼泪，点了点头。

母亲没有忘记自己的身份，除了母亲，自己还是一个指挥机关须却离不了的电台台长。

为了照顾我的姐姐，组织决定一个叫田英的小护士留了下来。田英带着姐姐，住在村支书家里。村支书的老婆刚刚生过孩子，奶水多，可以喂姐姐。

离开孩子那夜，极度虚弱的母亲随着部队一气走了一百二十多里。

命运，对于诞生于战争中的姐姐来说，尤为残酷。

不久鬼子就进村"扫荡"了。

敌人"拉网合围"，群众四处躲藏，慌乱中，田英和村支书的妻子跑散了。鬼子搜山，孤立无援的田英抱着孩子，藏进了一个山洞里。山洞里蚊虫肆虐，还不到18岁的田英想尽办法护着姐姐，姐姐还是被蚊子叮咬得满身红肿。没有吃的，大人还能忍，姐姐拼命哭，急得田英也哭。为了不暴露目标，田英让姐姐吸吮自己的乳头，少女的乳头被吸出了血。为了使弱小的生命维持下去，田英用一个白瓷缸取坑洼里的积水给姐姐喝。姐姐越来越虚弱，后来，连哭声也很微弱了。

"扫荡"结束时，本来又白又胖的姐姐已饿得皮包骨头，气息奄奄。母亲抱着命若游丝的女儿，心如刀绞，无声地流着泪。她知道田英已经尽了最大的努力。田英也在一旁哭。林月琴抓着姐姐的小手说："救救看吧，也许能活。"她打来温水给姐姐洗了洗，用纱布包好，又到村里找有奶水的大嫂，挤了些奶水，每隔几分钟，就扒开姐姐的小嘴，用从医院找来的吸管，一滴一滴地喂。林月琴和母亲忙了一夜，黎明时，姐姐竟发出了微弱的哭声。

林月琴和母亲都轻松地吐了口气。

父亲打仗回来了，母亲一见面就扑到他怀里，大声哭起来，呜咽着说:"孩子……太可怜了,我不是个好妈妈……"

父亲抓住母亲的手,看着垂危中的姐姐,劝慰道:"怎么能怪你呢?鬼子'扫荡',小雨生不逢时,不过我看,这孩子命大,也许能活下来。"父亲没有说错,姐姐终于奇迹般地活了下来。在母亲和林妈妈的精心照料下,姐姐一天天胖了,白了,会笑了,谁见了谁喜欢。

母爱的力量是巨大的。

以后转移,母亲说什么再也舍不得丢下姐姐了。任父亲怎么劝说,她都坚持带着孩子行动。路上碰见有奶的大嫂,她就抱着姐姐走过去,央求大嫂给喂口奶吃。走一路要一路。

三个月后,一个县的民政科长说他爱人刚生下个孩子死了,他让爱人给姐姐喂奶。以后每当行军,母亲就让科长爱人抱着姐姐,骑着自己的马,自己在前面牵着缰绳。为了催奶,母亲行军时手里总提着一兜鸡蛋,一边走,一边给科长爱人剥鸡蛋吃。

喂了几个月,姐姐长得白白胖胖,成了一个漂亮的小丫头。母亲经常望着女儿娇嫩的小脸蛋,充满感情地对还不懂事的姐姐说:"你是吃百家奶长大的,在沂蒙山,你有无数个妈妈。"

孩子是烽火硝烟中的天使。

母亲说,那时部队一停下,她的住处便传出爽朗的笑声。工作再忙,罗荣桓、黎玉等领导总要抽空来逗逗孩子。父亲本来就好客,有了孩子,来的人更多了,碰上军区开会,一到休息时间,他们小小的屋子里就挤满了人,姐姐从这个人手中传到那个人手中,屋子里充满了笑声。

每当此时,母亲就静静地坐在一个不被人注意的角落里,目光里充满了幸福……

十　告别罗荣桓

在母亲的机要秘书工作岗位上,最让她激动的时刻,莫过于收发关于抗战胜利的消息了。

1945年8月15日,日本天皇裕仁以广播《终战诏书》的形式,向公众宣布无条件投降。9月2日,日本正式签署投降书,抗日战争胜利结束。

日本投降那天,母亲禁不住热泪盈眶。中国人民整整十四年浴血奋战,终于迎来了这个日子。

电报是延安发来的。机要员用最快的速度送到了山东军区最高领导人罗荣桓手中。罗荣桓匆匆看了一眼电报,高兴得用拳头砸了一下桌子,说:"天理,人心,民族魂,不可屈,不可辱,此为证也!"说着,命令秘书:"立即通知开会!"

母亲很少看见含蓄的罗荣桓这样激动过。

罗荣桓对母亲说:"赶紧给你的那位发份急电,一是报喜,二是让他赶快回来,抗战胜利了,形势变了,要抓紧部署新的斗争。"

罗荣桓对母亲说的"你的那位"指的是我父亲。

在此之前,没有得到日本投降的任何消息。那天,父亲代表山东军区领导机关,正在莒南县相邸村参加滨海区的英模代表大会。会场设在能容纳好几千人的河滩上,搭了戏台,挂上汽灯,准备讲话之后接着再演出。骑兵飞马来给父亲送急电的时候,他正在台上作关于形势和任务的报告。坐在台上的滨海军区政治部主任刘兴元先匆匆看了一遍电报,感到事关重大,打断正在讲话的父亲,把电报递给他。父亲看完电报,高兴地拍了一下手,大声朝台下说:"现在我讲话的内容变了。形势有了变化,日本鬼子投降了!"

台下先是一愣，一片寂静，消息太重大了。许多人没听清楚，听清楚的人也不敢相信自己的耳朵。接着，台下就沸腾了，如林的手臂伸向父亲，大声喊着："萧主任，再讲一遍！再讲一遍！"

父亲一连说了好几遍，下面还是不满足。这时戏台已被人们围得水泄不通，激动的人们七嘴八舌地议论着，向父亲提出各种各样的问题，一直问到毛主席在不在延安。最后，父亲把要说的话归纳为三句：一、毛主席在延安；二、电报是从延安发来的；三、电报上说，日本鬼子已经投降了。

霎时间，会场成了沸腾的海洋。

父亲费了九牛二虎之力，才挤出了狂欢的人群，策马加鞭回到军区时，已是黄昏。罗荣桓、黎玉已等他多时，他们连夜开会，研究反攻事宜。

8月17日，以罗荣桓、黎玉、萧华的名义，发布了一系列命令、布告和指示，母亲的电台始终处于高度运转状态。

山东军区决定兵分五路，向山东全境敌伪军发动全面大反攻。中共中央批准了山东军区的反攻计划。8月19日，山东军区确定派父亲赴前线，统一指挥第一路和第四路大军。

1945年9月12日，正在前线指挥部的父亲，突然接到了罗荣桓一份"速回军区"的电报。

父亲不敢迟延，向第一路、第四路前线指挥王建安、罗舜初、杨国夫、景晓村等交待了前线任务后，立即骑上马，带着一个警卫班，昼夜兼程，赶回了军区机关所在地——莒南大店村。

父亲还未进村，就远远地看到了站在村口的母亲。

父亲问："你怎么站在这里？"

母亲说："等你呢，觉着你该是回来的时候了。"

189

"你怎么知道我要回来？"

"罗政委告诉我的。"

父亲急着问："有什么要紧事吗？"

母亲说："见了罗政委你就知道了。"

父亲来不及拂去征尘，就去见罗荣桓。罗荣桓此时的病情愈加严重，整天只能躺着。见到父亲，十分高兴，挣扎着从病榻上坐起来，紧紧握住父亲的手说："你一路上辛苦了，我正盼你呢。"

父亲急切地问："让我赶回来，有什么急事吗？"

"两军交战正酣，无事怎敢从前线轻易撤将，"罗荣桓笑着说，从桌上拿起一份电报，递给父亲，"这个，你看看。"

电报是中共中央发给中共山东分局的，电报中有这样一段话引起了父亲的注意：

> 为利用目前国民党及其军队尚未到达东北（估计短期内不能到达）的时机，迅速发展我之力量，争取我在东北之巩固地位。中央决定从山东抽调四个师十二个团共二万五千至三万人，分散经海道进入东北活动，并派萧华前去统一指挥……

事关全局，父亲看罢电报，感到责任重大，用沉思的目光看着自己的老上级。

罗荣桓说："中央点将了，我催你回来，就为此事。"接着，他又把中央9月15日关于成立中共中央东北局的电报递给父亲看。电报分析了抗战胜利后东北的形势和我党我军的任务，决定成立以彭真为书记的东北局，立即赴东北开展工作。并给各中央局发出指示，调配一百个团架子的干部和大批地方干部，各自寻找能最迅速到达的路线进入东北。

父亲看完电报,显得有些激动,望着即将分别的老首长,说:"就要分别了,关于到东北的情况,请您作些指示。"

罗荣桓说:"东北的情况,你是清楚的,那里物产丰富,工业发达,是钢铁、煤炭基地,交通发达,而且背靠苏联,可以作为大后方,无论从经济上、政治上、军事上着眼,东北对我们来说,都举足轻重。因此,美、蒋最大的目标和最迫切的企图,就是抢占东北三省。我们党从长远的民族利益出发,迅速做出部署,发展东北我之力量,并争取控制东北,是十分英明的。"

父亲认真地听着。

罗荣桓停顿了一下又说:"山东渡海部队三万人已经确定,你带一个精干的指挥机构,不要声张,迅速从海上过去。"说到这里,罗荣桓加重语气说:"过海要注意美国军舰干涉,要改穿便衣,利用晚上偷渡。这件事我已经叫胶东的许世友同志抓了,让他准备船只。如果美国军舰没有发现你们,就不要惊动它,机密文件不要带。"

罗荣桓最后说:"为了便于你们同中央和山东分局联络,要带去一部电台,就让王新兰去当台长。"

听说妻子和自己一起去东北,父亲怔了一下,他立即想到刚满周岁的女儿小雨,她正是需要妈妈的时候,带上她走,在这样紧急的情况下,肯定是个累赘。

像是猜透了父亲的心思,不等他开口,罗荣桓便说:"至于你们那个小雨嘛,月琴和我已经商量好了,暂且留给我们。我们走到哪里,把她带到哪里,保证把孩子带好带大。"

父亲感激地望着老首长,不知说什么好。有老首长和林大姐亲自照料、抚养女儿,还有什么可牵挂的呢!可虑的是罗司令重病在身,经常尿血，林月琴不仅要照顾他，还有一对儿女，也需要照看。本来已经够累了，现在又要拖上个小雨，负担太重了。父亲心里很不安。

罗荣桓像是看透了父亲的心，笑着说："下决心把孩子留给我们吧，不要多想了。"

父亲除了感激，不知说什么好。

见过罗荣桓后，父亲回到家里。母亲一见面就问："什么时候出发？"

"你已经知道了？"

母亲点点头。

父亲说："你也要一起去，还是管电台。"

母亲说："夫妻嘛，哪能分开。"

父亲知道母亲放心不下姐姐，试探着说："小雨……"

母亲说："只有留下了。"

母亲说得很平静。看样子，罗荣桓已经跟她把该说的都说了。

之后的两三天时间里，父母忙着做出发的准备工作，清理文件，准备便衣，把公文包、被褥以及其他一些日用品，全都送了人。从海上进入东北，准备长期同国民党展开斗争，有意想不到的风险，他们精心地从各方面做着应付意外的准备。

临出发的前一天晚上，罗荣桓夫妇摆了一桌饭，为父母饯行。罗荣桓风趣地说："你们下一步可要过艰苦生活了，今天特地为你们炖了一只鸡，好好吃一顿。"

母亲一听，眼圈儿就红了，她尽量控制住夺眶而出的泪水。其中有对即将离别的女儿的依恋，更有对老首长夫妇的感激。从三原云阳镇开始，她和父亲能走到一起，能走到今天，哪一步能离开罗司令、林大姐的关心呢。

父亲也是别情依依，望着丰盛的饭菜，难以下咽。

罗荣桓看母亲眼泪汪汪的，关切地说："你是舍不得小雨呀？你放心好了，我和月琴保证把她带好交给你。"

母亲使劲摇着头，终于禁不住哭出声来。

第二天清晨，同志们将父亲母亲一行送到村口。父亲母亲上了马，正准备上路，林月琴怀中的姐姐忽然张开一双小手，伸向他们，连声呼喊着"爸爸！妈妈！"，接着"哇"地大声哭了起来。

后来听母亲说，牙牙学语的姐姐，向来是将"爸爸妈妈"分开叫的，那天分别，似乎有一种神奇的力量，竟使她第一次将"爸爸妈妈"连在了一起。

姐姐的一声呼叫，撕碎了母亲的心。她从马背上跳下来，扑向女儿，紧紧把她搂在怀里，不住地亲着她的小脸蛋，泪流如注。

父亲在一旁静静地默视着，心潮滚滚。

一声马嘶，将母亲从姐姐身边拉开了，她毅然丢下哭成泪人的姐姐，跨镫上马，一挥鞭，头也不回地上路了。

十一　许世友送父亲母亲出山东

秋高气爽，征雁南飞。

父亲母亲带着一个骑兵班，经过几天的急行军，越过胶济铁路，在高密县的一个村子里，与随父亲同行的吴瑞林等人会合。第四天黄昏，赶到了胶东军区所在地莱阳。

胶东军区司令员许世友、政委林浩热情地迎接他们。母亲的老军长许世友见到母亲，分外高兴，开玩笑说："一直等你回娘家，就是等不来。"然后指着母亲问父亲："萧主任，你听过她唱歌吗？"父亲笑着摇头。许世友说："她在我那个宣传队，是唱得最好的一个，让她唱一个怎么样？"母亲也笑着说："许司令，你没看看现在是什么时候，还有心思唱歌。"许世友哈哈大笑起来。说笑间，管理员抬了一筐梨上来，许世友忙招呼大家吃梨。

莱阳以梨出名，此时正是梨子下树的季节，父亲母亲一边吃着梨，一边和许世友、林浩研究渡海事宜。

渡海，最重要的问题是征集船只。许世友对父亲说，胶东军区接到准备渡海的命令后，从9月中旬开始动员船只，截至目前为止，估计可以征集到小汽船三十多只，每只可载七八十人；小帆船一百四十只，每只可载二三十人。若海上顺利，可将三万部队在两个月内送往东北（后来又增加到六万——笔者注）。

许世友还向父亲汇报了渡海所需其他物资的准备情况。他说，沿海群众正在为渡海部队赶做便衣和冬装，先交来五千多件衣服，先遣部队已经穿走了。眼下，沿海地区的大娘大婶、大嫂大姐，正在没黑没白地为渡海部队赶烙"火烧"。

胶东军区已为渡海做了大量工作。

还有几个同志没有到齐，父母他们在莱阳等了两天。

第三天晚上，父亲正在灯下看地图，许世友敲门走了进来，他的身后，跟着一个管理员，管理员捧着一个包袱。一进门，他就问父亲："王新兰呢？"

母亲闻声从里间走了出来，给许世友倒了一杯水，问："许司令找我有事吗？"

许世友说："过海要穿便衣。"

母亲立即明白了许世友的意思，忙说："我已经准备好了。"

许世友说："女同志爱干净，得多准备一套，我在一个铺子里看见了一件旗袍,给你买来了,你看合适不?"说着,让管理员把包袱交给了母亲。

母亲想推辞,许世友摆着手说:"别客气了,这里都是和尚,你不穿谁能穿。"

母亲打开包袱,见里面除了一件短袖旗袍,还有两双丝袜子。她扯开旗袍在身上比了比,还蛮合身的,花色也不错。

父亲开玩笑说:"许司令眼力不错嘛!"

许世友没有笑。他让管理员先回去,然后对母亲说:"你也休息去吧。"

母亲看出他大概有话要和父亲说,知趣地进了里屋。

许世友年长父亲十岁,对父亲却很尊重,心里有了什么话,也愿意跟他讲一讲。今晚他来访,不知又有什么事情。父亲给他杯子里续了些水,问:"许司令,看样子,你找我有什么事情吧?"

许世友犹豫一阵说:"现在不断往东北运兵,看样子往后那里有大仗可打了?"

父亲说:"赶跑了日本人,国民党就该对付共产党了。"

"萧主任,我求你一件事,不知可成?"

"什么事?"

"让我跟你一起上东北。"

父亲一听,觉得好笑,说:"你这个许司令,真是乱弹琴。"

许世友脖子一梗:"怎么是乱弹琴?"

父亲说:"你堂堂一个军区司令,怎么能说走就走。"

许世友说:"那有什么,到了东北,你随便给个什么官当当,官大官小无所谓,只要有仗打就行。"

父亲认真起来:"不行,老许,我哪有这个权力。"

许世友也很认真:"那你就给罗司令挂个电话。"

父亲摇摇头,苦笑了一下。

面对这么一位爽直、质朴的勇将,父亲深不得浅不得。他想了一下,还是耐心地劝道:"老许,你把事情看得太简单了,走谁,留谁,组织是要通盘考虑的。眼下,胶东军区的任务十分繁重,几万部队要从这里渡海,没有你许司令,船从哪里来?棉衣从哪里来?"

许世友从父亲的话里听出了难以如愿,便朝里屋喊了一声:"王新兰,你出来一下。"

母亲从里屋走了出来,刚才他们的谈话,她已捕捉到几句,出来时脸上带着笑,问:"许司令,有什么吩咐?"

许世友佯怒道:"什么吩咐不吩咐的,关键时刻,你也不给老军长帮点忙。"

"我能帮你什么忙?"

许世友向父亲看了一眼,对母亲说:"给说说,把我带上一起走。"

母亲笑了一下,说:"调动一个司令,我哪敢随便掺和。"

许世友轻轻"唉"了一声,说:"不瞒萧主任、王新兰,我还为自己准备了一身黑棉袄呢。"

父亲和母亲都笑起来,许世友也笑了。

父亲说:"你那黑棉袄也许还有用呢,东北形势发展很快,大量需要人,说不定哪天就该轮到你出海了,我也是来之前才刚刚得到去东北的通知的。"

直肠子的许世友爽快地说:"也罢,我听你的,我等着你们在东北接我。"

父亲的预见不错。罗荣桓在送走他后,立即又接到了中共中央于9月19日发出的《目前的任务和战略部署》的指示,中央决定:"罗荣桓到东北工作，将山东（分）局改为华东局，陈毅、饶漱石到山东工作。"

之后，随着中央催促部队北上的电报频频传来，罗荣桓加快了调兵遣将的速度。一向以大局为重的罗荣桓，在慎重考虑了山东的需要之后，忍痛割爱，将一批精兵良将给陈毅留了下来。

在留下的战将中，就有许世友。

留在山东的许世友，以海运指挥部总指挥的身份，将一批又一批在抗日战争的血火中滚了八年的山东战友，总计有六万人，从自己眼皮子底下，送过了茫茫大海。

9月25日，父亲母亲和同行的战友在莱阳乘汽车到达蓬莱县栾家口。栾家口和黄县龙口，自古就是海路"闯关东"的集结地和出发地。山东军区六万渡海部队，大部分是从这两个渡口出海的。

许世友专程赶来送行，并把他亲自挑选的舵手介绍给父亲。舵手三十来岁，瘦瘦的，高高的，脸上透着几分文雅。

许世友指着舵手说："眼下情况复杂，海上不太平，我专门给你挑了个县委书记操舵，他家三代雇农，祖辈没有当官的，政治上很可靠。"

母亲望着淳朴的许世友，心中酸酸的。

要上船了。过海人员一律换上了便衣，分别化装成工人、渔民、商人、教员、学生，每个人都化了名。父亲继"萧春涛"（赴太行山八路军总部途中用的化名）之后，又有了个"萧海云"的化名。

船已经开出好久了，母亲看见许世友还站在海边，朝大海不住地挥着手。

母亲的泪水在脸上无声地流着。她看看父亲，父亲的脸上也有两行泪水……

第六章

白山黑水间

听当年跟父母一起在南满工作的一个叔叔对我说:"当时安东城里的老百姓都知道人民自卫军里的'王台长',你妈妈前头走,路旁会站许多人看。于是,就有人带着自家的姑娘找到司令部,要给女儿办手续当女兵。老百姓说'王台长'穿着军装咋看咋顺眼,你妈妈的一身军装,招来了不少女兵。"

一 在海上

那天启航后不久，就遇到了十级台风，小船顶不过大浪，只好折回长山列岛的一个避风港避风。

在岛上，父亲找来县大队长了解情况，准备一天一夜赶到目的地。为了减小过海登岸后的目标，父亲决定他们带的这一行人分两路北上。父亲带母亲、一一五师后勤部长吕麟、山东省政府秘书长兼公安厅长刘居英，以及警卫员等乘船到大连，再改乘火车去沈阳东北局接受指示；鲁中军区第二军分区司令员兼政委吴瑞林、第三军分区司令员赵杰、滨海军区滨北军分区政委刘西元以及侯士奎、李毅、萧剑飞、岳天培等几十人，乘船驶向辽宁南端的庄河县，由那里登岸。

台风过后，父亲带着人又上了船。

俗话说，海上"无风三尺浪，有风浪三丈"。离开长山列岛的时候，还不觉着风大，入海不久，风浪就狂了起来。机帆船上颠下簸，左右摇晃，一会儿被海浪推上峰顶，一会儿又被抛入谷底。人们的头上像是套上了紧箍圈，疼痛、晕眩、恶心，似乎五脏六腑都在搅动。许多人大口大口呕吐起来，先是饭菜后是水，最后连胃液都吐了出来，嘴里又苦又涩。

母亲反应尤为强烈。

还未出世的我，成了经常发威的狂风巨浪的一个无意的帮凶。

那时母亲怀我已经三四个月。妊娠反应，肆虐的海浪，是折磨着母亲的两只利爪。母亲吐过之后，脸色煞白、头重脚轻，坐不是，站不是，只能半倚在船舱里。船每晃动一下，她都要干呕一阵。同船的吕麟事后告诉母亲，当时她的样子真吓人。父亲急得在船上打转转，隔一会儿就要往母亲嘴里倒一点十滴水，喂几粒仁丹。

到后来，父亲再喂她仁丹十滴水时，母亲坚决不吃了。

父亲劝她："吃了会好受一点。"

母亲摇头："不，不吃了，我肚子里有孩子。"

"你现在这个样子……"

"不要紧……我能挺住。"

当后勤部长的吕麟也劝她："吃点仁丹吧，不要紧。"

"不，我不吃。"

我是母亲在痛苦中孕育的生命。我不知道如何报答我的母亲。

船在暮色中穿过大黑山与长山列岛间的珍珠门的时候，一下子被卷进了漩涡，在水里打起了转转，情况十分紧急。

母亲更是被折磨得死去活来。

许世友派来掌舵的那个县委书记虽然政治上可靠，但掌舵却没有经验，一时也慌了手脚，站在船头直给他带来的船老大打手势，示意要调转船头往回折。此时两边礁山，船下涡涌，稍有不慎，便会船毁人亡。五十多岁的船老大毕竟见过风浪，根本不理会县委书记的示意，迎着狂风恶浪，钢铸铁浇一般。他的镇静若定，使大家的情绪稍稍稳定了一些。他将两只手圈成个喇叭筒，大声指挥县委书记："把稳舵，直着朝前走，千万不要回头，当心见海龙王……"风声浪声吞没了他的声音，他便连连打着手势，要对方逆浪而行。就这样，在船老大的指挥下，终于闯过了珍珠门。

大家长舒一口气。

掌舵的县委书记回过头来，抱歉地说："同志，让你们受惊了！"

父亲故作轻松地说："在大海上，哪能不遇点风浪，你倒真是受累了。"

船老大也松了一口气，走过来，借着暮色，看到船舱里的人东倒西歪，有的还在呕吐，就对父亲和那个县委书记说："咱们船上人少，分量不够，压不住船，待会儿到了砣矶岛，我们给它压上几千斤石头，船就会稳当些。"

那天晚上，风浪太大，船到砣矶岛没有再走，停下了，被风浪折磨得死去活来的一船人好好休息了一夜。

岛上渔民生活很苦，男人们凭着一叶小木船，出海打鱼，养家糊口。三天两头有渔船被海浪吞没的消息。这里寡妇很多，男人死后连尸首也收不回来，在荒地上垒个小土包，立一块砖，写上亡夫的名字，算是坟。

父母亲借宿的渔家，主人是个精壮的汉子。他爁了几条小鱼，拿出烧酒，一边劝父亲喝，一边自斟自饮。父亲劝他少喝点，他喷着满嘴酒气说："饭能不吃，酒不能不喝，有钱的时候，我天天喝，顿顿喝，没钱了，就干熬着。"说着，朝父亲眯着醉眼笑一笑，又说，"我们这些人，过日子算天天，过一天算一天，说不准哪一天就喂了鱼了。"父亲说："赶走了日本人，日子会慢慢好起来。"汉子手一摆说："还有'刮民党'呢。"

父亲怕暴露身份，不敢多说。

母亲昏头涨脑的，闻不得酒味，走出了渔家的屋子。父亲陪着她，在海滩上坐了半宿。

后半夜风小了。县委书记带着岛上的渔民，给船上加了好些大石头，继续前进了。

天渐渐亮了。一轮朝阳跳出水面，照着粼粼的碧波。正值渔汛，一群群二三尺长的大鱼，从船舷旁鱼贯而过，十几里内一片鳞光。风平，浪静，水蓝，这些刚从烽火硝烟中走来，又向烽火硝烟中走去的人们，被大海的美景感动着，纷纷走出船舱，扒在船头上，贪婪地望着。

船一走平稳，母亲也好多了。她站在船头上，看着忽上忽下的海鸟，心里想起了高尔基那篇使人感奋的《海燕》。

母亲问县委书记："那是海燕吗？"

县委书记说："海鸟呗，叫不上名字。"

母亲又问船老大。

船老大只笑："谁知道。"

母亲有点失望。

地平线终于出现了，船老大指着远处说："大连到了。"大家高兴得欢呼起来。

机帆船太大，只能在大连港靠岸。但那里苏军盘查得很严，虽然都是共产党，但相互还不摸底，容易出麻烦。父亲决定换上小木船，在不起眼的小海滩上岸。当时日本人刚走，苏联人刚来，敌伪残余势力还在活动，大连社会秩序很乱，许多发国难财的趁机来廉价抢购布匹和洋货，走海路运到胶东去出手。在海上，经常可以碰到这些运货的小船。

果然，前面海面上出现了一只小木船。父亲让县委书记把机帆船靠过去，一看，果然装着满满一船布匹。刘居英是东北吉林人，由他出面，向船老板交涉说："老乡，我们这条船靠不了岸，麻烦你们把我们几个人送到岸上。"

船老板说："不行，不行，你没看这船装得满满的吗？"

刘居英说："我们给钱。"

"给钱也不行。"

海上船来船往，情况复杂，拖延意味着危险。刘居英用眼睛示意船老大把船靠近那条小木船。等两条船并到一起时，几个警卫员同时掏出藏着的短枪，吓唬船老板："把布扔掉！"

船老板害怕了："这可是我的老本呀！"

父亲跟刘居英耳语了几句，刘居英走过来，对船老板和蔼地说："我看这样，先把你的货装到我们这条船上，把我们送到岸上，再回来运你的货，你看这样行吗？"

船老板面对几把明晃晃的枪，只好答应。

父亲一行坐上小木船，不大工夫就到了一片小海滩。

母亲从小船上走下来，回头朝浩渺的大海望了一眼，然后回过头，朝陌生的黑土地走去。

母亲告诉我，那时候，我在母亲肚子里轻轻蹬踹了一下。母亲幸福地呻吟了一声……

二　到大连

1945年9月27日，父亲带着母亲、吕麟、刘居英一行，走在大连的海滩上。

登陆后，怕暴露身份，父亲向随行人员约法三章：一、我们南腔北调的，尽量少与人接触，少开口说话；二、把手枪藏好；三、与外界打交道，一律由吉林人刘居英出面。

在执行这些"临时约法"时，还发生了一点小小的笑话。

下午，吕麟到一个小摊上买东西吃。回来时，刘居英拉长了脸，训斥他违犯了纪律。

吕麟是一一五师后勤部长，大家戏称"财神爷"，带他来是为了在国民党之前抢占兵工厂。他是个参加过井冈山斗争的老资格，很有办事能力。刚才，父亲让刘居英出面处理一切事情，他心里就有点不自在。现在，刘居英竟然当着那么多人训斥自己，更感到脸上挂不住，便和他吵了起来："买点吃的，哪有那么严重！"

刘居英说："暴露了目标谁负责？"

吕麟说："从井冈山下来，我还没有尝过犯错误的味道！"明显摆起了老资格。

刘居英脸色气得煞白，说："你摆什么老资格？"

吕麟说："谁摆老资格了？"

几个保卫干事怎么劝说，也劝不住。吵到后来，两个人竟都站了起来，一副要动手的样子。

母亲见吵得不可开交，走过来说："真不像话，都是高级干部，为了这么点事还打嘴仗。"

吕麟和刘居英依然气势汹汹。

母亲说着，往他俩中间一站，说："你们吵，你们打！"

吕麟和刘居英都笑了。

吕麟对母亲说："你往这里一站，谁还敢动弹呀，你肚子里还装着一个。"

大家都笑了。

这时，父亲带着警卫员从临近的街上回来了。这是他的老习惯，每到一个地方，他都先要到处走走，大概了解一下民风民情，社会情况。由于口音原因，今天上街，他只带了一双耳朵，只闻不问。

大连社会治安的确很糟，要饭的，抢东西的，大甩卖的，到处都是乱糟糟的。人们都在议论日本人，议论伪满洲政权，议论刚到不久的苏联红军。

大连人普遍对苏联人印象不好。一些苏联红军军纪败坏，有的还满街跑着追女人，成了大连人议论的中心。一个过路老汉指着母亲，对商人打扮的父亲说："先生，你不看现在是什么时候，咋还敢让这么漂亮的太太在街上走。'老毛子'整天在街上找女人呢。他们进大连那阵，老百姓排着队欢迎他们，他们看见女人，眼珠子都绿了，满街撵着抓，抓住就干，弄得大街小巷鸡飞狗跳的。"

父亲笑了一句："那也是个别的。"

老汉头一拧说："啥个别的。"说着又看了母亲一眼，说："还是小心点。"说完就走了。

看来由于这些害群之马，老百姓对苏军反感情绪不小。父母后来听说，林彪还专为此事从沈阳跑到大连，与苏军司令交涉过，苏军枪毙了几个罪大恶极者。

在大连秘密打听了半天，找不到党和八路军的任何关系。父亲认为必须立即离开这里，到沈阳找东北局汇报情况，受领任务。他让刘居英到大连车站去买前往沈阳的火车票，他带着其他人蹲在一个避风的角落里等着。过了一会儿，刘居英回来了，说火车站贴了告示，由于沿途发生了黑死病，火车不卖票。

真是屋漏偏逢连阴雨，事事不顺。

刘居英又说，他打听了，只有苏军的火车还在跑。

看来只有搭乘苏军火车前往沈阳了。父亲带的人中，没有一个懂俄语的，刘居英在街上转了一趟，花了些钱，找了一个自称会俄语的翻译。他们跟着翻译，找到了车站上的苏军。

与他们谈话的是一个佩着上尉军衔的军官。通过翻译，父亲向苏军提出搭他们的车去沈阳的要求。上尉嘴里叽里咕噜地说着，直摇头。翻译对父亲说："他说不行。"父亲通过翻译又对上尉说："我们是共产党，是八路军，是来开展工作的。"翻译看来是个"二五眼"，一边打着手势，一边向苏军上尉费劲地翻着父亲的话。苏军上尉一边听着，一边直翻白眼，看样子听得也很费劲。翻译出了一头大汗，苏军上尉直摇头。吕麟急了，问那翻译："他说什么？"翻译说："他说，他听不明白。"吕麟拿眼睛瞥了刘居英一眼，因为翻译是他找来的。刘居英显得很尴尬。

最后，还是父亲想出了办法，他对大家说："苏联和我们都是共产党，咱们唱《国际歌》吧。"

大家一听，这确实是个好办法，于是，父亲起个头，大家一起唱了起来。

在《国际歌》声中，苏军上尉慢慢露出了笑容——在关键时刻，共产党的共同语言，将两种不同文化背景下的共产党人的感情拉近了。

唱完《国际歌》后，苏军上尉伸出大拇指，用生硬的中国话连声说着："好！好！"立即答应送他们到沈阳去。

母亲因此很佩服父亲，说无论在什么情况下，他总会想出办法来，没有什么事情能难住他。

母亲说，他的脑子很好。

母亲说得过于简单。这是先天加后天锻造形成的一种素质，这使他无论是作为某一级别的领导，还是作为丈夫、父亲，都会非常称职。

三　安营扎寨凤凰城

在苏军上尉的引导下，父亲母亲他们一行来到了大连火车站。

当时正好有一列拉煤的敞篷车皮停在站台上。那个苏军上尉和看护列车的苏军说了些什么，苏军就让他们坐了上去。

车厢很大，装满了煤。父亲带着一行人挤坐在车厢板后面，这样车跑起来可以多少挡点风。他们刚坐好，就有几个背着枪的苏联兵过来了。刘居英机智，抓了一把煤就往母亲脸上抹。母亲没有看见苏联兵，以为刘居英逗着玩，不高兴地朝他嚷了一声。刘居英也不解释，用手指指那边，母亲一看就明白他的意思，不说话了。刘居英半开玩笑半认真地说："抢钱给他，抢人就麻烦了。"其实那几个苏联兵走过来后什么也没做，还向他们善意地招了招手，走开了。父亲说："也不要风声鹤唳，过于紧张了，苏军中的败类也是极少数的。"说话间，火车发闷地吼叫一声，启动了。

火车开得很快，煤屑扬起来，扑到人的脸上、身上，呛得人直咳嗽。

沿途秋景虽然很好，但煤屑飞扬，迷得人睁不开眼睛，大家大部分时间都把眼睛紧闭着，拥坐在一起。也许将要开始新战斗的缘故，父亲精神显得很好，双手紧紧把着车帮子，端立在车厢的最前面，眯缝着眼睛，贪婪地看着车外飞闪而过的一景一物。

母亲则不然，头疼又开始发作起来。

父亲预计，照这样的速度，一天一夜就可以到沈阳。谁知沿途盘查严格，这趟车见站就停，有时停的时间比走的时间还长。夜来了，东北昼夜温差大，后半夜车一开，冻得人直打哆嗦。原以为要坐客车的，母亲上车时穿上了许世友送给她的那件短袖旗袍，现在可遭罪了。吕麟从车厢前面走到车厢后面，找来一个破麻袋，让她披到身上。起先她还嫌麻袋太脏，不想披，后来冻得实在撑不住了，还是披上了。

第二天，他们带的东西吃完了，大家只好饿肚子。由于闹黑死病，沿途车站很萧条，没有卖吃食的。想到附近的村镇上去买，又不知道停车时间的长短，不敢轻易下车。中午时候，火车又停在了一个小站上。后勤部长吕麟眼尖，一眼看见站台上有个卖葡萄的老乡，火车刚一停下，他就"忽"地跑了下去，不一会儿，兴冲冲地抱着一堆葡萄跑了回来。本来这事应该由刘居英去办，刘居英又很认真地骂了两句。这次吕麟没急，笑着解释了一下："有我这个后勤部长在，总不能眼睁睁地看着萧主任跟大家饿肚子吧。"说着，看了母亲一眼："何况，王台长肚子里还揣着一个呢，一亏亏俩人。"说得刘居英也笑了。

就这样走走停停，他们一直在煤车上过了两天两夜，才到达了沈阳，这时已到9月底。

下了车后，几个人的脸上、身上、手上都落满了灰尘，只剩下两只眼睛是亮的。大家你看看我，我看看你，都忍不住笑。母亲是这伙人里唯一的女的，也是满脸乌黑，那件漂亮的旗袍在煤车上滚了两天后，已辨不出原来的颜色。吕麟提议母亲找个地方洗一下，换身衣服。刘居英说不行不行，现在情况复杂，女人漂亮是一种危险，正需要这种保护。

到沈阳后，父亲一行按照罗荣桓交待的地点，到张作霖的"大帅府"去找成立不久的东北局。

由刘居英出面，问来问去，找到了"大帅府"。为了安全起见，父亲让刘居英装着打听朋友的样子先进去打问一下，自己带着其他人在附近的一条街上等着。不一会儿，刘居英回来了，一见面就说："不对头，对不上暗号！"他说"大帅府"里那些人说话、作派，看起来也不像自己人。

这下麻烦了。东北局搬家了。

人地两生，情况复杂，还不能公开打听。父亲把寻找东北局的任务还是交给了刘居英。过了很长时间，刘居英回来说打听到了，东北局两天前才搬家，搬到三经路的沈阳博物馆。父亲大喜，怕一起走目标太大，让吕麟、母亲他们在原地等着，自己由刘居英带着，立即赶到了博物馆。

东北局书记彭真，以及陈云、叶季壮等领导同志见到父亲，十分高兴。陈云、叶季壮跟父亲都很熟，在江西苏区、长征路上时常见面。十四年抗战，天各一方，抗战胜利后重逢，分外亲切。彭真和父亲是第一次见面，他握着父亲的手，亲切地开玩笑说："哦，你就是萧华，你这个'娃娃司令'我早已久仰了。"

"娃娃司令"有个来头。父亲当年到冀鲁边区时22岁，国民党委派的乐陵县长牟宜之在迎接东进挺进纵队进城时，早早站在西关大道旁，迎候萧司令。牟县长早就听说，萧司令文能诗赋，武能布阵，是八路军里的名将。在他心目中，这样的人一定有历练也有年纪。因此，他瞪大眼睛专在队伍里找那些年纪大的，他认了两个，都错了，一个是后勤管理员，一个是伙夫。眼看队伍过完了，才有人将萧司令指给他，他一看，那简直就是个娃娃。心里想着，随口而出："找了半天，原来是个娃娃。"于是，"娃娃司令"在冀鲁边区不胫而走。

彭真一句话,把大家都逗笑了。

父亲说:"我是来向你报到的。"

父亲向彭真、陈云详细汇报了抗战胜利后山东的形势,以及山东出兵东北的情况。

彭真、陈云听了父亲的汇报后,向他介绍了东北的形势。此时父亲才得知,正当他们在渤海中搏风击浪时,国民党有将近五十万大军从平绥、同蒲、平汉向平津和东北开进。为了同国民党争夺东北,党中央9月19日发出了关于向北发展、向南防御的战略方针的指示。目前十万大军正在向东北开进的路上,分别不久的罗荣桓也将奉中央之命,率第三批山东部队赴东北。父亲想到又能在老首长领导下工作了,十分高兴,但又替他日益加重的病情担心。

这时,天色已经不早。彭真、陈云听说父亲带来的人还在外面等着,赶紧派人为他们安排住的地方,让父亲他们先好好休息一下。

父亲母亲被安排在一家旅馆的二楼,条件不错,还有热水。母亲几天来,第一次痛痛快快地洗了个澡,换上了一身干净衣服。

10月2日,彭真、陈云再次会见父亲,正式交待任务。彭真说:"南满是个好地方,战略位置十分重要,眼下,我们一定要在那里站住脚。党中央和东北局决定,你从海上带过来的三万山东主力部队留在南满,开辟根据地。从山海关过来的曾克林与唐凯率领的冀热辽第十六分区的部队也划归你们指挥。"

为了统一南满铁路以东调进部队的指挥,东北局决定建立东满人民自卫军(不久即改为辽东军区——笔者注),由父亲任司令员兼政委,代表东北局领导这一地区的工作。司令部设在凤凰城。主要任务是站稳脚跟,控制海口,接应大部队登陆。同时,趁蒋军未到之机,剿灭土匪和日伪残余,放手发动群众,改造政权,建立根据地。并且抓紧时间，尽快整编部队，进行大规模扩军，形成拳头，准备应付可以预见到的与蒋军的大战。

领受完任务后，父亲一行离开沈阳，先来到本溪的冀热辽第十六分区驻地，和分区司令员曾克林、政委唐凯研究部队的整编方案。当天晚上离开本溪，10月5日到达凤凰城。

在长山列岛与父母暂时分手，乘另一条船渡海的吴瑞林、刘西元等几十人也先期到了。海上虽然艰苦，但一人未缺，一人未少。大家谈起海上陆上见闻，乐了一阵。

凤凰城，以凤凰山而得名。凤凰山欠雄伟多俊秀，有阴柔之美，唐太宗加封后名闻遐迩。

直到今天，母亲还能清晰地描述出当年乍进凤凰城时留下的印象：

> 赶走了日本人的凤凰城，还残留着被侵略者践踏的痕迹。街道的墙壁上，留着日本小胡子的"仁丹"广告和诸如"东亚共荣"之类的大幅标语，虽然被白灰覆盖了，但由于灰浆太薄，被覆盖物仍然清晰可现。八路军进城以后，大大小小的店铺都陆续开了门，吃食挑子和货郎担子也都出来了，街上人来人往，看得出，往日的繁荣正在恢复。
>
> 给人印象最深的是人们对社会治安的恐惧。由于日本人的长期统治，这座小城几乎所有的居民都被一种不稳定感所笼罩，如今日本人虽然走了，他们仍生活在恐惧中，既害怕土匪，也担心苏联人，一些难辨真伪的事件被市民们传说得栩栩如生。每天不到天黑，那些店铺就早早搭上门板，歇店了。
>
> 使小城的老百姓真正感到可以放心地生活了，是在我们进城

的五六天之后……

父亲在东北的工作，是从凤凰城正式拉开序幕的。

来到凤凰城的第二天，父亲就在城里唯一的一座二层小楼上主持召开了来到南满后的第一个会议，传达东北局的指示，部署来到东北后的工作。这座二层小楼是凤凰城的迎宾馆，地板和墙壁都很讲究，地板打得很亮，墙壁喷着浅浅的浮雕。由于小楼外表是白色的，这次会议后来被称之为"小白楼会议"。

母亲作为电台台长，也参加了这次会议。

经过十几天劳累奔波，大家都有些疲惫，会议开始时，气氛有些沉闷。父亲也消瘦了许多，坐下后，他用充满血丝的眼睛看了看大家，开了句轻松的玩笑："赶走了日本人，我们今天换个地方开会。"一句话，惹得大家笑了起来，会场上立刻活跃起来。

接着，他传达东北局的指示，介绍辽东在日本投降后的基本形势，宣布成立东满人民自卫军司令部，并根据当务之急决定：一、以一部分兵力控制营口至安东一线沿海口岸，防止蒋军登陆，为我后续部队及干部登陆创造条件；二、整编部队、调整组织，以一部分兵力分散到农村，大量发展和吸收贫苦农民、工人、青年、知识分子和技术人员入伍，在10月底完成发展十个团的任务。同时加强训练，提高战斗力，大力建设炮兵。

当时辽东百废待兴，急需各类干部。父亲根据首批赴辽东人员的个人素质状况，因材施用，果断任命了一批干部。

他派刘西元带领一个团去抢占通化，组建通化地委和通化军分区；派赵杰任大连公安总局局长，带六名干部赴大连，配合驻大连苏军，维护混乱的社会治安；派侯士奎到辽南腹地岫岩、海城方向开辟工作，接管这一地区；任命宋光为中共凤凰城县委书记，带一个排留在凤凰城，组建县委、县政府。

父亲调兵遣将之后，以他为司令员兼政治委员的东满人民自卫军司令部只剩下了七名干部和五个警卫员。吴瑞林任参谋处长，吕麟任供给部长。他们官不小，管的下属却少得可怜，每人只分了一名干部，李毅协助吴瑞林负责与苏军的联络；刘军协助吕麟做后勤供应工作。母亲任机要秘书兼电台台长。

干部太少，拉不开栓，从山东带来的五个警卫员也被父亲任命使用了。他们中如李清荣、王长海、殷作改等当时都是十八九岁的娃娃，被父亲派往安东负责城市接管工作。他们以前从未做过领导，拿到父亲签署的任命书后，满脸愁苦，来找母亲。

王长海问母亲："王台长，萧司令让我当官了。"

母亲笑笑说："好呀，进步了。"

"我没当过官。"

"谁也不是一生下来就当官的。"

"我不会当。"

"干干就会了。"

王长海面有难色："你跟萧司令说说，我还是当我的警卫员吧。"

母亲说："军令如山，我怎么能随便说呢。"

王长海低头想了一阵，抬起头对母亲说："萧司令让我去接管安东，人家会听我的吗？"

母亲想笑，忍住，说："谁敢不听。"

"那你教教我，去了该怎么办？这个官该怎么当？"

"你当了那么久警卫员，整天跟着首长，还没学会吗？"

"我寻思我得永远当警卫员，没留意过。"

母亲终于忍不住笑了。

在那些警卫员眼中,母亲虽然是老革命,但也就大他们一两岁、两三岁,加上母亲平时没有架子,好接近,他们有了什么难处,都愿意跟母亲无拘无束地聊一聊。王长海向母亲请教如何当官,母亲还真煞有介事地帮他出了不少主意,比如:遇见不了解我们政策的老百姓怎么办?遇见土匪暴乱怎么办?遇见日伪残余怎么办?遇见一时不理解我们的地方贤达怎么办?母亲说对老百姓要和气,不要急躁;对付土匪要依靠当地群众,摸清情况,分化瓦解,进行清剿;对日伪残余势力,要收拾干净利落,不留遗患。母亲还说,当官了就得有个当官的样子,以前总是听别人命令,现在你得命令别人,当官最要不得的就是黏黏糊糊,磨磨叽叽,要敢于拍板。

特别是在那些敌顽分子面前,该拿架子的时候还得拿点架子,不然镇不住他们。王长海竟然听得连连点头,还不断地用笔把母亲的话记在一个小本子上。

和母亲一番谈话,王长海喜眉笑眼走了。

第二天李清荣、殷作改又来找母亲,还是请教如何当官儿,他们听王长海说母亲讲的为官之道很好。

母亲说好啥,缠得没办法,瞎说。

后来那几个派出去的警卫员工作开展得都不错,见到母亲,说母亲给他们支的招儿还挺管用。母亲只是笑。

四 "王台长"——安东最惹眼的女兵

"小白楼会议"之后不久,父亲的东满人民自卫军司令部就由凤凰城移到了安东。

安东是辽宁南边的一座中等城市,人口约二三万,东面隔鸭绿江与朝鲜为邻,南靠苏军控制的大连,隔海与山东解放区相望。安(东)沈(阳)铁路纵贯南北,与沈阳、抚顺、本溪等大城市相距不远,战略位置十分重要,是共产党与国民党在东北争夺的主要地区之一。

父亲的司令部设在安东市东坎子造纸厂。在到达安东的当天,造纸厂门口就挂起了一个"东满人民自卫军"的大牌子。寥寥七八个人,就紧锣密鼓地铺开了指导南满全面工作的摊子。

身为机要秘书兼电台台长的母亲这一时期特别忙。她既要负责电台工作,又要处理文件资料,而那时的文件电报又异乎寻常地多。母亲是机关几个人中唯一懂报务的干部,别人的工作她能帮上忙,而她的工作别人却插不上手。她又是唯一的女同志,额外地还承担了机关炊事员的任务。每天天不亮,她就起来给大家做饭。饭后,一边守着电台,准备随时收发电报,一边整理发放文件,接各部队和地方单位打来的电话。一到收报时间,赶忙放下手中的工作去收报。有时,有群众来访,其他同志忙不过来,往往都是母亲出面接待。晚上,人们都已进入梦乡,母亲还在刻蜡板,油印材料。

母亲亲和力强,干部战士大事小事都来找她,一找她疙瘩就能化解。在安东,她给派往重要岗位的同志做了不少思想工作。一天夜里,她正在刻蜡板,有人喊了一声"报告"就推门进来了。母亲一看,是一个从山东过来的党员炊事员。母亲问他,有事吗?他心事沉重地点了点头。母亲问他,有什么事?他说要找萧司令。母亲问他,找萧司令干什么?他说他要提意见,说着,竟然哭了起来。母亲赶紧给他倒了一杯水,说萧司令到下边去了,不在家,问他要提什么意见？炊事员抹着眼泪说，他刚接到命令，要派他去接管一个大工厂，他说他只会做饭，不会当领导，不敢去。母亲听后，又好气又好笑，说了声"跟我来"，领着那个炊事员把司令部的每个屋子都看了一遍。整个司令部，空空荡荡，只有一个负责情报工作的参谋在埋头工作，其余的干部都忙得不沾窝。转了一圈后，母亲对炊事员说："看见了吗？还有人吗？你不去让谁去？"炊事员嗫嚅说："你办事干练，你去也比我强……"母亲指着电台说："我换你去，可以，你会替我发电报吗？"炊事员听了破涕为笑。母亲趁势开导说："国民党正在加紧和我们争夺东北，我们能眼看着那个大工厂落到国民党手里去吗？"炊事员说："当然不能。"母亲："在这个节骨眼上，你这个党员可得发挥骨干作用啊。"经过母亲一番劝说，炊事员说："算了，萧司令我也不找了，先去试试看。"后来，炊事员成了那个大工厂第一任党员厂长，一直干到新中国成立以后。

东满人民自卫军成立以后，饱受日伪残酷统治十四年之久的南满人民，从共产党、人民自卫军的宣传中看到了自己的希望所在，立即掀起了参军热潮，父母送儿子，妻子送丈夫，兄弟争当兵。大批青年学生、知识分子、技术人员也踊跃报名入伍，人民自卫军迅速壮大了。

在安东，母亲的女军官身份，使她成了一个惹眼的显赫人物。

这是我上小学的时候，听当年跟父母一起在南满工作的一个叔叔对我说的。他说："当时安东城里的老百姓都知道人民自卫军里的'王台长'，你妈妈前头走，路旁会站了许多人看。于是，就有人带着自家的姑娘找到司令部，要给女儿办手续当女兵。老百姓说'王台长'穿着军装咋看咋顺眼，你妈妈的一身军装，招来了不少女兵。"

叔叔说这话时母亲不在家，父亲在。我注意到父亲没有搭腔，只是笑。

兵多了，但武器却缺乏，这在当时成了一个大问题。

渡海进入东北前，原以为日寇投降，关东军留下的武器一定很多，因而将大批武器留给了根据地，不少战士是赤手空拳来到东北的。进入东北后才发现，日伪武器已被苏联红军接收，而苏军又以《雅尔塔协定》和中苏友好条约为由，在开始的一段时间里，拒绝向我军移交这些武器装备。这样一来，本来就十分缺乏的武器弹药，加之大规模扩军，愈加紧张。有的一个连仅有一挺机枪，一个班仅有一支步枪。这样的武器装备，不要说对付正在向东北进逼的国民党军队，就是剿匪，也嫌不足。

为了解决这个问题，父亲一方面令供给部长吕麟组织工作人员，走城串乡，钻深山老林，收集日伪溃逃时丢弃的武器弹药；一方面想方设法搞好和苏军的关系，以期从他们那里得到武器。

当时安东驻有苏联红军一个营，一个叫格尔纽斯的少校营长担任警备司令。根据中共中央指示，父亲亲自同格尔纽斯谈判，经过艰苦努力，人民自卫军从苏军手中接收了安东市的铁路及安（东）沈（阳）铁路线，掌握了同东北局联系的重要交通要道。这就不仅夺得了出关部队速去北满和展开南满战局的捷径，为抢占东北赢得了时间，而且为接受、运输武器装备提供了方便。父亲经与苏军驻安东司令谈判，首先获得了苏军收缴后存放在安东的一大批日伪武器弹药。随后，父亲又派参谋处长吴瑞林去大连，与苏军司令马林诺夫斯基元帅接洽，又去平壤与苏军司令梅列茨科夫元帅联系，经他们同意，移交给我军大量武器，其中有部队一直短缺的山炮、野炮、轻重机枪等

219

重型武器。为了顺利拿到这些武器,父亲还让机关同志设法打通具体"关节"。我军攻打通化时,缴获了大批葡萄酒,父亲让人摸清了苏军某某部队管理某某武器库,就让母亲他们组织人去送酒。苏联红军都爱喝酒,见到优质通化葡萄酒,满心高兴,往往很慷慨地就把某个藏武器的洞库钥匙交给了母亲他们。每遇到这种机会,他们便连夜把所有能扛动枪的人都组织起来去扛。

这样的日子,母亲几乎每次都去。那时她怀我已经四五个月,母亲说半夜三更扛武器,她最担心的是肚子里的我,跌一跤就是麻烦。因此她很小心,不敢扛重武器,就拿轻武器。她说没办法,人手太少。

部队搞到好酒,父亲也经常请苏军的领导到我军驻地吃饭、联欢,把他们的夫人也一块请来。母亲不管工作多忙,也都去作陪。席间,父亲向苏军领导赠送名酒,母亲则向他们的夫人赠送衣料、手表等物。他们一高兴,常在饭桌上拍板,把不少武器送给我军。一次,父亲宴请平壤的苏军司令梅列茨科夫元帅和一名叫罗维斯基的军长,他们的夫人也一道过来。席间,我军又是送酒又是送表,客人十分满意,不断跷起大拇指说父亲他们"够朋友"。梅列茨科夫一高兴,拿起笔来在地图上划了一条红线,把朝鲜新义州几个放武器的大仓库全划给了我们。这些武器先后拉了十三车,不仅装备了南满的部队,还有力地支援了北满和华东的部队。在这个基础上,我军在南满还组建了自己的兵工厂、制药厂、被服厂。父亲把建厂的规模、地点、主要领导人名单定下来以后,母亲就协助后勤部长吕麟招收工人,组织生产原料,拟定生产计划。在大家艰苦努力下,我军自己的弹药、被服、医药很快都生产出来了。

母亲名义上是秘书兼电台台长,实际上参与了司、政、后几乎所有的工作。

1945年10月30日，中央正式批准成立东北人民自治军司令部，林彪任总司令，彭真任政委，罗荣桓任第二政委。由父亲任司令员兼政委的东满人民自卫军，亦改名为东满人民自治军司令部。

我东北部队刚整编完毕，蒋介石同美国密谋后，便悍然调集其精锐部队从海陆空大举向东北进犯。

11月3日，被蒋介石任命半个月的东北保安司令长官杜聿明和美国第七舰队代理司令巴贝，同乘美舰"脱罗尔号"从营口到葫芦岛一线侦察，选择强行登陆地点。

东满人民自治军肩负两项重要使命：一面扼守港口，严阵以待蒋军；一面做好各种准备，迎接陆续向东北开进的部队。为了迎接从山东、华东、西北各个战场调来东北的干部和部队，在安东市组建了总兵站，又设了两个分站，囤积了粮食、棉衣、车辆、马匹，号下了房子，安排了宿营地，使部队一到就能有饭吃有地方住。母亲这时便成了"钦差大臣"，今天出现在被服厂，明天又出现在车马店，检查、督促，风风火火。后勤部长吕麟见她挺着大肚子跑来颠去，半开玩笑半认真地说："小心把肚子里的孩子跑掉了。"母亲说："没事，这孩子皮实。"

短短两三个月，父亲他们共迎接了由海上来东北的数万部队和万名以上干部，并将他们安全地送到北满和东南满战场，为开辟和准备东北战场，执行中央"向南防御，向北发展"的方针，不失时机地为"抢占东北"创造了条件。

11月初，与父母分别近两个月的罗荣桓夫妇横跨渤海，在貔子窝登陆。他们带来了我的姐姐萧雨。由于他们急于前往沈阳的东北局报到，未能与父母见面。父亲得知老首长到来的消息后，立即打电话问候，并派貔子窝分站的人将姐姐接了回来。

母亲说，两个月没见，姐姐又长了一大截，白白胖胖，还能咿咿呀呀说一些简单的话了。可以想象，这两个月时间里，罗荣桓夫妇为关照姐姐，花费了不少心血。

在迎接大部队的同时，南满的部队和干部又不断得到了补充和加强。10月至11月间，林一山、江华、莫文骅、刘澜波等同志先后到达安东。为了统一作战指挥，加强辽东根据地的建设，根据党中央和毛泽东关于建立巩固的东北根据地的指示，东北局决定：以东满人民自治军为基础，成立辽东军区，父亲为司令员兼政委，江华为副政委，莫文骅为政治部主任；组建辽东省委，以父亲为书记，江华为副书记，程世才、白坚、张学思、刘澜波、罗舜初为常委。辽东军区下辖三个军区，两个纵队，全区兵力达六万六千余人。

1945年的最后两个月，父亲是在超负荷的工作中度过的：整编部队，配备干部，建党建政，发动群众，开展反日伪残余、反汉奸、反特务的控诉清算活动和减租减息活动，镇压汉奸恶霸，剿灭土匪……母亲虽然也同在司令部活动，却一连好几天也见不上父亲一次面。有时说好了晚上回家，母亲准备好了饭，但父亲一个电话，就回不来了。开始，母亲还真生气，慢慢地，也就适应了这种生活。

12月上旬，似乎总也不生病的父亲终于累得病倒了，一连五天，高烧不退。打了针，吃了药，医生让他卧床休息，但他只躺了一天就要往司令部跑。母亲这回真急了，拦在门口说："医生要我看住你，不准你随便活动。"父亲把一只手扶在她的腰上，笑着说："我这个病，得在工作中养，越躺越麻烦。"母亲拗不过，无可奈何地让开了门。

辽东省委副书记江华不知道父亲病了，来找父亲研究工委工作。

当时父亲吃了药正在睡觉,母亲将父亲的病情告诉江华后,他说以后再来,就走了。父亲醒来后得知此事,很不高兴,严肃地对母亲说:"人家登门来访,你怎么好让人家走呢?"母亲也生气了,说:"你不是刚吃了药在发汗吗?"父亲说:"现在工作千头万绪,大家都很忙,有许多事情要干,万一耽误了工作怎么办?"说罢,也不管母亲高兴不高兴,要通了江华的电话。在电话中,先向江华道了歉,然后又谈了半天。第二天一大早,又带着高烧去了工委,直到中午吃饭才回到家里。

吃饭的时候,父亲为了让母亲高兴起来,把她做的鸡汤喝了个干干净净,说:"你看,我跑一跑,能吃了,病也快好了。"

母亲无奈地说:"没办法,咱俩在一起,我只能适应你了,你是司令员嘛。"

父亲摇头:"非也。"

母亲笑了,没有再说什么。其实,她心里明白,在她和父亲两个人的世界里,大多数时间,父亲总是让着她的,由她使性子,发脾气。但也有例外,那就是牵扯到工作的事,父亲总是我行我素。

母亲深知这一点,因此,日后尽管父亲工作职务变来变去,母亲从没有干预过父亲工作上的事,甚至连过问都很少。

母亲始终坚守着作为妻子的界限。这点,父亲很满意。

我想这也是一种操守。

五　在剿匪斗争中

在南满与蒋军大战之前,首先要对付的是多如牛毛的土匪。

"八一五"日本投降后,日本正规军大批向苏联红军投降,但仍有一些日本顽固分子、日特逃脱隐藏起来;从伪满洲国"政府"到省、市县、区的武装部队、伪警、汉奸、特务等,也都潜入到安东镇江山以北的山区森林地带和安东以西的长白山,破坏共产党抢占东北的计划,扬言等待国民党,企图东山再起。而蒋介石则于日本投降前后,派出大批特务潜入东北,同日伪暗中勾结,与日特、伪警、汉奸、土匪、地主、恶霸同流合污,组织起所谓"地下军""先遣军""铁血团""挺进军"等组织,将流散日军组织起来,拒绝人民军队接收,制造破坏,发动暴乱,残害人民,准备迎接国民党军队接管。

东北土匪本来就多,日伪统治时期,乘乱世又逢生出大小不等的土匪武装,"座山雕""许大马棒"遍地都是,关系盘根错节。他们到处烧杀抢掠,搞得人心惶惶,成为东北地区的又一公害。

就连安东城里,土匪活动也甚嚣尘上。我们的同志走在街上,经常遭受突袭和杀害。司令部的两个参谋从驻扎在城外的部队检查工作回来,刚一进城,就被藏在暗处的土匪的冷枪打中,一伤一亡。母亲至今回想起那个中弹牺牲的参谋,依然感慨万千。母亲说那个参谋头上中了三弹,两颗子弹是从太阳穴射进去的,一颗子弹打中了他的胸部,看得出,土匪枪法很准。那个参谋不久前才调到军区机关,牺牲的头天晚上,还来到电台,和母亲聊了好一阵。闲聊中,母亲得知他的老家是山东乐陵。乐陵是当年父亲率挺进纵队到达冀鲁边的落脚点。参谋说萧司令在他们那一带名气很大,大人娃娃都知道,他说他还是老百姓的时候就听过萧司令讲演,后来他就当了兵。当兵前他结了婚,媳妇比他大两岁,他们那地方兴娶大媳妇。说到媳妇,他还拿出一个绣花荷包让母亲看,说是媳妇绣的。母亲说她还记得那荷包上绣的是两只鸳鸯,活儿很细。最后,参谋问母亲,东北打完了仗,还能不能再回山东。母亲先说不知道，看参谋有点失望，又改口说，全国解放了，山东也需要人建设，当然可以回去。参谋高兴了，小心翼翼地把绣花荷包装进了贴身的衣服口袋里。

参谋被土匪打死的那天，母亲十分悲伤。她和同志们整理他的遗物时，从他的衬衣口袋里找到了那个绣花荷包，土匪打中他胸部的那颗子弹不偏不斜，正好打在荷包上。母亲看到的绣花荷包染满了血，已残缺不全，看不出荷包的形状，荷包上的两只鸳鸯只剩下了半只。母亲说她捧着那个残缺的荷包，默默地难过了好长时间。那以后好多日子，那个参谋的模样不时出现在她的眼前。

母亲说参加革命以来，她经历过无数次死亡，最让她震撼的还是那个参谋的死。

我想，参谋的死如此使母亲震撼，与他牺牲的头一天晚上与母亲的那番谈话不无关系。在战火纷飞中，对亲人的眷恋和对明天和平日子的向往，是一股带着暖意的清流，让人感动。而当那一切都被猝不及防的暴行撕裂的时候，活着的人心底是会流血的。

很小的时候，母亲给我讲过那个参谋，讲过那个绣花荷包。那个故事跟了我几十年。

那个参谋姓郑。

在崇山峻岭、重峦叠嶂中剿匪，无异于大海捞针。父亲他们通过发动群众，调查研究，基本查清了南满大股土匪分布情况：安东市周围有国民党特务李光忱、日本特务吉岗等人组织的"先遣军"第十五路和日本军人成立的"铁血团"活动，共三千多人；通化、临江一带有汉奸孙晓耕与日寇第一二九师参谋长藤川组织的三千多名日军和三千多名伪警土匪，跟随伪满洲国"宫廷"残余在活动；鞍山东部千山、七岭子一带，有伪满洲国少校宋子明等组织的四千余名日伪残余在活动；抚顺一带，有汉奸王舟等部三千多人在活动。除了这几股大匪之外，还有不计其数的小股土匪，少者几十人，多者数百人，盘踞在小城镇和茫茫林海雪原中。

不剿除这些隐患公害，我军就无法在东北站稳脚跟，民主政权就无法建立。

剿匪第一仗首先在凤凰城和安东间的东汤一带打响。这一带处于安（东）沈（阳）铁路线上，地理位置十分重要。土匪依赖高山密林、天然洞穴，十分嚣张，有个商行一次就被他们勒索去一百三十多万元，他们还公开悬赏，杀一个八路军奖赏五千元。光天化日之下，这些土匪竟然窜进辽东军区所在地安东市进行破坏。一次，父亲检查工作坐车从安东市区经过，伪警从临街的一座楼上搬起一块大石头朝他砸了下来，只听"咔嚓"一声，石头穿透车厢篷布，掉到车里，离父亲的头仅几厘米。

为了将这些匪徒一网打尽，父亲将自己的指挥所设在距东汤二十里地的一个小村子，亲自指挥剿匪战斗。军区机关只剩了不多的几个人。为了配合前方剿匪，母亲和留守人员终日处于超负荷运转，忙着撰写剿匪宣传提纲和限令土匪定时到指定机关坦白登记的通令，为作战部队组织运送弹药给养，母亲还要单独完成收报发报任务，眼睛熬得通红。终于，首战胜利的捷报传到了后方机关，东汤三百多名土匪全部被歼。接着，我军又乘胜出击，在安东全歼"先遣军"第十五路军、"铁血团"等三千日伪残余，活捉了伪省长曹承宗、次长渡边阑治。严冬又在茫茫雪原长途奔袭，向通化、临江之敌发起全面围剿，先后歼敌万余，彻底摧垮了伪满洲国残余势力，连盘踞在大栗子沟的伪满"皇后"婉容、"贵人"李玉琴以下皇室成员也全部束手就擒。

这次大规模剿匪，先后历时两个多月，共歼灭日伪残余两万余人和难以数计的小股土匪，基本肃清了南满的匪患，巩固了解放区的后方。

在"三股流"剿匪过程中，还意外地缴获了全东北"五万分之一""二十万分之一""二十五万分之一"三种地图。这对苦于作战无地图的东北部队来说，无疑是个大收获。

父亲见到这些地图，如获至宝，立即向东北局和东北人民自治军总司令部报告。林彪正为无图大伤脑筋，得信后，以少有的风趣说："有了这些图，东北尽在囊中了！"立即指示父亲多多翻印，尽快送沈阳。父亲带着吴瑞林等人来到造纸厂和印刷厂，交待翻印任务。印好后，迅速上送东北局、东北人民自治军总部，下发至纵队、旅、团各部队。一年后，陈云同志来南满，见到父亲的第一面就说："年初你送来的那些地图可是宝贝呀！总部又翻印了不少，现在，整个东北用的都是你的图。"

六　与罗荣桓夫妇重逢

随着国共两党大规模拥兵北上，历史在东北走到了一个微妙的关头。

国共两党陈兵白山黑水间，苏军倾向至关重要。而将国民党政府视为"正统"的苏军，由于有与国民党签订的条约的牵制，在东北问题上，给他的政治盟友中国共产党制造了不小的麻烦。

1945年11月9日，驻东北苏军通知中共东北局，按照苏联与国民党政府签订的《中苏友好同盟条约》，苏联将长春路（即长春铁路，旧称中东铁路，包括以哈尔滨为中心，西至满洲里，东至绥芬河，南至大连的铁路线。原为俄国修建和经营。日俄战争后，长春以南段为日本占领，称南满铁路。俄国十月革命后，长春以北段由中苏合办，仍称中东铁路，九一八事变后也为日本所占。抗战胜利后，南满铁路和中东铁路，统称中国长春铁路——笔者注）沿线及城市全部交给国民党，要求东北人民自治军撤出大城市。

面对这一形势，中共中央认为，原先确定的通过占领大城市及交通干线，进而独占全东北的方针已不现实。11月20日，中共中央致电东北局："彼方既如此决定，我们只有服从。"指示将长春路及沿线大城市让给国民党军，把工作中心放在建立根据地上。刘少奇形象地把这一行动概括为"让开大路，占领两厢"。

12月底，在苏联红军的要求下，东北人民自治军撤出了沈阳、长春、哈尔滨等大城市，国民党依靠收编的伪军接收了这些城市的政权。东北局和东北人民自治军总部也由沈阳迁到了南满的本溪。

1946年1月14日，东北局根据中央军委命令，将东北人民自治军改称东北民主联军，成立了北满、南满、东满、西满四个军区。父亲任南满军区（也称辽东军区——笔者注）政委，司令员为李天佑（不久，程世才接替李天佑任司令员——笔者注）。

南满是进入东北的大门，显然，它是国民党重点争夺的地区。

在国民党大兵压境之下，一场大战已在所难免。

为了阻敌向北推进，1946年元旦前夕，父亲率辽东军区机关前往安沈线上的本溪湖，指挥主要由冀东、山东部队组织起来的第三、第四纵队作战。

在此之前，"东总"在撤出沈阳后也迁到了本溪。父母一到本溪，便匆匆去看望罗荣桓夫妇，这是他们在东北大地上第一次见面。

罗荣桓一家住在日本人遗弃的"官原小洋楼"二号，父母临时住在一座"工"字楼里，两家门对门，中间隔着一条马路。父亲和母亲来到罗荣桓家里的时候，身材高大的奥地利医生罗生特刚刚给躺在床上的罗荣桓打完针。看见父亲母亲，罗荣桓很高兴，在床上欠起身子握着他们的手说："你们离开山东的时候，我真有点天各一方的感觉，没有想到我们今天会在东北见面。"林月琴忙得不亦乐乎，给父母沏了茶，又给他们削苹果。性格开朗的罗生特大夫用生硬的中国话跟父母开玩笑说："萧同志，王同志，罗荣桓同志最近很痛苦，今天你们来，我从他的脸上看到了少有的笑容。"

罗荣桓笑着说："有朋自远方来，不亦乐乎。"

大家都笑了。

罗生特听不懂罗荣桓说什么，见大家笑，瞪着一双蓝眼睛，用询问的目光望望这个望望那个。

父亲向这位奥地利医生解释说："罗政委借用我们中国一位哲人的话说，好朋友从很远的地方来，大家都很高兴。"

"哦，哦，原来是这样的。"罗生特连连点着头说，不过从他的眼神里，你依然可以感到，他对这样一句很平常的话，竟能引来那么多笑声感到奇怪。

父母关心地询问罗荣桓的病情。罗生特说，在沈阳时，他曾陪着罗荣桓到前日本的陆军医院检查过一次，照了X光片，确诊为肾癌，必须动手术。东北局报告了中央。中央考虑到他病情严重，为慎重起见，主张他到平壤的苏军医院治疗。

父亲去过朝鲜的新义州，还派吴瑞林去过平壤，与苏军元帅梅列茨科夫打过交道。在安东时，父亲母亲还宴请过梅列茨科夫夫妇，赠送过礼物，彼此关系不错。听说中央准备安排罗荣桓到平壤去治病，父亲便关切地问："什么时候去？路上我给你安排。"

罗荣桓说："时间还没有定，最近怕走不了。"

罗生特在一旁激动地说:"休息,你需要绝对的休息,懂吗?"说着,向父亲母亲无奈地耸了耸肩膀,说:"我知道,我的话没有约束力,你们这些人,总有做不完的工作。好了,你们谈吧,我先走了。"说完,罗生特很有礼貌地告辞了。

这时,林月琴觉察到了母亲鼓起的腹部,关切地问:"看样子,又快了?"

母亲笑着"嗯"了一声。

罗荣桓听到了她们的悄悄话,学着刚才罗生特大夫的口气说:"休息,你需要绝对的休息,懂吗?"

大家被罗荣桓的幽默逗笑了。

父亲说:"我劝过她,她哪里听。"

母亲说:"司令部就那么几个人,一个人好几摊事,你看着别人忙,好意思歇着?"

父亲只笑,不说话了。

罗荣桓痛苦得又欠了欠身子,他看看母亲,说:"你说得对,歇不下来,共产党,受苦的命。"说罢,自己笑了笑。

大家笑不出来。

之后,父亲向罗荣桓汇报了南满的部队状况和政权建设情况,罗荣桓听了很满意。最后,罗荣桓说:"与国民党争夺东北,南满首当其冲,争取打几个好仗,鼓舞士气。"

从1月份开始,南满我军,迎接着一个又一个恶仗。

母亲说,有半年多的时间里,她的耳边没有断过枪声。

1月,首战营口,拉开了与国民党争夺东北的序幕。是役,歼敌一千七百五十九名,取得了争夺辽东第一场大战的胜利;接着,三战本溪，再战鞍海，击毙敌五十二军副军长郑明新、二十五师师长刘世懋，歼敌五千余，俘敌团长以下二千一百余名，迫敌一八四师师长潘朔端率师部及五五一团二千七百多人起义，在东北战场上首创了争取大批国民党军队反内战起义的范例。党中央、毛主席专门来电，表扬"鞍山战斗打得好"。

我军与国民党军队鏖兵营口之际，国共两党于1月10日发表了停战声明。营口之战后，毫无和平诚意的国民党反动派公开破坏停战命令，加紧了在东北的军事活动。1946年2月初，东北国民党军在得到了全部美式装备的新六军、新一军等精锐部队的增援后，兵分三路向东北民主联军控制的地区大举进攻。

就在这时，母亲分娩了。

于是，我来到了这个世界上。

我出世的时间是1946年的2月22日。母亲说她生我是在半夜，我一生下来就撒了一泡尿，滋到了毫无思想准备的医生嘴里。她说我坠地时的啼声很响亮很执拗，我的哭声把"隆隆"的枪炮声推远了。

"是个男孩儿！"

接生医生热情地向母亲祝贺。母亲说她已经精疲力竭，医生的声音仿佛来自一个遥远的地方。

母亲说她和父亲已经有了一个女儿，她觉着这回应该是个儿子！自从母亲怀上我的那天起，她一直这么想。

尽管这想法很固执，但当医生把湿漉漉的我举给母亲看的时候，她还是沉醉在一阵难以言说的幸福中。

母亲不等医生护士把我弄干净，就让医生把我放到了她的怀里。

母亲生我时，父亲也不在她的身边。他正在前线打仗。

父亲在我出生的五天后从前线赶了回来。母亲说父亲抱着我，在屋里走了好几个来回，不住地在我脸上亲。母亲说父亲很高兴。

对此，我没有任何记忆。

在我的记忆里，似乎父亲从来没有抱过我，甚至连稍微亲昵一点的表示都没有过。当我刚有走路的冲动时，父亲就牵着我的手，看我趔趔趄趄地走，看我摔倒，看我哭，再看我爬起来。我很清晰地记得，父亲拉着我走路的时候，怀里却抱着比我大两岁的姐姐。后来有了妹妹，父亲也抱她们。我不记得父亲抱过我。为此，我曾耿耿于怀。

父亲对他唯一的儿子的感情表露是吝啬的。当我长大成人之后，特别是当"文革"的风暴把我一下子击得不知东南西北的时候，我理解了职业军人的父亲心目中关于男人的塑造。

我感谢我的父亲。

母亲让父亲给我起名字，父亲说："老大叫萧雨，以后孩子都随雨吧，这个男孩子就叫萧云怎么样？"

母亲说"萧云"这名字不错。

在我之后，陆续又添了三个妹妹，都随雨起名，依次叫霜、露、霞。

我的出世带给父亲的欢乐，很快就被浓重的战云冲淡了。

父亲在看过母亲和我之后的第三天，就又回到了前线。

林彪正在捕捉一个战机。

2月11日，敌第十三军第八十九师的一个加强团一路疾进，到达秀水河子时，已远离其主力部队，闯入了东北民主联军罗网。东北民主联军"前总"发现国民党军一个团孤军深入后，林彪当即决定，集中位于秀水河子以北、以南的部队，共七个团的兵力，歼灭秀水河子的敌人。13日，林彪从辽西的法库到达秀水河子，亲自指挥这场战斗。

林彪赋于父亲的任务是迟滞南路之敌。

敌人南路为新六军的第二十二师。新六军是国民党军嫡系中的精锐，全部美械装备，曾赴印、缅作战，号称"国内无敌"。新二十二师又是这个军的主力师，火力强，士兵老，军官指挥经验丰富，有"虎师"之称。

与这样的部队交战，其艰苦程度可想而知。

16日下午6时，父亲发布攻击令。

战斗打得异常艰苦，一方死守，一方猛攻，枪炮声不绝于耳，空气中弥漫着浓烈的血腥味。辽东军区参战的四纵与三纵一部与敌鏖战三天三夜，终于将敌赶出了沙岭子。

沙岭子战斗，是父亲所部在东北首次与全部美式装备的敌人作战，此役共歼敌六百七十名，阻止了敌人向前推进，迫敌停止于辽河两岸，保卫了长春路，打击了敌人的嚣张气焰。

在此役中，由于事先侦察失误，对敌人的战斗能力估计不足，对敌人防守特点了解不多，加之参战各部队之间缺乏相互协同，辽东军区部队付出了惨重的代价，共伤亡二千一百人。

当部队的伤亡数字报上来后，父亲度过了来到东北后心境最阴暗的一天。

那天，他来到母亲身边，简单地问了问大人孩子的情况，默默地在地上站了好久，半天没有说话。

母亲说，那天我特别乖，瞪着眼睛，看着天花板，不哭不闹。

父亲临走时，俯在母亲床前，在母亲和我的脸上分别吻了吻。

母亲说，从父亲的眼睛里，她看到了一个战场指挥员的沉稳和沉重，以及对于战争超常的承受力。

母亲说，那是属于男人的。

七　短暂的异国漂泊

我还没有满月，部队就要撤出本溪。母亲带着我和两岁的姐姐，在敌机的轰炸扫射声中，随部队转战。虽说春节已过，东北大地依然地冻天寒，沿途雨雪交加，战斗不止，经常吃不上饭，喝不上水。枪声炮声成了我的摇篮曲。

一位采访过母亲的女记者曾经问过母亲：带着孩子，要不断地走路、打仗，你担心过什么吗？

母亲说：没有，置身战争，担心有什么用呢？你必须面对。

记者又问：你不担心两个孩子吗，他们那么小，要知道，战火中没有安全可言……

母亲说：我想，孩子是安全的，他们有妈妈。

记者在她的文章里写道："听了王新兰这句话，我的心猛烈地震动了一下，而她却说得那样平静，脸上的表情那样平静。而我的眼前，却升腾着熊熊的战火，耳际，是轰鸣的炮声，一个年轻的母亲，抱着、拉扯着她的年幼的儿女，平静地走在战火里。她的身躯就是那两个弱小生命的摧不垮的掩体。我被这虚拟而真实的情景深深地震撼着……"

那个记者在沉默了一阵之后又问母亲：我想知道得更具体一点，你是怎样带着孩子走过战火硝烟的？

母亲想了一阵，有些抱歉地说：真的，我说不具体，就是一直跟着部队走，部队走到哪里，我们就走到哪里，遇到打仗，随便找个什么地方躲一躲，一个小房子，或者一个土坎，一截断墙。

记者：发生过危险吗？

母亲：危险几乎天天都有，一次转移途中，与敌人突然遭遇，子弹如蝗虫，我把两个孩子紧紧地抱在怀里，听子弹"嗖嗖"地从耳边飞过。我想，这回麻烦了，完了。我和孩子在地上趴了足有半个钟头，萧云在我身子底下，小脸憋得发青，连哭声都没了，两岁的女儿小声哭着，不住地叫着"妈妈"。我抓紧孩子的手，说："别哭，有妈妈，别怕。"幸好，我们击退了敌人，化险为夷，躲过了一劫。

记者在她的文章里写道："在和王新兰交谈的整个过程中，我想到了《这里的黎明静悄悄》里的那些女兵，想到了那句十分流行的名言：'战争让女人走开'，还想到了许多关于女人与战争的其他话题。战争让温柔如水的女人变得刚毅，变得不可思议；而当女人作为母亲带着她的孩子，置身战场的时候，女人对世界的宣言是那么强大，禽兽也会颤栗。"

1946年的冬天，母亲带着已长到八个月的我和姐姐，经历了一次短暂的异国漂泊。

这年的10月20日，安东落了第一场小雪。空旷的原野上，覆盖了一层淡淡的白色。

母亲拿着一份"东总"发来的电报，踏着薄薄的积雪，送往作战室。她从5月份起，就又开始了她的秘书兼电台台长的工作。

还没走进作战室，母亲就听到了从紧闭的窗户里传出的讨论声——父亲临时召集的一个紧急会议正在热烈地进行着。

母亲正要进屋，父亲推开作战室的门走了出来。母亲把电报交给父亲，父亲匆匆看了一眼，说："形势越来越紧张了。"

作战室里，嘈杂的议论声似乎更大了。母亲笑着问父亲："会开得真热闹。"

父亲说:"几种方案,争执不下,我让他们再好好讨论讨论,我瞅空儿出来透透气,清理清理思路。"父亲说着,朝母亲努力笑一笑,抬头望了望飞舞的雪花,用手使劲掐了掐额头。

从父亲的表情上,母亲感觉到父亲遇到了少有的麻烦。

母亲悄悄离开了父亲。每当父亲集中精力思考问题或作什么重大决定时,母亲总是这样,从不干扰他。

最近,母亲从自己过手的各种电报中感觉得出,东北停战四个月之后的第一场大战,正在匆匆向她的身居南满党政军一把手的丈夫走来。

东北停战是从6月6日开始的。

当时东北局和东北民主联军总司令部已迁至哈尔滨。国民党先后进占了四平、长春、吉林,与东北民主联军争夺东北战略要地的第一步计划已告一段落,加之战线过长,兵力分散,在前期作战中,整师整团被消灭,部队急需喘息。尤其是鞍海战役,被起义的潘朔端背后戳了一刀,更增加了后顾之忧。而此时,国内反对战争,要求和平的呼声越来越高。迫于战场内外压力,东北蒋军提出,于6月6日起,停战15天。东北民主联军长时间作战,也急需补充和休整,并为争取时间建立根据地,也同意停战。

在此期间,全国形势也在发生着变化。6月26日,蒋介石悍然撕毁了国共两党于年初签订的停战协定,大举进攻中原解放区。由此为起点,全面内战爆发,人民解放军在共产党的领导下,开始了为期三年的解放战争。

由于关内多处大打,东北国民党军未能得到预期的后续增援,15天的停战期限一延再延,直到10月中旬,东北战场竟出现了四个多月无战事的状况。

在这段时间里,在东北的国民党军队也利用休战时机进行了整顿和补充,七个军的主力增加到二十五万人,加上特种兵和地方军,总兵力达四十万人。善于用兵的国民党东北保安司令长官杜聿明心中清楚,他虽然占据着东北中心战略要地,但要在北满、南满同时发动进攻,深感战线过长,兵力不足,后顾之忧过重。再三权衡后,确定了"南攻北守,先南后北"的作战方针,企图首先消灭南满我军,而后再集中兵力向北满进攻。

身为南满战场主要指挥员的父亲,明显感到了日益迫近的压力。

又据"东总"电报称,东北的国民党军在巩固了沈(阳)吉(林)线之后,又聚集主力八个师,计十万之众,在杜聿明亲自指挥下,于10月19日从沈阳出发,依托长春路、沈吉路,兵分三路由西而东,向安东、通化地区进行宽大正面的进攻。杜聿明此举,意在捣毁安东,彻底解决他的南满之忧。

与敌人兵力相比,南满民主联军明显处于劣势,全区野战部队不足四万,论装备,敌人不仅有美械装备,而且有飞机、大炮、装甲车配合,以轻武器为主要装备的民主联军更是无法与之匹敌。

后来父亲对研究东北民主联军军史的同志讲,除了红军长征初期过湘江,他还没遇到过这么险恶的局面。

父亲不想输给杜聿明,他要在与明显占有优势的杜聿明的对弈中走出一着活棋。他为此而焦虑,权衡,筹划。

刚才会议讨论中,大家众说纷纭,父亲归纳了一下,有三种基本意见。一是坚决要求保卫南满的大本营安东,以便将来反攻,这与苏军意见吻合。会前,苏军安东司令格尔纽斯向父亲建议:死守安东,把安东变成第二个马德里;二是放弃安东,部队暂时化整为零,分散到山区打游击，敌人有飞机大炮，硬抗必然会造成重大伤亡；三是争取消灭敌人一部，挫其凶焰，再寻机反攻。

父亲倾向于第三种意见。

母亲从作战室外的院子离开之后，父亲在纷扬的小雪中踱了一阵，重新又回到了作战室，此时，他的腹案已定。再次讨论时，意见很快统一下来，决定采取第三种意见。为了起到挫敌凶焰、鼓我士气的作用，会议还决定，打在国民党军中素有"王牌师"之称的第二十五师。

具体战场设在新开岭。战役实施由第四纵队承担。

父亲还决定，暂时放弃安东，将军区机关转移到临江，在战役期间，军区指挥部移至安东以北的宽甸地区。军区的伤病员和家属、小孩等，都暂时转移到鸭绿江对岸的朝鲜新义州，由苏军照管。

就这样，在新开岭战役前夕，根据辽东军区决定，母亲带着我和姐姐，踏着冰雪，过了鸭绿江，来到了朝鲜。和我们一起到朝鲜的还有吴仲莲、杨枫等几位阿姨，她们也都带着自己的孩子。就在母亲他们来到朝鲜的当天，辽东军区也撤出了安东。朝鲜新义州和安东一水之隔，辽东军区前脚撤出安东，国民党军队后脚就到了。早晨，国民党军队出操，母亲他们都看得清清楚楚。

听母亲说，在新义州，苏军尽其所能，给了我们很多照顾。那些苏联兵很爱小孩，见了我和姐姐，总要逗一逗，没事的时候，能玩上老半天。有一个叫沃洛佳的苏军少尉，经常往我们住的屋子跑，来逗我和姐姐玩。母亲说沃洛佳给她留下的印象很深，蓄着浓黑的唇髭，个子很高，大概是管枪械的官儿，平常不大爱说话，傍晚的时候常伫立江边，目送着太阳西沉。只有看见我和姐姐的时候，脸上才会露出笑容，抱起我们，用他长满胡须的脸在我们脸上蹭一阵，亲一阵，弄得我们哇哇直叫。一次，沃洛佳和我们玩了一阵后，拿出一张苏联姑娘的照片让母亲看，母亲说照片的那个姑娘很漂亮。那时母亲能凑合着说几句半生不熟的俄语，苏联兵与中国兵打交道多了，也能说一些夹生的中国话，双方语言、手势、眼神并用，可以勉强了解对方的意思。以这种费劲的方式，母亲和沃洛佳进行了一番费劲的对话：

母亲说：她真漂亮。

沃洛佳笑了，显出一些高兴：哦，是的，她很漂亮。

母亲问：她是你的爱人吗？

沃洛佳点了点头，又说：不过，我们还没结婚。

母亲问：她在哪儿？

沃洛佳说了个地名。母亲说直到今天，她也没弄明白他说的那个地方是里海的什么地方，还是明斯克。说到陌生地名，很难沟通。

母亲说：战争结束了，你们就要团聚了。

笑容渐渐从沃洛佳脸上退去了，他看着母亲，摇了摇头。

母亲感到了这个话题的沉重。她不知道接着说什么好。

沃洛佳沉默了一阵，抬头看着母亲说：她死了。

母亲的心被重重地撞击了一下，她又从沃洛佳手中拿过了那张照片，仔细看起来。照片上的姑娘确实很漂亮，两只大眼睛很有光彩，两根粗辫子很招人眼，她笑着，很甜，用妩媚、清纯、天真形容，都不过分。照片是半身的，看不到她的全貌，但从胸部以上展示的形体来判断，她是个身材苗条的姑娘。

这样美丽的生命能被摧毁吗？

沃洛佳说：一天，她去排队买面包，被德国人的飞机炸死了。

母亲问：什么时间？

沃洛佳说：1942年的冬天，家里来信说，那年冬天特别冷，雪特别多。

母亲说，她给沃洛佳沏了一杯茶，沃洛佳喝了一口，然后就低着头发愣。又坐了一会儿，他站起来走了，走时没忘了吻我和姐姐。

母亲说那时我特别能吃，奶不够，母亲就用米粉熬成稀稀的糊糊喂我。一次，母亲正给我喂米粉糊糊，被沃洛佳看到了，他对母亲连说带比画，说："应该喂他奶粉！"

母亲笑着摊开双手，做了个无可奈何的样子。

沃洛佳摇摇头，没有说话，走了。过了两天，他拿了两大桶美国奶粉送给母亲。

母亲惊奇地问："哪里弄到的？"

沃洛佳把脸朝江对岸扬了扬，很得意地笑着。

原来这奶粉是他从对岸国民党军队那里搞到的，真不知他用了什么办法。

沃洛佳那晚显得很高兴，他从腰带上取下了别着的刀叉，亲自撬开了奶粉，一定要母亲立即冲了喂我。

母亲说我喝奶的时候，沃洛佳一直在看着，笑着。

母亲说沃洛佳的那个样子很动人。

11月底，南满军区派管理处长景宜亭来接我们。由于此时一江之隔的安东已被国民党军队占领，辽东军区机关在新开岭战役后已经搬到了吉林东南部的临江，因此我们这些人要回军区，就不像来时跨腿就到那样方便了。而必须坐着火车在朝鲜境内绕个大圈子，过图们江，才能到达解放区。我们这几十人，除了妇女小孩，就是伤病员，为了保证远距离安全输送，景宜亭处长找了一列闷罐子火车，临时放了几十张床，作为大人小孩的休息之地。

北朝鲜那时煤炭奇缺，火车烧木柴，拉了满满一车人，走得很慢，比人步行快不了多少。老牛拉破车，走一走，停一停，车上的人冻得缩成一团。母亲说，那时景处长的眉头总皱着，一看到她们几位"首长夫人"，总是一脸歉疚，特别是我们的这些孩子一哭，景处长就会坐卧不宁，在车厢里搓着手走来走去，一副无计可施的样子。母亲常宽慰他："景处长，你别着急，到什么地方说什么话，这不是在你辽东军区的地盘上，就是这个条件，你这个处长急死也没有用。"景处长总是抱歉地笑一笑，说："这哪能行，这哪能行……"火车每停一次，景处长都要下去，找些吃的，设法买些御寒的东西。

一天，走到一个山坡下，火车动力不足，怎么也开不上去。11月底的东北，天气冷得出奇，车上的母亲们用一路积攒起来的羊皮狗皮，把我们这些孩子的手脚包起来，还是冻得直哭叫。有个女战士看到孩子的尿布没有水洗，想下车弄点雪擦一擦。没想到手一抓车门，就和铁皮冻在了一起，往下一拉，粘掉了一层皮。母亲戴着手套也下了车，她也想弄点雪擦一擦，可把手刚一伸，就觉得很难屈回了，赶忙回到车上。

景宜亭处长知道这里不能久等，他下车到附近查看了一下，发现离停车不远的地方有苏军的一个驻地。这使他喜出望外，赶忙赶了回来，带着两个战士，搬了两箱事先准备好的葡萄酒，送到那个苏军驻地，请求他们帮忙把火车开走。苏军见了通化酒，十分高兴。一个少校对景处长说："我们都是共产党，你们的困难就是我们的困难。"立即指挥下面的人拉了两车煤送到火车上。火车有了煤，这才爬上了山坡。

入夜，火车到达图们江。再往前，没有铁路了，母亲他们下了车，背着我们这些孩子步行，走到夜里十一点多，才来到江边。宽阔的江面冰封三尺，怕万一被敌人发现发生意外，大人背着、拖着孩子，伤病员你扶着我，我搀着你，快步跑过江面，连夜赶到了临江。

母亲见到父亲时，觉得他又瘦了许多。父亲却兴致勃勃地给她讲新开岭大捷。此役共毙伤敌团长以下三千一百五十余人，俘敌师长李正谊、副师长段德培以下五千八百七十七人，号称"千里驹"的敌二十五师八千余人全部被歼，创造了东北战场我军首次歼灭敌人一个整师的先例。

母亲又回到工作岗位上。

在整理过期的电报时，母亲看到了毛泽东亲自起草的中央军委给任辽东军区政委的父亲的一份电报：

萧华：

（一）庆祝你们歼灭敌人一个师的大胜利。望对有功将士传令嘉奖。

（二）这一胜仗后南满局势开始好转，预期集结主力，争取新的歼灭战胜利。

发报的日期是1946年11月3日，那是新开岭战役结束的第二天。

母亲拿着电报，想到了远在几千里之外的毛泽东，想到了和毛泽东在延河边相遇的情景。算起来，离开毛主席已经八年多了，在这八年多时间里，她从延安走到山东，又从山东走到东北，经历了多少战火、流血和牺牲。这期间，她成了一个高级将领的妻子，两个孩子的母亲……一份毛泽东亲自签署的电报，把八年的距离一下子拉近了。

八　母亲眼中的"七道江会议"

1985年8月上旬，病中弥留之际的父亲在偶尔清醒的时候，经常会瞪大眼睛，静静地看着天花板。

能看出，他在离开这个世界之前，还有斩不断的牵挂。

这时，守候在父亲身旁的母亲就会趋过身去，轻轻地问他："傅（音：zun）（父亲在我们萧姓里是'以'字辈，父亲原名叫萧以傅，因此，在父母私下里交谈或写信，母亲多数时间都称他'傅'——笔者注），有事吗？"

父亲吃力地翕动着嘴唇，用只有母亲才能听得明白的话说："七道江……会议……不是那样的……"

母亲含着眼泪，不住地点头，说："我知道，你说过。"

父亲说："本来，我有个计划……把南满的斗争写出来……现在……"父亲努力笑了一下，"不行了……"

母亲安慰他："你好好养病，好了以后，我陪你上东北。"

父亲又吃力地说："七道江会议……不是那样的……陈云、萧劲光、莫文骅他们……都知道……"

母亲劝慰说："你放心，我们一定会还历史的本来面目的。"

父亲微微点了一下头："是的……拨乱反正……这么多年了……"

母亲背过脸去，悄悄抹了一下眼泪。

七道江会议——父亲弥留之际仍压在他心中的一块石头。

一次，父亲的好友莫文骅到301医院来看父亲，当时我也在他病榻前。那天，父亲情况还比较好，神志清楚，老战友说了些闲话之后，他又提起了七道江会议。参加过七道江会议的莫文骅说，那不就是一次正常的工作争论嘛，后来人为地搞复杂化了。

父亲执拗地说："一定要说清楚，本来，我要写的……"

能够看出，将近四十年前的七道江会议，是始终笼罩在父亲心头的一块阴云。

"文革"中，在铺天盖地的揭发父亲的大字报中，对父亲最具杀伤力的"罪行"中，有一条，就是上面提到的七道江会议。

大字报说，在七道江会议中，萧华反对毛主席关于东北问题的伟大战略决策，坚持逃跑主义路线，犯了严重的路线错误。有的文章甚至无中生有地说，萧华在东北战场上站在错误路线一边，对抗毛主席的正确路线，七道江会议是萧华最充分的表演，受到了毛主席的严厉批评。尤为可笑的是，"文革"初期，他们说萧华在七道江会议上与以"林副统帅"为首的"东总"对着干，而当林彪"9·13"事件发生后，他们又掉过来，说在七道江会议上，萧华顽固地执行了林彪的错误路线，是林彪派往南满的代理人。

十年浩劫的流氓政治，由此可见一斑。

"文革"开始时，我刚上清华大学，对那段历史知道得不多，回家问母亲：七道江会议到底是怎么回事？

母亲一脸迷惘地说："就是一次关于如何坚持南满斗争的会议，战争年代，常有那样的会议。"

我当时也处在"革命"的狂热中，又问："父亲究竟犯的什么错误？他对抗了毛主席吗？"

母亲一脸严肃地说："你父亲没有犯错误。"说完，她又加了一句："在会上，你父亲只是客观地表达了自己的意见。"

我将信将疑，用询问的目光看着母亲，没有说话。

母亲很快解读了儿子的目光，她说："会上发生了一些争论，出现了两种不同的意见，最终还是统一了思想。二十多年过去了，谁也没有把它当成一回事，谁也没有把它看成是一个关系到路线斗争的问题。"

"毛主席为那次会议批评过父亲吗？"我又问。

"没有，他们无中生有，"母亲毫不含糊地说，"新中国成立后，我大部分时间在总政，从事机要工作，接触的文件电报、历史资料不少，从来没有看到过主席对七道江会议上的萧华有只言片语的批评，也没有看到中央关于七道江会议结论性的文字。"

母亲的目光坚定，真实。

我相信了母亲。

十年浩劫过去，"文革"中强加在父亲母亲头上的一切诬陷不实之词，全被推倒。但对于七道江会议，不时还有违背历史真实的说法。在一些文章里，当提到父亲时，总是用"有的人"来代替。显然，此处用"有的人"隐含丰富。虽然表面上看似避免伤害，但殊不知将水搅浑，其伤害更大。母亲看到此处，感情十分激动，父亲则淡淡一笑。只有一次，我在兰州休假，听到父亲对也参加过七道江会议的韩先楚（当时父亲任兰州军区政委，韩先楚任司令员——笔者注）说："共产党人，光明磊落，我有错误，可直呼其名嘛。"

为了尊重历史，澄清是非，父亲在世时，已着手准备系统地写一部关于东北战场的回忆录。计划写四十万字。我看过他拟好的提纲，七道江会议专列一节，标题是"我在七道江会议上"。

突然袭来的疾病使他的这个计划搁浅了。

父亲去世后，母亲身抱病体，为讨历史的公正，找过陈云、萧劲光等领导同志，他们都表示，七道江会议只是方案之争，很正常，不存在什么路线问题。有人来采访母亲时，提到那段历史，母亲总要坦然地告诫一句："希望你们按照历史的本来面目去写，写七道江会议，不要拐弯子，不要模棱两可；在写到萧华时要直呼萧华。"

开七道江会议时，母亲住在辽东军区所在地临江。

新开岭战役的胜利，虽然大杀了国民党军的威风，却并没有从根本上扭转南满地区敌强我弱的基本格局。

蒋介石、杜聿明加紧推进"南攻北守，先南后北"战略，形势变得越来越不利于南满的民主联军。1946年冬，杜聿明麾下，除了美械装备的七个军，二十余万人，加上东北收编的日伪反动武装，总数已达六十万。杜聿明将其七个军中的四个压向南满。新开岭战役前，蒋介石在10月19日给新一军、五十二军下的指令是："以一举肃清辽南、辽东共军为目的，分别向旅大方向、安东方向攻击前进。"11月，辽东军区被迫放弃安东后，敌人又攻占了通化、辑安等重要城镇，经过短期休整，敌军又进而向长白山压迫。这时，南满根据地仅剩下临江、长白、蒙江、抚松四县和两道大沟，其他地区均为国民党军占领。

南满形势进一步恶化，我军遇到了迄今最为困难的局面。

解放区所处的这个狭小区域，纵横不到一百七十公里，且大部分为高耸的长白山和两条大沟所占据，山高坡陡，老林密布，交通闭塞，回旋余地很小。这里人烟稀少，物资匮乏，整个地区只有二十五万人，有时行军半天，见不到一户人家，生存条件极差。所到集镇，连一颗铁钉也买不到，马蹄铁脱了找不到钉子钉。由于地处闭塞，这一带的群众本来就没有很好发动起来，加上敌军恐吓，群众不敢公开和我军接近，有时部队需要带路，连找个向导都很困难。加之匪患猖獗，使我军处境更为困难。

在母亲的记忆里，那个冬天特别寒冷，雪很多很大。在零下40

摄氏度的严寒中，许多部队经常露宿在冰天雪地里，不少人没有棉衣、棉鞋、手套，因冻伤和疾病引起的减员不计其数。

在此困难时刻，中共中央和东北局为了粉碎敌人"南攻北守，先南后北"的战略意图，加强对南满斗争的统一领导，决定派中共中央政治局委员、东北局副书记、东北民主联军副政委陈云和中共中央候补委员、东北民主联军副司令员萧劲光到南满工作。10月31日，东北局决定并经中央批准，成立中共南满分局（亦称辽东分局——笔者注），陈云兼任分局书记和辽东军区政委；萧劲光任分局副书记、辽东军区司令员；萧华任分局副书记、辽东军区副司令员兼副政委；程世才任副司令员。

父亲得到陈云和萧劲光来南满工作的消息后，十分高兴。11月26日，当他得知陈云、萧劲光已过了图们江时，立即派政治部副主任唐凯带上秘书和警卫员，换上便衣，坐一辆大卡车前去迎接。

11月27日，陈云和萧劲光来到临江。

陈云一到临江，就找父亲进行长谈。父亲向陈云详细汇报了南满的情况，主要谈了三个方面的问题：一、敌强我弱的格局；二、在装备、给养、医药、兵员补充方面的问题；三、当前干部战士中的思想情绪。

在汇报中，父亲特别谈到了一些领导干部思想不统一的问题，将近来在干部中议论较多的是否继续坚持南满的问题提了出来。

作为陈云、萧劲光第一副手的父亲，在陈、萧到后不久，协助他们召开了第一次南满地区的军队和地方主要领导负责同志会议，正式成立了南满分局，统一领导南满地区的党、政、军工作。在会上，陈云传达了党中央及东北局对南满工作的指示，肯定了辽东省委、辽东军区过去一年的工作成绩，同时也指出了存在的一些问题。对于在领导干部中存在的能否坚持南满的争论，陈云没有立即下结论，说研究后再说。

在这一阶段，父亲还协助陈云、萧劲光重新调整了军区领导机关。罗舜初任军区参谋长，吴克华任副参谋长；莫文骅为政治部主任，唐凯任副主任。

此时，国民党军正在向南满我军步步紧逼。

在敌军大举进犯、重兵压境的情况下，辽东军区于1946年12月11日在七道江军区前线指挥所召开了军事会议。会议由司令员萧劲光主持，因他刚到南满，情况不熟悉，主要由父亲具体组织。参加会议的有辽东军区师以上干部，陈云、程世才、吴克华在临江，没有到会。

会议的议题，主要是研究今后的行动方向和作战问题。

会议第一天，由父亲作报告。这个报告是会议前一天晚上，由萧劲光、我父亲等几位领导共同研究的意见。报告根据南满面临的严峻形势，提出了撤离南满、转移东满的问题，让大家讨论。

父亲的报告引起了与会同志的激烈争论，大家各抒己见，会场上沸沸扬扬。最后，基本形成了两种意见，一种同意报告的意见，撤到东满，保存实力。持这种意见的是多数，父亲也赞成这种意见。理由是"留得青山在，不愁没柴烧"，认为眼下敌强我弱，兵员、装备不足，且难以补充，很难与敌决战；同时，长白山区地形狭窄，大兵团没有回旋余地，不是主力久留之地；主力撤至东满，既可摆脱敌人追击，又可伺机与北满主力会合，集中优势兵力。

另一部分同志主张坚持南满。理由是南满的战略位置十分重要，如果放弃南满，正中敌人"南攻北守，先南后北"的战略意图。坚持南满，则可以拖住敌人，与敌周旋，配合北满主力南下，对整个东北战局有好处，对今后战略反攻有利；眼下敌人虽强，但其战线长，兵力亦显不足，且国民党军队内部派系矛盾重重，难以形成合力，南满我军采取灵活机动的战略战术，是可以坚持的。

会议持续了两天，围绕去留问题展开的争论十分激烈，意见统一不起来。12日夜间，突然得到敌情通报，获悉敌人一个师已进至梅河口，另一个师正在向我军驻守的辑安进犯，形势陡然紧张起来。13日，军区决定，会议提前结束，各师军事干部立即返回部队，准备应付敌人进攻。

关于去留问题，萧劲光司令在作总结报告时决定：暂时撤离南满，并讲了第二天早晨派一个师作为先头部队，开向东满，命令部队抓紧准备通过大森林时用的刀、斧、锯、绳子和干粮。

这天会议结束时，已是13日晚上6时，政治部主任莫文骅回到宿舍时，正好警卫员弄来了狗肉，莫文骅就将韩先楚、刘西元等四五位战友请了来。大家一面吃饭，一面议论南满的形势，又很自然地将话题引到了这两天的会议上。莫文骅、韩先楚、刘西元等同志都是主张留下坚持南满的，大家又摆了坚持南满的必要性和可行性，并要莫文骅以政治部主任身份再向军区领导反映一下。

饭后，莫文骅来到了司令员萧劲光的住处，萧劲光也刚吃过饭。莫文骅曾两次和萧劲光合作共事，彼此很熟，说话随便。莫文骅开门见山，把大家坚持南满的理由又讲了一遍，最后，他一连向萧劲光提了好几个问题："陈云是中央分局书记，不在场，对撤出南满这么重要的问题，你们是否商量过？他的意见如何？"

萧劲光怔了一下，慢慢"唔"了一声，当即挂通了陈云的电话，把莫文骅刚才反映的意见向陈云汇报了一遍。打完电话，萧劲光对莫文骅说，陈云立即从临江动身，连夜乘火车赶来。

13日晚，陈云冒着鹅毛大雪，赶到了七道江，连夜同与会人员交谈，了解会议情况。

14日上午9时，在陈云主持下继续开会，复议昨天的会议决定。

陈云在认真听取了各方面的意见后，全面分析了当前形势，权衡了撤退或坚持的利弊，提出了坚持南满斗争的意见和可能性。他形象地打了个比喻，东北的敌人好比一头牛，牛头向着北满，牛尾巴在南满。若松开牛尾巴，那就不得了，这头牛就要横冲直撞，南满保不住，北满也麻烦；若是抓住了牛尾巴，那就了不得，它就进退两难了。因此抓牛尾巴是个关键。

陈云开篇一番生动的比喻将大家逗乐了，给紧张了几天的会议带来了几分轻松。

接着，陈云又说："南满是整个东北的南大门，只要大门一开，狼就进来了，北满困难就加大，整个东北的形势也就危急了，所以我们还是点亮南满一盏灯，坚持斗争为好。"

陈云高瞻远瞩一番话，说得大家心服口服。这时天时已晚，萧劲光请陈云"拍板"作最后决定。

陈云笑笑说："萧司令要我'拍板'，那我就表态，针对敌人'南攻北守，先南后北'的反革命策略，我们就要'坚持南满，保卫北满'，一个人都不走，留下来打，拖住牛尾巴，坚持就是胜利。"

陈云讲话以后，父亲率先表示坚持南满的决心。由于他是南满原先的主要负责人，又是主张撤离的，他的意见很具影响力。大家纷纷表态，赞成留在南满坚持斗争。

陈云见意见趋于一致，十分高兴，会议结束时，他又笑着说："坚持南满，我拍了板，你们都同意了，可不要后悔呀！"

大家齐声说："决不后悔！"

这就是七道江会议的整个过程。

七道江会议统一了思想，解决了南满向何处去的问题，确定了坚持南满的基本方针，为扭转南满危局，打破敌人的战略部署，最后决战东北，具有重大意义。后来战局的发展，使萧劲光、父亲等辽东军区的高级指挥员体会到关键时刻陈云"拍板"的正确性。

父亲作为陈云、萧劲光的助手，为执行七道江会议决定积极工作，得到了陈云同志的热情肯定。1946年12月20日，陈云在给林彪、彭真、高岗的信中这样写到了七道江会议前后的父亲：

……同志们都对我很好，欢迎是衷心的，萧华同志的工作是积极的，态度是很好的……

在同一封信中，陈云这样提到了七道江会议：

13日之前在临江，13日晚我到前方去处理一个大的行动问题，因为有争论。15日又回临江讨论了一天。

在军事民主会议上，什么样的建议都可以提，这本就是我军的光荣传统。

陈云说七道江会议上"有争论"，将会议性质定义得恰如其分。运筹帷幄，纵横捭阖，有争有辩，兵家常事。两军对弈，步步看透，着着走对的恐怕没有。问题是看你能不能及时地校正自己的棋局。

陈云会后将两种意见均上报"东总"。林彪都表示同意，最终决心由前指定夺。

争论过了，意见又统一了。1946年的父亲万万不会想到，由于七道江会议开始时他在南满去留问题上的意见，竟会成为二十年后"文革"中攻击他的重磅炸弹。

又过了三十年,当年在七道江会议上自始至终坚持南满立场的莫文骅将军,实事求是地评价了那次争论。他在自己的回忆录中这样写道:

> 我认为,七道江会议的激烈争论,是民主讨论的正常现象,也是我军军事民主的优良传统。大家都是为了一个共同的目标,如何打败敌人的进攻,只不过是具体打法上看法不同。会议通过民主讨论,特别是陈云同志的工作统一了大家的思想,大家齐心努力,赢得了四保临江的伟大胜利。对这样一次本来很正常的民主会议,"文革"中有的同志却说成是路线斗争,本来是自己主张撤退的,却说成自己是坚持的,把主张坚持的说成是主张撤退的,更把没有参加会议的同志说成是主张撤退的,而且无限上纲,说成是反毛主席、反林彪的错误路线,是逃跑主义,这就不实事求是了。即使在那个不正常年月,也是很不应该的。

应该说,这是真实的七道江会议。

母亲看到莫文骅将军的这段文字后,心潮久久难平,她为老将军的心怀坦荡而感动,为老将军的光明磊落而感动。

母亲拨通了莫文骅将军的电话,许久,才说了三个字:"谢谢你!"

九 四保临江中的电波

新中国成立以后,母亲有个夙愿,想到临江去看一看。

母亲在临江住的时间其实并不长,也就一年多时间,却对它有着太多的牵挂和眷恋。在吉林东南部长白山下的这座小城里,她和父亲一道,经历了坚持南满斗争岁月中最严峻的时期,迎来了四保临江的伟大胜利。当然,还有在这里,她和父亲的爱情之树上又结了新的果子,他们的第三个孩子诞生在这个偏僻的小城里。

母亲说,不打仗的日子里,小城很幽静。临江的冬天似乎长得没有边际,天总阴沉着,飘雪的日子很多,地上积雪很厚,踩上去,脚下发出"咯吱咯吱"的响声。傍晚时分,股股炊烟从参差不齐的房顶上升腾起来,搅着鹅毛大雪,给冰封雪盖的小城增加了不少暖意。这时,戴着大皮帽子的猎人挑着一天的猎物回来了,那些猎物大抵是山鸡野兔之类的小野物。为了驱寒,也许为了夸耀,他们夸张地咳嗽着,用很大的声音跟路上遇到的熟人打招呼,使劲地跺着脚上的雪,然后向自己的家走去。天晴的日子,天很蓝,云很白,那蓝和白都跟在水中漂洗过一样,太阳懒懒地照着,给雪铺上了一层依稀的淡红。

只可惜,这样宁静的日子在当时的临江是不多见的。

那时的临江,多的是战火。

母亲说,当时住在临江,大兵压境,觉着压抑。离开久了,小城的冬天浮到眼前,竟是一幅幅挥之不去的图画。

母亲总说要到临江去看一看,跟父亲说过,跟我说过,跟姐姐妹妹说过。

父亲说,那还不容易,等有了空闲,我和你一起去,带上在东北落地的萧云和萧霜,让他们也认认他们的老家,从本溪、沈阳、安东、临江、长春一路往北走,一直走到哈尔滨。

母亲很高兴。

我和萧霜也很高兴。

姐姐萧雨说她也应该去，她说她学会懂事是在东北。母亲说，应该带上。

"文革"前，父亲母亲一直在北京工作，总觉得到东北不是什么问题。父亲为工作去过几次东北，母亲却由于忙，今天推明天，明天推后天，一直推到"文革"开始，她魂牵梦绕的临江始终没有成行。"文革"中，父亲母亲都被关了起来，等到他们获得自由，全国解放已近三十年，临江依然在母亲遥远的梦中浮现。分配工作，又到了大西北。东北、西北，遥遥相望，虽说交通便利，却总也抽不出时间作东北之旅。匆匆忙忙中，转眼又是七年。父亲在奉调回京的翌年去世，两个人的临江，如今剩下一人去造访，有点悲凉，母亲没了旧地重游的心情。

临江，1960年改为浑江市。

1997年春天，浑江市为纪念四保临江战役胜利五十周年，有关方面给母亲发来了一封邀请函，请她去参加纪念活动，又勾起了母亲对临江的无尽思念。但她在激动了几天之后，还是谢绝了纪念活动主办者的盛情邀约，一来她怕年纪大了给人添麻烦，二来不愿独身单往，没有了父亲的回顾，触景只能生出悲情。

临江，母亲难忘的临江。

七道江会议一结束，就开始了艰苦卓绝的"四保临江"战役。南满我军冒着零下三四十摄氏度的严寒，在历时三个多月的时间里，与国民党军队进行了一场大规模的角逐。

1946年12月17日，敌人纠集五个师的兵力，在东北保安副司令长官郑洞国的指挥下，由西向东，分多路向临江地区发动了第一次进攻。

南满部队奋起反击，三纵、四纵第十师和独立师进行正面阻击，伺机歼灭敌人有生力量。四纵主力则跳出敌人的封锁线，出其不意地深入敌后，直插安（东）沈（阳）铁路两侧，打击分散守点之敌，截取粮草，在敌后转战十数日，攻克敌人据点二十余处，歼敌三千多人，迫敌将进攻临江的两个师调回，减轻了正面敌人对临江地区的压力。

为配合南满作战，北满民主联军于1947年1月5日，以一纵、二纵、六纵及三个独立师，冒严寒沿长春路两侧越过松花江，一下江南作战，敌人又不得不将两个师北调。南满三纵、四纵乘机由多个方向向敌出击，迫使敌人不得不暂时放弃对临江地区的进攻。

一保临江历时一月，攻克敌据点三十七处，歼敌四千余人，使杜聿明进占临江的计划归于破产。

敌人稍加休息后，即1947年1月底，又纠集了四个师，在通化以东兵分三路再犯临江。

辽东军区领导研究后，决定抓住时机，集中三纵全部和四纵第十师，歼敌于通化以北的高丽城子地区。当时天气奇寒，积雪盈尺。在极其恶劣的条件下，官兵奋勇战斗，又歼敌七个整营，计四千余人。四纵主力则在敌后将其后方交通线和仓库、据点逐一捣毁，迫敌后撤。至此，敌人第二次进攻临江以失败而告终。

敌二犯临江的半个月之后，东北保安司令长官杜聿明亲自出马，于1947年2月16日，指挥五个师兵马，分三路第三次进犯临江。

陈云、萧劲光、萧华、程世才等军区领导，在重兵压境之时指挥若定，集中优势兵力，对进犯之敌各个击破。此时，北满民主联军为配合南满战事，分别于2月21日、3月8日二下江南、三下江南作战，敌人被迫回兵长春路。

三保临江战役持续三十七天，南满我军战果辉煌，共毙伤敌近万人（有说一万五千人——笔者注），打垮敌人三个师，收复了五座县城，遏制了敌人的凶焰。

三保临江的胜利，改变了南满战场的形势，使国民党军陷入了全面被动的局面。南满我军各部队从兵员、装备到给养，都得到了很好的补充，经过三次大战，官兵素质有了很大提高。地方政府也陆续回到原地，人民政权开始运作。

精明的杜聿明也掂量出了南满战场上这种形势的变化。他回到长春后，不仅致电南京，还派副司令长官郑洞国急赴南京去见蒋介石，要求增派两个军。蒋介石回答"无兵可派"。杜聿明心力交瘁，旧病复发，派郑洞国到前线指挥。3月29日，郑洞国利用松花江解冻，北满我军无法南下的时机，以挖肉补疮的办法，从吉林、长春、察南、热河、冀东等地，拼凑了十一个师的番号，二十个团（七个师）的兵力，向临江地区发动了空前规模的第四次进攻，颇有与南满民主联军决一雌雄的味道。

显然，这已是强弩之末了。

第四次临江保卫战，从兵力展开到战斗结束，只用了三天时间。歼敌一个师零一个团，俘敌代理师长张孝堂以下八千人。比事先预料的要顺利得多。

南满民主联军，自1946年12月16日至1947年4月3日，经过三个多月的连续作战，在北满部队三下江南的配合下，四保临江，共歼敌四万三千人，收复城镇十一座，彻底粉碎了东北国民党军"南攻北守，先南后北"的战略方针，结束了敌进我退的战争局面，扭转了南满和整个东北战局，迫使东北敌军由战略进攻转入战略防御，而民主联军则由战略防御转入战略进攻。"四保临江"战役的胜利，不仅迎来了随后的夏季、秋季、冬季攻势的胜利，从根本上改变了东北战场的战略态势，也为东北的战略决战创造了有利条件。

回顾"四保临江"，使我明白了母亲对临江念念不忘的原因。

那里有她生命的辉煌。

上小学时，一次，看了电影《永不消逝的电波》，父亲兴致很高，笑着对我说："工作起来，你妈妈就是那个样子，不同的是，那是白区，妈妈一直是在解放区。'四保临江'，大战接着大战，电报多得像雪片，有党中央的，有中央军委的，还有东北局的，'东总'的，有发出去的，也有发过来的。你妈妈既要当秘书，还要收报发报，紧张时一整天守着电台硬是下不来，解手都是一路小跑，到后来还怀着个小霜，挺着个大肚子。"父亲说着，在地上走了几步，又说："你可不要小看妈妈呀，虽然那时她官不大，只是个电台台长兼机要秘书，军区的大事小事可都瞒不过她。"

母亲笑笑说："我只是给你们这些首长跑跑腿。"

我觉着母亲真棒。

1947年秋季攻势正在进行的时候，母亲在通化生下了我的第一个妹妹萧霜。

听母亲说，生萧霜那天，通化不远就有战斗，枪声离得很近。

诞生在战争年代，枪声是我们的摇篮曲。

冬天很快又来了。

部队要转移，不久，长春战事吃紧。按照组织决定，母亲带着我们姊妹三个，在严寒的冬天开始了不停的奔波，从通化跑到吉林，又从吉林跑到了东北民主联军的大后方哈尔滨。

在哈尔滨，母亲带着我们，过了短暂的一段安定生活。工作惯了的母亲闲不住，在一所中学里找了个白俄老师，学了几个月俄语。母亲记性好，等到离开哈尔滨时，竟能拿着俄文报纸叽里咕噜地念了。

长春和平解放后，以萧劲光为司令员、萧华为政委的第一兵团奉命，率围城部队去打抚顺，扫清辽沈战役的外围，母亲又带着我们，随兵团机关，风尘仆仆来到抚顺。辽沈战役后，父亲被任命为特种兵司令员，率部入关，攻打天津，母亲也被任命为特种兵政治部秘书处秘书，于是，她又带着我们，一路征尘，来到天津。

1949年7月2日，母亲的第四个孩子出生在天津。我有了第二个妹妹，父母给她起名萧露。

此时，北平已经和平解放，婴啼之后，是甜蜜的酣睡。

没有枪声炮声。

十　父亲率团远走东欧

平津战役之后，父亲工作调动频繁，常常奔波于天津与北京之间。母亲和我们几个孩子，有时一连好几个星期也难得见他一面。

1949年3月28日，按照中央军委关于各野战军番号改由序数排列的决定，东北野战军改称中国人民解放军第四野战军。"四野"下辖第十二、第十三、第十四、第十五兵团。

父亲被任命为第十三兵团政治委员，司令员是程子华。

当时住在天津特种兵司令部的父亲还未到任，又接到命令，要他立即赶到北平，参加中央首长接见。

1949年3月31日，毛主席等中央领导在北平香山接见第四野战军师以上干部，毛主席一来到会场，就径直向萧华走来，萧华赶紧给主席敬礼，主席握着萧华的手说："萧华呀，咱们多久没见面了！"萧华回答："大概有13年了。"主席纠正道："咱们共12年10个月17天没见面了。"自从1936年5月14日红一方面军在大相寺召开团以上干部会议，总结东征、动员西征。毛主席到会作形势与任务的报告，在会上见到萧华后，事隔近13年后再次见到萧华，主席能把日子算得如此准确，足见主席用心之深，萧华十分感动。主席又说："萧华，你我多年不见，可是我的耳朵长得很哩，你一时司令，一时政委，一时山东，一时东北，出息好大哟！"说得刘少奇、周恩来、任弼时都笑了起来。

父亲当晚就给母亲打了个电话，说了毛泽东接见的情况。母亲在电话中问："你没代我向毛主席问好？当年在延河边，可是他老人家鼓励我到山东去找你呢。"父亲说："那么多人，我怎么好意思挤过去说这说那的。"母亲也笑了，说："没问也好，毛主席那么忙，操那么多心，说不定早把当年那个黄毛丫头给忘了。"

说来也巧，父亲参加接见的第二天，正准备赶回天津，周恩来派秘书坐车来接父亲，说毛主席和周副主席要见他，有重要任务。汽车一直把父亲拉到了香山下毛主席居住的双清别墅。秘书把父亲领进北房正中会客厅的时候，毛泽东和周恩来正坐在沙发上交谈着什么。看见父亲，毛泽东高兴地从沙发上站起来，大步走到父亲跟前，握住他的手说："我们正等你呢，快坐，快坐。"父亲在毛主席旁边的一张沙发上坐了下来。

"主席，周副主席，找我来有什么任务？"父亲迫不及待地问，因为党的两位最高领导人单独接见，一定有重要任务交办。

毛主席风趣地挥挥手，说："莫急莫急，转眼相隔十四年，先谈谈你我分手之后的私事。"说着，笑一笑，问："王维舟的那个小侄女，还好吗？"

父亲没有想到，这么多年过去了，毛主席竟还记着我母亲，忙说："你问王新兰吧？她好着呢，她昨天还在电话上让我代她问候您呢。"

毛主席指指父亲，对周恩来说："刚才我说的王维舟那个小侄女，就是他的老婆。"说罢，又笑了笑，"老婆不老，我见她那阵，才这么一点点，好机灵的一个女孩子。"毛主席说着，用手比画了一下。

父亲也笑了，说："现在可是三个孩子的妈妈了。"

毛主席一怔，又笑了，感慨地说："是啊，刀枪相搏，马背时光快啊，当年的小姑娘，如今已是三个孩子的母亲了。"

周恩来一旁笑着说："听说第四个也快了。"

父亲不好意思地点了点头。

毛主席"哦"了一声，转过脸跟周恩来开玩笑说："你的情报这么快啊？"

周恩来说："昨天我跟罗荣桓通电话时才知道的。"

毛主席笑着说："嗯，四个，好，好，建设新中国，我们后继有人了。"——人多拾柴火焰高，在中国的人口问题上，这位政治伟人从新中国成立初期开始，就作出了并非科学的结论，这给中国日后的发展带来了许多麻烦。这是毛泽东的历史局限。

闲话过后，切入正题。原来，毛泽东和周恩来交给父亲一个出乎他意料的任务，让他率团出国。

周恩来告诉他：今年7月，国际青联要在匈牙利的首都布达佩斯召开第二届世界青年联欢节，邀请我们派一个青年代表团参加。考虑到父亲在长征途中被缺席选为国际青联委员，毛主席决定让父亲作为团长，率中国青年代表团参加世界青年联欢节。

这是新旧政权之交，人民中国公开派出的第一个友好使团。

父亲感到任务重大，担心自己没有外事工作经验。不等父亲把话说完，毛主席就挥了一下手，说："担心么事？俗话说'一回生，二回熟'，当年，你穿着一双烂草鞋到红四军来报到的时候，会打仗吗？现在不也领导着几万兵马吗？"

父亲只好受命。

毛泽东又笑着说："你穿过西服吗？会打领带吗？会用他们的刀叉吃饭吗？"毛泽东说着，还用手比画了个拿刀叉的样子，开玩笑说："反正这些我都不会。不会打领带问题不大，可以穿中山装，不会用刀叉可要饿肚子哟。"

说到这里，毛主席指着周恩来说："这些你可以请教恩来同志，他吃过洋面包。"说完，他又立即摇头："不行，不行，我们才打下半壁江山，恩来同志还要指挥千军万马打老蒋，一时还顾不上刀叉之事。"

毛主席的风趣把周恩来和父亲都逗笑了。

其实，关于外事礼仪，细心的周恩来早已想到了，并已向有关部门作了交待，让他们向代表团进行介绍。

最后，毛主席又以他惯常的幽默口吻问父亲："你远走高飞，跨洲过洋，比当年到冀鲁边不知远了多少倍，你那个王新兰眼下又六甲在身，她不会怪我们两个吧？！"说着，用手指了指自己和周恩来。

父亲说："哪儿会呢。"

大家笑起来。

父亲领受任务之后，立即赶回天津。母亲听说父亲要出国，要到苏联和东欧，十分高兴。那时，苏联和东欧社会主义国家在人们心目中，是世界上最好的地方，是共产党人的精神家园。到那些国家去，有朝圣的感觉。父亲告诉母亲，说主席还清楚地记得在延河边见到她的情景，专门问到了她的近况。母亲十分激动。当父亲说毛主席知道母亲有孕在身，担心她的身体时，母亲笑着说："感谢主席关心，你就放心出你的国吧，前面我生了三个孩子，你不都在前线指挥打仗吗？还不是好好的，什么事都没有发生。"母亲一句话，把战争年代生儿育女之苦轻轻推远了。

父亲不知说什么好，只是在地上踱步。他知道，一切并不像母亲说的那样轻松，山东反"扫荡"的暴雨中，三战本溪的炮火中，临江激战的硝烟中——战争年代的每一次分娩，对于母亲来说，都是一次炼狱之火。

此时，母亲淡淡一句，把它们统统推远了。

父亲停住了脚步，定定地看了一阵母亲。母亲被他看得不好意思了，问："你盯着我看什么？"

父亲说："你，了不起。"

母亲红着脸说："我有什么了不起。"

父亲笑了一下，说："走，看看罗政委去。"

罗荣桓是在天津视察部队时病倒的。他只有一个左肾，又有高血压、心脏病、动脉硬化等多种疾病，经过辽沈、平津两大战役，心力交瘁，一次同人谈话时，突然晕倒了。毛主席得知后，立即派来了医生，还带来了亲笔信，要他在天津安心养病，并用"留得青山在，不愁没柴烧"的谚语安慰他。

罗荣桓已从周恩来那里得到了父亲率代表团出国的消息，见到父亲母亲很高兴。虽然他自己沉疴缠身，却还关心着母亲和我们几个孩子。他对父亲说："你放心走吧，王新兰和孩子们有我和月琴来照管。"父亲母亲望着一脸病容的罗荣桓，一时竟不知说什么好。

父亲在天津住了短短几天，向特种兵司令部移交了工作，又匆匆赶回了北平。在北平饭店，开始了紧张的组团工作。

人民中国第一次组织这么大规模的出国代表团，组团工作头绪很多，从社会各界、方方面面物色人员，政审，与代表所在单位进行交涉，请有关部门介绍情况，等等，等等，很麻烦，父亲一天到晚忙得团团转。他惦记着即将分娩的母亲，没有忘记离开天津时对母亲的承诺，每天打一个电话给母亲，不论工作到多晚。有时来电话，已是半夜，母亲就能料到父亲这一天又在不停地奔波。母亲总要在电话中提醒父亲："要注意休息。"父亲总是说："我不要紧，你要当心。"时间长了，等父亲的电话成了母亲的习惯，不论多晚，没有父亲的电话她就睡不着觉。

母亲临产期快了。

父亲出国的时间也正在逼近。

父亲希望能在出国前看着妻子分娩，亲手照顾一下妻子。父亲说他有种想补偿什么的感觉。

母亲终于出现了临产的征兆。父亲得到消息后，把手边的工作安排一下，匆匆赶回了天津。

父亲赶回天津的当日，母亲生了他们的第四个孩子萧露。

父亲寸步不离地守在母亲床边，侍候母亲吃喝拉撒，亲自动手给妹妹洗尿布。正值五黄六月，天气闷热，父亲却满头大汗地守在煤油炉子边亲手给母亲煮荷包蛋。母亲心疼父亲，不让他干。父亲笑着说，这些事，不论当丈夫还是当爸爸，都应该干。

父亲每次煮好荷包蛋，都要夹起来，用嘴吹一吹，尝一尝，再喂到母亲嘴里。一次，父亲正给母亲喂荷包蛋，被来探望母亲的罗荣桓撞见了，罗荣桓故意问母亲："怎么，生了娃娃，不会自己吃饭了？"说得父亲母亲满脸通红。

如今母亲说到这些时，眼睛里总跳动着幸福的神采。

父亲在母亲的产床边整整待了三天。

母亲生了我们五个子女（1953年8月1日，我的最小的妹妹萧霞在北京出生），只有在天津生萧露时父亲守在母亲身边。我们前边的三个孩子出生时，父亲都在前线打仗。1953年母亲生小妹妹时，时任总政治部副主任的父亲又在外地检查工作，也没能守在母亲身边。记得"文革"后的一天，我们五个孩子和父亲母亲齐聚京西宾馆，聊起往事，父亲对我们姊妹五个说："你们的妈妈为你们吃了不少苦，她最苦的时候，都是一个人挺着的。战争年代，条件艰苦，这边婴啼，那边炮响，生一次孩子，过一次大关。我那时指挥打仗，管不了多少，做爸爸的没有尽到责任。古人说，'谁言寸草心，报得三春晖'。日后，你们大了，可以忘掉爸爸，可得永远记着妈妈，妈妈可是个了不起的人。"

父亲说那话时，一脸严肃，没有一点玩笑的样子。

母亲笑着说了句"看你说的"。我留意到母亲眼睛里闪动着的泪花，那是对幸福、理解的旁注。

1949年7月22日，也就是我的二妹妹萧露生下二十天之后，父亲率庞大的中国青年代表团，从北平坐上火车，开始了他的东欧之行。

五岁的姐姐和三岁的我趴在妈妈床头，听妈妈讲遥远的苏联、匈牙利、罗马尼亚、保加利亚……

姐姐忽然说："妈妈，你的眼睛真好看。"

"是吗？"母亲笑了。

"爸爸没有发现你的眼睛好看吗？"

"这丫头。"母亲脸红了。

父亲这次出访，历时五个月。

在布达佩斯的一次记者招待会上，父亲回答了记者五花八门的提问。其中有记者提到了中国的婚姻状况，问到了我的母亲。

"请问萧华团长，中国青年会谈恋爱吗？找爱人必须有个……经纪人吗？"那个记者用十分生硬的中国话问。说到"经纪人"时，他翻着眼睛想了半天，显然，他想尽量把自己的意思表达得准确一些。

然而他的话还是引来了一阵善意的笑声。

父亲也笑了，他说："我想这位先生说的'经纪人'是指我们所说的媒人吧。"

那位记者恍然大悟地点着头，吃力地重复着："哦！是的……媒人。"

父亲说："父母之命，媒妁之言，是封建的旧中国的婚姻观，而在我们红军时期就已经号召自由恋爱了。不过，几千年形成的东西，彻底根除也不是一件容易的事。再说，中国人含蓄，找爱人总觉得有个媒人好说话些。我想随着时代的进步，你说的那种现象会慢慢减少的，青年人迟早会做自己的主人。"

另一位记者又问："请问团长同志，你和你夫人是自由恋爱的吗？"

父亲想了想，说："嗯，基本是，不过最后还剩一层纸，让别人给捅了一下。"

翻译翻这一句时，费了老大劲也翻不好，记者们瞪着眼睛，露出莫名其妙的神色。

父亲想大概翻译遇到麻烦了，便打断翻译，小声说："干脆，翻译简单点，就说是自由恋爱。"

翻译如释重负，擦了一把汗，叽里咕噜翻了一阵，记者席中发出了一阵轻松的回应声。

"请问萧华团长，"那位记者又问，"你的夫人也是一位军人吗？"

父亲说："是的，她也是一位军人。"

"她是战争结束后入伍的吗？"有记者问。

父亲笑了一下，说："不，她九岁就参加了红军，现在已经成了四个孩子的妈妈。"

记者席上发出了一片吃惊的"嘘"声。

那个记者又问："我们都知道，中国工农红军有过一次不可思议的长征，请问团长，你的夫人参加过长征吗？"

父亲点了一下头，说："参加过。她可能比我走的路更长些，吃的苦更多些，长征途中最艰苦的雪山草地，我走了一次，她走了三次。"

记者中又发出一阵惊叹声。

记者问："我想，你们生活在一起，一定很浪漫吧？"

父亲笑了笑，说："我们共同走过的是一条漫长的战争道路，经历更多的是战火、硝烟、冻馁，我们置身的环境总是很严酷，当然，我们也有自己的感情生活。当战火把我们暂时阻隔开来，我们彼此担心着对方，相互强烈地思念着，我不清楚这算不算浪漫？当我们在物质生活极度贫乏的时候，彼此省下不知从哪儿搞到的一把花生、几粒枣子，送给对方的时候，我说不清楚这算不算那位先生所说的浪漫？"

记者满意地点着头。

另一个记者又问："萧华团长，你一定很爱你的夫人吧？"

"是的，我很爱她，永远爱她。"

记者席中发出一片掌声。

那天晚上，父亲从布达佩斯给母亲写了一封长信，信中提到了白天的记者招待会。

那封信,母亲一直珍藏着。

那是父亲对母亲感情最直率的一次表白。

第七章

新中国建立后

心兰，在五万万同胞普天同庆的这个日子，远在异国的我特别想念你。对于这一天，我们曾无数次地憧憬过，在云阳镇，在山东，在东北，我们穿着打满补钉（丁）的衣服，满脸满身硝烟味儿，在炮声中谈论未来，描述着未来社会的样子。你瞪着好奇的眼睛不断地问这问那，那时，你的目光纯净得像个天使。

一　从天津到北京

1949年10月1日，开国大典。

父亲是在罗马尼亚首都布加勒斯特庆祝共和国的诞生的。那天下午，在罗马尼亚共青团为中国青年代表团举行的酒会上，宾主举杯，共同庆贺新中国的诞生。当记者问到父亲"此时此刻的感受"时，父亲不假思索地回答：

"历史对中国作出了公正的选择，1949年10月1日，是中华民族五千年文明史上最辉煌的一天。不过，正如中国人民的伟大领袖毛泽东主席在半年前所说的，夺取全国胜利，只不过是万里长征走完了第一步。作为一名中国的革命战士，我准备为我的祖国更加美好的明天，贡献出自己的一切。"

当天活动很多，直到夜里一点多，父亲才坐到桌子旁，给母亲写信。那封五页的长信写在薄得几乎透明的信纸上，信纸的左下角有隐约可辨的异国风情的图案，经历了几十年的风雨，如今它已发黄变脆。这封信和父亲与母亲之间的所有信件一样，在"文革"中被造反派查抄。"文革"后父母亲平反，在归还他们的物品中，有一部分信件，不是全部，充其量是他们被抄信件的三分之一。如今，这些信件成了母亲最宝贵的珍藏，她把它们用塑料袋裹了一层又一层，装在一个精致的文件夹里，放在母亲卧室的一个柜子里。在离开父亲的这些日子里，母亲靠着翻看它们，寻找她和父亲共同拥有的过去。

开国大典那天，父亲于深夜在万里之遥的布加勒斯特写给母亲的长信，热情洋溢，在庆贺我们苦难祖国获得新生的同时，处于忘情中的父亲对母亲的思念表露得炽烈而大胆：

……心兰，在五万万同胞普天同庆的这个日子，远在异国的我特别想念你。对于这一天，我们曾无数次地憧憬过，在云阳镇，在山东，在东北，我们穿着打满补钉（丁）的衣服，满脸满身硝烟味儿，在炮声中谈论未来，描述着未来社会的样子。你瞪着好奇的眼睛不断地问这问那，那时，你的目光纯净得像个天使。在给你写这封信的此刻，你的那种略带孩子气的目光就在我的眼前闪动，此时，我多么希望能守在你的身边，拥着你。我们还会无休止地憧憬未来，我们的事业还没有最后完成，我们的目标那么具有诱惑力。我们终生都在为那个目标奋斗，这已经注定了。让我们继续为之努力吧！

孩子们好吗？小露出生三天，我就离开了你。在异国他乡，我时刻都在想着你和孩子们。你要多多保重。热烈地吻你。

以傅
1949年10月1日深夜2时30分
于布加勒斯特

可以想象母亲当初看到这封信时的感觉。

那时，母亲带着我们还住在天津。

母亲说当时国际通信十分落后，上面提到的那封信在路上走了二十多天。

父亲那次的东欧之行，一直持续到1950年1月，整整五个多月。他回到北京时，已是北风呼啸的冬天。

对于第一次出国访问的父亲来说，那是一次走出封闭、认识世界的远行，紧张而愉快。回国后，他急于将异邦的见闻与母亲分享。他带给母亲的礼物是一摞东欧各国的明信片，以及介绍那些国家经济建设和人民生活的图片，一条匈牙利丝巾以及一个在今天看来加工相当粗糙的女式手表。我和姐姐已到了会看图识字的年龄，我们指着明信片上的图案争先恐后地向父亲问这问那。那些造型别致的欧式尖顶建筑把我们带进了一个个神奇的童话王国。

母亲兴致很高地听父亲讲东欧社会主义国家的集体农庄，讲消灭了剥削和压迫的社会结构，讲妇女在社会经济生活中的地位。产后母亲失血的脸上露出了灿烂的笑容。

父亲在天津只住了短短两天，就又匆匆赶回了北京。

父亲到北京是为了组建人民空军。

组建人民空军，是中国共产党的领导者们早在河北平山县的西柏坡村时审时度势作出的决策。1949年1月8日，在中央向全党发出的《目前形势和党在一九四九年的任务》的指示中，最早提出了建立人民空军的设想。1949年7月11日，也就是父亲准备率团出国的前夕，中央军委召见四野第十四兵团司令员刘亚楼，向他谈了建立空军的问题，确定由他担任空军司令员。当时政治委员尚未确定。父亲出国后，代理总参谋长聂荣臻与刘亚楼交换意见后，认为我的父亲是个合适人选。事关重大，聂荣臻带着腹案去征求毛泽东的意见，恰与毛泽东的想法不谋而合。毛泽东也正想让我的父亲出任空军政委一职。他高兴地对聂荣臻说："就是萧华，他最适合担当开创性的工作，我看，连空军政治部主任也让他兼起来。"

主席点了将,刘亚楼很高兴,三天两头给在东欧访问的父亲打电报,催他快点回国。一次,他到天津办事,专门来看望我的母亲。那时母亲产后不久,体质很弱,又患了热感,整天泡在药罐子里。刘亚楼半真半假地跟母亲开玩笑说:"你在这里受苦,萧华在外边知道吗?"母亲不好意思地笑笑,说:"我生小露的时候,他陪过我三天。"刘亚楼逗逗躺在母亲身边的萧露,说:"孩子都会笑了,他还在外边逛。"母亲又笑笑。刘亚楼说:"你再等几天,我每天一封电报,把他给你催回来。"母亲笑着说:"催不得,那是公务,哪敢劳刘司令大驾。"刘亚楼说:"没关系,你等着,我催他。"母亲又笑了笑,说:"刘司令员是为自己催他吧。"一句话,说得刘亚楼哈哈大笑了起来。

在此之前,母亲早已从搬到北京颐和园养病的罗荣桓那里,得知了父亲要调任空军政委的消息。

1949年10月25日,中央军委正式任命了空军的主要领导干部,我的父亲成了人民空军的第一任政治委员,兼任政治部主任。

空军组建时,共有各类飞机一百五十九架,其中的一百一十三架是接收国民党空军的,多已破旧不堪,能起飞参战的不到一半。飞行员及各类技术人员不足三千人。在这么个基础上组建共和国空军,几乎是白手起家。我父亲回国后,刘亚楼和父亲分析了人民空军初创时期的现状后,认为,组建空军的当务之急是两件大事:一是组建好领导机关,尽快地形成自身的领导体制;二是办好航校,尽快地培养出一批合格的专业人才。要做好这两方面的工作,政治工作的保证作用十分重要。刘亚楼整天缠在空军业务工作里,在莫斯科和北京间跑来跑去,与苏方谈判订购飞机事宜,又陪着苏联专家到全国各地勘察航校校址。"家里"的大小事情,全部甩给了父亲。

那几个月，母亲和我们难得见上父亲一面。北京与天津虽然相隔不远，父亲却很少回家。有时晚上匆匆回来一下，看看我们，一大早我们睁开眼睛时，他人已不在了。

我们问母亲："爸爸呢？"

母亲说："爸爸回北京了。"

"爸爸昨天不是答应过要给我们讲故事吗？"

"妈妈给你们讲吧，爸爸有许多重要的事情要办呢。"

在我们姊妹五个的记忆里，母亲从来没有因为父亲忙得顾不上家而埋怨过他。

母亲一个人吃力地守护着她的年幼的儿女们。

父亲在空军政委的岗位上工作了将近半年。

在这短短的半年时间里，空军机关从无到有，组建并有序地运作起来了。与此同时，七个航校也组建起来并如期开了学。1950年3月，在父亲的主持下，空军召开了第一次航校政治工作会议。3月9日，父亲在会上作了总结发言。10日，朱德总司令到会上看望大家。他一见到刘亚楼和我父亲，就说："你们近来干的事情我都知道，这么短的时间，空军的架子就拉起来了，干得不错、不错！"

这次会议，也是对父亲在空军工作的一个总结，因为之后不久，父亲又有了一次大的工作变动。

1950年4月，经毛主席批准，中央军委任命我父亲和傅钟伯伯为总政治部副主任。

父亲担任总政治部副主任，是中央人民政府人民革命军事委员会总政治部主任罗荣桓向毛泽东主席提议的。

在总政治部组建之前，罗荣桓已于政协第一届全国委员会上，被任命为检察署检察长。在他出任总政治部主任的同时，中央还指定他筹建独立于总政治部之外的总干部部，部长也由他兼任。身兼数职，且重病缠身，罗荣桓向毛泽东提出，得给他配一个年轻能干的副手。毛泽东问他："你看上了哪一个？"

罗荣桓说："萧华。"

毛泽东笑了，说："我就晓得是萧华。"

罗荣桓问："主席看，行吗？"

毛泽东说："你好眼力，萧华当然最合适不过，可我们就这一个萧华，刚到空军走马上任……"

罗荣桓没说话，等着毛泽东最后决定。

毛泽东在地上踱了几步，停下来，对罗荣桓说："就依你吧，萧华去总政治部，总政治部是全局，空军是局部，局部服从全局。"

罗荣桓办事严谨，组织纪律性极强，军委正式下命令之前，他对父亲调动一事一直守口如瓶。因此，当他把刘亚楼和我父亲叫到自己家中，宣布军委命令的时候，刘亚楼和我父亲都有些愕然，没有丝毫思想准备。

刘亚楼和我父亲感情融洽，配合默契，二人搭档短短几个月，已为空军建设开了个好局，刘亚楼虽不愿父亲离开空军，但面对军委命令，他只能无奈地说："木已成舟，只好如此。"

父亲则表示："协助罗主任主持全军的政治工作，责任重大，只怕不胜重任。好在年轻，能跑腿，争取在罗主任领导下，把总政治部的事情办好。"

这一年，父亲三十四岁。

二　五个孩子的妈妈

父亲担任总政治部副主任后，我们家就从天津搬到了北京，住在景山前街8号。

母亲也调到了总政治部机关，被任命为总政治部机要科副科长。

从建军之初，党中央就十分重视总政治部的建设。1927年八一南昌起义时，就设立了总政治部，郭沫若任主任。正式成立主管全国红军党的工作和政治工作的总政治部则是在1931年2月，这是全军性的第一个总政治部，第一任总政治部主任由中革军委副主席毛泽东兼任。抗战时期，中央军委总政治部以八路军政治部名称出现。解放战争时期仍称中央军委总政治部。

抗日战争时期，总政治部机构庞大，除原有的秘书处、组织部、宣传部、敌军工作部外，根据对敌斗争需要，另设了统战部、联络部、锄奸部、民运部、直属工作部等机构。解放战争初期，总政治部的绝大多数干部被调往东北等战略区，留在陕北的总政治部只有八名干部，各业务部门也随之撤销。1946年秋，为适应解放战争需要，总政治部又陆续调进一些干部，充实到二十人左右，直到进入北平。

罗荣桓和父亲他们重建总政治部时，人员虽然增加了一些，但整个总政机关仍然只设有两个研究室，一个秘书处，全部加起来不到一百人。此时，重建总政治部，当务之急是要在短期内建立起健全的办事机构，一是找地方"安家"；二是调兵遣将，召集人马。罗荣桓定下大的框子后，具体工作都交给父亲跑办。

总政治部的办公地点选在了西皮市。

西皮市这个名字，如今除了上了年纪的老北京，年轻人知道的不多。新中国成立前，这可是十分显赫的地方。它确切的位置在现在人民大会堂的地方，位于天安门西南不远。隔着广场，与东面的使馆区和美国兵营遥遥相望。这里聚集了各国的银行、俱乐部和教堂，出入这条街的多为碧眼黄发的洋人，当然，也有中国的阔佬。伴随着新中国的成立和蒋介石政权的垮台，天安门广场两侧也发生了变化，外国人销声匿迹了，东边的美国兵营成了公安部机关驻地，西皮市的银行公会旧址，则成了中国人民解放军总政治部临时办公地。

父亲领命的第二天，就带着秘书，坐着一辆旧吉普车，来到西皮市，走马上任。

划归总政治部办公的地方是一幢小楼、几排平房和一个小礼堂。父亲的办公室在那幢小楼上，是一套里外两间的房子，秘书在外间，父亲在里间。隔着走廊，是父亲的会客室，也不宽敞，进门一圈皮沙发，无更多摆设。在这幢小楼里，我的父亲和傅钟一起，协助罗荣桓，开始了重建政治部的工作。

一向平静的西皮市热闹起来了，一架高效运转的机器启动了，从天南海北各个部队调到总政治部的干部陆续来报到了。西皮市的军人们脚步匆匆，脸上挂着自信的神采。

那是经过艰苦卓绝的斗争，终于夺取了政权之后的神采。

母亲是他们中的一员。

母亲是首批调到总政的干部之一。

那时我已记事。至今我还清清楚楚地记得母亲第一次到西皮市去上班的情景。

那天妈妈穿了一身剪裁合身的新军装，头发恰到好处地在军帽外露了一小截，即使从孩子的眼光来看，我也感到母亲很精神。吃过早饭，她把我和姐姐叫到跟前，对我们说："今天妈妈要去上班了，你们能照顾好自己吗？"

我和姐姐抢着说:"妈妈放心吧,我们能管好自己。"

"还要照顾好两个妹妹。"

"妈妈放心。"我和姐姐一脸严肃,像在领受一项重要任务。其实两个妹妹有保姆照顾,我和姐姐一个四岁,一个六岁,也都是要人关照的孩子,哪能管得了妹妹的事。我们当时答应得理直气壮,俨然一个大人的样子。长大了我才明白,母亲当时那样说,看似在开玩笑,其实是在向我和姐姐灌输一种责任。在以后的日子里,我们姊妹五个,大的总知道呵护和关照小的。特别是在后来的"文革"中,我们家里发生突然变故,在父亲母亲被抓走的最初一段时间里,我和姐姐自然充当起家长的角色,在极端艰难的条件下,为已不成家的家谋划。在教育孩子方面,母亲有她的方法。

那天,母亲跟我和姐姐说那些话时,父亲一直在一旁看着笑。

临出门的时候,母亲推出了两天前专为自己上班买的自行车。

父亲说:"坐我的车一起走吧。"

母亲说:"车是给你配的,我怎么能坐呢。"

父亲笑了,说:"顺路嘛,搭个便车,别太教条。"

母亲说:"不,我骑车走。"

父亲想了想,问:"第一天上班,你认识路吗?"

母亲怔了一下。

在此之前,她几乎没有上过街,对北京城一片陌生。

父亲又问:"你知道西皮市怎么走吗?"

母亲答不上来。

父亲笑着说:"今天坐我的车认认路,往后你自己走,行吗?"

母亲还在犹豫着,工作人员把她的自行车推走了,她这才坐进了父亲的吉普车里。

第二天，父亲坐着吉普车，母亲骑着她的那辆自行车，一前一后出了门。

在我的印象中，"文革"前的十几年时间里，母亲除了偶尔搭乘父亲的小车外，一直都骑着那辆自行车上班下班，无论刮风下雨，有时也坐公共汽车。后来总政机关搬到了旃檀寺，母亲的自行车也由新的骑成了旧的。

母亲骑自行车有个习惯，下班回到家门口时，她总要轻轻按两下车铃。

母亲的车铃声跟她当年发电报一样，也很有节奏感，清脆悦耳。在我们孩子耳中，那几声车铃简直就是音乐。冬日天短，天黑得早，我们等母亲，常常竖直了耳朵，站在屋外的台阶上，望着院子那边的门。只要听到那熟悉的车铃声，我们就会欢呼起来："妈妈回来了！妈妈回来了！"

在我们孩子们的生活中，"妈妈回来了"是我们一天中的小高潮。

那一阵，身为总政副主任的父亲比母亲更忙，虽然不打仗了，但他工作起来仍像战争年代一样，常常是一个电话，晚上就不回家了。星期天也经常被工作排得满满的，无法回家。我们家住在景山前街，离景山只几步路，但在父亲到总政工作的头三个月里，没带着我们去过一次。虽然他向我们许过无数次愿，说一定带我们去景山玩，"下个礼拜"他不知说过多少遍。

又是一个星期天，我们三个大些的孩子从早晨一起床，就兴奋地等着父亲带我们去公园。这是事先说好的。星期六父亲加班，晚上没有回来，星期天我们一直等到快中午了，父亲突然给妈妈打来了电话，说他有事脱不开身，回不来了。姐姐一听就急了，噘着嘴问妈妈："爸爸怎么总是说话不算话呀？"

母亲说:"爸爸太忙了。"

我们都很泄气。

母亲想了想,对我们说:"妈妈带你们去好吗?"

我们都喜出望外。

本来,星期天是母亲料理家务的日子,平常的日子,母亲早出晚归,一门心思扑在工作上,只有星期天,她才能进入家庭主妇的角色,比如说,把大人小孩过季的衣服晾一晾,晒一晒,再收起来……除此之外,她还要利用星期天啃啃书本,学学业务。因此,我们也不指望她能带我们出去。

那天,妈妈和警卫员叔叔带着我和姐姐、妹妹萧霜逛了一趟景山公园。

这是我们到北京后第一次上公园。

那天母亲把我们都好好打扮了一下。给我穿新衣服时,我别别扭扭哭闹了一阵,我不喜欢穿新衣服,觉得穿上新衣服太扎眼,不自在,这习惯一直持续到现在。姐姐和萧霜妹妹被母亲打扮成了两朵花,走到街上,她们别致的衣服和打扮招来了许多羡慕的目光。

母亲欣赏她的孩子们。

对于终年忙忙碌碌的父亲来说,在家里,他可以放心地当一个"甩手掌柜",他有个什么都不用他操心的好"后勤"。

组建总政治部那阵,父亲如果哪个星期天不出去,母亲就知道今天家里一定要来客人了,就赶紧张罗着买肉买菜。战争年代,父亲的好客是出名的。进城以后,依然如故,亲朋故旧,老部属,老战友,到北京来,父亲得知后,总要在家里招待一顿。由于总政治部正在往里调干部,北京来的人很多,这些干部刚来,又都没有家,我们家的"座上客"因而也就特别多。有一个阶段,由于来人太多,父亲和母亲两个人的津贴入不敷出，经常用不到月底就告罄了，极好面子的母亲不得不向身边的工作人员开口告借。

1953年8月，我最小的妹妹萧霞在北京降生了。此时，正赶上大批苏联专家来我国当顾问。为了协调在军队的苏联专家的工作，总政专门成立了专家工作室，从地方调进了一些翻译，但却找不到个懂俄语的老同志去主持工作。母亲在哈尔滨时，白俄很多，她曾跟一位教中学的白俄老师学过俄语。干部部门掌握母亲的这段经历，就推荐她去当专家室主任。开始母亲觉得责任重大，怕应付不了工作，希望干部部门另选他人。干部部的一位负责人说："我们把政治部的人都摸了一遍，挑来挑去，还就你最合适，你还懂点俄语。"母亲说："我学的那点俄语，当专家室主任是赶着鸭子上架。"负责人说："又不是让你当翻译，翻译有的是人，你是老同志，政治上强，起个领导作用。"

那时，凡是红军时期的，都称作"老同志"，也不管你岁数大小。其实母亲担任总政专家室主任时，还不到三十岁，而归她领导的那些翻译们，大部分都比她年纪大。有两个翻译已经五十多了，两鬓斑白，胡子一大把。既然组织已经确定了，她只好服从。用母亲自己的话来说，这是"拿着毛驴当马骑"。

母亲上任后，由于仅是粗通俄语，会话吃力，给工作带来了一些困难。干什么都想追求一流的母亲为了更好地做好专家室的工作，想再进修一下俄语。一次，见到周恩来总理，周总理问到她工作情况，她就把这个想法向周总理提了出来，总理立刻表示同意。总理郑重其事地说从长远计，应该去学习一下，并要她正式向总政提出来，他支持。父亲虽然在总政当副主任，但老早就和母亲有个"君子协定"，凡是牵扯到母亲工作上的事情，不论大小，他都不直接过问。母亲一直遵守得很好。这次进修的事同样也没有跟父亲说，直接找了她的顶头上司刘汉同志。刘汉斟酌再三，还是犹豫着说："专家室工作正忙，离不开。"母亲不得已做出了让步，说可不可以半天工作，半天学习。刘汉说可以研究研究。因为周总理也说了话，组织研究后，批准了母亲的要求。

1953年秋天，29岁的母亲走进了她所向往的俄语学院大门，成了一名军人学员。

五个孩子的母亲和一帮年轻人坐在同一个教室里读书，每天还要工作半天，无形的压力可想而知。但生性好强的母亲凭着自己的刻苦努力，她的成绩单上出现的常常是"全优"。一位苏联教授当年这样评价他的这位特殊的学生：

> 王新兰同志是我所遇到的最用功的学生，她的聪慧总能为她的努力画上一个完满的句号。当我得知她是五个孩子的妈妈，并且是一个已有二十年军龄的军人时，我真的惊呆了。我为自己有这样一位中国学生而骄傲。

在母亲进修俄语的三年时间里，她留给我的最深印象是：总是匆匆出门，匆匆回家，上班下班，上学放学，手里总是抱着一本书，总在叽里咕噜地念啊背啊，闲暇的时间更少了。

妹妹萧霜在她的一篇文章中，这样写到当时母亲给她的印象：

> 在我的印象中，妈妈是个好强的女性，她上俄语专科学校时，住在最靠里边的一间房子里。我去找她，总见她在埋头啃书

本，不是俄语就是数学。

她考试总是全部5分。

妈妈成了我们的坐标，她争强好胜的性格无形地影响着我们，我们也在努力追求卓越。一次，我的图画得了3分，觉得很丢人，课间不出去活动，一个人在教室里哭。回家后，我拿着成绩册不敢进家门。想到好强的母亲，那个3分，像个耻辱的标记……

三　悠悠慈母心

1953年9月，母亲到俄语学院进修的时候，7岁的我也背起书包上学了。

我就读的学校是北京的十一小学。姐姐就在这个学校里，在我之后，两个妹妹萧霜和萧露也都成了这个学校的学生。

说到十一小学，我想提一下为创建这个学校倾注了大量心血的林月琴妈妈。

罗荣桓夫人林月琴十分热心于孩子的教育问题，这可以追溯到进城之前的战争年代。在东北时，为办一个幼儿园，她还得罪了林彪的老婆叶群。解放战争时期，哈尔滨是我党我军在东北的大后方，党政军不少领导同志的家属都住在这里，孩子也很多，热心的林月琴便张罗着要办个幼儿园。没房子，她到处找。找到林彪家，看到院子很大，便试探着说："这个院子办个幼儿园好。"叶群当时没说什么，可林月琴前脚刚一走，她就给在双城子前指的林彪打电话告状，说："你在前边打仗，这里有人要赶我，占房子。"林彪不知道家里发生了什么事，打电话一了解，才知是这回事，也没有说什么。罗荣桓得知后，埋怨林月琴："你哪里不好去，怎么跑到那里去要房子？"林月琴说："我就看上了那个大院子，别的没多想。"经叶群一闹，那件事就搁下来了。

部队进入北京后，林月琴又张罗起办学来，整天东奔西走，找人批条子，要地皮，想办一所小学。城里那时进驻的单位很多，要找一块空地建学校很困难，最后林月琴在玉泉路找到了一块地方，张罗着建起了一所小学。为了纪念国庆日，校名定为北京十一小学。

那时一切都效仿苏联老大哥，办学校也一样。十一小学很大，有三座楼，三个大操场，教学设备、体育设施都很齐全，还定期放映苏联电影。学校实行的是军事化管理，收的全是部队子弟。学生一律住校，过着严格的集体生活，吃饭、睡觉、作息制度，都是准军事化。每班还配一个阿姨，负责处理学生的日常生活。这有点类似苏联的少年军官学校。学生两个星期才准回家一次，星期六下午各单位派车把本单位的孩子接走，星期天下午再送回来。现在看来，那确实有点特殊化。地方的孩子当时看到我们上十一小学，都很羡慕。

在对待子女教育的问题上，即使用现在的观点来看，父亲母亲都不显得太传统，对我们既严格又宽松。他们的严格往往涉及做人的原则，比如他们不愿意看到自己的子女沾染上当时一些干部子弟中滋长的坏毛病，常常告诫我们："生活上低标准，学习上高标准，要像普通人民的孩子一样朴实，防止成为纨绔子弟，要成为对国家有用的人才。"在具体问题上，父亲母亲则从不将他们的意愿强加到我们孩子们头上，我不记得他们非要我们怎么样怎么样，从我们很小的时候起，大人和孩子就有了平等对话的习惯。我们经常为了一个问题争论，你说你的道理，我说我的道理，争得昏天黑地，但往往最后占上风的还是父亲母亲。这种服从并不是因为他们是家长，而是他们的道理战胜了我们。他们旁征博引，观点鲜明，信息量大，知识面宽，我们很佩服。在人生阅历丰富的父亲母亲面前，我们毕竟是稚嫩的。

平等意识使我们家里永远其乐融融。

那时唱苏联歌曲很时尚，我们在学校学会一支新歌，回来哼唱的时候，如果母亲在家听到了，总会伴着我们一起唱。我们唱什么，她就唱什么，几乎没有她不会的。我们很奇怪，在我们眼里，她那么忙，根本没有时间学歌子，这些歌她是从哪儿学来的？姐姐忍不住问母亲："没见你学过，怎么什么歌你都会唱呀？"母亲说："还用专门学呀，走在路上，听喇叭里唱一遍就记住了。"母亲对音乐的接受力和记忆力让我们惊讶。父亲在一旁和我们开玩笑说："你们五个，都没有妈妈聪明。"我们不觉得父亲是在开玩笑。

父亲回家的日子，是我们家中最热闹的时候，他一般回家很晚，只要我们知道他今天要回来，就一直站在院子里等着。父亲一进家门，大家就一起奔过去，有的拉胳膊，有的抱腿，有的从前面搂脖子，有的从后面攀背。和姐姐妹妹相比，我的动作总有些迟疑，我对父亲有一种莫名其妙的距离感，这种感觉从我记事时就有了。我不明白这种感觉是怎么产生的，是来自于对父亲的恐惧，还是潜意识中男孩子的自尊，不愿意像女孩子那样咋咋唬唬？我想这种感觉不是来自我的天性，就是来自父亲对我的态度。我在前面说过，我不记得父亲对我有过过分亲热的表示。童年的我，更愿意和母亲待在一起，不论什么时候，和母亲在一起，总有一种说不出的温馨感觉。在父亲走进院门，姐姐妹妹鸟儿一样叽叽喳喳向父亲飞过去的时候，我总带着几分拘束，迟疑地站在台阶上。这时，母亲就会悄悄推推我，鼓励我说："云娃，快去接爸爸。"我这才走到吊满了姐姐妹妹的父亲身边，一般情况下，只是轻轻抓住他的手。当然，有时是父亲抓住我的手，父亲的手很温暖，很有力。

一次，陈毅伯伯从上海到北京开会，一天晚饭后，到我们家来串门，正好看见院子里的这一幕。他看到被孩子们团团缠住的父亲，开着玩笑说："萧华，你成了一棵树了，身上长满了娃娃，果实累累。"

父亲一边把妹妹往地上放，一边说："让陈老总见笑了。"

陈毅摇头说："不敢不敢，此乃人间真感情，让人羡慕。"说着，吟了两句鲁迅的诗："无情未必真豪杰，怜子如何不丈夫。"

我们向陈毅伯伯问了好，立刻跑回自己屋子去了。

我们走了以后，陈毅赞叹说："在父母面前，恣肆纵情，在客人面前，懂得自制，小小年纪，有如此教养，足见你们教子有方。"说着，陈毅伸出巴掌，比画了一下，悄悄问母亲："王新兰，管教孩子，你们用不用这个？"

母亲说："五个孩子，我们没动过一巴掌。"

陈毅半信半疑："一次也没有？"

母亲认真起来，说："真的，没有。"

父亲一旁笑着说："生下第一个孩子，新兰就跟我约法三章，不打孩子是其中之一。至今，我们都没有违例。"

陈毅一连说了好几个"难得"。

母亲与父亲的"约法三章"是：在任何情况下，不打骂孩子，不拿孩子撒气；进行说服教育，与孩子以平等身份进行思想交流；以自身良好形象影响孩子。

我的童年伙伴知道我从来没挨过打，都很羡慕我。

有时候，母亲是揪着一颗心放飞我们的。

十一小学在北京西郊，离市区二十多里路，我们姊妹几个上学时，从没坐过父亲的专车，都是坐总政机关的大班车回家。我为了锻炼自己的意志，从小学三年级开始，约上几个同学，步行回家，一直坚持到小学毕业。一次，我和两个同学正满头大汗地顺人行道走着，一辆小车在我们身边停住了。我们以为那车是突然熄火了，没理会，继续走我们的路。这时只听到身后有人喊我的名字。我回头一看，原来是刘志坚伯伯。他从车窗探出头，招呼我们坐他的车一起走。我们很礼貌地谢绝了，仍然走着回家。

在这件事情上，母亲一开始就持反对态度。学校离家二十多里路，姐姐妹妹坐总政的大班车早早到家了，我还在路上跑，回到家里时已是晚上七八点了，比姐姐妹妹至少要晚两三个小时。那时北京西南一带还很荒凉，母亲担心路上出事，要我以后不要再走了。我说不，我要锻炼。父亲倒是很欣赏我，在一旁笑眯眯地看着。我从父亲的目光里看出了赞许与鼓励。有父亲撑腰壮胆，我一直坚持"锻炼"下去，直到小学毕业。

母亲虽然没有再说什么，但我知道她一直都在为我揪着一颗心。是姐姐告诉我的，她说："你再别'锻炼'了，还是跟我们一起坐车回家吧，一到星期六下午，妈妈见我和萧霜回来了，就开始心神不宁，不断地念叨着你现在该走到什么什么地方了，一直念叨到你进了家门。"我听了哈哈一笑，轻描淡写地对姐姐说："往后妈妈再那样提心吊胆，你们就劝劝她，说没事。"

我依旧我的"锻炼"，风雨无阻。尤其是冬天的傍晚，走在北风呼啸的大街上，我的男子汉的感觉得到了极大的满足。那时，一个粗心的孩子没有认真地用他的心去触摸另一颗柔弱的心。

那是母亲的心。

从硝烟战火中走来的母亲只有面对需要她呵护的孩子时，心才变得那样柔弱。

可惜理解到这一点，我已经到了成年。

我认真清理那无数个星期六的黄昏，我仿佛又看见了黄昏中母亲执拗的守望，我在心底一遍又一遍轻轻地呼叫着"妈妈"。

父亲工作忙，顾不上家，我们几个孩子的事基本上都是母亲在操心。

我们五个孩子中有四个出生在战争年代，那时候生活条件艰苦，我们先天营养不良，生下来就体质弱，小时候病很多。不论谁生了病，都是母亲的事，三更半夜带着我们上医院、找医生是常事。我上小学前，得麻疹，并发了肺炎，奄奄一息。医生对父母说："没别的办法了，准备后事吧。"母亲听罢，当时就昏了过去，又成了抢救对象。父亲倒是镇静，到处打电话求医，最后请来了一位苏联专家，是位老太太，在她的精心调治下，我的病慢慢治好了。因此后来在"反修"时，父亲私下跟母亲说："对我们家，苏联是有大恩的，救子之恩。"

母亲进修俄语那几年，命运似乎总在跟她作对，她越忙，我们给她添的麻烦也越多。今天不是你病了，明天就是我病了，遇到麻疹、水痘这些传染病，一个病，五个同时喊妈妈。我的大妹妹萧霜九岁得了腮腺炎，半个脸肿得老高，手摸上去，烧得滚烫，很吓人。恰巧父亲又不在家，母亲每天带着她跑医院，打青链霉素消炎。那时缺乏医药常识，由于青链霉素打得太多，致使萧霜右耳失聪。母亲发现后，为时已晚。为此她懊悔不已，直到萧霜长大成人，母亲还一直在念叨，那时没有把萧霜照护好，留下了耳朵残疾。

我记得有一次，我们五个孩子同时发烧，躺在医院里打吊针。母亲请了假，从早到晚地守着我们，怕落下功课，一边照护我们治病，一边还要抽空背俄语。一次,由于过度劳累,不等我们出院,她也病倒了,和我们一起吊起了瓶子。父亲从外地出差回来,到医院看我们,歉疚地对母亲说:"我在外边忙,把家里的麻烦都扔给你了。"一句话,说得母亲眼睛泪汪汪的。

我记得父亲挨着个儿地把我们几个孩子每个人都亲了亲,摸了摸,然后坐在母亲床头,抓着她的手,轻轻摩挲着,坐了很久。

我们的学习也是母亲过问的多。她从不说教,但每个人的成绩册她都要过目。她要我们考出好成绩。让母亲欣慰的是,从小学到中学,我们姊妹五个的学习成绩都很好。十一小学每学期期末颁奖时,我们几个都站在台上。我记得有一年,我和姐姐萧雨、妹妹萧霜同时得了特等奖。颁奖那天妈妈特别高兴,专门在王府井买了我们平时最爱吃的牛肉干奖励我们。那个星期天父亲也放下工作,带我们去看了一场电影。母亲没去,她说她要补课。

我上小学五年级的时候,很少对我们疾言厉色的父亲对我大发过一次火,使我至今记忆犹新。

事情的起因是一只狗。

我在校园里捡到了一条无主的狗,一个比我大点的同学想要,我就送给了他。这个同学的父亲也是部队的一位领导,跟我们家很熟。父亲去看望这位老战友,无意中知道了这件事,十分生气。

那天正好是个星期六,吃过晚饭后,我在父亲的书房里一边看报一边等父亲回家。没等着父亲我就在沙发上睡着了。不知什么时候,书房里的灯突然拉亮了,睡得稀里糊涂的我被父亲大声叫醒了。我睁开眼睛,看见父亲站在地上,面带愠色看着我。我长这么大,还没见过父亲发这么大的火,一下子吓蒙了,不知发生了什么事情。忙问:

"爸爸，怎么了？"

"你说怎么了？"父亲依然满脸怒色。

我努力想着，摇摇头。

父亲这才一脸严肃地对我说："谁叫你把老百姓的狗拿来送人？你有什么权力这样做？在战争年代，我们那么艰苦，几天吃不到东西，也不拿群众一针一线，而你却随随便便拿别人的狗送人，太不像话！马上给我送回去！"说完，不容我辩解，径自走出了屋子。

我觉得自己很委屈。

门轻轻推开了，母亲出现在屋门口。看得出，刚才父亲训我时，她一直就在门外站着。看见母亲，我的眼泪禁不住流了出来。母亲走到我的身边，抓着我的手，一边给我擦眼泪安慰我，一边说："爸爸说得有道理，战争年代，随便拿老百姓的东西是要受处分的。"我这才一边哭着，一边向母亲说了那条狗的来龙去脉：狗是自己跑到我们班上来的，好多天无人认领，学校又规定不准养狗，那个高年级同学想要，我就送给了他。我以为自己说得理直气壮，母亲会同情我。没想到母亲听完我的话后，却对我说："云娃，你应该记住，只要不是你自己的东西，你就没有处置的权力。"母亲声音虽然很柔和，但对我的震撼力不亚于父亲的训斥。

我对此刻骨铭心。父亲母亲用不同的方式，使我又认识了一条做人的准则。

事后姐姐告诉我，那天晚上，母亲劝罢我后，为这件事又和父亲谈了好久。姐姐说她听到母亲埋怨父亲，说他不该对我那么凶。

我不怀疑姐姐的话。

可在我的面前，母亲却没有露出半点埋怨父亲的情绪。

四　我差点闯了大祸

后来我们陆续上了中学，姐姐上的是女一中，我上的男四中。

在中学，我们一直保持着优异的成绩，姐姐上初三时，还得了全校唯一的金质奖章。金质奖章标准很高，要求德智体全面发展，不论主课副课，各门功课必须全是五分，到了近乎苛刻的程度，即使北京最好的学校，几年也难出一个。姐姐高中毕业时，以优异成绩考入了当时青年人向往的北京航空学院。

上中学后，我差一点闯过一次祸。

我上中学那几年，国家正是多事之秋，庐山会议，中苏论战，撤走苏联专家，中印边界战争，三年困难时期……此时，我已开始对国际国内发生的事件产生兴趣，干部子弟们聚集到一起议论时政、互通情报成为时尚。我的情报来源主要是父亲的《大参考》。父亲工作忙，白天没有时间看《大参考》，常常带回家，睡觉之前翻一翻。父母亲早给我们定过规矩，父亲的书房是不许我们乱翻的。但那些扑朔迷离的事件对我的诱惑实在太大了。为了不让父亲知道我偷看他的文件，有一段时间，放学后，我匆匆回家，一头钻进父亲的书房里——在父亲书房里做作业是允许的。我一边在那里做功课，一边趁机翻看那些材料。一次，我拉开抽屉找《大参考》时，无意中发现了一支捷克造勃朗宁手枪。也许是生于军营长于军营的缘故，每当我看见一件武器，都有一种天然的冲动。眼前这把手枪那么小巧，那么精致，枪身是镀铬的，枪把儿是象牙的，散发着淡淡的枪油的香味。我禁不住把那把手枪拿了出来，好奇地摆弄着，又很男子气地用手枪瞄准了对面墙上的一颗钉子，就在这时候，我听到了一声清脆的枪响。

我愣住了，汗从脸上头上一下子冒了出来。

我不知道自己是怎么扣动扳机的。直到今天，我也说不明白当时是有意去扣扳机的，还是不小心走了火。

我也不知道枪里有子弹。

我正在发愣的时候，母亲、姐姐妹妹以及工作人员都跑了进来。本来，他们已经在餐桌旁坐好了，等着喊我出来一起吃饭呢，听到枪声，他们慌乱地拥了进来。

"怎么了？出什么事了？"母亲问。

"枪走火了。"我说。

母亲舒了一口气，问："你怎么随便摆弄爸爸的枪呢？"

我不知说什么好。

母亲无奈地叹了口气，拿走了桌上的枪。

我还在发愣，心里很紧张。

屋子正在黑下来，母亲拉开了灯。

"好在没有出什么事，以后小心点，多危险，"母亲一边说着我，一边拿条毛巾给我擦头上的汗，最后拉着我的手，说，"走，时候不早了，先吃饭去。"

"不，我不想吃。"我小声说。

"那也去坐一坐。"

"不，我还要复习功课。"

母亲知道我心里还装着那件事，她知道在见到父亲之前，我是没心思吃饭的。

母亲不再劝我，带着姐姐妹妹出了屋子。

我知道自己祸闯大了，我不知道待会儿怎样面对父亲。

我等着父亲的"审判"。坐在父亲的书房里，一分一秒都觉得那么漫长。

我终于听到了那熟悉的汽车声,接着,听到父亲走进了院子。还听到他问了声:"小云呢?"

下面,就安静了。我想,大概母亲在向父亲说这件事。

过了一会儿,父亲母亲前后脚走进了书房。我坐在椅子上,低着头,准备着挨训。

父亲问:"怎么,闯祸了?"

"我玩手枪,走火了。"

父亲问:"子弹打到哪里了?"

我指指墙上的钉子:"我瞄的那个钉子。"

下面发生的事就出乎我的意料了:只见父亲好奇地走到那面墙下,眼睛凑近那颗钉子仔细看了一阵,接着兴奋地喊了一声:"新兰、小云,快过来!"我和妈妈走过去,父亲指着钉子旁边的一个小孔说,"你们看,枪法不错嘛,偏了不到两厘米。"

我等待的"审判"没有发生。

父亲看看桌子,问:"枪呢?"

"妈妈收走,藏起来了。"

父亲看看母亲:"藏枪做什么?"

母亲说:"我怕再出事。"

父亲笑了,看看我,对母亲说:"不会再出事的,有这一次,他会记一辈子。"

枪走火的事就这样过去了。

我一下子放松了。

这时,父亲坐到我的跟前,朝我神秘地笑笑,问:"告诉我,你在我的桌子里找什么?"

"我……"我支吾着,觉得脸又红了。

父亲拿出一串钥匙，打开写字台上的另一个抽屉，拿出几本《大参考》，朝我扬扬，问："是找这个吧？"

我只好承认："是。"

父亲不无得意地说："我已经发现你好几次了，我把它们锁起来了。"

我尴尬地不知说什么好。

父亲说："男孩子，关心国家大事，想多知道些事情，没有什么不好。但《大参考》是供领导干部看的，属于机密，你就不该看。"父亲拍拍手中的《大参考》，又说："参考参考，仅供参考而已，上面各种各样的观点都有，你们还缺乏辨别真伪是非的能力，嘴上又没遮拦，看了以后出去乱说，影响不好。我知道，一些干部子弟爱扎堆说这些。"

我连连点着头，说："知道了。"

枪走火和偷看文件，都是错误，在父亲心中，分量是不同的。

这结果，也出乎母亲的意料。

母亲事后对我说："哪个重哪个轻，你爸爸掂量得比咱们准确，他的原则性比咱们都强。"

姐姐上女一中是父亲的意见，父亲这样把自己的意志施加在孩子身上的事在我们家是不多的，除非他认为绝对必要。当时的干部家里的女孩子大都上师大女附中，父亲说："为什么干部的孩子非要扎堆呢，我看还是和普通老百姓的孩子在一起更好些。"母亲也同意父亲的意见。女一中也是一所好学校，学校简朴，学风朴实。母亲说我们一直生活在部队这个圈子里，无形中会产生盲目的优越感，在女一中上学可以更广泛地接触社会，对日后做事做人都有好处。

事实证明，父亲母亲这样为姐姐择校是明智的。姐姐在女一中，结交了许多地方上的学生，体味了在军营里没有过的人生。姐姐有一个好朋友，家里是拉三轮的。这个同学在班上表现很好，每天第一个到校，为大家生炉子，话不多，学习总是优秀。一天，这位同学拉姐姐到她家去，她家住在后街，只一间黑乎乎的房子，挤了四五口人。这是姐姐第一次看到普通老百姓的家。姐姐升到初三，就再也没有见过这位同学了。一打听，才得知那位同学因为家里没钱已经辍学，参加工作了。姐姐为那个同学难过了好久，她说如果她继续上下去，将来一定能考个好大学。她去找过那个同学两次，都没见着。

那位同学对姐姐影响很大。姐姐说，后来"文革"中插队、吃苦的时候，那个同学的影子常在她的眼前闪现。

我上的男四中干部子弟相对多一点，宋任穷、李达、刘澜波的儿子，以及后来成为我的妹夫的周士第将军的儿子周坚，和我同在一个班。普通老百姓的孩子也很多。在中学第一学期，我经常穿一件打补丁的蓝衣服，没有人知道我是高干子弟。后来我有了一辆自行车，骑自行车上学，这在当时很显眼，同学们这才慢慢知道了我是谁谁的孩子。但这并没有影响我们的交往，我和同学们相处得都很融洽，大家愿意跟我说心里话。像姐姐一样，从中学起，我开始用惊异的目光认识社会。

我们班里有一个同学，学习成绩不错，高中毕业时，大家都忙着复习功课，准备考大学，他的情绪却很低落。一天傍晚，他来找我，对我说："萧云，明天我就不来学校了，现在来和你告个别。"

我一惊："你怎么了？马上要高考了。"

他哀哀一笑："我不考大学了。"

我一怔："为什么？"

"我出身不好。"

在当时，我也知道一个人的出身是个大问题，但我还是劝他："重在表现，你的学习又那么好，考一个一般的学校总有希望。"

我觉得我说的有道理。

那位同学又笑了笑，说："我想了很久，还是决定不考了。"

我看着他，不知道说什么好。我不知道此时此刻，他最需要的是鼓励还是安慰。

同学看着我，笑了一下，说："萧云，在咱们班里，你是个好人。本来，我不想告诉你，但我的另一个声音却在告诉我，你应该跟萧云打个招呼。"

我觉得我的心和眼睛都热了。

同学说："祝你考个好学校。"说罢，他朝我扬扬手，走了。

以后我没有再见到他，再以后，听说他去了山西。

我们班，被大家公认的最好学生叫张继忠，学习成绩特别好，同学们有疑难问题找他，都能得到圆满的解答。他参加了高考，没考上。后来我们才知道他落榜的原因：他的父亲因什么问题被镇压了。

他悄无声息地从我们身边消失了。我曾打听过他，但没有打听出他的下落。他保留在我的已经发黄的高中毕业合影里。

我如愿地考到了清华大学。那年清华机械系的录取分数线各科平均分是75分，我考了78.5分。

考上清华，是父亲的最大愿望。求知若渴的父亲有自己的终生遗憾——未能多读点书。他希望儿子能上中国最好的大学。

接到录取通知书那天，父亲把我叫过来，让我坐到他身边，第一次与我进行了一次成人与成人之间的对话。

父亲希望我珍惜这个来之不易的学习机会，使自己成为党和国家的有用人才。最后，他向我提出了三点具体要求：

一、政治上要严格要求，生活上要向工农同学看齐，不许搞特殊化。

二、努力学习，各门功课都要争取最好的成绩。

三、大学期间不许谈恋爱。

在那个闷热的夏天，我的那两个同学时不时地出现在我眼前，成了两个挥之不去的影子，我为他们感到惋惜和不平。那种情绪持续了相当长的时间，冲淡了考上清华的兴奋。一天，我和父亲母亲闲谈中，对他们提到了我的那两个同学，我说："如果凭考试成绩上大学，他们都能考上一流的大学。如果说重在表现，体现在哪里？"

父亲看看我，没有说话。母亲也没有说话。

我知道，这是一个重大的话题，父亲母亲对我提出这个问题猝不及防。

从他们的目光里，我看出了他们的惊异。但他们又无法表露他们的赞同或反对。

这是我第一次大胆地诘问社会敏感问题。我从母亲的目光中读到了一份担忧，但她没有指责我。

担忧她自己担着。

母亲的目光告诉我，她知道我真的长大了。

那是1965年的夏天。那时，政治空气已使人感到了压抑。

那是我第一次从母亲眼中看到的忧郁。

五　每年有个1月8日

2000年初，北京忽然刮起了西北风，气温一下子下降了好几摄氏度，连着几天，太阳惨白惨白，没有一点温度。

我是元月5日从深圳回到北京的，准备陪母亲过春节。南下十好几年，工作再忙，每年我都要在春节前赶回北京。我知道，母亲的年夜饭如果没有我，她会觉得空落的。尽管母亲从没有这样要求过我，但我懂得母亲。

一天早晨，起床后我来到客厅里，发现母亲已经早早坐在那里了。母亲常年失眠，加上腰腿疼，动作慢，冬天的早晨起得总是晚一些。像今天这么早起来是不多的。我担心她哪儿不舒服，问："妈，你怎么起得这么早？"

"睡不着，早就醒了。"母亲说。

"没不舒服吧？"我问。

母亲摇摇头。过了一会儿，说："今天是1月8日。"

1月8日，我一怔，但立即明白了母亲的提示："哦，今天是周总理的忌日。"

母亲说："真快，总理已经走了二十四年了，许多事好像还在昨天。"母亲神情凄然地望着挂在书柜上方的周总理遗像。

那是周总理生前留下的最后一张照片，半身的。照片上的周总理穿着大家熟悉的那身灰中山装，坐在沙发里，脸上有几块人们不愿接受的老人斑，平静中露出淡淡的倦意。

母亲不知什么时候搬来了两盆素雅的兰花，放在总理的遗像前。

我陪着母亲静静地坐着。

我们都没有说话。关于总理，我们有说不完的话，又似乎都已经说完了。我们就那样静静地坐着，听风在院子里轻轻呼叫。

"云娃。"母亲小声叫了一声。

我看着母亲，等她说话。

"能陪我出去走一走吗？"母亲问。

"当然。"我说。母亲近几年体质不好，冬天很少出门，我不知这么冷的天她要去哪里。

母亲说："咱们坐上车，顺着天安门、人民大会堂、中南海走一趟。"说完了，她又加上一句："还有北京医院。"

我一下子明白了母亲的意思，她要到周总理留下踪迹的地方去追寻当年的回忆。北京医院则是与总理告别的地方。

我把母亲扶进了小车，陪着母亲去追寻过去的岁月。

周恩来总理在母亲心中，是领袖，是师长，是亲人。

母亲对周总理有太多太多的眷恋。

1月8日，是刻在母亲心头的日子。冬去春来，寒暑易节，四时更迭，1月8日，不会因岁月的流逝而淡忘。

母亲心头有一个永久的祭坛。

母亲认识周恩来是在进城以后。

那时候总政治部的组建工作正紧锣密鼓。父亲有好几天没有回家了。一天晚上，我们正在吃晚饭，父亲回家了。父亲一进院门，就喊母亲："新兰，来客人了！"

母亲迎了出去。

站在院子里的，竟是周总理！

没等父亲介绍，周恩来先开口了："我是周恩来，不用说，你就是王新兰同志。"

母亲赶紧迎上去，说："周总理，你好！"

周恩来握住母亲的手，爽快地说："你好！我今天是专门来拜访你的。"

母亲急忙说："哪敢，哪敢。"

总理笑笑说："我早就知道你，在延安就知道。"

母亲瞪大了眼睛，她不清楚周恩来是怎么知道自己这样一个小人物的。

周恩来似在解释母亲的狐疑，说："是毛主席告诉我的。一次，开完了一个会，我和毛主席说到王维舟的时候，毛主席忽然提到了你们。"总理说着，看看父亲，又看看母亲，说："主席告诉我，王维舟有个侄女，从延安跑到萧华那里去了，听说路上走了整整一年。"

周恩来说罢，回过头又看了看我的父亲，笑着说："好一个萧华，你真有眼力，她比你让我看的照片还漂亮，还年轻。"

父亲说："不年轻了，孩子都一大堆了。"

说到孩子，周恩来马上问："你们的雨、云、霜、露（那时我最小的妹妹萧霞还没有出生）呢？"

母亲心里一热，周总理怎么连自己四个孩子的名字都知道。

她忙说："都在，正在吃饭，周总理先客厅里坐，我给你叫过来。"

周恩来摇摇手，说："不要叫，我们还没吃饭呢，正好跟孩子们一起打尖。"

战争年代，把临时吃饭叫"打尖"。

母亲听周总理说要在家里吃饭，有点慌乱，说："这……我们已经吃了一阵了，我让他们再出去买点东西……"

母亲喊出炊事员，却被周恩来挡住了。周恩来哈哈笑着，说："你当我是个大肚皮啊，吃不多。"说着就朝饭厅走去。

我们看见客人来了，都放下筷子，站了起来。母亲对我们说："叫周伯伯。"

我们问："周伯伯好。"

姐姐六岁多，已经初谙人事，她知道来的这个"周伯伯"是谁，说："周伯伯，我看见过你。"

周恩来笑笑，摸摸姐姐的头，问："你在哪里见过我？"

"在报纸上。"

"知道我的名字吗？"

姐姐说："知道，周总理。"

周恩来摇摇头，说："不对，我叫周恩来。"

周恩来和姐姐的对话把大家都逗笑了。

周恩来看看围着小桌坐的我们，弯下身子，笑着说："你们的名字我也知道。"然后，一个一个点着我们说，"你叫萧雨，你叫萧云，你叫萧霜。还有一个萧露，不在这里。"

说话间，母亲已让人把萧露抱了过来。周总理看见说："哈，一家人全齐了，来，我抱抱。"他把萧露从母亲怀里接过去，逗了一阵。

母亲还记得那天晚上我们吃的是包子。父亲还是让炊事员临时炒了一盘鸡蛋，切了一盘火腿，凉拌了个黄瓜。知道周恩来喜欢喝酒，父亲拿出一瓶茅台，陪周恩来喝了两杯。

吃完饭，周恩来把我们家的房子参观了一遍，发现母亲屋子里有一架钢琴，说："王新兰，你在红四军宣传队唱歌跳舞，名气大得很，可是后来你选错了路，你应该搞文艺，你在延安时我不知道，要是知道，一定送你到苏联去学习，你一定会成为一个艺术家。"

周恩来说得很认真。

之后，周恩来又问母亲："钢琴弹得怎么样？"

父亲在一旁说："能弹出调调。"

周恩来说："我认识许多钢琴家，要不要给你找一个老师，专门学一学？"

母亲说："工作忙，孩子一大堆，哪有时间。"

周恩来说："说的也是。"

他对母亲没能从事文艺工作始终很惋惜。

母亲后来跟我们说，从她第一次跟周恩来面对面站在一起时起，就有一种说不出的亲切感。

母亲说，那种感觉，是女儿对父亲的。

自从认识以后，周恩来对母亲一直十分关心。

1953年夏天，母亲生了萧霞，身体很虚弱，经医生检查，说是贫血。周恩来得知后，亲自来看望，打发人到处找药，有了好吃的，也派人给母亲送来。那时，母亲正在俄语学院学习，很紧张。周恩来劝她放松一下，又提出给她请钢琴教师的事来。母亲说五个孩子，再加上工作、学习，根本没有时间，周恩来这才作罢。

苏联专家来了以后，北京又和延安时期一样，兴起了一股跳交际舞的风气。先在怀仁堂、劳动人民文化宫，后来有了人民大会堂，就改在了大会堂，毛泽东、刘少奇、周恩来、朱德等领袖人物也跳。周总理跳舞时，只要母亲在场，她准是周总理第一个邀请的对象。

母亲后来对我们说，跟总理跳舞，很放松。一边跳一边说话，家里的事，社会上发生的事，趣闻轶事，无所不谈。母亲胆大敢说，加上天生的幽默，一样的事，从她嘴里说出来就有滋有味，常常惹得周恩来哈哈大笑。周恩来说，我就愿意跟王新兰跳舞，她不仅跳得好，说得也好，跟她跳舞既是休息，又能了解许多社会上的事情。

一次跳舞时，周恩来问我母亲："最近听到什么新闻吗？"

母亲说："新闻没有，倒有一件奇事。"

"什么奇事？"

"今天早晨我到外院去补习，一出门就碰上一队送葬的。"

"那有什么奇怪的？"

"送葬队伍很长，前边披麻戴孝哭哭啼啼，后面吹鼓手吹的是《社会主义好》。"

一句话，把周恩来说乐了。

母亲很认真地说："这是真的，今天早晨的事。"

说者无心，听者有意。不久，周总理在文艺工作者的一次会议上说："解放这么多年了，我们连个哀乐都没有，送葬吹《社会主义好》。"

大家笑起来。

周恩来说："同志们不要笑，这是真的，萧华同志的夫人亲口跟我说的，她亲眼看见的。"

那次会议我的父亲也参加了。回来后，一脸不高兴，他问母亲："你怎么嘴上没个把门的？什么都给总理说。"

母亲莫名其妙地问："怎么了？我说什么了？"

父亲把周恩来在会上说的话重复了一遍。

母亲说："那有什么，实事求是嘛！"

过了没有多少时间，中国产生了自己的哀乐。

每年农历除夕，周恩来都要把我们一家接到北京饭店去吃年夜饭。吃完年夜饭，再带着我们去参加联欢会。我记得有一年，周恩来一手拉着我一手拉着妹妹萧露在人民大会堂的人群里挤来挤去，走到服务部，买了许多巧克力给我和妹妹。我们没有看见周总理交钱，妹妹悄悄地告诉母亲：

"我发现了一个秘密。"母亲问："什么秘密？""周伯伯买巧克力不花钱。"母亲笑了："哪有买东西不花钱的道理。"我在一旁证实说："就是的，我们没看见周伯伯交钱。"母亲笑着说："傻孩子，你们吃了糖，周伯伯身后跟的工作人员替周伯伯把钱交了。"我们这才恍然大悟。

除夕猜灯谜，有一条谜语的谜面是："进去一个洞，出来两个洞——打一物。"周总理走到这条谜语下，对身边跟着的几个人说："这条谜语出得有意思，来，咱们猜一猜。"站了一会儿，周总理说自己猜不出来，问罗瑞卿，罗瑞卿说不知道；问我父亲，我父亲也说没猜出来。最后，问我母亲，母亲说："什么？裤头呗！"大家一想，都笑了。周总理说："还是我们新兰聪明。"

母亲在交通部工作时，很辛苦，身体总闹病。一年冬天，中央在广州开会，周总理办公室给交通部部长王首道打电话，说总理明天到广州，让王新兰请一周假，随他到南方休息几天。

母亲有头晕的毛病，还没登飞机，已经紧张起来。周恩来安慰她说："别紧张，一上飞机，我们就讲故事，保证你不晕。"飞机刚一起飞，周恩来就开始给母亲讲故事。还没讲几句，母亲就晕得招架不住。周总理赶紧把母亲安排到他的床上，母亲还没躺下，就吐到床单上。工作人员收拾干净后，周总理又扶母亲躺好。母亲晕得迷迷糊糊，还听见周总理附在自己耳边继续讲一个白区斗争的故事。一直讲到武汉，停机，王任重来接。

到广州后，周总理的警卫参谋对母亲说："王处长，你闯祸了。"

母亲问："为什么？"

警卫参谋说："总理出来前,已经两天两夜没有睡觉了,就准备在天上睡的,你却稀里糊涂地把床占了。"

母亲很过意不去。

1966年初,母亲做了一次妇科手术。之前,她一直上班,血色素最低掉到5克,也没在意。一次开会时,突然晕倒了,这才下决心做手术。起先,父亲准备请林巧稚做,周总理得知后,不同意。他关心地询问了母亲的病情,认为病症和邓颖超妈妈的相似,邓妈妈刚刚由天津的一个叫于霭峰的著名大夫做了手术,很成功。他建议母亲也让于霭峰做,他说林巧稚虽然也是著名专家,但这类手术并非她的强项。之后,在周恩来的亲自安排下,把于大夫从天津请到解放军三〇一医院,为母亲成功地进行了手术。手术后,周总理办公室每天都给三〇一医院打电话问情况。有时,周总理也亲自给于大夫打来电话,询问治疗方案和手术情况。事后,于霭峰大夫跟母亲开玩笑说:"王主任,你的面子真大,一个不大的手术惊动了共和国总理。"

……

母亲的心底,永远有一个活生生的周恩来总理。

那潇洒的身影,优雅的谈吐,那颗伟大而善良的心,在母亲心里,永远不会枯萎。

六　母亲的歉意

母亲也有固执的时候。

直到现在,姐姐有时还和母亲开玩笑说:"不是妈妈的固执,萧家说不准还能出个电影明星呢。"

妹妹萧露也戏言："妈妈不让我参加乒乓球集训，扼杀了一个女子冠军。"

每当她们这样说时，母亲并不反驳，静静地笑着。

姐姐妹妹说的这些话都有由头，不是空穴来风。

大概与父亲母亲的熏陶有关，他们都很开朗，都有文体爱好，羽毛球、乒乓球、吹拉弹唱，父亲都会；宣传队员出身的母亲更是不用说了。

因此我们小时候，家里就有良好的艺术氛围，歌声琴声不断，先是苏联歌曲，接着是《游击队之歌》《洪湖水浪打浪》，有时是我们孩子中的某个独唱，有时是合唱，孩子们唱，妈妈弹钢琴，爸爸打拍子，我们感染了家里的炊事员、司机等工作人员，他们也加入进来。那情景如今回想起来，依然让人神往。

父亲不止一次说过，不要做书呆子。他希望他的孩子们全面发展，就连我们找对象，他也建议：最好找个爱好文体的。

用妹妹萧露的话来说，在我们家，母亲抓德智，父亲抓文体。

在学校，我们都是文体骨干。有一阵子，我迷上了投掷运动，投掷垒球接近全国少年纪录，后来扭了筋，才终止了训练，我为此懊丧了好长时间。

姐姐和妹妹萧霜、萧露都是学校的活跃分子，弹钢琴，唱歌，演话剧，参加各种体育比赛，常拿名次。姐姐上小学六年级时，参加海淀区体育运动会，拿了少年女子跳高第一名。上高中时，正赶上拍电影《苦菜花》，导演挑选扮娟子的演员，一下子就看中了姐姐，找到我母亲，提出要让姐姐到剧组去。母亲说不行，她要准备考大学。导演仍不死心，三番五次来找母亲做工作，说那部戏多么多么重要，说挑了那么多人，就萧雨最合适，外形、气质和娟子这个角色最接近，希望家长能支持一下。但始终没能说服母亲。导演后来对人说，我母亲可能对孩子当演员有偏见。传到母亲耳朵里，母亲笑笑说，哪里，我本人就是宣传队的演员。

我相信母亲的话，她想让姐姐上大学是最真实的原因。

萧露的特长在体育方面。当时搞全民皆兵，从初一起，她就是预备民兵。学校进行正规的民兵训练，第一、二期分别是摩托车驾驶、无线电发报，萧露都学了。第三期是跳伞，很刺激，萧露跃跃欲试。母亲当时在外地，得知她要练跳伞的消息时，很紧张，一天一个电话，说太危险，表示反对。萧露据理力争。母亲说实在要练，也得等她回去再说。

十几天后，母亲回到北京，跳伞训练已经结束了。

母亲轻舒了一口气。

萧露失去了跳伞的机会。

萧露不理解地说：妈妈自己出生入死，在战火硝烟中钻来钻去，怎么对我们这样不放心。

舐犊之情，慈母之爱，不需要答案，没有道理。

萧露乒乓球打得好，被选到了北京市少年乒乓球队，和庄则栋前后是同一个教练。她曾和同班同学、贺龙的女儿贺黎明打过东城区女子双打冠军。上初三时，少年宫决定她到武汉参加全国女子少年乒乓球锦标赛，她高兴极了。谁知告诉母亲后，母亲不让她去。她问母亲为什么，母亲说她应该准备好功课，考个好高中。少年宫的老师和萧露准备考的那个高中联系后，学校答应可以免考上。母亲依然不让她去。

萧露真的生气了，哭闹了一场后，还专门写了一篇发泄不满情绪的日记，最后一句是："不和妈妈说话！"那几个字个个横眉竖眼，惊叹号透着愤怒。

父亲无意中看到了那篇日记，悄悄对母亲说："你小心，小露不和你说话了。"

母亲笑笑说："哟，她那么恨我呀？"

萧露性硬，接下来两个礼拜，果真没有和母亲说一句话。

母亲非但不生气，有时看到女儿紧绷的小脸，还忍不住偷偷想笑。

僵局最后还是母亲打破的。一天晚上，母亲故意绷着脸对萧露说："都两个礼拜了，你还在恨妈妈呀？"

"谁恨你了。"萧露小声嘟囔着，和母亲和解了。

当我们都已经长大成人，把往事作为笑谈的时候，母亲倒不无歉意地说："那时候我对孩子的培养有偏见，认为要搞经济建设了，得学正规科学，不然萧雨可能当了艺术家，萧露可能成了运动员。"

对读书有一种本能渴求的母亲，希望她的五个子女都能考上大学。这一点上，她与父亲不谋而合。母亲分析原因，说这可能跟他们的人生经历有关。他们都喜欢读书，但由于过早参加革命，都没有得到系统学习的机会。他们把自己的期望移植到自己孩子的身上。

母亲欣赏成功的母亲，她最钦佩的女性是创办锦江饭店的董竹君女士。

这几年，董竹君因她的自传《我的一个世纪》和一部反映她人生经历的电视剧成了家喻户晓的人物。母亲钦佩董竹君，不仅在于她以超人的能力开创了一番大事业，更钦敬她在逆境中把四个孩子都养大成人，送他们到美国深造，接受良好的教育，成为国家的栋梁之材。母亲说，当母亲，就要当这样的母亲。

新中国成立初，母亲就知道这位杰出的中国女性。

董竹君的女儿夏国瑛，1949年毕业于美国纽约大学电影技术学院，祖国解放，她是第一批回国的留学生。当时正在筹建八一电影制片厂，我的父亲兼任筹委会主任，具体工作由文化部部长陈沂负责。办电影厂，当时最缺的是人才，陈沂从当时的国家电影局局长袁牧之那里得知从美国回来的夏国瑛后，喜出望外，向父亲作了汇报，父亲立即批准将她调到八一厂。

夏国瑛到八一厂后，定为准团级，任筹委会副秘书长。当时解放军实行供给制，团以上干部发呢子服，团以下发普通的布军装。夏国瑛刚参军，就发了呢子服，在总政部分机关干部中引起了一些非议。有的还把意见提到我父亲那里，父亲和罗荣桓、聂荣臻首长研究后认为，夏国瑛（还有别的类似的人——笔者注）是难得的人才，定团职、发呢子服是应该的。

夏国瑛到八一厂时，还带来了不少电影器材，那是她从美国回国前自己花钱买的。她工作十分积极，从电影厂的工程设计、到订购器材、培训人员，都由她一手办理，为八一厂的建设出了大力。1953年，她被派往朝鲜战场拍摄，在罗盛教纪念碑揭幕典礼会场上，遭美机轰炸，差点牺牲。

我上小学一年级时，父亲到八一厂去审片子，母亲和我们几个大些的孩子也跟着去了。在八一厂，父亲向我们介绍夏国瑛说："她厉害着呢，三年前从美国跑回来，三年后又从美国炸弹下面钻出来。"

回家后，母亲对我和姐姐说："你们要好好学习，大了也像那位阿姨出国留学，不去美国，到苏联去。"50年代，在人们心目中，苏联是世界上最好的国家。而母亲还在懵懂未开的时候，她的心中就有了一块圣土——苏联，那是革命灌输给她的。

董竹君女士连任七届全国政协委员，她从上海到北京，母亲知道了，总要去看看她，或约她到家里来坐坐。

1999年，75岁的母亲在姐姐的陪伴下，买了个大花篮，专程去看望99岁的董竹君老人。她们已多年未见，那天，两位老人情绪都很好。说起往事，感慨良多。

那个花篮，是我的母亲对一个成功母亲送去的敬意。

翌年，董竹君去世，享年一百岁。

七　压在母亲心中的一块石头

我们看到过母亲跟父亲发火。

而在我们五个孩子的记忆里，却没有父亲对母亲发脾气的印象。

当母亲发脾气时，父亲一般不说话，多数时候是一走了之。因此，父亲母亲大吵不起来。母亲发火时，我们常常同情一言不发的父亲。

父亲含蓄，母亲率直；父亲能忍辱负重，母亲却疾恶如仇；父亲从大处着眼，母亲于细微处洞察；父亲多用理性判断，母亲多用感觉审度。加上母亲小父亲八岁，父亲对母亲兄长般的关爱与忍让，久而久之，形成了我们印象中的那种局面。

母亲对父亲发脾气一为工作二为孩子，真正为自己的事向父亲发脾气大概只有两次。

一次是50年代初期部队改薪金制时，为评级定职引起的。母亲当时是专家工作室主任，而专家工作室机构不明确，说成处，是正师；说成科，是正团。母亲从机要科长位置上调来时，有升迁的意味。因此大家议论时说，凭她的红军资格，不是正师，至少也应该是副师。她自己也以为自己可以评成副师。总政领导研究时，罗荣桓提议按副师对待，父亲坚决不同意。秘书处的同志得知后，当着母亲的面为母亲抱不平。母亲开始还压抑着自己，议论听多了，心里的火慢慢蹿了上来。

一天晚上，母亲和父亲先后回了家。父亲一进门，母亲就问："你们给我怎么定的？"

父亲一怔，搪塞着："还没定。"

"瞎说，"母亲火气更大，"正团，对不对？"

父亲点了一下头："是的，正团。"

母亲问："凭什么定正团？"

父亲说："你冷静一点嘛。"

母亲继续问："副师我哪一条不够？"

父亲说："我是做干部工作的，你要替我着想。"

"你管干部也应该一碗水端平。"

"你应该从大局出发。"

"我哪点没从大局考虑？"

父亲看母亲越说火越大，出去了。转了一圈回来，母亲火消了，还抱怨父亲："这么晚才回来。"父亲说："怕你再发火。"母亲不再说话了。

母亲吵归吵，在父亲的坚持下，最终也没有给她改级别，依然定正团。

这直接影响到她日后的授衔，因为是正团，授衔时母亲只授了个上校。当时，不少资历比母亲浅得多的人都评上了大校。有的同志对父亲说："王新兰确实有点亏，抗战时期就是正团了，怎么也应该定副师。"父亲说："她年纪小，还有机会。"淡淡一句话，就抹了过去。

事情过去了，母亲气也消了。我和姐姐却替母亲抱不平，说父亲太过分了。母亲却劝我们说："算了，过去就过去了，爸爸在那个位置上，他有他的想法，我可以理解。"说罢，她又笑着问我们："你们平时总说妈妈对爸爸厉害，现在看看，到底谁厉害？"

我们想想也是，母亲发火只是几分钟的事，父亲却是我行我素。

母亲再次对父亲发火是在1956年。当时母亲在俄语学院的学习还没结束，部队搞正规化，让所有女同志退出现役，动员她们转业或者回家。

父亲动员母亲回家带孩子。母亲一听就火了，说："干了几十年革命，如今革命成功了，却要打发我回家当家庭妇女了？"父亲说："你怎么话说得那么难听！"母亲说："怎么难听了？你不就是这个意思吗？"父亲问："那你要怎么办？""你这个总政副主任管不了，我找主任去！"父亲说："你不要胡闹。"母亲说："反映问题，怎么是胡闹？"父亲见母亲火气很大，无可奈何地看了她一眼，叫上司机，坐车出去了。

第二天，母亲果然去找了当时的总政治部主任谭政。一进办公室，母亲就问："为什么让女同志离开部队？"

谭政解释说："这是中央决定的。"

母亲说："这是什么决定？长征时怎么不裁女同志？抬担架，背伤员，侍候病号，鼓动宣传，重活苦活都是女的顶着，那时为啥不裁女同志？红军到陕北，刚安定下来，就让女兵种田当老百姓。现在全国解放了，又要打发女同志回家，这政策对头吗？"

谭政说："我说过了，这是中央决定的，你怎么反对中央决定？"

母亲说："我提意见，这是党员的权利。"

谭政说："在会上，你们老萧也是举了手的。"

母亲说："萧华能代表我吗？"

谭政见说不通母亲，真的动了气，拍着桌子说："你是在反对中央和军委的决定！"

母亲顶他说："帽子随你戴！"

母亲找谭政主任的事立即传到了我父亲的耳朵里，晚上回家后，父亲责备说："你怎么去找谭主任闹？"

母亲说："我闹什么了？你管不了，还不让我找啊？我还要找罗主任。"

母亲个性强，认准了的理轻易不会改变。她真的去找了罗帅，气哼哼地对罗帅说："你再不管，我就到中南海去找毛主席。"

罗帅说："你再不要惹事了。"

母亲这才作罢。在父亲般的罗帅面前，她觉得自己确实有点过分了。

事后，父亲和罗帅谈起母亲的脾气，对罗帅说："王新兰这么大脾气，都是总理和你们这些大首长惯出来的。"

罗帅笑笑说："还有你。"

父亲笑而无言。

他们说的不无道理，母亲的脾气在一定程度上是惯出来的。小时候，是家中最小的孩子，被父母、哥哥姐姐惯着；参加红军后，又是最小的，在领导和同事们眼中，是个可爱的孩子，又被惯着；和我父亲结婚后，年长母亲八岁的父亲处处让着她。时间长了，母亲难免任性些。由于母亲胸怀坦荡，口无遮拦，即使她发点脾气，首长们也并无芥蒂。

那件事过去之后，谭政见了母亲，还开玩笑说："王新兰，那天你好凶哟！"

母亲不好意思地笑了。

结果，母亲于1956年7月转业到了国务院交通部。

交通部党委对母亲很重视，对她的评价是：王新兰是个老同志，俄语基础好，还能写东西，又红又专，一定把她培养成交通方面的专门人才。

交通部的意思是把母亲培养成一名高素质的海运专家，为了达到这个目的，党委决定派母亲到大连海运学院学习四年。

交通部部长王首道把部党委的意见告诉了父亲，征求他的意见。父亲碍着面子，勉强答应了，可一回到家里就质问母亲："到大连学习是你自己提出的？"

"不是，我也是刚听说。"

"你想没想到五个孩子怎么办？"

"不是还有你吗？"

"我能带得了？"

"哪里规定非要女的带孩子？"

"你没看我一天到晚忙得？"

……吵了一阵，母亲这次真的生气了，两天没有和父亲说话，也不在一个桌上吃饭了。父亲一边劝，一边还不厌其烦地"主观……客观……"讲道理。最后，还是母亲妥协了，说："别讲那些道理了，我不走了，从一开始我就料到走不了。"

母亲后来对我们说："其实，爸爸说得有道理，他那么忙，哪有时间管你们五个。我让他带孩子，是气头上的话。"

母亲海运专家的梦彻底破灭了。

在交通部三年多，母亲一直做机关工作，先任干部科科长，不久又到外事处任处长。

1959年底，军委发了个文件，要求已经安排转业的红军时期的女干部，再回部队工作。总政干部部门去交通部联系，商调母亲回总政，王首道部长不放母亲走。他说："王新兰外语很好，是我们这里的骨干，走了我们的工作受影响。"部队去商量了好几次，都没有成功。最后，王首道做了让步，提出让部队拿个相同素质的人去换。母亲在部队是上校，总政挑了一个素质好的上校去换，才把母亲要了回来。

1959年12月，母亲被任命为总政治部秘书处副处长，仍是上校军衔。

母亲跟父亲开玩笑说："出去转了几年，回来还是个上校啊？"父亲说："又想吵架呀？"

二人相对一笑。

之后，母亲又先后担任总政治部主任办公室副主任、军委副秘书长办公室副主任。

父亲母亲的另一种争论虽然不激烈，但在母亲心头残留的阴影却久久挥之不去。

这类争论常常因为复杂的人事关系所引起。

父亲长期担任总政副主任，一度还兼任独立于总政治部的总干部部部长,最后又当总政治部主任、军委副秘书长,一直处在敏感的管人的位置上。盘根错节的人事关系,有些来自党政军的高层,处理起来很棘手。父亲总是本着原则,一是一,二是二,办完了拉倒,不再多想。王震将军对父亲有一个公允的评价:"萧华同志和我不是一个山头的,但他处事很公平。"父亲的周围,毕竟不全是王震。父亲看不到,母亲看到了。

如前所说,父亲凭的是理性,母亲凭的是直觉。

母亲对江青警觉很早。

父亲尽管对毛泽东十分崇拜,但对他身边的江青,一直保持着距离。这种态度,多少受了原国民党乐陵县长牟宜之的影响,牟宜之是当年父亲率东进抗日挺进纵队到冀鲁边后争取过来的第一个国民党县长。牟宜之和江青都是山东人,对江青的底细很清楚。当年毛泽东准备和江青结婚的消息传到山东时,牟宜之连夜找到父亲,说:"江青这个人我知道,品行不好,得赶快给毛主席发个报,不能娶她。"父亲当时吓了一跳,告诫牟宜之"不要胡说"。据知情者说,后来牟宜之被打成"右派",与江青不无关系。

进城以后,父亲认识了江青,但很看不惯她那种装腔作势、盛气凌人的样子,对她采取敬而远之的态度,除了表面应付外,不多交往。有时俩人见了面,父亲只是远远地站着,不主动过去打招呼。一次,江青装着开玩笑的样子对父亲说:"萧主任,见了面,连个招呼也不打啊!"父亲以笑作答。

母亲觉得很尴尬。事后劝父亲说:"往后碰见她,打个招呼吧。"

父亲轻描淡写地说:"我讨厌她。"

"她是毛主席的……"

父亲打断母亲说:"她又不是毛主席。"

父亲说得在理，母亲虽不好再说什么，心里却装上了块石头。

母亲心里也有个她所知道的江青。

那是莫文骅夫人杨枫告诉她的：在延安，江青和毛泽东结婚之前，在党校和杨枫住同一个窑洞，经常打扮得花里胡哨。她不止一次地对杨枫说：我想达到什么目的就能达到，想得到谁就能得到。过了不久，果然就和毛泽东结婚了。杨枫说，看来江青是个极有心计的女人。

凭直觉，母亲觉得江青对父亲对她的漠视决不会视而不见。

果然，林彪夫人叶群找母亲来了，专门提醒说："告诉你们那个萧华，在江青面前把他的傲气收一收。见了江青，站得远远的。"

叶群出面专谈此事，再次印证了母亲的感觉。

母亲委婉地向父亲转告了叶群的话，父亲听罢，沉着脸说："有什么傲气可收的，难道我见了她还要打敬礼不成！"

母亲知道，父亲说这话是有所指的。一次，一个同样授上将军衔的干部看到江青，远远地快步迎上去，立正，恭恭敬敬地打了个军礼。之后，双臂下垂，紧贴裤线，始终保持着立正的姿势。当时父亲母亲也在场，母亲听到父亲淡淡地说了句："真不值钱。"

母亲心里明白，随和的父亲在类似的事情上却是很执拗的，但她替父亲担心。她想到了杜甫的两句诗："江湖多白鸟，天地有青蝇。"历史上和现实生活中，君子为小人所累的例子比比皆是，母亲还是劝父亲说："谁让你打敬礼了？人家毕竟是主席夫人，握握手，点点头总行吧？这种人，你惹她干什么？"

"谁惹她了？"

母亲没有再说什么，她知道，父亲没有可指责的地方。

说服不了丈夫，母亲把心中的石头默默地扛了起来。

为了江青，母亲和父亲还有过一次争执。

"文革"开始之前，在地方工作的江青一直想到总政来兼职，并亲自找父亲谈过。当时，江青在国务院文化部电影局当顾问，父亲没有理会她的要求。江青又找到总政有关部门，提出同样要求。反映到父亲那里，父亲一句话顶了回去："她在电影局工作得好好的，到总政来干什么？"此事不了了之。

当时母亲在父亲的总政治部主任办公室任副主任，对这件事的来龙去脉知道得清清楚楚。她提醒父亲说："这件事你再认真想一想吧。"

父亲还是那副不在乎的样子："有什么可想的。"

母亲说："你得罪她干什么？"

父亲说："我是总政主任，得罪人自然是我的事。"

母亲说："我担心……"

父亲说："担心什么？担心她向主席告状？"

母亲说："你以为呢？"

父亲笑一笑，说："她不敢。"说着，拍拍母亲的肩膀，又安慰说："主席了解我，她告了也没用。"

父亲的安慰没能起到作用，那块石头一直在母亲心头压着。

不只是江青，类似的大大小小的石头有多少呢？

父亲不以为然，母亲为他扛着。

八　西子湖畔，重温长征

1964年2月，我的父亲得了严重的肝炎。在此之前，他经历了在总政工作以来最忙碌的一段时间。头一年的12月，父亲视为良师和兄长的罗荣桓元帅于久病后去世。总政主任一职空缺，中央军委决定父亲负责总政的全面工作。总政日常事务本来就多，再加上那一时期频繁下部队检查工作，超负荷的运转，使他感染上了当时正在流行的肝炎病。

父亲对自己的身体一向大大咧咧，不太在意，有了病，也不去医院，顶一顶也就过去了。这次得病，最早还是母亲发现的。母亲注意到精力充沛的父亲近来回家后常喊累，坐进沙发后就不想再起来，这在以前是少有的。她还发现父亲时不时把右手握成拳，顶在肝区的部位。联想到当时正在流行的肝炎，母亲让父亲到医院去检查一下。父亲对自己的身体很自信，说哪能那么巧染上肝炎，只不过有点累，一天到晚仍然泡在各种各样的会议和文件堆里。后来母亲终于急了，说："检查一下能耽误你多少时间？万一是肝炎，你就不怕传染给别人？"这句话对父亲起了作用，他到三〇一医院一检查，果然是肝炎，而且各项指标都很高。医生看了化验单后，吃惊地问："这么严重，怎么这时候才来？"

母亲十分焦急，要父亲摆脱工作，专心治一段时间。开始父亲不同意，说那么大个摊子，完全不管怎么行？他主张边工作边治病。母亲说："离了你地球就不转了？"父亲当时还兼任军委副秘书长，母亲是办公室的副主任，为了说服丈夫安心治病，她将父亲的病情报告了军委秘书长罗瑞卿。罗瑞卿对父亲说："工作你先别管了，眼下，治病对你是第一位的。"

在北京经过一段时间的治疗后，父亲的病情基本稳定了下来。不过医生警告说，必须绝对休息一段时间，若操劳过度，休息不好，肝炎还有可能复发。在周恩来的亲自安排下，于4月下旬，父亲去杭州疗养。总政的日常工作，委托副主任刘志坚主持。

父亲临行前，周恩来特别交待，让母亲一定要跟着去，总理说有王新兰照护，萧华的病好得会快些。就这样，母亲撇下我们五个孩子，陪着父亲去了杭州。

往年的4月，西子湖畔早已是柳绿花红，生机盎然。1964年偏遇上过长的春寒。父亲早晚在西湖边散步，还要穿上棉大衣。这是父亲自参加革命以来最闲散的一段日子，医生要他完全处于休息状态。为了配合医生，母亲为父亲制定了一份严格的作息时间表，规定了许多"不准"，如每天看书看报不准超过两小时；不准写文章；上午10点以前、晚上8点以后不准接电话；一般情况下不准会客；等等。这张作息时间表父亲执行了两天就不起作用了。首先，他对突然改变作息规律极不适应，以前工作忙，他已经习惯了每天五六个小时的睡眠时间。现在，睡觉和休息却成了一天中的主要生活内容，他感到无所适从。静养了几天之后，父亲又为自己重新定了个时间表，每天除了按医生要求治病、服药、散步外，将午后到晚饭前这段时间，定为读书、练字的时间，不许任何人干扰，晚上写点自己想写的东西。

母亲看了父亲的这张时间表，说："事情排得那么多，这哪像是养病的？"父亲说："养病就得一天到晚睡觉啊？那还不把人睡傻了？"只管我行我素。母亲也无可奈何。

对于远在千里之外的总政治部的工作，父亲也无法完全摆脱，遇到比较重大的问题，刘志坚都打电话向他汇报。有时，他也主动打电话过去，问问机关的情况。一次，他在电话中和刘志坚说了差不多一个钟头。其间，医生来过两次，要给他治疗，见他在打电话，又走开了。母亲在一旁急得直出汗，等父亲打完电话，她终于忍不住发火了："你这样不配合医生，能养好病吗？好像离了你地球就不转了。"

父亲笑着说："不在其位，不知其政。我虽说全休养病，哪能摆脱得干干净净。"为此类事情，母亲先后和父亲吵过四次，但都无济于事，后来也只好由着他了。

1964年9月，病中的父亲正式被任命为总政治部主任。

此时，全军各部队正在紧锣密鼓，准备庆祝中央红军长征胜利三十周年的纪念活动。一些文艺单位多次向父亲约写有关长征的作品。这是父亲抒写《长征组歌》的直接动因。

其实，讴歌长征，父亲早有冲动。

自从走完了漫漫长征路，那场震撼了世界的远征，便成了父亲生命的一部分。长征是高耸在他心中的一块丰碑。对于那场使红军从濒临灭亡中再生的大迁徙，对于整整两年间中国工农红军向难以承载的生存极限挑战的英雄历程，父亲一直视之为中国共产党人最珍贵的精神遗产，因而值得大书特书。

早在三原云阳镇，刚刚相识的母亲和父亲，走在夏日的夕阳晚照中，谈得最多的是长征。父亲望着单薄的母亲，不止一次地发出感慨："真不敢相信，你从雪山草地走了三次，没有被它们吃掉。"母亲含笑不语。父亲说："把长征写成书，能够震动世界。"母亲说："那你就写嘛。"父亲说："打仗，哪有时间，等到将来吧。"父亲说着笑了一下，说："当然，如果打仗不死，能活到将来的话。"

我们小时候，父亲母亲讲得最多的故事是长征。

在父亲母亲心中，有个长征情结。

1958年，总政文化部的一位年轻干事从北京街头的书摊上买回了一本描绘长征的画册。画册很薄，是一些漫画，没有作者署名。父亲见到后如获至宝，带着书，亲自赶到出版这本书的美术出版社，要求再版一次。出版社答应了父亲的要求，并请父亲为再版的画册作了序。1962年，为纪念毛泽东《在延安文艺座谈会上的讲话》发表二十周年，人民美术出版社决定重印这本画册。此时，才弄清这些漫画是在外交部工作的黄镇于长征途中画的。对这些失而复得的画稿，连黄镇都感到十分惊奇。应黄镇之约，父亲再次为画册作序。

当时，父亲对母亲说，如果有一个整块的时间，他一定要写一写长征。遗憾的是，繁忙的工作使他一直无法拿起笔来。

此时，因病赋闲西子湖边的父亲，时间充裕，终于有了一次用笔再现长征的机会。父亲把这个想法告诉了母亲。母亲想父亲反正也闲不住，就同意他写，但劝他不要搞得太累。

首先遇到的是艺术形式的问题。用什么体裁写呢？小说、剧本、还是诗歌？母亲一开始就建议父亲写诗。母亲建议父亲用诗表现长征出于两点考虑，一是父亲长于诗词，来到杭州疗养，又集中阅读了唐诗、宋词中的大量名家之作；二是诗相对于小说、剧本来说，文字量少些，不至于太累。父亲经过一番思考，采纳了母亲的建议，决定用组诗来表现。考虑到舞台上的通俗性，他给自己定的创作原则是：有一定格律，但不囿于格律。经过一段时间揣摩，最后确定了"三七句，四八开"的格式，即每段诗用四个三字句，八个七字句，共十二行，六十八个字组成，一诗一韵。

创作的真正难度在于对作品内容的整体把握上。父亲虽然亲历了长征，且担任师政委，但他当年毕竟只有十八岁，只熟悉由江西出发的红一方面军的长征。对于红二、四方面军和红二十五军的长征，则知之不多。因此，要把红军三大主力艰苦卓绝的长征，准确地概括到一部诗歌中，是十分困难的。为了理清红军长征的全过程，父亲让工作人员找来了有关长征的大量资料，投入了紧张的准备阶段。

父亲在开始写《长征组歌》时，对母亲亦庄亦谐地说："你是四方面军的，我是一方面军的，咱们两个方面军这回再共同完成一次长征，你要多鼓劲，可莫扯后腿。"

母亲听出父亲话中有话，便说："不管怎么说，你还是个病人。"

父亲说："一写长征，我的病就好了。"

母亲只好说："你写，我当你的第一个读者。"

父亲摇头说："不光当读者，你能帮我大忙，得给我提供四方面军的情况。"

母亲说："我只是个小小的宣传队员，长征时才十一岁，什么也不知道，能给你帮上什么忙？"

父亲问："长征怎么走过来的，你总知道吧？"

母亲说："当时稀里糊涂的，跟着队伍走呗，上面叫走就走，上面叫停就停。"

父亲问："最大的感受呢？"

母亲不假思索地说："一是觉得路怎么那么长，总也走不完；二是肚子总在饿；三是冷，除了雪山，就是草地……"

父亲听到这儿，立即将母亲的话打住，笑着说："概括得好，这感受很准确。"

后来父亲对我们说，《长征组歌》他写得最顺的是《过雪山草地》中的四个短句：

  雪皑皑，
  野茫茫。
  高原寒，
  炊断粮。

父亲说这几句应归功于母亲。父亲说母亲三过雪山草地的感受，使他几乎没有怎么费力，就从脑子里蹦出了这几个句子。

从1964年9月到11月，父亲在杭州西湖边的那座小楼里，把全部精力投入到《长征组歌》的创作中。父亲按照长征的历史进程，从极其复杂的斗争生活中，选取了十二个最具概括性的典型事件，安排了组诗的整体构架，这就是：告别，突破封锁线，进遵义，入云南，飞越大渡河，过雪山草地，到吴起镇，祝捷，报喜，大会师，会师献礼，誓师抗日。

父亲常忘了自己的病人身份，进入了忘我的境界。那座小楼里的灯光，常常亮到午夜。

母亲说，她那时已彻底放弃了约束父亲的努力。她替他的身体担心，但已无能为力。她所能做的，只是不断地提醒他按时服药，在夜深人静时，悄悄走进那间亮着灯光的屋子，将父亲杯中已经放凉了的茶水倒掉，再续上一杯热茶。然后，在伏案沉思的父亲身后静静地站一会儿。那时，出现在母亲眼前的常常是一张被泪水模糊了的稿纸。

长征途中没有流过一滴眼泪的父亲，将感情的闸门向逝去的历史打开了。

有时，父亲会把刚写好的初稿让母亲读一遍。那时，母亲也会泪眼婆娑，在父亲的泪痕上洒下新的泪痕……

父亲母亲在西子湖畔，那是一段外表宁静而内心骚动的日子。

初稿写出来后，父亲又通过秘书广泛征求各方面的意见，然后再进行修改。如此反反复复，经过近十次修改，《长征组诗》于11月中旬正式定稿。组诗以毛泽东《七律·长征》中的一个名句冠名为《红军不怕远征难》。

为写《长征组歌》，在不到两个月的时间里，父亲的转氨酶增高了四次，体重减了好几斤。母亲说，这是一部名副其实的呕心沥血之作。

父亲将刚刚创作完的《长征组诗》分送中央和军委领导，总理第一时间仔细阅读，并随即给父亲打电话，母亲首先接电话，电话的另一边传来总理熟悉的声音："我是恩来呀，请萧华同志接电话。"母亲知道，总理给父亲打电话都是直呼其名，有重要的事情才加同志二字，赶紧将话筒交给父亲。总理在电话中说："萧华同志啊，你为党、为国家、为人民、为子孙后代做了件大好事，我谢谢你。"父亲拿着话筒激动得久久说不出话来，最后只说了一句："谢谢总理。"

现在流行的《长征组歌》，是由北京军区战友文工团谱曲演出，最后定型的脚本。

周恩来总理十分关心《长征组歌》的排练演出。北京军区战友歌舞团排练，他去了七八趟。天太热，排练场只有一个电风扇，演员把风扇对着他吹。他说："我穿的短袖子。你们穿红军服，比我还热。"又把风扇推到演员跟前。

开始，《长征组歌》有两个版本，一个由著名作曲家时乐濛谱曲，气势宏大，技巧很高，适合西洋唱法；另一个版本就是北京军区战友文工团的，共有四个作曲家参与了创作。他们采用了红军传统歌曲和江西采茶、苗家山歌、湖南花鼓、云南花灯、川江号子、陕北秧歌等各族民歌的元素，结合长征的主题，塑造了鲜明的音乐形象，把高度的政治思想内容和尽可能完美的艺术形式，较好地结合了起来。母亲还记得当时北京军区的四个作曲家到杭州来向父亲汇报谱曲情况时，为了出和声效果，作曲之一的唐诃捏着鼻子，咿咿呀呀地当女高音，很有意思。

周总理反复听了两个版本，觉得各有千秋，但北京军区的好唱、好记，便于传唱，基本倾向于这个版本。他为了印证自己的看法，广泛征求过意见。一次，周总理审查战友文工团的《长征组歌》，父亲母亲带着大妹妹萧霜也去了。审查完之后，周总理提了些修改意见。之后，他对父亲说："再听听孩子们的意见。"他问道："两个《长征组歌》，你们都听过吗？"萧霜说听过。周总理问："你们说，两个组歌，哪个好？"当时在场的我的大妹妹萧霜说："北京军区的好。"周总理又问："好在什么地方？"萧霜说："好听好唱。"周总理笑笑说："我也觉着这个好，看来咱们意见是一致的。就定下用北京军区的。"

1965年八一建军节，《长征组歌》在北京正式演出。之后，连续演出三十多场，场场爆满。

1966年6月到9月，战友文工团随周总理出访了罗马尼亚、阿尔巴尼亚、苏联等国，演出了几十场《长征组歌》。同年9月下旬，战友文工团又携《长征组歌》访问日本。皆获得巨大成功。

周恩来总理痴迷《长征组歌》，生前一共看过十七次演出，能一字不落地唱出全部歌词。

1976年的早春，一盘录制粗糙的《长征组歌》录音磁带，陪伴着处于弥留之际的共和国开国总理周恩来，走完了一代伟人的最后历程。

1987年，建军六十周年，北京军区重排《长征组歌》。其时，我的父亲已经去世两年，母亲成了多家新闻媒体采访的对象。采访内容大同小异，如：《长征组歌》当年是怎样产生的？它在"文化大革命"中为什么遭禁？时隔二十多年再演出《长征组歌》有什么感受？如此等等。在诸多采访中，一家电视台记者出乎意料地问了母亲这样一个问题：

"据我们所知，《长征组歌》是建国以来在舞台上演出最多的剧目，已经成了经典。您作为萧华的妻子，对这件作品拥有当然的继承权，我想问，您考虑过这个问题吗？"

母亲笑了，摇头说："没想过。"

"你没考虑过它也许会给你带来的经济利益吗？"

"没想过。"

记者说："现在考虑这个问题，应该说很正常。"

母亲又笑了，说："当初萧华写长征，是想了却一桩心愿，是想记录下中国共产党人最壮阔的一幕。就这些，这个任务已经完成了。他没有附加任何额外的动机，我们不能亵渎他。"

记者又问："那你如何看待现今社会上流行的一些经济现象，比如刚才咱们说到的知识遗产的继承问题？"

母亲说："用法律手段维护合法权益，当然无可非议。"说到这儿，母亲停顿了一下，又说："我刚才说的，跳出了法律的范畴，纯粹是出自于感情的考虑。也许，这有点过时。"

我记得那天母亲接受采访时，穿了一件绛红色的衣服，她的神色看上去很平静，很坦然……

第八章

"文化大革命"中

母亲此时所能做的，是在父亲被揪斗回到家里后，把父亲的脏衣服洗净，熨好；再在第二天让父亲穿上，去参加新的批斗。她知道父亲一生爱整洁，作为妻子，她不愿丈夫肮里肮脏地走出家门，即使是去受辱。她要让那些整她丈夫的人知道，在萧华的身后，有一个关心着他的妻子。

一　母亲看到了危险信号

"文革"开始时，我正在清华大学读书。

我至今还记得，我们65级那一届，就考过一门课，制图，我得了满分100分。整个大学实际上就正正经经上了一年课。

其实，从1966年春节过后开始，在中国这所最著名的学府里，我们就已经隐隐感到了北京政治空气中的骚动：评《海瑞罢官》，批"三家村"，批"资产阶级反动学术权威"……开始如雾如水，继而形势逐渐明朗：5月4日至26日，中央召开政治局扩大会议，讨论彭真、罗瑞卿、陆定一、杨尚昆等人的"问题"；毛泽东亲自主持通过了五一六通知；林彪讲话，大谈政变问题，抛出"天才论"；北京大学贴出了聂元梓等人的大字报；陈伯达改组《人民日报》；在题为《横扫一切牛鬼蛇神》的《人民日报》社论里，引用了林彪关于政权的议论，指出一个势如暴风骤雨的无产阶级文化大革命高潮已在我国兴起！……在这步步紧逼的形势中，稍微有点政治常识的人都能明显地感到，林彪、江青正在中国的政治舞台上变得显赫起来。

林彪是毛泽东选定的接班人，江青是毛泽东的夫人。他们的特殊地位和身份，使我们这些青年学生对毛泽东亲自发动的这场"革命"的正确性和必要性没有产生一丝一毫的怀疑。聂元梓5月25日贴出来向北京大学党委和北京市委发难的大字报，6月1日新华社播发这张大字报;同日,《人民日报》发表社论《横扫一切牛鬼蛇神》。此后,包括清华在内的北京的五十五所大专院校立即行动起来了,揪斗党委第一、二把手,校园里贴满了大字报,正常的教学秩序完全被打乱了,好奇心很重的大学生成了学校的主宰。

我们系完全停了课,贴大字报,参加"走资本主义道路当权派"的批斗会。后来系里成立了革委会,贺龙的儿子贺鹏飞是主任,我是副主任,我们参加批斗会,但反对抄家。这引起了一些同学的不满,说我们保守,缺乏战斗性。后来我看大派小派太多,都在争学校的领导权。我感到局面太乱,便对贺鹏飞说:这个头儿我不想干了。贺鹏飞说都走了,这块阵地怎么办?当时,正赶上红卫兵大串联,我就串联去了。先到西安,再到成都、重庆,坐船过三峡,到武汉,最后到南京。串联没有组织,完全是个人行动,这些地方我以前都没有去过,与其说是串联"革命",不如说是游山玩水。

在南京,我见到了南京军区司令员许世友。许世友是母亲的老军长,见面后,他问了父亲母亲的近况。然后又突然问我:"《三国演义》开篇第一句话是什么?"我说:"忘记了。"许世友说:"话说天下大势,分久必合,合久必分。"说完,戛然而止,不再往下说了。为这句话,我想了好久,不知许大将军为何突然想起说这句话。联想他早年在少林寺当过和尚,这真像一位高僧的偈语。

后来天下大乱,我顿悟了许世友说那句话的意思。这位看似鲁莽的将军,对"文革"之害,似乎早有所悟。

串联一个多月回到北京,形势突变,运动已经从学校蔓延到全社会,矛头对准了几乎所有的老干部,一些干部子弟开始在私下里飞短流长,议论起了江青。

父亲对即将到来的浩劫毫无思想准备。母亲则由于江青的迅速走红，不时会在心头掠过一丝不祥的阴影。

父亲的肝病还没有痊愈，每天还在打针、吃药。不过他已在春节前由天津回到了北京，主持总政治部的工作。夏天到来的时候，他的转氨酶又突然高了上来，不得不减少了工作量。

那时，"文革"已经扯开了序幕。父亲和绝大多数高级干部一样，以为那只不过是一场有关文化方面的斗争。在即将到来的政治风暴面前，父亲的想象力变得十分苍白。他不会想到林彪和江青会借此掀起一股恶风浊浪。对于毛泽东，除了近乎迷信般的崇拜，他更不会作出任何超越惯性思维的推想。

处于高层领导中心的周恩来此时已经感到了形势的严峻。他得知父亲病情仍无好转，在北京无法真正休息，又亲自安排父亲到北戴河疗养，仍由母亲陪伴前往。

夏天的北戴河并不平静，各种消息通过报纸和中央文件，不断送到父亲母亲的耳朵里。父亲对于有关军队的消息特别留意，他怕军队也乱起来。母亲更关心的是这场运动的结局，是丈夫的安危。与丈夫情同手足的罗瑞卿大将已经上了报，被公开批判，母亲的担心不无道理。一次散步时，母亲对父亲说："罗瑞卿到底有什么问题？"父亲不假思索地说："什么问题也没有。""那为什么要搞他呢？"父亲低着头走了一阵，没有说话，过了一会儿，又说："我估计过一阵也就过去了。"母亲又问："这么乱糟糟的，得闹到什么时候呢？"父亲轻描淡写地说："有毛主席，能乱到哪里去？不过两三个月吧。"

日后运动的演变，对天真的父亲是个讽刺。

那时持类似看法的，在高级干部中，不乏其人。

地质部长何长工挨斗，痛苦不堪。他知道陈毅还能见到毛泽东，求他去问问,打听运动要搞多久。陈毅问了毛泽东,毛泽东举起三个手指头,摇了摇。陈毅高兴地告诉何长工:"主席说了,三个月。"何长工再次挨斗时,趁造反派不注意时,偷视左右"牛鬼蛇神",压低声音说:"顶住,三个月!"

1966年8月1日,中国共产党八届十一中全会在北京召开。此时,父亲仍在北戴河疗养。会议中期,叶剑英元帅突然给父亲打来电话,要他立即返京,并派来飞机,将父亲母亲从北戴河接回北京。父亲一下飞机,就直接被汽车拉到了会场。

会议期间,毛泽东于8月5日写了《炮打司令部——我的一张大字报》,改变了会议的议程和方向,开始了对刘少奇和邓小平的揭发批判。

8月8日,全会通过《关于无产阶级文化大革命的决定》(即《十六条》——笔者注),这是继五一六通知后,关于"文革"的又一个充满"左"倾色彩的纲领性文件。

会上,林彪两次接见军队高级干部,在讲话中说:"今后我们的干部政策是,谁反对毛主席,就罢谁的官;谁反对突出政治,就罢谁的官,不管他有天大的本事。"

会后不久,江青派人把一份"文革简报"送给父亲。简报的第二条上写着"萧华的儿子在银川杀了人"。旁边有江青的批示:王子犯法,与庶民同罪。

江青当时的职务是中央文革小组副组长。

父亲看后一笑,随手在简报上写上:我只有一个儿子,现在清华读书,从未离开过我的身边。然后签上名字,派人送给江青。

父亲知道母亲对江青一直心存戒备,怕给她增加思想负担,没有把这件事告诉她。但母亲还是很快就得知了，她又气又急，血压一下子升高了许多。她生气地说："造谣造得怎么连个谱儿都没有啊！我们小云什么时候去过宁夏？他那么老实，把刀子塞到他手里，他也不会去杀人！"父亲淡然一笑，劝母亲说："你用不着着急，已经说清楚了，事情已经过去了，没事了。"

母亲还是不放心，我星期六晚上回家的时候，母亲特地交代我，往后，除了学校和家里，哪里也不要去，他们正在找事呢。我问"他们"指的是谁。母亲看看我，没有回答。

关于我"杀人"的问题过去之后，在大约两个多星期的时间里，父亲没有遇到更多的麻烦。他也没有再回到北戴河去，一头扑在工作上。那时，"文革"正在向部队波及。父亲认为，军队应当稳定。身为总政治部主任，他对部队的稳定负有责任。

父亲没有想到，对于他个人来说，江青在八届十一中全会之后突然提出的"儿子问题"，仅仅是一场噩梦的开始。

母亲的担心并非多余。

母亲在回顾，在分析，在判断，在预测。她固执地认为，在这场来势凶猛的风暴中，丈夫并非处在安全岛上。

以往的过节儿不说，自1965年冬天至今，在短短的七八个月时间里，林彪、江青等人至少向我的父亲发出过两次不祥的信号。

第一次是在1965年底的上海中共中央政治局常委扩大会议上。当时父亲在杭州养病，并准备和母亲一起到广州去过冬。路过江西时，江西省委书记杨尚奎安排父亲母亲到九江住了几天。一天晚上，他们已经睡下，桌上的电话突然响了。母亲拿起了话筒，电话是毛泽东办公室秘书徐业夫打来的，他要父亲接电话。屋里没有暖气，母亲怕父亲受凉感冒，不愿叫起他，就对徐业夫说，萧华正在方便，问可不可以由她转告。徐业夫犹豫了一下说："请萧主任明天早晨8点到上海锦江饭店报到，有重要会议。"母亲看了看表，已经夜里12点多了，离规定报到时间仅有不到八个小时，且在夜间，便焦急地在电话中对徐业夫说："我们现在在九江，萧华正在生病。"徐业夫没有说什么就挂上了电话。母亲立即将会议通知告诉了父亲。父亲感到问题严重，一边穿衣服，一边说："给空军打电话，让飞机来接我。"

母亲挂通了空军司令员吴法宪的电话，已是夜里3点，说了父亲的意思。吴法宪说，九江的机场已经报废好几年了，大小飞机都不能降落，只能到南昌去接你们。父亲又让母亲找杨尚奎，希望设法把他们从九江送到南昌去。杨尚奎出主意，时间紧迫，只有请铁道部帮忙。因为是奉毛主席之命而行，铁道部十分重视，派了清道车，前拉后推，一路不停到南昌。到南昌时，已是早晨7点多。当时天气恶劣，豪雨如注。空军派来的飞机早已在机场等候着。父亲母亲一行上飞机，下飞机，到上海虹桥机场时，已经8点多了。一下飞机，就被等候在机场的一辆汽车直接拉到了锦江饭店。

母亲心神不宁地等着会议上的消息。

父亲到了会上才得知，这次会议是在林彪、叶群等人事先精心策划下，对军委秘书长兼总参谋长罗瑞卿发动的一次突然袭击。

上海会议从12月8日开始，到15日结束，整整开了一星期。

会议由毛泽东主持，对罗瑞卿进行所谓背靠背的揭发。会上印发了林彪给毛泽东的信和对罗瑞卿的诬陷材料，集中揭发、批判罗瑞卿反对"突出政治""敌视毛泽东思想"等"反党篡军罪行"。连中央委员都不是的林彪的老婆叶群，不仅出席了会议，而且作了对罗瑞卿最具杀伤力的发言。她先后发言三次，罗织罪名，诬陷罗瑞卿。

父亲自患肝炎以后,大部分时间在外地休养,参加上层活动不多,对于近来发生的事情一无所知。没有任何心理准备的父亲,对猝不及防的事态感到不知所措。

会议期间,一次,叶群在会议室休息时忽然装着关心地问父亲:"有人说,罗瑞卿给你送过一幅字,你还裱了,挂在家里。"

父亲一怔,但马上又平静下来,淡淡地回答说:"有的,是一个隶书条幅,写的是曹操的《龟虽寿》。"

叶群笑了笑,说了几句闲话,走开了。

罗瑞卿和父亲关系一直很好,论工作关系,一个是军委秘书长,一个是军委副秘书长;一个是总参谋长,一个是总政治部主任。论个人关系,二人的友谊可以追溯到中央苏区。父亲患病外出疗养期间,请罗瑞卿以军委秘书长的身份,多关心总政治部的工作,并要主持总政日常工作的副主任刘志坚遇事多向罗瑞卿请示。父亲在天津养病时,罗瑞卿夫妇还专程驱车探望。叶群在会上提到的那幅字,就是罗瑞卿为病中的父亲书写的。之后,父亲又作了一首诗,写成条幅回赠罗瑞卿。

过于书生气的父亲,并没有把叶群的话看作是对自己的一个含蓄的警告。

第二次是1966年2月,江青为了达到插手军队工作和向"文艺黑线开火"的双重目的,在林彪的支持下,于2月2日至20日,在上海召开了部队文艺工作座谈会。会前,江青点名要父亲前去参加。身为总政治部主任的父亲对江青这一做法有些看法,认为江青在部队无任何职务,对部队不负任何领导责任,由她出面主持召开这样一个会议,有点不伦不类。他发牢骚说:"江青不是搞京剧改革吗?怎么又管起军队的事来了?管得这么宽呀!"但是,由于江青的特殊身份,加之打的又是林彪委托的旗号，父亲不好完全不理会。他以总政工作忙离不开为由，请了假，委托总政副主任刘志坚前往上海参加。

这次会议的结果，是产生了一份《林彪同志委托江青同志召开的部队文艺工作座谈会纪要》。江青梦寐以求要充当中国文艺工作旗手的愿望，从军队打开了缺口；林彪则利用江青，向毛泽东又走近了一步。

江青对父亲不参加她的会很不满意。不久，就有话传到了北京，说萧华架子大，看不起她。父亲听到后，坦然地说："去了一个副主任还不行吗！"

江青于此，耿耿于怀。

母亲于此，又多了一份担心。

随着"文革"的向前发展，江青对父亲的不满越来越明显。

有一天，父亲参加周总理的碰头会，恰巧江青也在这天召集会议，部署深入发动"文革"的问题，并指名道姓要求我的父亲参加。父亲没有去，请刘志坚去参加。第二天，江青的那个会继续进行，这天父亲去了。他刚一进门，江青就歇斯底里地指着他的鼻子说："我告诉你，你不要以为周的会比我的重要！"父亲看了看怒气冲天的江青，什么话也没有说，找个地方坐了下来。

一切都在向母亲预料和担忧的方向发展。

另一个在"文革"中占尽风头的叶群，也趁机从中兴风作浪。

小时候，从一个孩子的目光看，父亲母亲和林彪、叶群的关系，我认为不算很坏。50年代，我已记事，记得有时叶群给母亲打来电话，让到她那里去坐。母亲去时往往还会带上我们孩子中的一个。林彪看到我们，显得很高兴，有时还会逗着玩一会儿。一次，他问我：

"上学了吗？"我说："都二年级了。"林彪笑了一下，说："哟，成大人了！将来准备干什么呀？"我说："当兵。"林彪拍了一下我的头，说："男孩子，就是要当兵。"那时，林彪在我眼中，并不很厉害。

后来父亲母亲被林彪反革命集团、"四人帮"残酷迫害，欲置他们于死地。我一直不能理解。"文革"结束后，我曾不止一次地问过母亲：父亲是林彪的老部下，他们为什么要整你们，我们家到底和林彪、叶群有什么历史恩怨？

母亲也一脸迷惘。她说在她的感觉中，我们两家的关系虽不像和罗荣桓、林月琴那样亲密无间，但也还算不错的。林彪给她的印象是性格孤僻，兴趣在军事，对政治工作过问不多，这与"文革"中那么热衷于阴谋政治的林彪反差很大。父亲对他是尊敬的，保持着正常的上下级工作关系。叶群和母亲也往来正常。

林彪后来对父亲的敌意首先来自父亲与罗瑞卿的密切关系。1964年到1966年，是林彪、叶群与罗瑞卿关系最紧张的时候，也恰恰是父亲与罗瑞卿交往最频繁的时候。林彪、叶群为父亲暗中记下了一笔账。上海会议上，叶群关于罗瑞卿给父亲赠字的发问，可以看作是一个很好的注脚。

1966年8月召开的八届十一中全会，父亲又一次得罪了林彪、叶群。

在北戴河养病的父亲是会议中途被叶帅接来开会的。会上，父亲只作了个书面发言，对林彪要当接班人没有表态。叶群在谈话中指责父亲："你是老一军团的干部，在这个关键时刻，为什么在这个问题上不表态？这是对党的态度问题！"当时父亲作了自我批评，说这是疏忽。

这些，还不是林彪、叶群对父亲仇恨的全部，对于他们来说，还有更重要的,那就是父亲掌握着叶群的一些丑事。

1965年夏天,陆定一的夫人严慰冰几次约父亲谈话,反映叶群在延安时期的男女作风问题。因为涉及的是党的高级领导人,都被父亲婉拒了。严慰冰继续找父亲要求谈,父亲经与军委秘书长罗瑞卿商量后,在三座门与她谈了两个小时。严慰冰在谈话中说了叶群在延安的情况,并说叶群进北京后,生活十分糜烂等等,还当场拿出一些照片给父亲看。父亲劝严慰冰说:"林是政治局委员,陆也是政治局委员,你还是要以大局为重。你今天给我谈的这些事情,到此为止,不要再和其他人谈了。"之后,军委副秘书长办公室又收到严慰冰揭发叶群生活方面的信。父亲把这些信拿给罗瑞卿看,二人商定,再找严慰冰谈一次话,希望她以大局为重,不要再纠缠在这些事情上了。由于"文革"开始,陆定一是第一批被打倒的,严慰冰也被抓了起来,此事不了了之。

叶群后来得知了此事,十分心虚,到处打听严慰冰到底对萧华说了些什么。1967年11月,父亲已经失去自由,叶群指令审查严慰冰的专案组派人要父亲交待这一问题,父亲将严慰冰同他谈话的经过如实地写了一个材料,由于扯出了叶群的丑事,她大为光火。十几天后,专案组又找父亲,说父亲"态度不好","这样写材料是罪上加罪",还问:"你知道不知道严慰冰是反革命?"当场把材料退给父亲,拿出火柴,要父亲立即烧掉,重写一个不涉及叶群丑事的材料。父亲顶他们说:"共产党员要实事求是。"没有重写。

从那时起,父亲成了叶群的一块心病。

"文革"中,林彪权力急剧膨胀,叶群以革命"左派"频频亮相,她所认为的那些可能对自己政治生命构成"威胁"的人,都成了她报复的对象。

知道她隐私的萧华自然难脱干系。

萧华的夫人王新兰自然难脱干系。

于是，在如何对待我父亲的问题上，江青和叶群有了共同语言。江青私下和叶群议论父亲时，曾恶狠狠地说："人家欺负咱们，咱们两个要联合起来，你的仇我报，我的仇你报！"

父亲自以为自己堂堂正正处世做人，并没有把两个女人对自己的不满看得过于严重。他对母亲劝他"防着点"的忠告报之一笑。他以为她们奈何不了他什么。

后来发生的一切证明，父亲为自己的自信付出了太重的代价。

尽管母亲替父亲提心吊胆，但她心里明白，这只是一种无谓的担忧。因为阴谋的设构靠善良是抵挡不住的。

二　第一次抄家

"文革"开始不久，浊浪很快就蔓延到了部队。

母亲作为军委副秘书长办公室的副主任，惊异地注视着渐渐失控的形势。从1966年10月5日，以军委名义发表《关于军队院校无产阶级文化大革命的紧急指示》开始，军队院校和机关就大乱了起来，与地方造反组织相互串联、勾结，冲击军事机关，揪斗军队领导干部，直至发生了军事院校造反派冲击国防部的事件，使总参、总政和国防科工委的工作秩序受到很大干扰。随后不久，在林彪的坚持下，军委又发出了关于军队军以上机关开展"四大"的指示，军队形势更加令人担忧。

此时，一些部队高级干部已被报纸点了名，造反组织的大字报满天飞，说什么的都有，林彪、江青一伙通过造反派之口，竟把贺龙元帅诬蔑为"大土匪"。

母亲关心处于风口浪尖上的父亲。在那个失控的年月，什么事情都有可能发生。那时，情况已完全明朗，整个运动形势都由林彪、江青一伙人控制着，他们什么事情都可能干出来。母亲只要两三个小时看不见父亲，就要到处打电话，了解父亲此时此刻的具体位置。

面对军队日益混乱的局面，身为总政治部主任的父亲十分焦虑。为了稳定部队，他请示主持军委日常工作的叶剑英元帅后，于11月连续两次召开了军事院校来京学员大会，批评冲击国防部事件，动员来京学员返回各自学校。

第一次军队院校和文艺单位来京十万人大会于11月13日在工人体育场举行。会议由我的父亲主持。周恩来总理、陶铸副总理及陈毅、贺龙、徐向前、叶剑英四位元帅参加了接见。贺龙的出现格外引人注意，在会场引起一阵骚动。此时，他已被点名为"大土匪"，说他要搞"二月兵变"。开会之前，总政组织会议的人请示过父亲，要不要请贺龙出席。父亲毫不犹豫地说："贺老总是军委副主席，当然要请。"会上，四位老帅都讲了话。会议快结束时，兽医大学的一个学生递了个条子，质问今天的会议经过林彪批准没有？叶帅看了条子很气愤，当场念了条子，说："他怀疑我们偷偷开会，大家相信吗？总理和陶铸同志都来了嘛，四位军委副主席的讲话，我们是集体讨论过的，这能说是背着军委开会吗？"陈老总气愤得站了起来，问："谁写的？站出来！"父亲以大会主持人的身份要求大家好好理解老帅们的苦口婆心，保持军队稳定，使军队的"文化大革命"沿着健康轨道发展。

林彪、江青对这次会议十分不满，与林彪夙怨很深的贺龙的出席，尤让他们忌恨。那天会后，叶群专门给母亲打来了电话，阴阳怪气地说："王新兰，往后开大会，请谁不请谁，让你们那位用用脑子。"母亲听出叶群话中有话，也很生气，但还是压住火气，不冷不热地顶了她一句："萧华当总政主任，开什么规格的会请什么样的人，他应该知道吧。"叶群悻悻地说："现在形势复杂，我只是提醒他一下。"

江青则霸气十足，对父亲恶狠狠地说："你们把贺龙拉出来，让他亮相，是向中央示威！"

11月13日的大会后，林彪、江青一伙怂恿、支持造反派把矛头直接指向几位老帅的讲话，在大街上公开刷出"陈、叶讲话必须批判"的大标语。军队内的造反派更加肆无忌惮地冲击军事单位，揪斗军队领导人的风暴越刮越烈。

11月29日，总政治部和全军"文革"小组再次安排几位老帅接见军队院校师生。造反派在会场上贴满了"炮轰""火烧""油炸"之类的大标语，矛头直指参加13日大会的几位老帅。叶剑英和陈毅再次发火，徐向前头疼加剧，不等会议结束，提前退出了会场。

当天晚上，父亲很晚才回到家里。母亲早已得知了白天开会的情况，忧心忡忡地说："看来又惹着他们了。"父亲没有说话。

母亲没有猜错。两次军事院校来京学员大会，大大触怒了林彪、江青一伙。他们指责我的父亲和总政治部在"保贺龙"，"压制造反派"。这样，父亲的处境更加困难了。据后来叶群在一次大会上说，父亲每次到林彪那里谈工作，一进门林彪就骂。

一次，母亲接到了叶剑英办公室打来的电话，说在西山叶帅的住处召开驻京大单位汇报会，让父亲参加。母亲说父亲被林彪叫走了，等他回来告诉他立即去。叶帅那里人都到齐了，会开了好一阵，父亲才赶到。大家看他面色异常，神情不安，私下猜想，大概又挨了一顿骂。

1967年1月4日深夜，周恩来在人民大会堂接见造反派，说服他们不要再开批判老帅的大会，江青在会上含沙射影地煽动说："全军文革中有些不三不四的人。"当时全军文革小组组长是总政副主任刘志坚。江青话音刚落，会场上立即响起一片"打倒刘志坚"的口号声。当天，刘志坚被撤掉全军文革小组组长职务。

翌日，刘志坚被造反派从家中抓走。

刘志坚被揪出后，造反派接着就喊出了"揪出刘志坚的黑后台萧华"的口号。江青按捺不住心中的喜悦，连夜给叶群打电话，向林彪请示揪萧华的问题。林彪认为萧华是总政治部主任，不能轻易打倒，必须请示主席。这件事暂时搁下了。

1月12日，新的全军文革小组成立，徐向前任组长，江青任顾问，萧华、杨成武、王新亭、徐立清、关锋、谢镗忠、李曼村等七人为副组长。

此时，军队的"文革"形势继续在恶化。

1月19日，中央军委召集各大军区负责人在京西宾馆开会。几位老帅和三总部、各大军区的主要负责人参加了会议。由于会议主要研究部队如何进行"文革"的问题，中央文革小组的几个头头也来了。会上，围绕着部队要不要开展"四大"问题，叶剑英、徐向前、聂荣臻三位老帅同江青、陈伯达、康生、姚文元、叶群等人展开了激烈的争论。江青一伙叫嚷军队"不能特殊"。老帅们则认为军队是无产阶级专政的柱石，乱不得，要保持稳定。双方针锋相对，嗓门很高，争论十分激烈，甚至拍了桌子，但毫无结果。

见老帅们不买账，陈伯达、江青话锋一转，将矛头突然指向了我的父亲。

江青说:"萧华是刘志坚的黑后台,部队执行中央文化革命指示不彻底,是萧华在打马虎眼。"

陈伯达紧接着说:"萧华已经把人民解放军拖到资产阶级军队的边缘了。其实他本人就像个绅士,而不像是个战士。"

陈伯达发言之后,江青、叶群等人的火力顿时猛了起来。

江青说:"萧华是总政主任,发文件,把总政与军委并列,是什么意思?"

父亲正要辩驳,叶群打断他说:"你先等一下。"接着从口袋里拿出事先准备好的稿子,当着几位老帅的面念了起来,说萧华反对林副主席,破坏"文化大革命",并将一顶"三反(反党、反社会主义、反毛泽东思想)分子"的帽子甩给了我父亲。

之后,还有几个人发言批判父亲。他们都拿着发言稿,措辞激烈,火药味十足,一看就知道事先经过了精心的策划。其中有总政宣传部和文化部的两个同志。后来才得知,头一天夜里,江青、叶群把他俩找去,威胁说:"萧华给你们封了什么官?你们明天一定要在会上发言,表明立场态度。"

几个老帅蒙在鼓里。

我父亲蒙在鼓里。

父亲几次要求发言,都被陈伯达、江青粗暴地制止了。

就这样,1月19日的碰头会变成了对我父亲的批判会。

批判接近尾声时,江青突然对父亲说:"你回去准备准备,今晚在工人体育场开十万人大会。"

父亲这才晓得,对他的批判才刚刚开了个头。

父亲平静地看着江青他们说:"你们说完没有?允许不允许我发言?我参加革命几十年,以共产主义为最高信仰,毛主席始终是我最热爱的领袖。如果说工作中有缺点有错误我承认，但说我是'三反分子'，我坚决不接受……"

江青挥挥手，骄横地打断父亲的话，说："你别说了，晚上到工人体育场对十万革命群众说去！"

叶剑英元帅感到情况不妙，提前退出会场，给周恩来打了个电话，报告了眼下发生的事件。周恩来感到事态严重，撂下手边的事情，立即跑到毛泽东的住处，作了汇报。毛泽东说："这么大的事为什么不报告？赶快制止，总政主任是能乱批的吗？"

散会后，参加会议的南京军区司令员许世友怒气冲冲地说："咱们为什么不能成立一个造反派，先打死那几个胡说八道的东西再说。"

济南军区司令员杨得志说："我怎么也想不通，好好一个人，突然间成了反革命。"

父亲当天还不知道毛泽东和周恩来关于保他所作的指示，那天晚上他回到家里，脸色很难看，显得很疲惫。

父亲的情绪被母亲察觉到了。她问父亲："不舒服吗？"

父亲摇摇头。

母亲感到一直担心着的事情大概发生了，紧张地问："会上有什么事吗？"

父亲用手揽着母亲的腰，把她带进了里间屋子，脸色沉重地说："本来我不想告诉你的，怕你担心，但又想，这是瞒不住的。"父亲说着，拉母亲坐进了沙发里，说："我和你说几句话，今天的会是冲着我来的，说我是资产阶级在军队的代表，说我把军队带到资产阶级的道路上去了，还让我今晚去工人体育场开会。"

母亲问："谁让开的会？"

父亲说："江青。"

母亲一阵紧张："你会被他们打死的。"

父亲没有说话。

"你打算去吗？"母亲担心地问。

"去，"父亲说，看了母亲一阵，又说，"他们要整你，躲是躲不过去的。你刚才说的我也想过，估计回不来了，万一出了什么事，你都要坚强些，几个孩子都小，以后就靠你一个人了。不管出了什么事，你都要相信党中央、毛主席。"

母亲抓着父亲的手，含着眼泪说："你放心，不管遇到什么情况，我一定把孩子带大。"

那天晚上，精疲力竭的父亲没有吃饭就躺下了。母亲忧心忡忡地守着电话等消息。

一个钟头过去了，两个钟头过去了……一直没有等到中央文革的消息。

原来，当晚的工人体育场早已乱成了一锅粥，被江青、叶群、陈伯达操纵的两派互不相让，都要冲进体育场，十万人的大会被冲散了。

正在这时，周恩来给陈伯达、江青分别打了电话，传达了毛主席的指示，说体育场批判萧华的会不能开。就这样，父亲躲过了第一场灾难。

事情并没有就此了结。

没能在体育场批判我父亲，江青、叶群、陈伯达一伙人并不甘心。当天晚上12点刚过，又挑动造反派坐着几十辆汽车，开到了我们家住的景山东街附近，堵住了通往家中的三个路口。他们是北京军区战友文工团、总政文工团和解放军艺术学院的造反派，刚从工人体育场赶来，要抓我的父亲。

母亲后来回忆说，当时由于汽车太多，由远而近的汽车轰鸣声使她想起了抗战时肆意轰炸的日本飞机。

造反派将我们家团团包围了起来。

那时，我们家和聂荣臻元帅的家连在一起，各家的院门都关了。造反派认错了门，爬到聂荣臻的院墙上。母亲很清楚地听到造反派的喝问声："萧华在家吗？"

里边答话了："这里不是萧华家，快下去，再爬我开枪了。"母亲听出是聂帅警卫人员的声音。

造反派终于认出了我们家，从外面剪断了电话线，搭起人梯上了墙，跳到了院子里，包围了警卫排。母亲从窗户看出去，只见院子里黑压压一片人。

父亲的司机许式庆感到情况危急，急忙跑到父亲的卧室，告诉了院子里的情况，劝父亲赶快躲一躲。母亲也催促说："你快走吧。"

父亲已经豁出去了，说："我不走，看他们能把我怎么样？"

母亲更加着急："造反派打死的人还少吗？你被他们抓去，凶多吉少，十有八九回不来了。"

父亲母亲正在争执不下，一个机灵的警卫参谋匆匆走了进来，晃了一下刚从警卫排长手里拿来的后门钥匙，对父亲说："首长，快从后门走！"这时，司机许式庆脱下自己身上的棉袄，披到父亲身上，不由分说拉着他走出了屋子，从平时送煤的后门出去了。

许式庆拉着父亲穿过一条小胡同，一会儿就到了住在后海的总政副主任傅钟的家。许式庆按了门铃，把傅钟的司机叫了出来，说："我们首长的车坏了，把你们首长的车用一下。"傅钟的司机把车给了许式庆。

父亲坐上车后，许式庆一口气把他送到了西山叶剑英元帅的家里。

父亲到叶剑英家里，已是半夜两点多钟。叶剑英问了情况后，愤怒地拍着桌子，大发了一顿脾气，一连说了好几声"胡闹"。把父亲安排在楼上休息。

父亲走了，我们家却遭了殃。

造反派见父亲的汽车还停在家里，心想人一定跑不了。大声喊了几遍："萧华出来！"

不见动静，就问院子里的警卫："萧华呢？"

警卫说："不知道。"

十几个男女造反派冲进几间屋子，到处找，也不见父亲的影子，就把几个妹妹围住询问。那时姐姐在北航已被隔离审查，我在清华也没有回家。家里只有萧霜、萧露和萧霞。造反派怕她们串供，把她们分开在几个房间里，几个造反派审一个妹妹，一遍遍厉声喝问："萧华呢？"

"不知道。"问来问去，几个妹妹只是这么一句话。

我最小的妹妹当时只有13岁，直打哈欠，说："你们别问了，我都瞌睡了。"

造反派从妹妹们口里问不出什么，就直接围攻我母亲："萧华呢？"

"不知道。"

"大衣还在嘛！"一个造反派指着衣架说。

母亲说："院子就这么大，你们自己找啊。"父亲已安全转移了，母亲此时平静了许多。

"他今天回家来了吗？"

"他不是到工人体育场参加你们的大会去了吗？"母亲故意这样说。

349

造反派骂骂咧咧地继续质问着:"他的车在,人能不在家?"

"车经常停在家里……"

在围攻母亲和妹妹的同时,造反派开始抄家。他们翻箱倒柜,见什么拿什么。把父亲母亲平时最珍爱的书籍,以及战争年代他们的日记、资料和照片大部分都撕碎了,一小部分造反派认为有用的被抄走了。父亲喜欢字画,进城以后,是荣宝斋的常客。有了一点积蓄,都在荣宝斋买了字画,郑板桥、吴昌硕、张大千、齐白石等大家的作品,都有收藏,有不少是珍品。此时,这些墨宝也大遭劫难,被造反派翻出来,撕得满地都是,有些被他们拿走了,送给了当时的显要人物。"文革"后,在林彪毛家湾住处举办的展览上,母亲发现了当年父亲从荣宝斋买回的吴昌硕的《寒梅图》。造反派还在没有撕的画上,拣空白处写上"打倒萧华"的标语。一个温馨、整洁的家在顷刻间一片狼藉,不忍目睹。

造反派一直折腾到凌晨两三点钟。

没有找到我父亲,造反派们不肯放过母亲,把她抓起来,推上汽车,连夜带到了解放军艺术学院,关在一间小房子里,轮番审问。准备第二天给她剃头,开批判会。

父亲的秘书十分着急,跑到外面找了个电话,连夜给中央警卫局打电话,说萧华离开家了,眼下去向不明,家被抄了,王新兰也被造反派抓走了。请他们立即报告周总理。周总理接到报告后,非常生气,一面命令在全城寻找萧华,一面连夜把造反派头头找来。周总理对造反派头头严厉地说:"一定要把萧华找回来,一定要保证萧华的安全,出了问题,你们要负完全责任!"然后问他们:"听说王新兰被你们抓了,人呢?"

造反派头头说:"在军艺。"

周总理强忍火气问："你们为什么抓王新兰？她九岁当兵，是参加过长征的年龄最小的红军战士，她还是个老文艺兵，是你们的前辈。你们知道不知道，平时，连你们的演出服她都关心。我不明白，你们为什么要把她抓起来。"

造反派头头嗫嚅着，强词夺理。

周恩来严肃地说："不许伤害她，立即给我把人放了。"

军艺的造反派头头挨了周恩来的训，悻悻地回到了学校。

天快亮的时候，几个造反派来到关着母亲的小屋子，说："王主任，我们送你回家。"声音也缓和了许多。母亲觉着奇怪，短短几个小时，造反派对她的态度突然来了个180度的大转弯，她搞不清是怎么回事，她并不知道周恩来已经干预了这件事。

母亲被送回家后，看到分属两派的造反派还聚在那里。找不到我父亲，两派就抢我母亲。怕母亲再被他们抢走，趁着混乱，一个警卫战士把母亲带出院子，塞进汽车里。然后，汽车就满城漫无目的地转起来。

在冷风里转了一天，天黑后，无处可去的母亲又回到了家里。这时，造反派已经离去。原来周恩来又一次向造反派下达了指示：让王新兰回家，不许伤害她。

这时，母亲还不知父亲的下落，十分焦急。家中的电话线被造反派剪断了，隔断了与外界的一切联系。

奔波了一天的母亲，已经连续三十多个小时没有合眼了，那晚依然彻夜未眠。

翌日，也就是1月20日这一天，天刚亮，母亲就坐上车出去打听父亲的下落了，家里只剩下了三个妹妹和工作人员。

大约到了早晨9点多钟，萧霜的一个同学来找她。一进院子，同学看到满目狼藉，悄悄问萧霜："你们家出事了？"萧霜说："让抄了。"那个同学对萧霜说："看样子该轮到你爸爸了，我刚从总政大院过来，那边突然出现了铺天盖地的大字报，都是针对你爸爸的，快看看去。"同学说完，匆匆走了。

萧霜把同学说的告诉了妹妹萧露，萧露性子急，说："看看去。"姊妹俩急忙赶到了旃檀寺总政大院，就见办公大楼上贴满了矛头指向父亲的大字报，通篇都是诬陷不实之词，就连罗瑞卿到天津、杭州探视病中的父亲，也被绘声绘色地说成是"夜奔天津""杭州密谋""上海密谈"。"打倒萧华"的巨幅标语从办公楼的顶层一直垂到了地下。妹妹看见造反派在总政机关到处揪人，搞喷气式，一片乌烟瘴气。

这天，北京大街上，一辆辆满载着院校造反派的大卡车呼啸而过，车帮上都悬挂着"打倒萧华"的大标语，由大型轿车改装的宣传车飞快地驶过大街小巷，高音喇叭不住地广播着萧华的"滔天罪行"。

这就是当时轰动一时的"一·一九"事件。在一些人的文章中，也把它称之为"一·二〇"事件。

三　父亲母亲被逼上西山

我是1月20日得知家中发生突然变故的。

几乎与总政大院同时，清华园里也出现了罗列父亲"罪状"的大字报和"打倒萧华"的大标语。当时我很紧张，猜想父亲大概出了什么问题，因为那时今天倒一个，明天倒一个，谁也不知哪天谁会倒。我最担心的是母亲，她有心脏病，我怕她承受不住突然的打击。20日中午，我就从清华匆匆赶回家里。我的眼前，狼藉一片，惨不忍睹。

我没有看到母亲。问妹妹，妹妹说一大早就出去，找父亲去了。听说母亲是坐车出去的，我稍稍放了心。那时抓人成风，坐在车里，减少了遭遇不测的危险。

母亲为找父亲，那天坐着汽车，在寒风中转了整整一天，跑遍了北京的大街小巷，找遍了所能想到的任何关系，依然得不到我父亲的下落。那时，上海的"一月风暴"刚过不久，大规模武斗已经开始，这里那里不时有某某被造反派打死，某某不堪忍受侮辱被迫自杀的消息。母亲害怕父亲遭遇不测，可是寻找父亲的人说，连全城的水井都找遍了，仍见不到我父亲的任何踪影。

晚上11点多钟，母亲才回到家里，她显得很疲惫。

母亲见我也在家里，问："你怎么回来了？"

我说："学校里也有父亲的大字报，我赶回来看看。妈，你身体不好，自己可要多保重。"

母亲看看已不成家的"家"，心事重重地说："我不要紧，我担心你爸爸，到现在连一点消息都没有。"

我说："明天我出去找。"

母亲摇摇头："你还是回学校去吧，免得他们再给你栽上点什么。"我能感觉到，母亲的忧郁很重。过了一会儿，她轻轻叹了口气，说："看这架势，你爸爸可能不行了，咱们都要有思想准备。"

我想起了大字报上揭发父亲的那些"三反罪行"，对母亲说："爸爸如果真的反对毛主席，我一定和他划清界限。"

听了这话，母亲怔了一下，然后把目光停在了我的脸上，她用不高的声音问我："你真的信他们？你不了解自己的爸爸吗？"

我至今忘不了母亲当时平静后面的那种目光：陌生，惊异，失望……那目光在我眼前就出现过那一次，但却让我记了一辈子。

至今想起，我仍然为那一刻的我脸红。

但愿噩梦不要再次在我们这个国度发生。一个让人迷失一切、怀疑一切的时代是可怕的。一个国家，当正常的判断标准错乱的时候，离崩溃也就不远了。

母亲觉察出了我的窘迫，她抓着我的手，用依然平静的口吻对我说："相信爸爸，他对毛主席的感情超出了一般人，他不会反对毛主席的。"

我肯定地点了一下头。

之后的一切都告诉我，母亲对父亲的评价是正确的。父亲受囹圄之苦七年半，出狱后对老人家的感情依旧。一次，谈到他被关押的那几年，母亲流露了一句："当时不知毛主席知道不知道。"被父亲立即顶了回去："主席肯定不知道，主席是了解我的。"母亲说："七年半，一个常在他身边的大活人突然不见了，能不知道？"父亲固执地说："他们向他封锁消息，他肯定不知道。"

母亲笑笑。

那天晚上11点多钟，已经两天两夜没合眼的母亲刚躺下，准备休息，忽然听到了轻轻敲击窗户的声音。母亲警觉地从床上弹坐起来，问："谁？做什么？"

"是我，王主任。"是随父亲出走的警卫参谋的声音。

母亲一阵惊喜，赶忙打开窗，问："萧主任呢？"

警卫参谋说："在西山，首长让我来接你。你快穿衣，孩子们我都叫起来了。"

母亲悬了两天的心这才放了下来。

得知父亲有了下落，我也放了心，赶回了学校。警卫参谋带着母亲和几个妹妹出了后门，坐上停在那里的汽车，直奔西山。

两天不见，父亲瘦了不少，两眼充满了血丝。母亲紧紧握着父亲的手，只流泪，说不出话来。

此时，母亲才得知，昨天当她坐着车子满城漫无目的地跑着找父亲的时候，父亲却坐着叶剑英元帅的汽车下了西山，跟叶帅到京西宾馆继续19日的"碰头会"。

20日的"碰头会"，与会人员还是19日的范围，只是气氛更加激烈。

叶帅和父亲的车子晚到了几分钟。江青扫视一遍会议室，没看见父亲，阴阳怪气地问："总政治部主任怎么不见了？他躲到哪里去了？"

江青话音未落，父亲进了屋子，江青满脸尴尬。

父亲讲了头天晚上被抄家的经过，引起了老帅们的愤怒。加上老帅们此时已得知毛泽东不赞成批斗萧华，更加壮了胆。叶剑英气愤地说："萧华是我保护起来的，如果定窝藏罪，我来承担！"说着，拍了桌子。由于用力过猛，拍伤了手，端茶杯时感到疼痛无力。后来在军事科学院门诊部拍了片子，查出右指骨骨折。"文革"后，叶帅的儿子叶选宁在广州对母亲说："我爸爸一生就拍过两次桌子，一次就是为萧华，拍断了一根手指头。爸爸那天回到家里还在骂：说萧华夺权，夺谁的权？他自己就是总政主任、军委常委！"

徐向前元帅事后也表示气愤，他激动地对陈伯达、江青一伙说："造反派连总政治部主任也敢抓，简直无法无天了。军队是无产阶级的柱石，你们把军队搞乱了，还要不要柱石？"几位老帅正气凛然，镇住了中央文革的人。陈伯达在会上向老帅们作了检讨，并辩解说："那天开会前我刚吃了安眠药，脑子糊里糊涂，说的话都不算数，怎么能说萧主任像个绅士呢？当时作了记录的，都把记录烧了。"

住在西山的刘伯承元帅也得知我们家被抄了，十分伤心。父母亲去看他时，他拉着他们的手，不住念叨着："萧华从小参加革命，怎么三反呀？他反谁呀？"说着，混浊的泪水从失明的眼睛里流了出来。然后，他又对母亲说，"新兰呀，我看不见了，这些日子你受了不少罪，让我摸摸，看是不是还是那个样子。"母亲把脸伸过去，刘伯承元帅摸了摸，说："还是那样，要自己保重啊。"我们几个孩子到西山去看刘帅，他拉住我们，详细地询问造反派抄家经过，问我们是怎样应对的。刘帅说他得问问清楚，心中好有个数，说不定哪天会轮到他的头上。见总政主任的家被抄，连刘伯承这样的开国元勋，都有种朝不保夕的感觉。

看着刘伯承元帅满脸认真的样子，母亲心中泛起一股酸楚，不禁想起前些年父亲到南京军事学院去检查工作时，她作为秘书亲眼目睹的一幕：那天飞机到南京时已是深夜，父亲走出飞机后，发现刘伯承元帅一身戎装，正站在舷梯下等候。父亲走下舷梯，刘帅迎上来，抢先向父亲打了个敬礼。父亲一边还礼，一边不好意思地说："不敢，不敢。"刘帅笑着说："你是代表上级机关的，理应如此。"

此时此刻，站在质朴可敬的刘帅面前，母亲想到这些，不禁潸然泪下。

表面看来，老帅们在这场斗争中获胜了，但不久他们便为这次会议付出了代价。林彪、"四人帮"对此怀恨在心，将这次老帅们为我父亲伸张正义的会议，斥之为"大闹京西宾馆"，暗中指示造反派进行口诛笔伐。

这些事情发生后，周恩来十分生气，立即责令送萧华夫妇回家，归还被抄的东西，覆盖所有有关萧华的大字报。

不久，毛泽东也明确表态：要保护萧华。

由于毛泽东、周恩来的干预，军内外关于我父亲的大字报明显地少了。但仅仅过了几天，这类大字报和大标语又突然多了起来，就连不久前还红极一时的《长征组歌》也被造反派斥之为反党"大毒草"。显然，林彪、江青并不甘心第一次较量的失败，他们还在秘密策动倒萧的行动。

父亲被揪斗后，北京军区又揪杨勇。眼看着部队越来越失控，身为全军文革组长的徐向前和第一副组长的父亲心急如焚。在他们和叶剑英、陈毅、聂荣臻等老帅的共同努力下，毛泽东于1月28日亲自批发了旨在保持军队稳定的《中央军委命令》，因命令共八条，故亦称"军委八条"。文件在肯定"文化大革命"的前提下，对全军指战员作了若干规定。如不得擅离职守；不准冲击军事领导机关；不允许自由抓人；不允许任意抄家、封门；不允许体罚和变相体罚如戴高帽、挂黑牌、罚跪，等等。这个文件的下发，对稳定军队起了重要作用。

为了保护我父亲，维护总政治部的正常工作秩序，1967年3月3日，在人民大会堂召开了总政系统干部、战士、职工以及军队院校造反派代表参加的六千人大会。周恩来和老帅们出席了大会。会上，周恩来首先批评了造反派揪斗萧华、冲击军队的恶劣行径。然后，专门讲我父亲的革命经历，从早晨9点一直讲到中午12点，整整三个小时。

周恩来愤慨地说："你们在座的没有一个比我了解萧华，他是我看着长大的，他连衣服都穿不好时我就认识他。他是毛主席调到红军里来的，毛主席信任他、培养他，他的第一个启蒙老师就是毛主席。他从红小鬼到总政治部主任，跟着毛主席南征北战几十年，总是处于斗争第一线，哪里困难哪里去。这样一个好同志，怎么会反对毛主席、反对党呢？你们会唱《长征组歌》吗？你们能写出来吗？'毛主席用兵真如神'，这一句是传神之笔，对毛主席没有深厚的无产阶级感情，是写不出来的。《长征组歌》每一段我都会唱，你们凭什么说《长征组歌》是大毒草？"

开完会后，周恩来问我父亲："我怎么没看见王新兰，她怎么没来？"

父亲说："来了，近来心情不好，心脏病又犯了，在休息室里。"

休息室紧连着会场，母亲在那里听了三个小时，哭了三个小时。周恩来走进休息室，看见母亲，赶忙走了过去。母亲见到周恩来，哭得更厉害了。周恩来扶着她的肩膀，故作轻松地说："雪山草地都过来了，怎么还哭鼻子啊，抬起头来，让我看看。已经成大人了，挺一挺，什么都会过去的，都会好的。"说着，他扳起母亲的脸，看了看，脚步沉重地走了。

后来母亲不止一次地对我说过，十年浩劫中，每当最困难的时候，她都会想起周总理对她说的那些话，支持着她挺过一个又一个难关。

四　迫害加快了脚步

在林彪、江青一伙把持着"文革"绝对领导权的形势下，周恩来保萧的声音显得特别微弱。

六千人大会之后，总政机关稍微平静了些。但军事院校和直属单位依然很乱,父亲不时被这里那里叫去回答问题,平静了几天的机关又开始了无政府状态。

此时,黄永胜、吴法宪、李作鹏、邱会作受中央文革和林彪、叶群的唆使,组织造反派加紧了"倒萧"的步伐,其中尤以李作鹏领导的海军"红联总"最为猖獗。他们采取内线突破为主要手段,在总政治部拉拢一些人,给他们封官许愿,并在夜间挨家挨户散发传单,传播我父亲的谣言,手段极其卑劣。白天则组织各造反派组织对父亲轮番批斗,肆意进行人身摧残。父亲的两个肩膀被搞"喷气式"的彪形大汉掐得皮开肉绽,瘀血化脓。两只胳膊被拉得脱了臼,苦不堪言。回到家里,母亲流着眼泪,用剪刀把粘在父亲身上的衬衣剪破,用凉开水将粘着脓血的布片浸湿,轻轻地揭下来,再撒些消炎粉,给父亲包扎好。做完这一切,母亲已心碎肠断。

父亲无日不被拉出去批斗,转氨酶居高不下,身体渐渐招架不住。母亲只好又打电话向周恩来求告。在周恩来和老帅的安排下,被折磨得遍体鳞伤的父亲和母亲再次上了西山。

1967年初对父亲的批判被周恩来平息下去之后,父亲在极度困难的情况下,继续工作了两个月。

在此期间,林彪、江青一伙又策划对父亲的另一个大动作。黄、吴、叶、李、邱等人煽动造反派,提出了"大战红五月"的口号。

邪恶之剑在一步步向父亲逼近。

母亲整天提心吊胆,她提醒父亲:"他们'大战红五月',是冲你来的。"

父亲说:"主席、总理都说过话了,他们还能把我怎么样?"

母亲说:"反正我觉着不妙。"

不出母亲所料,林彪、江青瞅准了一个时机,对父亲终于要最后下手了。

1967年5月13日，为纪念毛泽东《在延安文艺座谈会上的讲话》发表二十五周年，周恩来总理指示部队的文艺团体要举行联合演出，不要闹分裂。我父亲坚决执行周恩来的这一指示，向两派群众组织做了大量工作。但林彪、江青却在背后支持海、陆、空部分文艺工作者，撇开另一派单独演出。演出时间定在13日晚7时，地点在北京展览馆剧场，并要我父亲请中央首长出席。父亲向周恩来报告后，周恩来说："可以，但不要打仗，要各派联合演我们才看。"父亲分别向两派传达了周恩来的指示。

两派同意联合演出。

但在当天下午3点，吴法宪给"萧办"打来电话，说他们没有准备好，不能参加晚上的演出。电话是母亲接的，她立即报告了父亲。父亲对吴法宪说要小局服从大局。

过了一会儿，母亲又接到了海军打来的电话，内容和空军的一样，也表示不参加晚上的演出。母亲向父亲报告后，父亲感到问题严重，但还是劝他们以大局为重。

此时，负责组织演出的总政文化部也接到了同样的电话，急忙给萧办打来电话说，晚上演出的票已经发出，不能改变了。父亲让母亲赶紧给文化部打电话，命令按原计划准备演出。同时要办公室与驻京各大单位联系，做工作，争取联合演出成功。

母亲说，那天整整一天，她办公室的电话没有间断过，让你能感到暗中涌动着的不祥。

母亲把她的这种感觉对父亲讲了。父亲点了点头。他神色沉重地说："看来周总理的话他们也不听了。"母亲问父亲怎么办。父亲说："只能按原计划办。"

天黑下来的时候，父亲正在人民大会堂向周恩来汇报演出准备中出现的新情况，忽然接到报告说，北展剧场已经为演出的事打起来了，事态还在进一步扩大，弄不好要出人命。就在这时，母亲听见空军大院和海军大院的号声大作，吹紧急集合号了。霎时间海、空军大院的成百辆大卡车载着增援武斗的人员开往北展剧场，参加武斗。

周恩来立即让父亲和住在钓鱼台的陈伯达（中央文革小组在钓鱼台办公——笔者注）赶到现场去处理。陈伯达和我父亲赶到北展剧场时，分属两派的军队和地方造反派已经乱成一片。陈伯达知道内情，不痛不痒地说了几句要顾全大局之类的话。我父亲痛心至极，放开嗓子大声说："不要乱了，我们是人民的军队，是保护人民群众的，不该发生眼前这样亲痛仇快的事件。"

父亲着重批评了部队，平息了事件。演出自然也取消了。

这就是轰动一时的"五一三"事件。

父亲到北展处理问题，在京西宾馆八楼住处的母亲一直忐忑不安，不断给这里那里打电话，问情况。得到的消息只是，那里乱成了一锅粥，再详细的情况谁也说不准。母亲心烦意乱，不时走出屋子，在走廊里走一会儿，稳定一下情绪。

等到夜里1点多钟，父亲才回到京西宾馆。父亲一出电梯，就看见站在走廊里的母亲。他问："这么晚了，你怎么还不睡？"母亲说："等你呢，没事吧？"

父亲说："没事了，多亏我们去得及时，再晚些，事情要闹大。"他把晚上发生的事简单向母亲说了一遍，母亲才稍稍放下了悬着的心。

父亲母亲万万没有料到，北展演出事件，原来竟是林彪、江青一伙精心策划的"倒萧"阴谋链中的一个环节。他们挑动造反派，把这次事件嫁祸到父亲头上。

第二天一大早，总政办公大楼和北京街头，同时出现了铺天盖地的大字报，矛头所向，直指我的父亲。京西宾馆的几个高音喇叭对着父母的住处，二十四小时不间断地吼叫着"打倒萧华"，大骂我父亲是"保皇派"，是"五一三"事件的罪魁祸首，要"揪出萧华示众"。"一·一九"之后，母亲常搭坐父亲的车去总政上班，那天，坐在车里的父亲和母亲在大字报、大标语汇成的海洋里穿行，谁都没有说话。

母亲说，那天，父亲紧紧地抓着她的手，一直到下车，都没有松开过。

后来母亲才知道，当天，叶群还亲自给空军的造反派打电话，让他们把批判我父亲的大字报和标语贴到天安门广场上，并要"林办"的工作人员上街观阵。

北京城里，立即掀起了一股批萧倒萧的浊浪。

"五一三"事件后，林彪、江青一伙喜不自禁，江青、叶群、黄永胜、吴法宪、李作鹏、邱会作、王力、关锋、戚本禹倾巢出动，四处活动，到一派群众中去"慰问"，蓄意煽动说："打你们就是打我们。"6月14日，身为总后勤部部长的邱会作，却在总后碰头会上决定成立"批斗总政领导干部小组"，暗中领导砸烂总政的活动。黄、吴、叶、李、邱把"五一三"作为他们的纪念日，专门拣了个好天气，登上八达岭合影留念，以志"胜利"。他们把"五一三"说成是决定两个司令部的分水岭。此后，每年的"五一三"这一天，他们都要举行纪念活动。

躲在幕后的林彪亲自过问了"五一三"事件，并在6月份观看了部分文艺工作者的演出，"林副统帅"的露面，让敏感的造反派嗅出了"文革"核心领导层的意图，致使攻击萧华、攻击总政的声势越来越大。

"五一三"之后，每天都有成千上万的造反派到京西宾馆来揪我父亲，大门外、院子里、楼上楼下围得水泄不通。

父亲身处逆境，却仍在坚持着工作。此时，总政的几个副主任都已难于工作了。3月底，中央文革宣布徐向前不再管全军文革的事，全军文革的工作由父亲全面主持。各项工作堆积如山，而自己整天又被揪来揪去。眼看军队的正常工作要陷于瘫痪，父亲多次要求向主持军委工作的林彪汇报自己的处境，均遭拒绝。叶群给江青打电话，掩饰不住内心的兴奋："林彪故意晾那个姓萧的，让他在火上煎着，总政的事，全军文革的事，他都得顶着，哪一头出了问题，都跑不了他。"

一次，周恩来总理在人民大会堂主持召开国务院碰头会，父亲也来参加了。造反派到京西宾馆揪父亲，扑了空，就赶到人民大会堂。几十辆满载着造反派的汽车停在大会堂门口，高声喊着："我们要见萧主任！"警卫人员报告了周恩来。周恩来想了一下，说："让他们进来。"造反派进来后，一个头头拍着桌子对父亲厉声喝问："萧华，你到底是哪个司令部的？为什么要制造'五一三'事件？"父亲解释说："我是为制止那场事件赶到北展剧场的……"造反派头头粗暴地打断了父亲的话，说："你还敢狡赖？"这时，"打倒萧华"的口号声又响了起来。等口号声下去以后，周恩来问那个头头："你是哪里来的？"头头一怔，说："我是广州的记者。"周恩来说："把证件拿出来我看看。"头头从口袋里摸了半天，拿不出证件。周恩来的警卫员大声命令说："快点！"头头只好把证件拿了出来。周恩来接过看了看，这个头头原来是海军保卫部的一个干部。周恩来又问："你还是个保卫干部，保卫谁？"头头哑口无言。周恩来趁势又问，"你们到这里来抓萧华，知道萧华现在正在干什么吗？"造反派看形势对他们不利，又强词夺理几句，垂头丧气地走了。

在"五一三"之后的两个多月时间里，仅总政系统的造反派，就给父亲贴了两千多份大字报，罗织了五百多条罪名。

母亲此时已经不再恐惧。

有时，她还到总政大院里，去看看给父亲写的大字报。令她感到寒心的是，在诬陷父亲的干部中，有不少是对父亲知根知底的人。

此时的母亲更多的是迷惘。

母亲此时所能做的，是在父亲被揪斗回到家里后，把父亲的脏衣服洗净，熨好；再在第二天让父亲穿上，去参加新的批斗。她知道父亲一生爱整洁，作为妻子，她不愿丈夫肮里肮脏地走出家门，即使是去受辱。她要让那些整她丈夫的人知道，在萧华的身后，有一个关心着他的妻子。

令母亲担忧的是，在造反派无日不有的揪斗和巨大的工作压力下，父亲的身体一天天在垮下来。他明显地消瘦了，脸色发黄，每天回到家里，已是筋疲力尽，连饭都吃不下，而造反派的批斗还在继续。一天早晨，造反派又来揪父亲，母亲终于面对面地站在了造反派的面前："他今天不能去。"母亲用身子把父亲挡在了身后。

造反派问："为什么？"

母亲说："他病了，病得很厉害。"

"我们的会都准备好了，革命群众都等着呢。"

母亲固执地说："不行，今天坚决不行。"

这时，造反派头头朝身后一呼："你们说，萧华不去行不行？"

"不行！"顿时走廊里喊声一片，"革命无罪，造反有理！"

父亲拨开母亲，拍拍她的肩膀，说："新兰，不要紧，我跟他们走一趟。"

母亲望着父亲的背影，眼睛模糊了。她说那一刻，她觉得血管都要爆烈。

那天整整一天，母亲都在想，怎样才能让父亲好好休息几天，她真怕他在什么时候突然倒下。她想到了求助周恩来总理，但又一想，周恩来也正承受着巨大的压力，便打消了这个念头。最后，母亲想到了毛泽东主席。那晚父亲回家后，母亲让父亲给毛主席写了一封信，请求休息几天。毛泽东很快指示说：造反派不要再搞了，萧华身体本来不好，让他休息几天。得到了毛泽东的批示，父亲和母亲都舒了一口气。

父亲按照毛泽东的指示，写了一份书面检讨稿，对造反派提的问题，实事求是地说明了情况，也违心地检讨了自己的一些"错误"。还把吴法宪、李作鹏、邱会作等人约到京西宾馆，开了个座谈会，征求他们对检讨稿的意见。吴、李、邱大耍两面派手法，一面操纵造反派批斗我父亲，一面又在座谈会上说："萧主任风格高，严于责己，是我们学习的榜样。"当父亲正式把检讨稿上送毛泽东后，林彪、江青和黄、吴、叶、李、邱又在加紧策划另一个欲置父亲于死地的阴谋。

在阴谋面前，正义有时显得那么单薄。

五　母亲被捕

6月，母亲又陪着父亲从京西宾馆回到了西山。这时，父亲的身体更加虚弱，连续发高烧，不得不用电话指挥尚未完全瘫痪的总政工作。

让母亲稍感欣慰的是，没完没了的揪斗暂时停止了。

7月，毛泽东在天安门上接见红卫兵，秘书打来电话，要我父亲也去。"四人帮"得知后，布置红卫兵在天安门城楼下把父亲的车截住，团团包围起来，不断高呼"打倒萧华"的口号。父亲无法登上天安门城楼，只好坐车返回西山。

这时，景山后街旁吉安所右巷我们的家，成了百货店，每天都大敞着门，川流不息的人群拥进去，随意去抄、去翻、去抢。

对于父亲来说，一个最阴暗的日子终于来了。

7月25日，天安门广场集会。林彪、叶群在天安门城楼上，接见了他们操纵的造反派，指示说："你们要战斗，要突击，要彻底砸烂总政阎王殿！"并通过已在解放军报社夺得大权的××之口，传达到总政机关。

林彪亲自走到前台，发出了杀气腾腾的倒萧号令。一个震动了军内外的"彻底砸烂总政阎王殿"的行动，以"七二五"为时间标志，扑向我的父亲。总政大院里，新标语立即遮盖了旧标语："林副统帅指出：总政要革命！""林副统帅指出：总政要彻底改造！"……

林彪讲话之后，总政机关基本解体。中央召开会议，也很少通知我父亲参加了。

京外造反派纷纷进京，成立了"批萧"联络站。

"八一"建军节前夕，父亲接到了一份参加"八一"招待会的请柬。在第二天发表的新闻照片上，以康生为首，坐在左边，以朱德为首，坐在右边。几名元帅和我父亲都坐在右边，以示羞辱。

这是我父亲参加的最后一次"八一"招待会。

"八一"过后不久,为了方便造反派批斗,父亲和母亲从西山又搬回了京西宾馆。

8月上旬的一天,两张写着"打倒萧华,解放总政""打倒阎王,解放小鬼"的大字报,赫然出现在旃檀寺总政大院内。

1967年8月11日,在黄、吴、叶、李、邱的操纵下,一大批造反派高呼着震耳欲聋的口号,疯狂地挥舞着手中的旗帜、标语,拥入总政大院。贴满总政各个角落的标语上,醒目地写着:

"总政是刘邓资产阶级司令部设在军内的黑分店!"

"萧华是总政党内最大的走资派!"

"揪出总政党内大大小小的走资派!"……

在这些大幅标语中,有一条尤为引人注目:"毛主席说:萧华是扶不起的天子。"

紧接着,在总政礼堂举行了对我父亲的批斗大会。随着一声"把萧华押上来!"的喝叫,父亲被两个彪形大汉从后台推到了台上,顿时,"打倒萧华"的口号响成了一片。

这天陪斗的,还有几个副主任和总政的十四个正副部长、处长,站了满满一台子。

造反派明确宣布:萧华是"总政阎王殿"的"大阎王",刘志坚、徐立清、梁必业、傅钟、袁子钦等为二、三、四、五、六号"阎王"。

"八一一"是正式"打倒萧华"的标志。

从这天开始,父亲又成了造反派争夺的对象,今天被这个单位拉去批斗,明天被那个单位拉去交待问题。疲惫不堪的父亲频繁地出现在京内各大单位的操场上、礼堂里,挨批挨斗成了他的家常便饭。

原总政文工团政委丁里参加过一次父亲的批斗会,他这样回忆道：

　　……批斗是在高等军事学院礼堂举行的。我和一些"走资派"是奉命来参加会的，是要我们见识一下批斗"萧阎王"的阵势。当主持大会的喝令"把萧华押上来"时，我的心一下子就紧缩起来，呼吸也几乎停止了。

　　只见两个彪形大汉把萧华同志从后台推搡到台上来。于是揭发啊，批判啊，就接踵而来了。我听不进那些肆意诬陷、诽谤的喊叫，我觉得那些不实之词是同萧华同志联系不起来的。

　　他镇定自若地站在台口一侧，鄙视着那些登台献艺的各种各样的角色。

　　有人喊叫："低下头来！"……他根本不予理睬。主持人向他提出这样那样的质问，他对这些挑衅性的问题，全然以沉默来回答。按预谋的批斗计划已进行到底了，从萧华嘴里什么也没得到。实际上，主持人也可能料到这样的结果，但他们攻击诬陷的目的是达到了。

　　萧华同志被勒令押下去了，少顷从后台传来"毛主席万岁！""共产党万岁！"的口号声。听得出是萧华同志在呼喊，他在抗议这样无法无天的会，他在呼唤真理，呼唤光明……

　　一次，造反派在总后操场批判父亲，我们五个孩子也被通知参加批斗，接受教育。我们站在人群的后面，远远地看着前面的台子，在铺天盖地的口号声中，看见父亲被押上了台子。他神情憔悴，脸色苍白，但表现出来的却是一副无所谓的样子。造反派轮流上台发言，向他问话，他多数时候以沉默作答。有时简单地回答一句："不是那样的","我从未反对过毛主席"。显然，他早已习惯了这类批判。造反派不满父亲的傲慢，两个人按住他的头，使劲往下压，父亲拼命反抗，只要造反派稍一松手，父亲就又把头扬起来。这时，只见一个女军人手拿一根皮带，使劲朝父亲身上抽过去，父亲下意识地用手挡着，与此同时，"打倒萧华"的口号声如怒涛般滚滚涌来。

那一瞬间，我的心仿佛凝固了。

我听见最小的妹妹惊恐地呼叫了一声，我紧紧地抓住了她的手。妹妹的手冰凉。

来时是专案组的车把我们拉来的。散会后，妹妹们结伴回家。我一个人步行几十里，穿过整个北京城，走回清华园，一路上，那个女兵手中扬起的皮带，父亲下意识招架的样子，交替在我眼前出现。泪水无声地流着，模糊了路上的人、车、树……

造反派不断地为"倒萧"寻找口实。

济南军区司令员杨得志打电话向我父亲告急，说："济南已经没法工作了。"父亲派人到济南处理，造反派立即传出："萧华要夺权，萧华是济南的后台。"处理沈阳问题，又成了破坏沈阳军区"文革"的罪魁……

父亲在危难中坚持着，白天被拉出去批斗，晚上在灯下处理工作，疲惫不堪。我到京西宾馆去看他，见他满脸倦色，还在伏案处理文件。我十分担心他的身体，劝他别那么认真了。父亲竟用异样的眼光打量了我一阵，说了一句："你怎么能这样说呢？我还是总政主任嘛。"

我为父亲的纯真感动，但不想赞同。

一天晚上，黄、吴、李、邱来到京西宾馆父亲住的八层，支走了母亲和工作人员，与父亲谈了一刻钟。他们走后，父亲对母亲说：

"刚才他们通知我，军委决定从今天起，停止我的工作，中央文件也不送了，让我闭门思过。"

多年之后，母亲对我说，他第一次从父亲的目光里看到了失落。母亲说那是战士被解除了武装的失落。

当天晚上，八层的楼道里，增加了几个面目陌生的警卫人员。从此，父亲被软禁了。

林彪、江青也没有放过母亲。

在父亲被各单位轮番批斗时，江青就在私下里阴阳怪气地对军队造反派头头说："你们总政主任那个老婆，傲得很，年纪小小的，资格老老的，级别高高的，得好好触及触及她的灵魂。"父亲被软禁于京西宾馆之后，江青又在群众大会上公开点了母亲的名，说："萧华是军内最大的走资派，他的老婆也不是什么好东西。她自称是干部子弟，将军夫人，长征干部。她算什么长征干部？是让人背过来的。你们应该触及她的灵魂，要杀杀她的威风！"

消息传到父亲司机的耳朵里，他很紧张，悄悄跑来对母亲说："王主任，你要当心，他们可能要斗你，你身体不好，这几天要睡好觉，不然顶不住。"

母亲此时已经十分平静了。她知道作为"军内最大走资派"的妻子，早晚会有这一天。

父亲听到这个消息，不断地在屋里走来走去，过来过去重复着一句话："这群人，一个萧华还不够他们整吗？一个萧华还不够他们整吗？……"

母亲劝他说："你不要着急，大不了让他们拉出去斗一斗。"

父亲看着母亲说："那种侮辱……我没关系，你受不了的……"母亲看到父亲神情黯然。

母亲说："我能顶住。"

父亲又踱起来，嘴里喃喃着："一个萧华还不够他们整吗……"

母亲后来对我说，当时看着父亲那种焦急的样子，那种无计可施的样子，她的心都要碎了。母亲不止一次地说过，父亲的心是金子的，有时单纯得像个孩子。她说她有幸得到了这样一个丈夫，她说她感谢上苍。

果然，没过几天，造反派就从京西宾馆揪走了母亲，拉到国防部大楼进行批斗。母亲一进院子，"打倒萧华！""打倒王新兰！"的口号声就喊了起来。院子走道两旁排满了人，有敲脸盆的，有摇旗子的，阴气森森。造反派早准备了一辆大卡车，车上放着一张方桌，桌子上面又摆了一个凳子，他们让母亲爬上去，像耍杂技一样站在凳子上。

下面的人开始发言了。他们一个接一个地跳上台子，揭发我父亲和母亲的"罪行"，"打倒"的口号声震耳欲聋。

时间在一点点过去。母亲站在凳子上，双脚渐渐麻木了，头昏脑涨，汗水顺着两颊如注地流着。她咬紧牙关，告诫自己"千万不能倒下"，终于挺了过来。

母亲从高处下来时，双脚已经酸疼得不能走路了。

母亲被送回京西宾馆时，父亲正焦急地等着。母亲强打精神，朝父亲笑了笑。父亲问："怎么折磨你了？"母亲淡淡地说："让站了高凳子。"父亲问："没有掉下来？"母亲说："没有。"

事后，母亲说，她没有从那么高的凳子上掉下来，得益于她早年的跳舞基本功。这不啻一个带点苦涩的黑色幽默。

有一次造反派把母亲拉到国防部大楼前去批斗，也是桌子摞桌子，让母亲站上去。百般侮辱后，又被一派抢走，继续批斗。周总理得知后，把组织批斗的北京军区造反派头头找去骂了一顿，说："你们批斗她，她是什么人？是你们的前辈，你们知道不知道？你们把她弄到哪里去了？"

造反派头头说出了地方。

周总理命令："立即给我找回来！"

那天母亲回到京西宾馆，已经晚上9点多钟。

8月的一天，父亲母亲刚吃过早饭，他们住的地方就闯进了一伙造反派。像往常一样，他们平静地看着造反派，都做好了走的准备。父亲母亲不知道今天他们要带走他俩中的哪一个。

"王新兰，你跟我们走一趟。"一个头头发话了。

母亲站起来，看了父亲一眼，朝门口走去。

造反派头头叫住了母亲，说："拿上两件衣服，可能得在外边待上几天。"

父亲母亲一怔，他们都清楚这意味着什么。

父亲对造反派头头说："她是做一般工作的，我跟你们走。"

造反派头头说："你有你的问题，她有她的问题。"

母亲拉开父亲，进了里屋，父亲也跟了进去。母亲拿了两件衣服，往外屋走的时候，父亲紧紧抓住她的胳膊，说："新兰，不论遇到什么，只要他们不杀你，决不要自杀！"

那时，不时有老干部和知识分子自杀的消息。父母的老朋友罗瑞卿就因受不了凌辱从楼上跳下来，自杀未遂，落下残疾。类似的例子多得不胜枚举。

听完父亲的话，母亲的泪水夺眶而出，她哽咽地说："不会的，我丢不下你和五个孩子的。"

父亲神情沉重地点着头。

母亲临出屋门前，紧紧抓住父亲的手，深情地看着他说："你放心。"说完，跟着造反派走了。父亲站在自己住的屋门前，目送母亲走出了京西宾馆八楼长长的走廊。

父亲希望母亲再回头看他一眼。但母亲没有回头。

母亲比父亲早五个月入狱。

父亲入狱之前，她没有再回来过。

六　父亲入狱

没有母亲的日子，父亲孤独而苦闷。

他依然被软禁在京西宾馆，接受没完没了的审查和盘问。

我们孩子去看望父亲也受到了严格限制，不准超过两个小时，更不准在父亲那里过夜。我们一进屋子，就有警卫跟进去，站在门口。父亲跟我们念叨最多的是母亲，母亲被抓走后再无音讯，我们猜测着她的下落。

父亲对我和姐姐说："我和妈妈都顾不上你们了，你们自己要学会管理自己，大的要照护小的。"我们点着头。

父亲看上去有点凄凉。

1967年12月20日，也就是母亲被抓走的四个月后，在林彪、江青一伙操纵下，造反派炮制了一份《关于反革命修正主义分子萧华的罪行和处理意见的报告》，分别上报毛泽东、林彪、中共中央、中央军委、中央文革小组。在这份全篇充满诬蔑不实之词的"报告"中，他们罗列了父亲的"六大罪状"。对于"总政阎王殿"问题，他们是这样说的：

> 总政治部，长期被彭德怀、黄克诚、谭政、罗瑞卿、萧华等反革命修正主义分子所把持，经过他们苦心经营，变成了水泼不进、针插不进的资产阶级独立王国，一个刘、邓设在我军的黑分店，一个大阎王殿。
>
> 萧华盘踞总政长达17年之久，他招降纳叛，结党营私，组成了一个反革命修正主义集团。他的6个副主任，刘志坚、徐立清、梁必业、袁子钦、刘西元、傅钟，是清一色的三反分子。在51名正副部长中，初步查明，有叛徒和叛徒嫌疑的9名，假党员和入党无证明的4名，隐瞒重大政治历史问题的4名。还有蒋匪军政训处主任，军统外围组织学行社分子，伪乡保长，训练班中队副，严重特嫌分子以及写诗咒骂我们伟大领袖毛主席的现行反革命分子……在这个阎王殿里，只有萧阎王的绝对权威，没有我们伟大领袖毛主席的绝对权威，没有毛泽东思想的绝对权威……

在这份三十页的《报告》中，他们提出了对我父亲的处理意见：

> 一、请中央对反革命修正主义分子萧华作出政治上和组织上的结论，撤销他党内外一切职务，清除出党。
>
> 二、把萧华交给北京卫戍区看管，隔离反省。
>
> 三、驻京大单位召开批判斗争大会，坚决把反革命修正主义分子萧华批深批透，斗倒斗臭。
>
> 四、将萧华的罪行向全军公布，发动全军各级领导机关深入揭发他的罪行，对广大干部、战士进行教育，并请中央考虑在适

当时机在报纸上点名批判，彻底肃清他的流毒。

五、重建总政党委，彻底改组总政治部。

父亲也在京西宾馆等来了和母亲同样的结果。

1968年初的一天，父亲刚刚起床，就有四五个人走进了屋子。

"你跟我们走一趟，有些问题要问问你。"其中一个三十多岁的军官对父亲说。

和以往的"提审"没有什么两样。

父亲已经习惯了这种"提审"，他像往常一样，戴上帽子，跟着那个人走出了屋子。父亲这一走，再没有回来。

从此，父亲在北京失踪了。

就在我们姊妹五个到处打听父亲下落的时候，其实，父亲并没有走远。他被造反派带到了一个极其隐密的地方，关了起来。除了极少几个人，没有人知道那个地方。从此，那个叫作松树胡同的地方成了中国人民解放军总政治部主任的炼狱。

父亲被抓走不久，他的问题就升了级。

造反派宣布了中共中央1968年2月5日的一个批示（即"二五"批示——笔者注），其中说，刘少奇、邓小平、陶铸、彭德怀、贺龙、彭真、罗瑞卿、陆定一、杨尚昆、安子文、萧华等十一人，是一个"叛徒集团"，阴谋篡党夺权。

在那个年月，谁都知道，在林林总总的"罪名"中，叛徒最具杀伤力。打成叛徒，就成了翻不过来的铁案。

把父亲定为叛徒的依据是：有人揭发，1938年，在山东的某年某月某日，时任挺进纵队司令员兼政委的萧华只身逃跑，下落不明，有叛变嫌疑。

中共中央2月5日的批示，专案组始终不敢面对面地向父亲宣布。直到父亲出狱时，母亲问到此事，父亲说他根本不知道有这个批示。母亲说，谅他们也不敢把无耻的谎言对你直说。

后来专案组调查到父亲当年的警卫员王定烈。王定烈翻开当时自己的日记，发现那天父亲恰巧在给党政机关上政治课，作政治报告，并没有"只身逃跑"。姓李的专案组长启发王定烈说："你那时很年轻，真的被俘了也没你的事，你再好好考虑考虑，我们明天再来。"第二天，专案组长又来了。王定烈原话回之，并以"党籍担保"。专案组长变了脸，威胁说："你不要顽固到底，不然死路一条。"王定烈也火了，义正辞严地说："共产党员讲的是实事求是，我说的话我敢负责！"专案组长悻悻地走了。

专案组在王定烈那里没有捞到油水，又去调查当年冀鲁边区的参谋长邓克明。邓克明不冷不热地说："我年纪大了，记不得了，昨天的事今天就忘，不要说几十年以前的事了。"

父亲万万没有想到，检举他"叛徒"问题的人是他的老部下，抗战时在父亲挺进纵队任支队长的曾国华。"文革"时他任空军副司令，写了份材料，说父亲曾被捕叛变过。他把这份材料拿给时任空军政委的王辉球，王辉球签了字。林彪、江青一伙如获至宝，他们手中终于有了一颗可以置我父亲于死地的重磅炸弹。

其实，当年的实际情况恰恰相反，敌人"扫荡"时，曾国华被敌包围，已突出的父亲得知情况后，立即派人解围，将曾国华救出。二十年过去，曾国华却以怨报德，反诬父亲被俘叛变，除了趋炎附势，没有别的解释。"文革"后的1979年2月13日，在沈阳军区当顾问的王辉球，为此事专门给父亲写过一封检讨信。

专案组审查父亲的"叛徒"问题，几个月过去了，案子没有任何进展；专案组向中央文革小组汇报后，中央文革决定"挂起来"。

此后不久，在一次专案组会议上，周恩来问："萧华的叛徒问题搞清了没有？"父亲专案组的人支吾说："没完全搞清，据他当年的警卫员说，好像没有那件事。"总理气得拍了桌子，问："为什么不报告？"

"叛徒"问题搁下后，继续翻腾"总政阎王殿"的问题。在父亲被扣上总政"大阎王"的帽子后，总政几乎所有各部都被网罗到"阎王殿"里来了。主任办公室是"阎王殿的黑心脏"；保卫部是"保卫蒋介石的"；联络部是"联络敌人的"；干部部是"配黑班子的"；文化部是"文艺黑线专政"；宣传部是"制造反革命舆论的"；解放军报社是"阎王殿的缩影"；解放军艺术学院是"封资修的大染缸"……对总政的结论是"水浅王八多""一筐烂梨"。

我的母亲王新兰的名字，赫然出现在被点名的总政"阎王殿"的"黑线"人物名单中。

1968年10月，林彪一伙对总政实行了军事管制。军事单位被军管，旷世未闻。

林彪、江青两个反革命集团，联起手来，用"莫须有"的罪名，将我父亲几乎打入死牢。

父亲在松树胡同那个警备森严的小院里，整整度过了七个春秋。

住在这个小院里，父亲被关押在一间只有五平方米的小屋里。小屋子的窗户用铁板钉死了，屋里吊着一只日夜通明的100瓦大灯泡，父亲的一举一动都受到严格监视，就连大小便，也有哨兵看守。上午和下午，只有十五分钟放风时间，还要加哨。专案组规定父亲睡觉脸必须朝外，一个姿势，不许翻身。起先他们还要收走父亲系裤子的皮带，父亲说："皮带不能拿走，你们放心，日本鬼子没有把我打死，蒋介石没有把我打死，我不会用一根皮带把自己勒死，我不会自杀。"

由于父亲"态度顽横，拒不交待问题"，审讯时，经常被殴打。低头，罚站，棍棒打，喷气式，轮番使用。父亲的脸上、身上伤痕累累。

在这七年关押期间，"上边"规定：萧华的生活标准应低于战士的标准。当时战士的伙食标准是每月15元，父亲只有8元，还包括日用品在内。

父亲的食谱是：早饭，半个窝头，一碗苞谷面糊糊；午饭，一个窝头，一碗菜汤；晚饭与午饭同。

七年之间，天天如此。父亲获释时，全身浮肿，毛孔出血，望之令人怆然。

母亲和父亲相继被抓走后，我们几个孩子到处打听，没有打听出他们的下落。

景山后街的家（1959年，我们家由景山前街搬到这里——笔者注）如今已不成其为"家"了。冬天暖气也停了，屋子里冻得待不住人。我和姐姐出去临时买了炉子、烟筒，为了取暖，姐妹几个集中睡在一间小屋子里。我回学校去住。以前，母亲在家时，我们从来没有管过生活上的事，饭来张口，衣来伸手，都有妈妈管。现在必须为每一顿饭发愁，为每一分钱算计。当时我兜里只有十二块钱，为了省着用，总吃四分钱一两的炸酱面，每顿还只敢吃二两。母亲被抓走前，把一个存折交给了我，以备万一。现在去取时，银行一看是萧华的，说："早冻结了。"

那时姐姐已经毕业，每月发三十多元工资。我和姐姐商量，姐姐管萧霜和萧露，我管最小的妹妹萧霞。姐姐说："你一月就十二块钱生活费，怎么管呀？"我说攒点钱，买个架子车拉。姐姐哭了。

我真的动过去拉架子车的念头。在海淀，我问过拉架子车的师傅，说活儿好的时候，一天能挣两三块钱。

那时，我看不到前面的路。

初进清华大学，我是公认的好学生，担任班长和团支部书记，1966年3月就入了党。转眼之间，变成了黑崽子，我自觉地躲着一切人。

清华园离颐和园很近，每天一起床，我就走出学校，到颐和园去。不想买票，常从颐和园围墙的一个小洞钻进去，拣一个僻静的小山，或一处游人稀少的树丛，一坐一整天，看日出日落，云卷云舒；想世事沉浮，人情冷暖，为父亲母亲的处境担忧，替姐姐妹妹的前途发愁。我陷入了难以排解的忧虑和迷惘。

有一个每天在林中练太极拳的老人，注意到了我。一天，我刚从那个小洞钻进去，又碰到了那个老人。老人看见我，收了式，招呼我一声在石头上坐了，问："你是清华的学生吧？我常在园子里看见你。"

我说："不上课了，没事，这里清静。"

老人说："这年头，年轻人都在斗这个批那个，惟恐天塌不下来，有几个好静的？"

我无奈地笑一笑。

老人突然问："家里出事了吧？"

我不禁一怔，素不相识，我暗暗佩服老人的好眼力。

"没有。"我说，我从小就不喜欢倾诉。

老人一笑，指着空落落的颐和园说："你看，这么大个园子，有几个天天来逛的年轻人？你让我想到了苦戏里的落难公子。"老人说罢，不看我的反应，哈哈笑了笑，从石头上站起来，对我吟了两句宋人的词："城中桃李愁风雨，春在溪头荠菜花。"

我知道老人吟的是辛弃疾的《鹧鸪天·代人赋》里的句子，不由联想到与此句有异曲同工之妙的唐朝诗人刘禹锡的另一句，遂念出："城中桃李须臾尽，争似垂柳无限时。"

我念罢，老人打量我半天，说："小伙子，诗虽如是说，但若真能如此观世事，看小人，还须修炼。"

我点点头，苦涩地笑一笑。老人对我又说了句："唉，找清静的都是心烦人。"

老人说罢，又轻移虎步，摇着手臂，向前移去。

之后又过了两周，颐和园不见了老人的影子。我一打听，方知老人"文革"开始就被打成了反动学术权威，批斗时松时紧。一周前又在大庭广众中批斗，老人难忍屈辱，服用了大量安眠药自尽。

我不禁愕然。

鹤发童颜的老人在我心中久久挥之不去。

我的几个同班同学对我表示了让我感动的友谊，他们中有西藏翻身农奴的儿子阿旺次仁，来自西宁城里的毛文炜，以及福建莆田农村来的房其宽。一次，我从城里回到学校，阿旺次仁看出了我的情绪不好，趁宿舍没人的时候，走到我的跟前，问："萧云，你心里有事？"

我勉强笑笑，说："没事。"

阿旺次仁说："你骗我？"

我看着他，我从他深陷的眼睛里看到了那个时代缺乏的善良。

他问我："用不用钱？"

我赶忙说："不用，不用。"我觉着自己的脸在涨红起来。

阿旺次仁说："你们这些干部子弟，就是好面子。"说着，拿出二十块钱，硬要塞给我。最终还是让我推掉了。

阿旺次仁显得很尴尬。

我说："谢谢你，真的不需要。"

阿旺次仁说："萧云，我真替你担心，你和以前不一样了。"

我又勉强笑了笑："有什么不一样的？"

他用有些生硬的汉话说："你说话少了，夜里睡不着觉，我都知道。"说着，他停顿了一下，看着我的眼睛，又说："我们藏族常说的有一句话：当你走不动的时候，就想一想阿妈；当你发愁的时候，就想一想阿妈。阿妈能给我们力量。"说罢，他又看看我，走了。

我不知道说什么好。

我感到久违了的温暖。

我比任何时候都想母亲。

妈妈，你在哪里？

七　母亲在炼狱中

母亲被关在黄寺总政大院一间八平方米的小屋子里。小屋有一个很高的小窗户，靠墙放着一张行军床，屋顶上吊着一个瓦数很小的电灯泡。

在此之前，母亲经历了许多凌辱，来到黄寺时，她的心已十分平静。作为妻子和母亲，她此时最牵挂的是丈夫和五个孩子。她在不尽的思念中，开始了漫长的囚禁岁月。

在黄寺的这间小屋里，母亲一关就是三年。

林彪、江青欲置母亲于死地，专门成立了八个人的专案组，六个男的两个女的，组长叫张遥，作为"萧华专案"的附案，不分昼夜对母亲进行审讯批斗。

开始母亲吃饭是在机关食堂。从小屋子到食堂,尽管只有短短几百米距离,但那却是永远无法从母亲记忆中逐走的屈辱之路。母亲被四男二女押着,沿途所碰见的小孩,都用充满仇恨的目光看着她,骂着,一边把砖块石子掷到她的身上,有时还没走到食堂,已被砸得头破血流。

食堂里,用屏风隔开了一张桌子,供母亲用餐。吃饭的人听说是萧华的老婆在吃饭,都跑来看这个传说中的漂亮女红军怎么吃饭,有的甩下几句风凉话走了,有的则涎笑着,辱骂着,往母亲饭碗里吐口唾沫,然后扬长而去。

母亲除了默默忍耐,对这一切,她无能为力。

而押解她的男女战士,却听之任之,没有一个人出来制止。

自打我偶然从同学口里得知这一情况后,我的心一直在流血,为母亲所受的侮辱,为干部的鄙劣,为战士的麻木,为人性的泯灭,为同情心的放逐,为孩子被亵渎的纯真……我的心在流血,直到今天,直到此刻写下这些带血的文字。

在黄寺的那间小屋里,没完没了的审讯和批斗是日复一日的"功课"。除了逼母亲交待自己和丈夫萧华的问题外,还要她交待罗瑞卿、饶漱石、高岗等人的问题。她说自己和丈夫有缺点有错误,但没有"三反"问题;对于其他人,她一概说不知道。

最后,经江青授意,造反派给母亲加了一顶"假党员"的帽子。他们气势汹汹地说:"十三岁就没有入党的。"母亲对他们的无知感到好笑,说:"你们就不懂共产党的历史。"造反派恼羞成怒,将母亲拳打脚踢了一顿。后来他们到武汉军区调查了原红四军宣传队长贾安潮(贾时任武汉军区后勤部长——笔者注)。贾安潮斩钉截铁地说王新兰党员不假,并言之凿凿地说是他和宣传队指导员向贵元亲自介绍的,亲自办的手续。之后，专案组又找了原红四军政治部还健在的人，以及八路军时期熟悉母亲的干部，都说母亲是个好党员。造反派这才无话可说。

但林彪、江青一伙仍不甘心，对母亲的迫害还在升级。

一天，母亲的羁押处一下子来了三十多个人，小屋里待不下，门外还站了不少。其中有二十多个人是父亲专案组的，两个专案组对母亲进行联合审讯。他们把母亲带到一个秘密审讯室里，审讯室布置得十分阴森，墙上贴满了"打倒萧华！打倒王新兰！"的标语。父亲和母亲的名字都被倒写着，打着红叉。造反派看见母亲进来了，一阵"打倒"的口号声后，把脚镣手铐哗啦一声摔到母亲面前。一个人说："你这个死硬派，态度好还罢，今天再不说，就把镣铐戴上！"对于那些被问了无数遍的老问题，母亲仍然以沉默作答。专案组无计可施，让母亲罚站，从早晨8点站到晚上8点，整整十二个小时，母亲一句话没说。父亲专案组副组长李福崇十分凶恶，把电影上国民党审讯共产党的那一套拿了出来，他拿出一把剪子，吓唬要撬母亲的嘴。母亲鄙夷地冷笑一下。结束审讯时，母亲腿脚肿得老粗，不能走路。造反派连推带搡，把母亲又弄回了那间小屋子。

经过一段时间的关押批斗，母亲专案组组长张遥产生了激烈的思想斗争。再审讯时，不像先前那样凶了。

当然，对于母亲这样的"要犯"，张遥的同情只能是含蓄的。

母亲被关押期间，除了接受审讯和批斗，每天还要扫厕所。一次，从楼上往下扫时，被一个西红柿滑倒，从楼上滚下来，腿摔断了。张遥听见响声后，赶紧跑出来，见母亲躺在地上，忙问："怎么了？"母亲说："腿摔断了。"张遥问："能起来吗？""不能。"张遥叫来两个女专政队员，一起把母亲扶起来，拉到三〇一医院。三〇一医院的大夫一看是萧华夫人，嘟嘟囔囔半天，想看不想看的。张遥说了半天，医生才说句："拍个片子吧。"两个女专政队员搀着母亲拍了片子，说骨头断了。张遥问医生："能不能住院治一下？"医生说："不行，得有上面指示。"张遥说："得固定一下吧。"医生这才勉强给母亲上了个夹板。医院不让住院，张遥又把母亲拉回专案组。母亲不能走路，张遥在医务所找了一副木拐。木拐是男同志用的，太长，母亲没法用，张遥自己用锯锯，还把手锯破了。母亲不能下床，什么也干不了，他说："你放心，这几天不批斗你了。"母亲说："随你便。"母亲在小木板床上躺了一两个星期，果然没有审讯和批斗。

母亲每月只有十二元的伙食费，除了吃饭，什么也不能买。张遥有时用自己的钱买些桃子、苹果，趁没有人注意时悄悄送来。

十年浩劫结束后，母亲问张遥："你是专案组长，后来为啥那么关照我？"张遥说："我佩服你，那么硬，斗你时虽然你咬着牙不说话，但从你的眼睛能看到喷射出的仇恨。"父亲母亲到大西北工作，张遥经常给母亲写信，检讨说自己做了错事，向母亲道歉。

查"三种人"时，母亲对调查张遥的人说：张遥虽是我专案组的组长，但这个人不是个坏人。

最后，专案组给母亲定的罪名是：

一、萧华死党。

二、阶级异己分子（因其家庭出身地主）。

三、苏修和国民党的双料特务（苏修特务——学过俄语，有许多苏联专家朋友的赠书和信件；国民党特务——学过无线电，是为了不经过中间环节，直接同国民党联系）。

整母亲的特务问题，李作鹏直接插手，暗中指挥海军的红卫兵批斗。每次海军批斗父亲母亲，李作鹏的老婆董其采总是坐在第一排。尽管一言不发，但看那架势，就是坐镇的。

1968年，我的两个妹妹萧霜和萧露要下乡了，还是没有关于父亲母亲的任何消息。

萧露打听到专案组住的地方，去问："我们要下乡了，能不能看看我妈？"

"不行。"

"能打个电话吗？"

"不行。"

"为什么？"

"要证明。"

"要哪儿的证明？"

"不知道。"

"那就请你转告我妈，说萧霜和萧露到山西原平县插队了。"

"行。"

萧露从专案组回来时，比去时显得轻松多了。我们以为她见到母亲了。她说没有，但她知道母亲还活着，而且就在北京。问她为什么那么肯定？她说要见母亲专案组得要证明，不就说明问题了吗？

萧露不光胆大，而且心细。

萧霜、萧露销了北京户口，到山西原平县小河村插队，当了农民。

之后，姐姐和我最小的妹妹萧霞也相继离开了北京。

姐姐1967年北航毕业。由于父亲母亲的问题，迟迟不予分配，她在班上最后一个离开学校。上面指示，萧华的女儿，不能留在北京，工厂和科研单位也不能去。为了照顾两个妹妹，她去了条件艰苦的山西忻县。

1968年底，十四岁的小妹妹萧霞离开北京，去黑龙江扶余县插队。

萧霞走时，只有我送她了。我用那月的十二元生活费为妹妹买了件丝棉背心，一个小收音机。我对她说："你还小，才十四岁，有空听听收音机，学习学习。"

黑龙江留给小妹妹的印象是：天太冷，活儿太累。冬天最低温度可到零下三十多摄氏度，挑粪挑过一百多斤。

被允许去看望母亲，是在她被抓走的一年多之后。

那天下午天快黑的时候，母亲专案组突然通知我，第二天早晨可以去探视母亲。情况来得太突然了，我几乎不敢相信自己的耳朵。当时家里只有我和十四岁的小妹妹萧霞。我们不知道这消息是吉是凶。萧霞有个很要好的同学，她的父亲是保卫部副部长周更龙，得到让我们看望母亲的通知后，萧霞立即去找那位周副部长了解情况。周副部长偷偷告诉萧霞："你们看妈妈时别紧张，你妈妈审查了半天，什么问题都没有。"萧霞听后高兴得合不拢嘴。周副部长又交代说："你妈妈的情况你们心里明白就行了，千万不敢把我的话说出去。"萧霞说"知道"，一路小跑回了家。

萧霞把周副部长的话跟我说了以后，我们兴奋得一夜没睡，谈着关于母亲的话题，想象着见到母亲的情景。

第二天一大早，我和萧霞就按专案组说的地方找去了。临出门前，萧霞还特意打扮了一下，穿上了她认为最好的衣服，精心地梳好了小辫儿，她说好让母亲看着高兴。

我们先找到专案组，一个年轻军官把我们带到了关押母亲的那间小屋前，用钥匙打开了门，让我们进去。

那是永远凝固在我们三人记忆中的一刻。

惊异，兴奋，悲伤，痛苦……短短的几分钟，在那间八平方米的小屋里，我们母子三人经历了人间几乎所有的感情。

母亲消瘦了许多，脸色苍白，额角有隐隐的伤痕……只须看一眼，就知道母亲在这里是怎么煎熬的，什么都不用再问了。

母亲先搂住妹妹亲了又亲，然后拉过我，就哭。

我劝母亲别哭。母亲说："云娃，你头发怎么这么长？"

我说其实我很好。

母亲端详我半天，说："你年纪轻轻的，怎么这么憔悴？"

我说我很好。

母亲抚摸着我的头，泪水像断线的珠子般落到我的头发上。我同时感到了那手的粗糙和泪水的温度，我的眼睛一阵酸涩。

我听见母亲哽咽着说："云娃，出去把头发理一理，我要看到你精精神神的。"我使劲点着头，甩落两行泪水。

在看望母亲的一小时里（这是专案组规定的时间——笔者注），母亲只字未提她在这里受到的屈辱。

我想对母亲说点心里最想说的话，我想表达儿子对母亲的久藏于心的爱，眼下是最恰当的时间最恰当的场合。但是我什么也没有说。如今想起来，我还为我的过于腼腆而懊悔。

当我们走出那间小屋的时候，母亲是笑着目送我们的。

走出很远，我和妹妹还回头看了一眼那间小屋，此时，屋门已被他们关死了，我们没有看到母亲。

后来，噩梦醒来，母亲才不堪回首地对我们说：那时候，死去要比活着容易得多，痛快得多。我在死亡边缘徘徊过好几次，但最后还是选择了活下去。我还有一个下落不明的丈夫和五个需要我呵护的孩子。我要等着看到他们。

八　母亲被释放，我们有了家

母亲在黄寺被关了整整三年，未做任何结论，又被莫名其妙地释放了。

开始准备把她放到内蒙古去继续劳动改造，已经通知了她。当时中苏关系紧张，内蒙古方面得知母亲会俄语，怕她跑到苏联去，吓得不敢接收。后来专案组又想把她送到山西，山西方面提出一个技术性问题：是否按党员对待？北京方面也无法答复，于是往山西发落的事也就搁了下来。

之后，母亲被送到红山口劳动。在这里，她发了军装，重新戴上了领章帽徽，也恢复了组织生活，但还没有完全解放。

红山口劳动了两个月，母亲才回到了北京，仍住在景山后街。此时，我们原先的这个家大多数房间都被封了门，只给母亲留了一间小屋子。母亲出狱时，只有我一个人在北京。母子相对，感慨万千。当母亲得知我在最困难的时候，有几个要好的同学给过我帮助时，母亲说："人应该知恩图报，现在我出来了，好赖有个家了，你把他们请到家里来吧，我应该谢谢人家。"第二天，我把同学毛文炜、房其宽叫到家里，然后去东来顺大吃了一顿，我们每个人都吃了二斤羊肉。

在"文革"期间能吃上涮羊肉已是最佳膳食了。妈妈自己却吃得很少,一个劲地劝我们这些大小伙子吃。母亲知道同学们出身贫寒,在"文革"头几年的最困难时期,这些同学给予儿子精神上的支持和鼓励,是处于逆境中的儿子所获得的最大精神财富。母亲从心底里感谢他们。那天母亲心情格外好。

母亲想念分散在天南地北的四个女儿,给她们每人写了一封信,告知自己出狱的消息。

萧露接到信后,喜出望外,立即给母亲回信,问的第一件事是:"你放出来工资还有没有?"母亲后来笑她,说她就知道钱。萧露实话实说:没办法,那时候最需要的是钱,最缺的也是钱,有钱我们才能回家,回家才有饭吃,我们连买火车票的钱都没有。

最先回家看母亲的是萧霜和萧露,不久姐姐也回来了。

她们回到北京,就赶上让母亲搬家。母亲新搬的地方是旧社会一个大户人家的戏台,新中国成立后就着戏台垒了墙,上了顶,成了几间小房子,既无暖气,也无煤气,破烂不堪。那里离美术馆不远。

母亲搬家也是在专案组的严密监视之下。当时家里有一台"红宝石"牌十七英寸黑白电视机,姐姐往车上放时,造反派不让搬。姐姐说:"这是我们自己花钱买的,为什么不让搬?"硬是从造反派手中夺了回来。

就这样,母亲在那个旧日的戏台上安下了家。

搬完家后,姐姐妹妹回了各自的单位和生产队,我也回了学校。这里没人认识母亲。她出来倒垃圾时,被邻居们当成是保姆,问她"在哪家干?",她只有含糊其词。

搬到戏台后,母亲还在继续接受审查,没人敢来看望她。她怕影响别人,也不敢出去走动。出来前,专案组长张遥曾交待过她:"你买菜买粮一次多买些，平时不要多出去。"她就知道有人在监视她了。

渐渐地，左邻右舍有些人知道了母亲的身份。经常有人遇到她时会匆匆撂下一句话："你放心，没事，萧华肯定没事！"短短一句话，给母亲很大安慰。一次，她买菜回来，见破桌子上放了几十斤粮票，怎么问也问不出是谁放的。母亲对此念念不忘，她常对我们说："世事不管多艰难，好人总是有的。因此，不论遇到什么，我们都没有理由绝望。"

搬到戏台后，母亲迎回的第一个孩子是患了严重肝炎的萧霜。

萧霜的病是同在一个村子插队的妹妹萧露最先发现的。萧露见她脸色不好看，问她怎么了，她说大概感冒了，也没怎么管，继续参加劳动。不久，姐姐萧雨来看望两个妹妹，第一眼见到萧霜，看她脸色蜡黄，就感到情况不好，立即请来当赤脚医生的黎小忻（黎小忻的父亲黎玉是我父亲的老战友——笔者注），黎小忻一看就说："什么感冒，赶紧去县上医院，是肝炎！"姐妹三个这才慌了神，赶紧把萧霜送到县上。一化验，转氨酶四千多。县上大夫听说病人是北京知青，说赶快回北京住院吧，再晚了命就保不住了。

萧露找了辆平板车，拉着萧霜到火车站，把她送上了火车。

萧霜从原平出发时，萧露给母亲发了封电报，母亲坐公共汽车到北京站去接站。萧霜在火车上颠簸了几天，还在太原转过一次车，回到北京时，脸色蜡黄，已经奄奄一息。

母亲不敢耽搁，当即带着她到总参门诊部去看病。母亲怕别人歧视，特意穿上军装，戴上领章帽徽。到门诊部，医生只看了一眼，就说："不用看，肝炎。"母亲说："查查尿吧？"医生说："查就查吧。"医生一看萧霜的尿样，颜色呈咖啡色，说："还用化验，这颜色。"母亲坚持化验一下，一化验，转氨酶竟然高达四千六百多。比父亲"文革"前得肝炎时还高。母亲很紧张，问医生："很严重吧？"医生用鼻子"嗯"了一声，说："这还用问，当然严重。"母亲问那医生："得住院吧？"医生说："反革命家属不能住院。"母亲急了，问："那怎么办？"医生说："这是上面的规定，我也没办法。"萧霜从来没有看见过母亲那么低声下气地求人，她见母亲求不出什么结果，对母亲说："妈，我不住院了，咱们回家吧。"母亲急出了眼泪，说："傻丫头，你懂什么？你会死的！"

一辈子从来没有求过人的母亲，为了孩子，不得不继续求人。她想找一辆车，拉着萧霜去找医院，她不相信这么大一个北京城，找不到一个可以接纳女儿的医院。她到处打电话找车，一直找到晚上，所问到的单位一听说是萧华的老婆要车，都不给她派。

母亲说，那时，她感到了什么叫绝望。

母亲只好再求总参门诊部，她对医生说："大夫，麻烦你再想想办法吧，她还是个孩子，你们总不能看着她……"母亲哽咽着说不下去了。这时，天已经黑了。母亲整整一天的焦灼、奔波、求告，大概打动了那位值班的医生，他最后才说："我豁出犯错误了，给你开个转诊单，看看能不能收下。"

母亲用一辆破华沙把萧霜拉到三〇二医院。医生看她病势危重，又见母亲穿着军装，看了看转诊单，收下了。母亲这才吐了一口气。

母亲说，为了孩子，她顾不了屈辱。

过了半年多，患了腰伤的小妹妹萧霞从黑龙江又回到了北京。

给萧霞治病，又成了发愁的事。

此时，父亲的老朋友张爱萍将军监外就医，他得知萧霜当时治病遇到的那些麻烦后，对我母亲说："这个孩子（指萧霞）我就领着看病吧，我现在的境况比你们好些。"于是，张爱萍带着萧霞，说是自己的女儿，到处看病。听说中医治腰病效果好，张爱萍不顾自己的病体，带着萧霞找了不少老中医。母亲在家为她煎药，时而热敷，时而冷敷，想尽了一切办法。

在张爱萍伯伯的关照和母亲的精心呵护下，萧霞的病渐渐好了起来。

姐姐在山西打青霉素过敏，身体全面崩溃。书记李四环说："你母亲出来了，北京也有家了，回去看看吧，养养病。"姐姐也回到了母亲身边。从此，我们五个孩子，今天你回来了，明天我走了，戏台上的这个破家，渐渐有了生气。

房子再破，有了母亲，就是一个温暖的家。

听说母亲出来了，我们有了家，一些父母还被关押的干部子弟从外地回到北京，都要想方设法找到母亲这里，聊一聊家事，吃顿热饭。母亲好客，富有同情心，尽管条件差，钱不多，不管来了谁，都要买些肉，买些骨头，煮一锅红烧肉，炖一大锅汤，让大家好好吃一顿。贺龙、罗瑞卿、何长工、钟夫翔的孩子都来过。罗瑞卿的儿子要去看父亲，母亲让他带上一大玻璃瓶自制的泡菜炒肉末。饱尝了人间冷暖的孩子们把我们这个戏台上的小屋看成了天堂，他们说："你们这儿真好，王阿姨真好。"

一些"黑帮"子弟心里有事，无处倾诉，也来找我母亲。一天，萧露的一个中学同学不知通过什么途径，找到了戏台。"文革"前，她常到我们家来玩，这次见了母亲后，抱头就哭。母亲问了情况后才得知，"文革"一开始，她的父母就被发配到了贵州，关在黔西山区。上个月她才得到消息，三个月前，她的母亲趁父亲出去交待问题的时候,上吊自杀了。父亲情况现在不明。她说她真的不想活下去了。母亲安慰了她一整天,怕她发生意外,留她在家里住了三天。最后,拉着她的手,把她送到北京她叔叔家里。

"文革"后,已经当了妈妈的萧露的这位同学,带着她的孩子,买了一个花篮,到我家来看望我的母亲。说起往事,她感激地说:"王阿姨,在你这儿住的那三个晚上,使我有了现在的这一切。"母亲说:"最难的时候,咬咬牙,也就过去了。"

国务院管理局局长高登榜被抓了起来,家也被抄了,母女几个人没饭吃,快饿死了。母亲并不认识高登榜,只因为萧霜和高登榜的女儿是同学,母亲得知他家的情况后,很着急,让萧霜和萧露把她们从外地带回的黄豆和小米给他们家送去。高家母女很感激,说:"别人都躲着我们,你们还敢送东西来。"

罗瑞卿大将被打倒后,夫妻被关押。他女儿生孩子,母亲买了鸡蛋、红糖,给她送去。到现在她还经常提起这件事。

一次,我们戏台子上的家同时来了几个朋友,大家喝着骨头汤,吃着烤花生,议论着时政,其乐融融。

吃喝间,妹妹的一个朋友忽然对母亲说:"王阿姨,你这儿成了黑帮子弟的黑据点了。"

母亲一笑说:"王阿姨不怕,你们在北京没家,回来就来。"

父亲母亲古道热肠,在熟人圈里,是出了名的。父亲的老战友陈光自杀后,他的孩子由我的父母照管了好长时间。父亲1938年率挺进纵队到山东,争取过来的第一个国民党县长牟宜之,由于清楚江青的底细,1957年被打成右派,父亲虽多方帮助,仍被发配东北,"文革"中含冤去世。牟宜之蒙难时,对父亲说:"过去我可是把几千几万都拿出来给了共产党,现在我没办法了,孩子上学你们可要管。"反右"以后，牟宜之的孩子的学费都是我的父母接济，有时还帮他们添置衣物。一度年轻人流行穿绿军装，父母把他们的两套的确良军装送给了他们。母亲被释放后，四处打听他的夫人和孩子们，让我把从张家口带回的土豆给他们送去。

九　我在绵阳

1969年10月，发布《一号通令》，紧急疏散城市人口，驱赶人们离开城市。清华大学在四川绵阳成立分校，我们精密仪器系光学专业被分到了绵阳分校。10月，我告别出狱不久的母亲，也离开了北京。

清华分校离绵阳市还有十八里路。我们刚去时，没有房子，自己盖简易校舍。烧窑，当木匠，拿瓦刀，上檩架梁……建筑工地上的活样样都干过。同学们都说我干得在行，干什么像什么，我笑笑说："秉承祖业，我爷爷就是个泥瓦匠。"

那时累得要死，一天干十二个小时活儿，还要不断搞紧急集合。早晨，天还黑乎乎的，我们就往工地走，迷迷糊糊的，半睡半醒，机械地挪动着脚步。在这方面，我和参加过长征的母亲有着类似的体会。

房子盖好了。在入冬以前，我们搬进了干打垒的房子。

依然没有开课的迹象，"文革"依然如火如荼，欢庆"最新最高指示"、批斗走资派、批判反动学术权威……空气压抑得让人喘不过气来。

冬天，我差点被打成"反革命"。

起因是我上了一次峨眉山。

春节期间，我们四个原四中毕业的同学，打着找亲戚的幌子，去爬峨眉山。本来计划两天就能回来，谁知爬山时，正好赶上大雪，积雪没过了膝盖。第一天爬到晚上，还上了不到一半。大雪纷纷扬扬，天地混沌一片，没法夜行。山路旁有个小亭子，我们四个挤着挨了一夜。第二天早晨雪住了，但积雪更深了。我们每人拄了根竹竿，继续往山上爬。中途遇到一个木匠，我们又冷又饿，问他有没有吃的。木匠见我们冻得直打颤，感到好笑，说："没有人在这个季节爬峨眉山。"他把我们领到他木匠房兼住房的地方，给我们点火煮了一锅热米饭，还烧了两个菜，一个干笋，一个萝卜煮咸肉。我们吃得稀里呼噜，身上也渐渐暖和了起来，大家说从来没有吃过这么香的饭和菜。木匠见我们吃得高兴，也很高兴。我们要给他些钱，他坚决不要。我说："你这么不容易，我们不能白吃你的东西。"木匠这才小心翼翼地指着我腰上挂的军用水壶说："学生，你那个水壶能不能送给我。"我说"可以"，把水壶取下来，送给了他。临走时，木匠又送给我们每人一个冰钩子。说雪天上山，离不了它。他还让他的徒弟为我们带了好长一段路。

这天我们蹚雪走了七十里路，天黑时才上到金顶。

在庙里蜷了一夜，早早爬起来想看日出，天空依然布满阴霾。我们就在庙里逛。庙里的神像都被砸了，我们围着台基边转边唱《长征组歌》。远远望去，满山白雪苍松，我们觉着自己的歌声有点悲壮。

从峨眉山回到绵阳分校，已是第四天。

恰恰在我们爬峨眉山的这四天时间里，正赶上学校搞忆苦思甜活动，再加上一个同学写了一封对军管会表示不满的信，"阶级斗争"出现了新动向。我们一进校门，就感觉到扑面而来的火药味。

接下来的情况可想而知。我们不仅做了深刻的思想检查，还受到了严厉的批判。最后把我们四个人打成清华在绵阳分校的"四条汉子"。

由于我是"三反分子"萧华的儿子，理所当然地把我定为"四条汉子"之首。停止我参加校内组织的一切活动，让我到食堂去当炊事员，进行思想改造。

我当炊事员很卖力。我们炊事班只有十个人，做全校一千人的饭。在绵阳分校，每天起得最早、睡得最晚的是我们。往往做好了饭，自己却没有吃饭的胃口了。我的身体迅速垮下来，最轻时只剩下一百零四斤。

这还不是最重的惩罚。

1970年初，毕业分配，我为自己的一时轻率付出了沉重的代价，整整比别人晚分配了半年。

看着同学们一个一个走上工作岗位，我像被人遗忘了似的，依然在食堂做饭炒菜，没有任何人过问。

绵阳火车站，我去过无数次，把一个又一个同学送走，自己孤零零一个走在归途上。

我有些失落，有些伤感，有些愤怒，在1970年那个沉闷的秋天，我曾写下这样一首《离别》诗，为一个好友送别：

早有搏云志，
浪子不回头。
袖手秋风去，
虎泪任纵横。

在绵阳将近一年的时间里，我很少进城。不进城的原因除了干活太累之外，还有一个原因，就是怕看街上糊了一层又一层的大字报。那些大字报不论新旧，总少不了关于我父亲的内容，都是老生常谈，也有新挖出来的"罪行"。那些材料的离奇程度使我怀疑：世上是不是另外还有一个萧华。

在社会上对父亲的各种议论中，也有过一则令我振奋的小道消息。我记得那是夏天的一个下午，我正在厨房洗菜，一个同学走了进来，先和我说了几句闲话，趁无人的时候，悄悄对我说："萧云，你有个好消息。"我笑了笑，说："我能有什么好消息？"同学说："关于你父亲的。"我的耳朵马上竖了起来，问："什么消息？"同学说："听说你父亲要出来了。"我问："你是怎么知道的？"同学说："好多人都在议论，说上边已经定了调子，萧华不是三反分子，有错误，可以降职使用，准备安排到西藏军区政治部当副主任。"我急切地问："真的？可靠吗？"同学说："可信度极大。"

第二天，又有两个同学向我传递了同样的消息。

我兴奋极了，那两天竟然产生了被解放的感觉。西藏尽管很遥远很落后很艰苦，尽管曾身居总政治部主任要职的父亲到那里去也只当个政治部副主任，我也激动得难以用语言表达。毕竟父亲的问题由敌我矛盾变成了人民内部矛盾，戴在我们全家人头上的紧箍也会被取掉了。说的人那样多，我觉得这消息不像是空穴来风，便立即写信把这一重要消息告诉了母亲和我的姐妹们。不久，我就收到了她们的回信，大家都很兴奋。姐姐说她在山西也听到这样的议论。母亲在北京却没有听说，在信中显得将信将疑，但也很高兴。

我们空激动了一阵子，什么都没有发生。林彪、江青关于萧华问题的"指示"接连不断，我们的心又凉了下来。

我在绵阳清华分校一直待到1970年10月，才被分配工作。

我被分配到了一个集体所有制工厂——张家口红卫机械厂。

我是班里最后一个离开绵阳的。我上火车站的时候，送我的是炊事班的几个同事。

那天，天上下着蒙蒙细雨，远处的房舍、竹丛笼罩在蓝色的雾霭里，10月的蜀中，已经有了寒意。

火车缓缓开动了。炊事班的那几个同事追着火车，不断地向我招着手，一遍又一遍喊着："萧云，来信，萧云，来信……"

我把头从车窗尽量伸出去，也使劲地向他们招着手。我想对他们喊点什么，但嗓子好像被什么堵住了，喊不出声来。

在火车上，我想得最多的还是我的母亲。

我没有向母亲告知我要回家的消息，我想给母亲一个意外的惊喜。

十　难忘母亲呵护

我从绵阳回到家里是中午。那天，屋里除了母亲，没有别人。

母亲见到我，先是愣怔一下，接着用担心的目光打量着我，问："云娃，你怎么这么瘦？"

我说在厨房当炊事员，累的——这是真的，那时正是我最瘦的时候。

我发觉母亲的眉头稍稍展开了些。

接下来，母亲给我倒水，沏茶，然后做饭，吃饭，不断地说些不关痛痒的话。我发现母亲好像在努力回避着什么。

"妈，出什么事了吗？"吃饭的时候，我忍不住问母亲。

"没什么，你快吃饭。"母亲说，努力躲避着我的目光。

我不好再追问，但我已有了一种什么预感。

晚上，我准备出门，母亲挡住了我："你别出去。"

"为什么？"

"你是去找她吧？"母亲指的是G。

知子莫如母，我点了点头："我看看她，我已经快两个月没有接到她的信了。"

G是我的女朋友。我离开北京前我们已经确定了关系，她的父亲也是总政的一个干部。

母亲看着我，平静地说："云娃，不要去了，听说她和总政大楼里的一个孩子好了。"

我担心的事情终于发生了——两个多月没有收到她的信，我已经有了某种预感。可一旦证实，我却怎么也转不过弯来。我们曾是那么心心相印，那么海誓山盟，我们的爱情开始于我境况最糟糕的时候，怎么会呢？我不相信。

我压抑住自己的冲动，用尽量平静的口吻对母亲说："妈，你让我出去走走。"

母亲没有拦我，只是在我跨出屋门的时候，说了句："云娃，你要咬住牙，挺住，没有过不去的坎。"

我点头说："知道。"

出了门，在昏暗的路灯下，我漫无目的地走着。我心乱如麻，理不出个头绪。一直到很晚，我才踅向回家的路。

离戏台很远，我就看见了站在门外的母亲。她翘着脖子，努力地看着街尽头。

我不知道母亲在这里站了多久。

走到母亲跟前，我们谁也没说什么。母亲拉着我的手，像拉着一

399

个孩子，走进了屋子。

那天晚上，是我经历过的最沉闷的一个晚上。

第二天，我就发烧了。高烧一连七天不退。

母亲寸步不离地守了我整整七天。

待我稍好些，母亲拉着我去散步，边走边念叨："我们云娃，跟你父亲一样，心是金子的，我们云娃，心是金子的……"

我从母亲的目光里看到了藏得那么深的痛苦和无奈。母亲可以把她的一切送给她的孩子们，可是在一些事情上，她却爱莫能助。

母亲没有办法阻止不幸的发生。

我知道，母亲的痛苦比我还深，我在流泪，母亲的心在滴血。

痛定思痛，我没有怨恨G。

在那个迷乱的年代，我没有理由让一个柔弱的姑娘承载足以将她压垮的重量。

作为朋友，我们还时有书信往来。1992年，G不幸死于一场空难。噩耗传来，触痛了我已渐渐弥合了的伤口，于是夜，含泪撰一联，以寄哀思：

涵江逝去载不走艰难时代朝朝暮暮
孤云归来怎了断泣血年月暮暮朝朝

失恋之后，我大病一场。高烧刚退，我就到张家口的那个小工厂去报到。

母亲送我上的火车。在去火车站的路上，母亲跟我说了些轻松的话题。她努力笑着，努力显得很高兴。我在此时连着写下两个"努力"的时候，我觉得自己准确地找到了母亲当时送我的感觉。我的心跳加快了。

火车开动的时候，母亲单薄的身影永远定格在我的记忆里。

她向我招着手，努力笑着。

那天，母亲没有落泪。

在张家口，我找到了红卫机械厂。那是个坐落在张家口市城边的一个铣床制造厂，厂房、设备都很陈旧。

塞上的10月，已经有了寒意。厂区外面的杨树、杂草，已经凋零。碧蓝的天上，雁阵行行，是那个季节留给我的最深印象。

我到厂子报到，负责报到的人事干部对我说："你的工作我们已经研究过了，咱们这里是铣床厂，只能当铣工。"

我说好。

人事干部又说："你的情况，学校已和我们打过招呼了，你自己也很清楚。"

我说是。

"你应该和你的父亲划清界限，努力接受工人阶级再教育。"

我说对。

我被分配到了铣工车间，当了一名铣工。我的师傅叫汪秀琴，心灵手巧，来了新机器，先拆，看明白结构，再组装起来。我很佩服他。汪师傅对我很好，手把手教我，有时，还把我拉到家里去吃饭。一次，在他家吃过饭后，他把孩子们都打发出去，悄悄问我："萧云，昨天星期天，你干什么去了？"

我想了好一阵，说："没干什么。"

汪师傅问："你是不是到小邮局去了？"

401

我奇怪地问:"是,去过,寄了几封信。"

"给谁寄的?"

"我母亲,还有我的姐姐妹妹,"我觉着愤懑之火正在我胸口点燃,我问,"这有什么不正常吗?往家里寄一封信也要向谁报告吗?"

汪师傅劝我:"萧云,你别冲动。"他轻轻叹了口气,说:"今天早上,厂革委会让我问问你,说有人看见你到邮局去了,一下子寄了好多信。"——这说明,即使在塞上这个偏僻的小厂,我的一举一动都受到了监视,都有人汇报。我头皮发麻,这个小厂在我心中立即变得可怕起来。

汪师傅大概看出了我的愤怒,他笑笑说:"你没在工厂待过,工人都比较简单,上面叫咋就咋着。"说着,看我没有反应,又说:"咱们这里是个小地方,厂子又偏僻,可人还是不错的,时间长了你就知道了。我今天只是顺便问问你,给他们个话就是了,你千万不要有啥思想负担。"

后来的事实让我相信汪秀琴师傅的话是对的。几个月后,参加党组织活动,厂革委会的一个副主任在会上公开说:"说让我们注意萧云的行动,有啥好注意的,老子的事咋能让儿子背着,我看萧云是个好娃,干活踏实,懂得技术,我们要好好用哩!"

半年后,我当了副工段长。

我学过制图,会看图,厂里让带了八个徒弟。后来,又让我当厂里的技术员,负责工具车间工作。和工人们在一起,睁眼干活,闭眼睡觉,说粗话,开玩笑,一只烧鸡掰着吃,一瓶烈酒分着喝。和他们在一起,我认识了另一种人生。

我在张家口红卫机械厂一直工作到1974年底,整整四年。其间,逢年过节，我都要赶回北京看看母亲。

"母亲在哪里，家就在哪里。"这是我从一位现代派诗人的诗中摘取的诗句。我对现代派诗一向兴趣不大，但对这行诗却例外，我觉得它是从诗人心底流出来的。

它概括得很准确。

十一　父亲终于有了下落

母亲被释放后，除了在戏台上的那两间小屋子里接送她的子女，打听父亲的下落，几乎成了她生活的全部内容。

当时社会上有许多关于父亲的传闻。最流行的说法是他已不在人世了，至于死因，所说不一。有的说被秘密处决了，有的说不堪受辱自杀了，有的说病死了……哪种说法都得不到证实，这给了母亲等下去的信心。

后来，母亲在一张小报上看到一条消息：张春桥在上海对造反派说："林副统帅说过，萧华三反分子这个案，什么时候也翻不了。"母亲从这条消息上判断，丈夫不仅活着，而且还在抗拒着加在他头上的罪名。但这条消息同时也告诉她，丈夫如果真的还活着，此刻的处境也许比任何时候都危险。林彪说的那些话，等于政治上判了丈夫死刑。现在母亲急于要知道的是，丈夫究竟在哪里？

母亲出狱之后，为了不连累别人，几乎断绝了与老首长、老战友们的一切来往。此时，为了探听父亲的下落，她在无奈中叩开了父亲的老搭档萧劲光大将的门。萧劲光虽然没挨整，但也无职无权。他热情地接待了母亲。母亲向他询问父亲的情况。萧劲光说他也在打听，但是一点消息也没有。母亲问："你听林彪说过吗，萧华的案不能翻？"萧劲光说："没听说过。""文革"结束后，萧劲光才告诉母亲，其实林彪那话他听说过，怕增加母亲的精神负担，才那样说的。

为了父亲，母亲决定给毛泽东写信。她含着眼泪，从她和萧华在三原云阳镇认识，一直写到他们在"文革"中被抓起来。这是母亲一生中给毛泽东写的唯一一封信。信写得很长，有三四千字。其中一段母亲这样写道：

> ……毛主席，对于萧华，我想您是了解的，我不清楚眼下发生的这一切您老人家知道不知道。他被打成了三反分子，毛主席，说萧华反对您，您相信吗？说萧华反对共产党，您相信吗？说萧华反对社会主义，您相信吗？他是您看着从一个穷孩子成长为一名共和国将军的，您应该了解他。伟大领袖毛主席，此时能救他的，只有您了。眼下，萧华生死不明，流言甚多。作为他的妻子，我度日如年，无奈之中，只有给您写信，请主席在百忙之中过问一下萧华的案子……

日后，我们看到母亲这封信的草稿，跟母亲开玩笑说："你的胆子真大，给毛主席写信，用的全是质问句。"

母亲说："人命关天，当时我焦急万分，一急，胆子也就大了，顾不了措辞。当时我只想救你父亲。"

信写好了，怎样才能让毛泽东看到呢？母亲当时想到了以仗义执言著称的王震将军。于是，她带着信来到了王震家里。王震关心地询问了母亲近来的情况，两个人坐在沙发上谈了好久。王震对林彪、江青发了不少牢骚，但又显出无可奈何。母亲向他提出想让他向毛主席转信的请求时，他满口答应。但他又说，他也见不到毛主席，不过他会想办法把信交到毛主席手里。两人正说着，王震的儿子推门进了屋子，王震马上变了刚才的腔调，拉长了脸说："你要斗私批修，正确认识文化大革命！"母亲心里觉着好笑，却一脸严肃地点着头。

王震借在西山看电影的机会，把母亲的信交给了叶剑英元帅，叶帅把信送给了毛泽东。据钟赤兵后来说，他听有关人士说，毛泽东在信上批示："王新兰说萧华不是三反分子，请中央政治局讨论。"由于林彪、江青两个反革命集团掌权，这封信也不了了之。

母亲陷入了漫长的等待中。

1971年的春天，寒意料峭。一天，母亲起床后，就听到了轻轻的敲门声。母亲拉开门，一个看上去面熟的老汉站在她的面前。她怔了一下，想起这位老汉是总政的水暖工，立即把他让进了屋子。

老人进屋后，就迫不及待地问母亲："你有萧主任的消息吗？"

母亲见提到我父亲，一阵紧张，说："没有。"

老人压低声音说："我昨天看见萧主任了。"

"什么？"母亲简直不敢相信自己的耳朵。

"我看见萧主任了。"老人又说了一遍。

"真的？你没有看错吧？"母亲又惊又喜，像生怕失去什么似的，抓住老人的胳膊，急切地问。

老人说："我不会看错。昨天我到松树胡同一个院子去修管道，那个院子里有不少当兵的。我进去时，一个人正在院子里放风，当兵的看见了我，急忙把那个人赶到一个小屋子里。那人回头的时候，我认出了是萧主任。我来给你报个信。"老人说完，匆匆走了。

他果真还活着！

泪水模糊了母亲的眼睛，她竟忘了谢谢来送信的那位老人。

我们回家时，母亲把这个消息悄悄告诉了我们。知道了父亲活着的确切消息，尽管无法见面，我们一直提着的心放了下来。

1971年9月13日，林彪折戟沉沙温都尔汗，使母亲看到了一线曙光，她对我们说："爸爸该回来了。"

然而，父亲依然没有消息。

三年的关押生活，严重地损害了母亲的身体。释放后，又日夜思念着父亲，1973年，心力交瘁的母亲心脏病突然发作了。母亲犯病时，正好我们几个孩子都在北京，赶紧把她送到解放军三〇一医院。医院说没政治结论，不能收。我们说了半天好话，小妹妹萧霞还急得哭了起来，医生看着可怜，才勉强收下，住进了十几个人一间的普通病房。

母亲经过抢救，病情稳定了。她对围在病床边的我们说："我活下去的可能性不大了，你们也大了，要自己照顾好自己。现在，我要给周总理写一封信，我口授，你们记下来。"

母亲在给周总理的信中这样写道：

> 在我死之前，我只有一个愿望，见萧华一面，问一问他到底是不是反革命。

我妹妹认识周总理的秘书周家鼎，找到了他在地安门的家，把母亲的信交给了他。周秘书很客气，说一定亲手交给总理。

5月的一天，专案组的人找到母亲，说："你的信上面批了，能见面，让孩子们都回来吧。"

母亲喜出望外，病也好了一半，立即让我给在外地的萧雨、萧露打电报，让她们马上赶回来。我们五个子女都到齐后，专案组给我们安排了去探视父亲的日子。在我们看父亲之前，专案组给母亲和我们子女们约法三章：一、不准说社会上的事；二、不准哭；三、不准谈政治问题。

萧露执拗地说："我爸不是叛徒吗？我们不去见。"

专案组的人红着脸说："哪里话，你爸不是叛徒。"

萧露又从专案组口中激出个新情况，我们都很高兴。

第二天是看父亲的日子。母亲和我们早早起了床，我吸取了上次看母亲时的教训，为避免父亲看到我时伤心，头天下午我还专门理了发。姐姐妹妹都穿了身干净衣服，母亲也收拾得利利索索。洗漱完毕后，专案组的车子来了，把我们拉到了京郊八里庄。专案组事先规定，这次见面，既不能在关押萧华的地方，也不能在专案组的住处，必须在第三个地点。

与父亲的会面在八里庄的装甲兵部队的一个连队里进行。那天，这个连队戒备森严，沿着汽车开过的地方，三步一哨，五步一岗。

母亲和我们被带进了一间会议室。一张大方桌，一圈木头椅子。面容疲倦的父亲穿件烂棉袄，坐在其中的一张椅子上，神情有些呆滞，有些迟钝。看到母亲和我们，他的目光微微闪过了一丝惊异，但又立即恢复了原来的木然。一看就知道受过非人的摧残。眼前的这个父亲和我们熟悉的那个活泼开朗的父亲反差太大了，姐姐妹妹忍不住哭了起来。母亲饮泣着，她怕父亲看见自己的眼泪，背过身去，对着窗户默默流泪。

我努力克制着，没有落泪。

会面时，专案组的人一直坐在我们旁边，分别了几年的一家人见了面，窝在心头的千言万语又不能说。

临来之前，母亲和我商量，一定要把林彪摔死的消息告诉父亲。

我考虑到专案组的"约法三章",事先在自己手心写上了"林彪死了"四个字。

会见时间一秒一秒地过去,我们什么话都还没有说。由于专案组的监视,我也没有机会把手心的字拿给父亲看。

眼看没有时间了,我急中生智,对父亲说:"爸爸,你该上厕所了。"

我万万没有想到,对于我这句明显带有某种暗示的话,父亲竟然没有任何反应,他依旧漠然地看着我。我心中一阵悲怆,这位当年红军中最年轻的师政委,这位建国后驾繁若简的总政治部主任,此刻,却连儿子一个简单的暗示也理解不了了。

我强忍住涌到眼眶的泪水,又对父亲说了一遍:"爸爸,你该上厕所了。"

这次父亲似乎明白了些什么,点了点头。

我搀着父亲走出了屋子。我觉得父亲矮了许多,又瘦又轻。我们身后,专案组的人依然紧紧跟着。快进厕所了,专案组的人又交待说:"快点,不能谈社会上的事情!"

在厕所里,还是不能说话。我伸开掌心,让父亲看"林彪死了"那四个字。父亲一愣,目光亮了一下,显然,对于这些已经成为历史的消息,父亲至今一点都不知道。我又使劲握了握父亲的手,然后,搀着父亲,走出了厕所。

在会议室里又坐了几分钟。因为不能说话,气氛相当压抑。父亲只是不停地说着:"我很好,我很好,你们不要担心……"

一个半钟头的会见结束了。在母亲和我们正要出门的时候,父亲忽然喊了一声:"新兰,你自己要多保重。"父亲一句话没说完,母亲的眼泪又像断了线的珠子一样流下来。

这次见面,既短暂又漫长。以后的好几天时间里,母亲的眼前,始终闪现着神情木然的父亲的影子。

十二　囹圄七载之后的自由

父亲在松树胡同又被关押了一年多。

在中国政治舞台上"失踪"了七年多的父亲，终于引起了暮年的毛泽东主席的注意。

1974年9月，中华人民共和国成立二十五周年前夕，北京派专人将出席国庆观礼的人员名单送往长沙，请毛泽东审定。那几年，人事沉浮，今天你上来，明天我下去，国庆观礼实际上成了领导干部政治沉浮的晴雨表。毛泽东仔细看了一遍名单，什么话也没有说，退了回去。过了几天，经过修改的名单又送到了毛泽东面前，毛泽东看后又退了回去，依然什么也没有说。谁也不知道毛泽东为什么不同意这份名单。9月29日，第三次将名单送来后，毛泽东看了半天，拿起笔，亲手添上了萧华、刘志坚两个人的名字。

此时，离国庆节仅有两天。

"四人帮"慌了，他们指示专案组立即将萧华放了，并通知为萧华赶制军装。

专案组来通知父亲出去时，父亲显得异常平静。

"我不出去。"父亲说。

平时仗着"四人帮"飞扬拔扈的专案组副组长李福崇、组员谬××急了，说："是毛主席让你出去的。"

父亲摇摇头，说："不管是谁说的，我不出去。"

"为什么？"

"当初为什么抓我,现在为什么放我?"

此时,李福崇也不敢随意解释,支吾着说:"现在放你出去,什么都已说明了。"

父亲说:"我一个总政治部主任,说抓就抓,说放就放,哪有这么容易,我要一个文字结论。"

"主席说话就是结论。"

父亲笑着摇摇头:"那不行。"

此时,专案组完全乱了阵脚。起先,父亲和总政一大批领导被打倒关押,完全是林彪、江青两个反革命集团联合"砸烂总政阎王殿"的直接结果。他们万万不会想到,毛泽东不知怎么竟然想起了已被关押了七年半的萧华。

而此时,萧华又偏偏不出去。

国庆观礼在即,专案组担心毛泽东再过问。

无奈之中,他们开车接来了母亲。

父亲被关押七年多,母亲是第一次来到他的拘所。母亲进屋时,父亲正面朝外躺在一张很窄的木板床上。见到母亲,他坐了起来。一套穿了八年的军装已经烂成了一条一条的。

母亲走过去,扶着父亲的肩膀,落泪了。

父亲一只手揽着母亲的腰,低声说:"不要哭,不要哭……"

母亲关心的是让父亲早点离开这个地方,回到那个虽然破旧却不失温暖的家里。她劝父亲说:"主席叫我们回去就回去,是是非非怎么能说清,孩子们都在家里等你呢。"

父亲坐在那里,怔了半天,终于叹了一口气,说:"好吧。"从那张木板床上站了起来。

我们一家重新被接到了京西宾馆。

专案组赶忙给父亲洗澡、理发、换衣服，从白天折腾到黑夜。

9月30日，父亲出席了人民大会堂的国庆招待会。

周恩来在八年之后见到父亲，感慨万分，走过来，拉着父亲的手，摇了半天，没有说出一句话。

翌日，即1974年国庆节，"失踪"了八年的父亲出现在天安门城楼上。

"萧华露面了！"成了1974年10月人们议论最多的话题。历史为父亲作出了结论。

听说我父亲出狱了，年近九旬的朱德让康克清妈妈打来电话，说想见我的父亲和母亲。父亲母亲来到朱德家时，朱老总早已坐在屋子里等着了。父亲母亲一进屋子，朱老总就迎了过来，一只手拉着一个，一会儿看看这个，一会儿看看那个，连连说："回来就好，回来就好。"朱德一直把父母像拉孩子一样拉到自己的书房，指着满屋子的书，对父亲说："萧华啊，你被抄家了，现在什么也没有了。我也没有什么可送你的，你平时爱看书，就把这些书都拉走吧。"

父亲说不出话来，使劲摇着头。朱德还在说："拉走吧，拉走吧，我也快用不上了。"

母亲不禁哽咽起来……

京西宾馆，来看望父亲的老战友、老部下络绎不绝。

许世友一看见父亲，就失声痛哭："萧主任，你冤枉啊！"

杨得志见到父亲，两位老战友相对而立，默然无语……

多数人来看父亲，只能简单寒暄几句，不敢进行深入交谈。由于"四人帮"当道，政治空气依然压抑得让人窒息。

当初和父亲一起挨整的"总政阎王殿"的人陆续放出来了一些。

411

但上面规定：这些人一不准留总政，二不准当正职，三不准在铁路沿线安置。这就是"四人帮"对老总政干部的"三不准"政策。以"萧华附案"关押审查的钱抵千、高七等原总政干部释放后，都被降职安排到外地，他们来和还未分配工作的父亲告别，情绪低沉。父亲劝他们："只要能够继续为党工作，不管职务高低，不管在哪里工作，就是最大的幸福，多走些地方，还能多增加些见识。"父亲还让母亲代表他到机场、火车站去专程为他们送行。

母亲说，在"四人帮"的严密控制下，她为他们送行，气氛悲凉，有点"风萧萧兮易水寒"的味道。

与"四人帮"关系密切的人对父亲保持着警惕。

一次，父亲顺着京西宾馆长长的走廊散步，路过一个房间，从开着的房门里看到了一位他十分熟悉的某省军区司令，父亲热情地喊了一声那位司令的名字，准备进屋去。不料那位司令抬起头来，不屑地看了父亲一眼，不冷不热地问："你是谁呀？"

父亲望着那张熟悉的面孔，愣住了。

那位司令盯着父亲，又问了一句："你是谁呀？"

父亲掉转身子，朝自己的房间走去。

父亲的步履有点沉重，刚刚发生的一幕，他没有料到。回到房间，他一句话也不说，不断地在地上走来走去。母亲看他情绪不好，追着问，他才带着几分哀伤说了一句："碰到了一个很熟的人，他不认识我了。"说完，继续无言地走来走去。

那个省军区司令对父亲的伤害，不亚于专案组。

专案组的迫害让人发怒，老部下的冷落让人心寒。

被社会隔离了八年的父亲对他生活的这个国度生疏了。

后来父亲当了中央委员，那个省军区司令的老婆打来电话，说："我们想来看看萧主任。"电话是母亲接的，她故意问："你是谁家的？"省军区司令老婆报了姓名，母亲说："我们不认识。"说完就挂了电话。

父亲知道后，有些过意不去，他埋怨母亲说："你怎么能那样对待人家呢？"

母亲说："你忘了，你刚放出来时人家对你的样子？"

父亲瞪着眼睛想了想，没有说话。

父亲待人宽和，能忍辱负重；母亲嫉恶如仇，眼里揉不进沙子。从我们子女的眼光来看，别看父亲平日喜多怒少，较之母亲，他身上带有更多的悲剧色彩。

父亲1974年国庆前夕被释放，直到他去世，我不记得他跟我们提说过他在狱中七年半所受的非人折磨。我们现在所知的点滴情况，或是出自亲眼目睹者之口，或是从当年他的专案组得来。有时问他，他只淡淡一句：都过去了，还说什么？

母亲不主张宽容邪恶。

在这点上，我更赞同母亲。

不久，我们家搬到了帅府园一幢小楼二层的一个单元里。对我们这些住惯了戏台子的孩子们来说，这简直像住进了天堂。父亲刚释放出来后，就暂时住在这里。

剧作家白刃到帅府园来看望父亲，看见临街的门口站着一个酷似我母亲的姑娘，走过去一问，果然是我姐姐。姐姐将白刃领上楼，父亲见了十分高兴，客气地让他坐下，递上一支烟，亲自为他划着了一根火柴。白刃急忙接过火柴。白刃事后回忆这一幕，感慨良多，他在一篇回忆文章中这样写道：寻思萧华同志在狱中几年，造反派不知怎么折磨他，以至于把一个级别相差悬殊的老部下当成上宾来接待，我心里很不是滋味。

父亲当时给白刃的感觉是，他"对外面的情形十分生疏"。

著名作家刘白羽对出狱后的父亲也有类似的感觉。他在一篇回忆父亲的文章中，这样描述当时看望父亲的情景：

"……萧华约我到总参招待所寓处，那正是'四人帮'猖狂肆虐之时，他专门领我到秘书的小房间里，他叮嘱我处处事事要小心谨慎，并劝我不要跟文艺界来往，言之谆谆，令我难忘。"

这一切，母亲都看在眼中。

母亲说当她目睹了一场民族大灾难把一个共和国将军扭曲到如此程度的时候，她的心发冷了。

第九章

浩劫过去之后

  母亲终于在我面前停下了,她看着我的眼睛,用不高的声音说:"你知道,在咱们家,你是唯一的男孩子,军队是男人的事业,你的爸爸妈妈都是军人,我希望你能子承父业。"
  我清楚,直到如今,母亲还在为我而遗憾。母亲在我身上寄托的军人期望是永远的,不会随时间的流失而淡化……

一　父亲母亲重新走上工作岗位

直到父亲被"解放",母亲的专案才不了了之。

母亲去找过她的专案组,但早已人去屋空。后来她找到了专案组长张遥,问:"我的案子有结论了吗?"

张遥说:"上面通知,把你的专案撤了。"

母亲说:"总得有个结论吧?"

张遥为难地说:"专案组撤了,就等于撤案了,以前的那些都不算数了。"

母亲说:"说得那么轻巧,我三年的黑房子白坐了!"

张遥无言以答。

母亲无可奈何。

母亲被夺去的何止三年,之后,又靠边站了七年,加在一起,整整十年。

父亲出狱后,由于"四人帮"的干扰,迟迟没有分配工作。直到1975年7月,才出任军事科学院第二政委。1977年4月,粉碎"四人帮"不久,中共中央任命父亲为兰州军区第一政委,并兼任甘肃省委书记。

总政考虑到母亲身体不好,原打算把她留在北京工作。母亲考虑到自己工作的时间已不多了,能多做一点就多做一点。再说让父亲一个人去大西北，她也放心不下，因此要求同父亲一起，去西北工作。

1978年7月，母亲被任命为兰州军区后勤部副政委。

在大西北，母亲重访了长征故地、抗战旧址，触景伤情，感慨万千。她在回忆文章中写道："为了中国革命的胜利，无数战友长眠在雪山草地，战死在抗日疆场。抚今追昔，惟有以战士的姿态继续拼搏，才不负无数先烈。想到这些，将十年噩梦推远了，我要抓紧时间工作。凭着这一信念，我走戈壁，穿沙漠，过草地，攀高原，深入部队了解情况，解决各种实际问题。由于高原反应，好几次引发心脏病，住进了医院。"

一次，母亲心脏病复发，住进了北京三〇一医院。父亲的老战友、当时任总参谋长的杨得志来看她，又建议她调回北京，说他可以帮母亲做做这方面的工作。杨得志的好意被母亲婉拒了。母亲说，"文革"十年，她和父亲在一个城市里被隔绝了七年，如今可以在一起工作了，她不愿意再分开。父亲一个人在西北工作，她不放心。

1977年春，父亲到兰州赴任前，中央领导分别找他谈话，叶帅说："兰州军区和甘肃省是'四人帮'的重灾区，中央派你去收拾这个烂摊子，等收拾好了，再回中央工作。"陈云同志说："宋平同志是老实人，是个好同志，但是资历浅，你要支持他的工作。"邓小平同志说："你不但有军队工作的经验，你还有地方工作的经验，所以叫你兼任省委书记。"

在这七年时间里，母亲经常犯心脏病，但她没有向父亲提过一次回北京的事。

一年春节，我在兰州，正赶上母亲犯心脏病，整天输液，打针，输氧，医生川流不息，没有一点过节的气氛。看着母亲难受的样子，我很焦急，对母亲说："上边不是说两三年吗，现在都几年了，你不能问问爸爸吗？让他打听打听，你们什么时候能回去？你太不适应高原工作了。"

母亲用惊异的目光看了我一阵，说："你的爸爸你还不了解吗？他什么时候为自己的事找过组织？"

父亲知道了我的想法，在一次散步的时候对我说："你妈妈在兰州很不适应，我知道，她跟着我受苦了，但她一次也没有跟我提过回北京的事。这不简单。"

母亲执拗地坚守着自己的做人准则，同时也坚守着一个老共产党人的操守。

这一点，她和父亲如出一辙。

经历了"文革"劫难的父亲母亲，依然是以前的父亲母亲。

父亲母亲去兰州时，带去了我的二妹妹萧露。

萧露在山西五次被推荐上大学，前四年都因为父亲的原因未被录取，1974年父亲"解放"，当年她就以优异成绩考上了北京医科大学。本来她可以留在北京找个好工作，但为了照顾父亲母亲，毕业分配时她主动要求分到兰州，在陆军第一医院当了一名普通医生，直到父母调回北京。在兰州工作七年，她一直坐军区的大班车上下班，怀孕后依然挤车。起先，没人知道她是萧华的女儿。

1983年6月，父亲当选为第六届全国政协副主席，由于兰州军区政委一时还未到任，父亲母亲1984年初才回到北京。陈云曾在一次谈话中对父亲说："你在西北待的时间长了点。"父亲笑着说："西北是个好地方，可是王新兰吃不消，她受罪了。若不是王新兰有心脏病，按我之意，老了之后，在那边找处房子休息最好。"

父亲这话也对我们说过。

母亲说父亲还选好了一处地方，那里离西安不远，在骊山脚下。

一次，他和母亲转到那里，说："不是你有病，我们休息后就住在这里，这里多清静。"

母亲笑而不语。

父亲一笑说："算了，你那个病。"

1984年1月4日，父亲母亲坐上了开往北京的列车，离开工作了七个寒暑的兰州。

父亲回到北京，一些老朋友对他说："除了'文革'中被关押那几年，你一直在一线工作，又在大西北待了七八年，现在到了政协，可以轻松一下了。"父亲很认真地说："政协参政议政，责任重大，可不是二线哟。"

在新的工作岗位上，父亲像以往一样，投入了巨大的热情。回到北京没几天，就去看望全国政协主席邓颖超，请示工作。之后，又来到全国政协机关，了解政协工作特点。父亲十分尊重政协中的党外人士，经常驱车登门拜访他们，他们也经常来看望父亲。聚在一起，谈天说地，共商改革开放大计，其乐融融。在到政协不长的时间里，父亲便和好几位党外副主席钱昌照、胡厥文、程思远等，建立了良好的工作关系和个人友谊。后来父亲病重时，他们都十分关心，常来看望。钱昌照还让孩子从香港买了当时国内还不多见的西洋参，亲自到三〇一医院送给父亲。

1983年12月，父亲率政协代表团访问埃及。回国后，在所作的《关于访问埃及的报告》中，除了汇报访问的主要内容外，特别介绍了埃及的旅游业，并对进一步开发中国的旅游资源，提高旅游服务质量提出了建议。这份报告在稍后举行的全国政协六届二次全会上，被列为大会正式文件，受到了委员们的好评。

父亲在全国政协分管提案工作。为了准确、及时地掌握情况，他带头深入基层进行调查研究。在短短的一年多时间里，他深入四五个省市的工矿企业、农村乡镇，取得了许多宝贵的第一手材料。

1984年10月，党的十二届三中全会作出了《中共中央关于经济体制改革的决定》，父亲深入考虑了经济体制如何同机构改革结合起来进行的问题。为此，他翻阅了大量资料，并于1985年2月先后到山东、广东、湖南等地作了实地调查，发现了不少问题。其中政府机构臃肿、人浮于事、政出多门、互相扯皮等问题最为严重。在珠海市，父亲了解到，一个项目的审批，最多要盖五十二个章子。

经济特区尚且如此，其他地区可想而知。

父亲把在三个省份调查的问题及解决方法，用书信方式向邓小平、胡耀邦、赵紫阳并党中央作了汇报。

父亲在这封万言长信中，热情呼吁机构改革。他认为，只有通过改革，才能将人才资源开发充分地带动起来，它将更有利于促进管理型智力的流动和竞争，有利于干部的选拔、培养，有利于逐步改变干部队伍的知识结构。

国家主席李先念看完父亲的信后，给予了高度评价："萧华不是搞经济的，提出的这个问题很精确及时……国务院有关机构研究了两年没有解决的问题，这个文件解决了，具有战略性的突破。"

父亲的这封长信是1985年6月1日报呈中央的。

此时，父亲的胃癌已经扩散。

母亲面临着有生以来最难以承受的打击。

二　父亲的最后日子

父亲病得很突然。

在熟人的印象里，父亲一直很健康。他散步，别人说像急行军，比他小二三十岁的工作人员也跟不上。他对自己的身体很自信，一年一度的例行查体，常常被他忽略。即使体检，他怕麻烦，许多项目都不做，这么多年，他竟没有做过一次胃镜检查。

最后，父亲恰恰在胃上出了问题。

母亲为此追悔莫及。

1985年春天，父亲在山东、广东、湖南等地作经济体制改革调查的时候，病魔已在悄悄吞噬着他的生命。

起先的感觉是胃部不适，吃不下东西，常伴有隐痛。父亲一向不注意身体，只要不发烧，他不会躺下休息。

3月，父亲从外地回到北京，准备参加全国政协六届三次会议。母亲看他脸色不好，明显消瘦了，劝他赶快住院检查治疗。他却不在意地说："没事，不急，等开完会再说。"

父亲还沉浸在自己关于经济体制改革的设想中。

母亲让父亲称体重，比年初减轻了十多斤。母亲焦急地说："你一天天消瘦，能拖得起吗？"

父亲劝她说："我跑来跑去，不瘦还能胖？你没听老百姓说吗，有钱难买老来瘦？"

父亲满不在意的样子给了母亲些许安慰。母亲抱着一丝侥幸的心理，等待着政协大会的召开。母亲说，1985年的3月在她的记忆里显得那么漫长。

父亲依然风尘仆仆地奔波在北京3月的料峭寒风中。

3月底，临近政协会议开幕的时候，父亲的病痛加重了，一顿连两小匙饭也吃不下。有时，一阵疼痛上来，大滴大滴的汗珠往外冒。此时，父亲大概也感到了自己病情的严重，他笑着对母亲说："看样子真有点麻烦了，听你的，会后去医院。"母亲和秘书张黎怕他劳累过度，劝他向大会请假，立即去住院检查治疗。他说这次会议要讨论改革开放大计，很重要，看病的事等到会议结束时再说。

4月初，参加政协会议时，父亲完全忘了自己的病。在政协分组讨论时，他依然高谈阔论，笑语朗朗，畅谈自己几个月来调查研究所得。政协同事都觉得他瘦多了，但从他的言谈举止上，谁也看不出他是个病势垂危的病人。只有秘书和警卫员知道，当父亲一个人在屋里的时候，他用拳顶着腹部，满脸痛苦。为了集中精力开好会，父亲还常常不吃饭，以免饭后打嗝，影响别人开会。

母亲担心会议上的父亲，每天都要打两次电话询问父亲的病情。她知道父亲不会如实告诉她，电话都是打给秘书和警卫员的。电话中，母亲听出他们的焦灼。母亲忍不住又给父亲打电话说："你得马上住医院看病。"

父亲说："不要紧，一共十来天的会，坚持一下。"

母亲生气地说："你如果不好意思说，我跟邓大姐说。"

父亲语重心长地说："你不要着急，千万不要惊动邓大姐，请假很容易，跟大会秘书处说一声就是了。我不想请假，会议很重要，党外人士的意见对9月份的党的全国代表会议很有帮助，我又是提案委员会主任，这几天大家正在发言，我怎么能离开呢？开完会就住院。"

母亲无可奈何。

4月11日，政协六届三次会议刚结束，父亲就住进了医院。

4月12日，父亲被确诊为晚期胃癌。一纸"癌症晚期，癌细胞已从胃扩散到肝"的诊断书，犹如一个无情的判决，将全家人震蒙了。

这个结果，我们无法接受。

母亲在得到确诊的消息后，一下子昏了过去。醒过来之后，她把自己关在父亲的卧室里，失声痛哭起来。全家人都在流泪。母亲和我们商定，为了稳定父亲的情绪，争取一线生机，暂时向父亲隐瞒真实病情。

父亲听着医生和家里人向他介绍病情——当然是被隐瞒了的病情，他听得很认真，不住地点着头，没有过多地询问什么，他似乎并不怀疑他们的话。大家告诉他，他只是患了胃溃疡，等好了就可以出院了。

对每一个前来探望他的战友、部下，他也这样告诉他们，直到他去世之前。

癌，这个不祥的字眼在父亲的病房里被小心翼翼地回避着。我们和父亲都没有提起过它。

母亲每天很早从西山的家里出发，直到很晚才回去。在医院里，她配合医生护士陪护父亲，帮他洗漱、吃饭，给他讲一些周围发生的事情，讲讲孩子，有时还强打笑颜，说点笑话。晚上回家，一坐进汽车里，眼泪就止不住流下来。回到家里后，精神彻底垮了，全身的骨头像散了架，不吃不喝，躲进父亲的书房，一哭一夜。

第二天一大早，母亲又擦去泪痕，收拾得干干净净，带着一副笑脸出现在父亲的病榻前。有时在家里哭肿了眼睛，怕父亲看见引起怀疑，就戴个大口罩去医院。

看着母亲这种两面人的日子，我和姐姐妹妹们都很难过。

一次，父亲见母亲戴着个大口罩，觉着奇怪，问："这么热的天，你戴口罩做什么？"

母亲说："我得了感冒，怕传染给你。"

父亲说："不要紧，我在医院里，不怕传染。"

母亲只好把口罩去掉。

父亲看到了母亲的红眼圈，故意笑着问："你的眼睛怎么红了？哭鼻子了？"

母亲想哭，却努力笑着，说："谁哭了，感冒，流眼泪流的。"

母亲坐在父亲床头，父亲抓着她的手说："新兰，近来你也瘦多了。"

母亲强打笑颜，说："不瘦，我昨天才称过，比两个月前少了两三斤，不过那时候穿得多。"母亲撒了一个谎。

父亲安慰母亲说："你别为我担心，我不要紧，等我病好了，咱们找个空气好点的地方，僻静的地方，住下来，做两件事，一是把咱们这一生好好总结一下，写点回忆录；二是把总政的是是非非清理一下。"

母亲答应着，说："对，你快点病好，咱们到山东、东北，还有你们老家江西，陕西三原，都再走一走……"母亲觉得鼻子发酸，赶紧跑进卫生间，甩落了两行眼泪。

母亲后来对我们说，眼看着父亲在一天天走向死亡，她却要强装笑颜和他一起煞有介事地计划未来，她觉得那滋味很难受。

直到父亲去世，关于他的病，在父亲和我们之间，一直隔着一张纸，没有被捅破。

我问母亲："爸爸真的以为他是胃病吗？"

母亲神色迷茫，说："不清楚。"

"他想不到自己得的是癌症吗？"

"这……说不清楚。"

我想，父亲不会不知道自己得了什么病——迅速消瘦下去的身体，不能进食的疼痛的肠胃，母亲强装的笑容，孩子们故作的轻松，医生护士的窃窃低语，还有，中央领导人的不断探视，久违了的昔日老战友的问候，远道而来的年轻部下的探望……破译这些，并不复杂。

但对进入病房的每一个人，父亲还是一遍又一遍地重复着那同一句话："我的病不要紧，只是胃溃疡。"

只有一次，他对秘书说过上边那些话之后，又说："即使现在不行了，也没有什么可遗憾的。战争年代，我常想，自己能活三四十岁就不错了，从没想到能活到今天。只是有许多事情还没有来得及去做。"

秘书忍住涌上眼睛的泪水，安慰说："首长，你安心养病吧，医生说会好的。"尽管秘书知道自己的安慰很苍白。

父亲笑笑，又用那句话说："是的，不要紧，会好的。"

父亲深深地爱着我们的家。在他住院的头两个月里，医生准许他星期天在家里过。他盼星期天就像小孩子盼过年一样。到了星期天，他早早就脱去了病号服，穿戴整齐，站在窗前等着母亲来接他。早上7点，母亲准时到了，他满脸绽开笑容，开心得像个孩子。回到西山的家里，母亲和我们几个孩子陪着他，在长满青草的院子里散步、聊天，不时他还会发出先前那样爽朗的笑声。只是在他一人独处时，我们才能从他沉思的目光里捕捉到一丝淡淡的惆怅。

晚上6点，父亲又坐进了汽车，由母亲陪着，返回医院。在跨进车门的刹那间，我们从父亲的目光里看到的是留恋。

有时，我们看母亲太疲劳，提出由我们接送父亲。

"不，这是妈妈的事。"

母亲声音不高，语气坚决，不容商量。

她要陪父亲走完他最后的人生之路。

父亲生命中的最后日子，异常平静。

他在抓紧时间，做他认为必须要做的事情。

父亲曾经有个雄心勃勃地撰写回忆录的计划。此时，秘书再提到它时，父亲摆了摆手，说："现在不说它了。"

有人建议父亲利用住院的闲暇，将自己的生平经历用录音机记录下来，以备日后为他作传时用。他说："用不着了，我的经历很简单，几行字就可以写完。"病势日渐沉重的父亲，放在心上的是撰写牟宜之的文章。对于这位于中国革命有功而又在历次运动中屡遭迫害的挚友、部下，他觉得有许多话要说。他忍受着病痛的折磨，亲自动手，逐字逐句推敲，修改。6月30日，署名"萧华、黎玉、林月琴"的《有功岂必书之碑》的怀念文章发表在《人民日报》上。

这是父亲在报上发表的最后文字。

中国人民解放军第五十军为纪念长春解放四十周年编辑出版《长春起义》一书，约请当年指挥围困长春的父亲作序，病中的父亲欣然答应。在东北解放战争战略大反攻的关键时刻，国民党第六十军军长曾泽生将军深明大义，毅然率部起义，父亲对这位中国共产党的朋友一直怀有敬意，抱病为《长春起义》作序，以寄托对曾泽生将军的怀念。

这是父亲最后一次为书作序。

6月16日，父亲经医生批准，离开了三〇一医院，回到西山的家中。在此之前，父亲的几位老秘书要求到医院看望父亲，此时，医院已经不允许探视了。母亲告诉父亲后，父亲说想回到家里见见他们。母亲经过和医院交涉，为父亲请了几个钟头的假。

见到几位老秘书，父亲显得很兴奋，话也很多。他问了他们各自家中的情况，谈了他记忆中他们的孩子，谈到了兰州的天气，敦煌的壁画，当前的改革，还有二十多年前的往事……本来大家是来探病的，可所有在场的人，都小心翼翼地避免提到病。四十分钟过去了，大家不忍心父亲过分疲劳，起身准备告辞。父亲提议大家到院子里去照个相。父亲穿了此时显得过分宽大的西装，戴了一顶鸭舌帽，在门外的草地上笔直地站着。秘书们以前从未见过他照相时如此郑重。当他挽着江波和李圭的胳膊，相机的快门就要按动的一刹那间，江波的眼睛濡湿了……

这是父亲最后一次回到自己家里，最后一次在自己家里接待客人……

母亲记住了父亲的无数个"最后一次"。

在父亲生命的最后一个夏天，他最牵挂的还是写那封关于机构改革设想的信给中央。

父亲自知来日不多，他让秘书张黎和我的姐夫杜链把那封写了一半的信带到了医院。此时，他已无力再执笔伏案，他口述着，让张黎和杜链协助他将最近酝酿的关于机构改革的思路和观点整理出来。在这个闷热的夏天，他似乎忘记了自己是个生命垂危的病人，竟将那封长达六千言的汇报材料逐字逐句地修改了一遍。

6月1日上午，父亲在这份凝结着他部分生命的材料上签了名，当天这份报告就被送到了党中央。当他得知自己的信受到中央领导高度重视时，高兴得像个孩子……

为了这封信，父亲耗尽了自己的全部心血。

他渴望着参加9月份的党的全国代表会议。对这个国家，对这个党，对这个军队，父亲有太多太多的眷恋。

父亲的最后一个夏天，死神在一天天向他走近。

母亲依然藏起眼泪，静静地守候在父亲的病榻前。父亲依然含着微笑，迎接着每一个太阳。

在守护父亲的最后日子里，母亲并不孤单。与父亲风雨同舟、出生入死的战友们络绎不绝地来到了父亲的病床前。

莫文骅将军几乎每天都在同一个时间走进他的病房，来时手中总要捧一束从自己花园里摘下的鲜花。

也在三〇一住院的萧劲光与父亲隔墙而居，家中送饭，总是两份。父亲看着萧劲光送过来的饭，苦笑着说："萧司令，这么好的饭，可是我没有当年的胃口了。"萧劲光鼓励他说："吃两口，要不喝点汤。"黄昏前，萧劲光总会拄着拐杖，轻轻走进父亲的病房，跟比自己年轻十三岁的老搭档说几句无关紧要的话，或者在他的床头默默地站一会儿。

总参谋长杨得志公务缠身，但自父亲住院后，隔一天来看一次，从未中断……

赵紫阳总理代表党中央、国务院，多次来医院看望父亲。

8月11日上午9时，刚刚从外地开会回到北京的胡耀邦总书记，听说父亲病危，立即带着全家，赶到三〇一医院。他轻轻地走进病房，弯下腰，俯身在已处于昏迷状态中的父亲的耳旁，声音喑哑地说："你为党，为人民奋斗了几十年，党和人民是不会忘记你的。"父亲用微弱的声音说："谢谢总书记……谢谢你……"

8月12日上午7时50分，父亲最后一次睁开眼睛。他久久地凝视着我的姐夫杜链，一只手无力地抖了抖，试图抬起来，但已不可能了。姐夫赶紧俯到他的耳边，父亲用几乎听不到的声音说："杜链……你要努力……"姐夫流着泪，使劲点了点头，叫了声"爸爸"。父亲的嘴又嚅动了几下，但已经发不出声音了。

1985年8月12日上午8时15分，父亲的心脏停止了跳动。在母亲守护中逝去的父亲安详、平静，犹如长途跋涉之后的沉睡。

父亲走时，69岁。

父亲的追悼会原定五百人参加，那天却来了成千上万人。其中有不少是外国友人，爱泼斯坦也被人搀扶着，缓步走进了灵堂……

追悼会之前，父亲在东北的直接领导陈云给母亲打来电话，说他一定要赶来和父亲告别。母亲感谢他，说他年纪大了，劝他不要去。陈云说："萧华是位好同志，我爬也要爬着去。"父亲追悼会那天，正赶上召开政治局会议，身为政治局常委的陈云无法履言，专门派了工作人员去参加。之后，陈云给母亲打电话，说没能亲自参加萧华的追悼会，他很遗憾。他劝母亲多多保重。

三　母亲割不断的军人情结

父亲走了。

母亲的生活在继续。

她被巨大的痛苦笼罩着。此时她已不再流泪，她的眼泪早已在父亲住院的那四个月里流干了。每天早晨起来，她都要走进父亲的书房，在他的遗像前站一会儿。

在相当长的一段日子里，母亲的一天都是这样开始的。

父亲的书房还和先前一样，书柜，写字台，落地灯……一物一件都还在老地方。父亲练字的毛笔放在笔架上,一方砚台仿佛还透出淡淡的墨香。靠墙的那张小床也还放在那里,还是先前的白床单,白床罩,以往父亲加班晚了,就在那张小床上过夜……与以前惟一不同的是,在书房正面的墙上,多了一张父亲的遗像。

后来我们搬了家,母亲依然按照先前的布局,为父亲布置了一间书房。母亲说,走进书房,就好像走近了父亲。

有一天,母亲突然跟我说:"云娃,在你爸爸的治疗中,我也许犯了一个错误。"

我诧异地望着母亲。

我从母亲的目光里看到了一丝懊悔,几分迷惘。

母亲说:"也许当初应该给他动手术。"

我怔了一下,说:"妈,过去这么久了,你这是怎么了,不是医生说已经无法手术了吗?"

母亲说:"也有一些医生说可以。"

我说:"妈,你钻牛角尖了。"

母亲哀哀地笑了一下,说:"也许吧。"

当初父亲被诊断为胃癌晚期时,癌细胞已大面积扩散。医院多次组织专家会诊,绝大多数医生认为,已无手术可能。如果实施手术,风险很大,病人极有可能下不了手术台,建议用保守疗法。也有个别医生说,既然回天无力,不如进行手术,也许可以出现奇迹。

最后,让病人家属拿意见时,母亲和我们经过商量,决定采纳绝大多数医生的建议,进行保守治疗。我们不愿看到已到癌症晚期的父亲,再接受一次几乎没有任何希望的大手术。

母亲在治疗意见上签了字。

事实证明，我们的选择是正确的。

父亲从住院诊断出胃癌晚期，到去世，延续了整整四个月。一位负责给父亲治病的医生说，当初，他们没有想到他会延长这么久。

而此时，父亲一旦离去，母亲却对自己当初的判断产生了怀疑。她陷入了不能自拔的自责之中。

这种情绪，一直持续到今天。

她说也许她应该抓住那百分之一的希望。

我们纠正她：那百分之一不是希望，是奇迹。

母亲点头认可。她的理智是清醒的，感情却是执拗的。她觉得，父亲不应该走，她为自己没有拉住匆匆而去的丈夫而懊悔。

母亲开始一本本地阅读父亲留下的日记、信件；阅读那些与他们的命运紧密相联的中国革命战争；阅读在历次运动中的风风雨雨；阅读共同经历的人事纠葛中的是是非非恩恩怨怨……父亲走了，母亲一个人默默地清理着她和父亲一起走过的日子。

她拿起了笔，不住地记着，写着。在拉近了的战争年代里，她和已经去世的父亲变得年轻起来：

……反"扫荡"斗争很艰苦，我们常常有短暂的分别。他估计我快要回家了，就跑到村外的田野上采点绿草野花，插在粗瓷碗里，一连几天，带着秘书、警卫员房前屋后地打扫卫生。时间长了，大家一看到萧主任捧着野花野草，就知道我就要回来了。

罗荣桓政委跟我们开玩笑，说："你们这小情小调的，哪像山沟里的土八路，倒像是大城市里的洋学生。"

……枪炮声在土山的西边爆豆似的响了起来，我替他担着心。我知道他正在指挥一场伏击战，敌人是一个中队的鬼子兵。他带着队伍出发的时候，骑在马背上，向站在电台门口的我微笑着招了招手。他身上的军服干净整洁，还带着明显的折痕——那是头天晚上我才为他洗好熨好的。他出征厮杀，即使面临一场恶战，也总要穿戴得整整齐齐。这是他的习惯，我也喜欢他这个样子。

战斗一直持续到傍晚，枪声才渐渐稀落下去。我走出电台，望着西边迤逦的小山，一轮如血的落日正在向山下坠落，寒气逼了上来。等到太阳完全落山以后，我看见天边出现了一些小黑点——我们的人正在向营地走来。走近了，他们渐渐清晰起来。我看见他骑着大红马，走在队伍的最前头。他的军衣已经被战火撕开了口子，上面沾满了泥土和血污。他看见了我，还是那样轻松地招着手，走到我跟前，翻身下马，笑着说："鬼子全让我们收拾了，做点好吃的犒劳犒劳。"他身后的战士们笑了起来。我提着的一颗心终于放了下来。那天晚上，我给他做了他最爱吃的辣子鸡……

母亲写下这些无意于发表的文字，咀嚼着。她的清理细致而缜密。她在送走父亲之后，又在追寻属于他们两个人的日日夜夜。

不久，母亲从我身上看到了父亲的影子。

上初中的时候，陈赓大将就说我长得像父亲。那时，母亲的感觉却不那么明显。

那是我第一次见到陈赓。那天，我和陈赓的儿子陈知建一起在北戴河，游泳回来，半道碰见了陈赓伯伯。陈知建向他父亲介绍说："这是萧云。"爱开玩笑的陈赓夸张地看我一眼，抓住我的手，使劲摇着，满脸认真地说："久仰！久仰！"窘得我不知所措。

陈赓当天给母亲打了电话，说："我今天在游泳池见到了你那个小萧华。"

母亲知道陈赓说的是我，说："他长得不像他爸爸。"

陈赓说："像神了，萧华在中央苏区就是那模样。孩子整天在你身边，你熟视无睹。"

我回家后，母亲上下打量了我一阵，说："陈赓伯伯说你像你爸爸，我怎么看不出来。"

我记得当时我跟母亲说，我瘦爸爸胖……

父亲去世时，我已近不惑之年，身体连同性格早已定型，母亲在哀痛之余，看到了父亲在我身上留下的印迹。

一个星期天，我从单位回到家里，早晨起床后，我在屋前的院子里一边踱步，一边想着工作的事——那时，为了引进一套大型设备，我刚从法国考察回来（此时我在海军航空兵司令部任装备科技处处长——笔者注），有关谈判已进入实质性阶段，一些技术性问题正纠缠得我寝食难安——我看到母亲正站在屋前的廊下往我这儿看。开始我没有在意，向母亲笑了笑，继续不停地踱步想我的问题。后来我终于注意到，在我踱步的那半个多小时里，母亲一直站在那里，偶尔在廊下走几步，她的目光始终没有离开过我。我被母亲看得有点不好意思，走过去问她："妈，你看什么呢？"

母亲说："我一直在看你。"

我笑着问："你在我身上发现什么了？"

母亲说："你踱步时的样子、神态，都和你父亲一模一样。"

我说："以前姐姐也说过。"

母亲说："还有你的体形，特别从背后看，也越来越像你爸爸了。"母亲说着，又看了我一阵，问："遇到什么烦心的事了吗？你爸爸心里有事就不停地走来走去。"

我说："引进设备的谈判遇到了一些麻烦。"

母亲听了我的话，没有立即说什么。对于我们工作上的事，母亲和父亲一样，从不过多过问。如果我们愿意主动跟他们说些什么，他们则显得十分高兴。在子女们面前，我的父亲母亲从我们很小的时候，就把握住了很好的分寸，从不指手划脚进行"指导"。

这需要修养。

阳光已经铺满了院子，几株月季绽开了繁茂的花朵，有一些蜜蜂在枝头上嘤嘤嗡嗡地飞来飞去。在屋前的走廊上，我扶着母亲，慢慢散着步，一边讲着近来我的工作情况。

母亲听得很专注。

我兴致勃勃地给母亲讲外军航空器材研制和开发的最新动向，讲我军在这方面的差距，对未来的展望，以及我对自己工作提出的要求。母亲一边听着，一边不住地点着头。

结束这次散步的时候，母亲很郑重地看着我，说："你很有想法，工作也有一股执着劲，这有点像你爸爸。咱们家就你一个男孩子，军事，从某种意义上说，是男人的事。我想你会像爸爸那样，成为一名优秀的职业军人的。"

我也很认真地点了一下头。我说我会的。

母亲的话语中，流露出一种久藏于心的对我的期待。

我郑重地承诺了。

在那个阳光明媚的上午，在西山我们家屋外的走廊上，母亲与她惟一的儿子有了一个目标明确的约定。

我从母亲脸上看到了欣慰的笑容。

435

那次谈话是1986年的夏天。

两年后，当我打算离开部队，准备"下海"搏击的时候，在好长的一段时间里，我没有勇气直面我的母亲。

1985年12月，中央军委按正军职待遇安排母亲离职休养。这是母亲在她五十三年的军人履历表上，写下的最后一行。

四 我的十四年军旅生涯

我的军旅生涯是从1975年1月开始的。头一年底，为落实政策，我离开了张家口地区铣床厂，调干入伍，到了海军。

我在军中的第一个单位是海军后勤部航空器材部，担任军械处助理员。1977年，驻南海某部的一艘驱逐舰爆炸，派工作组去查整改，我是工作组成员。那次在海南岛待了整整一年，驻地饮水困难，水浑而黄，生存环境十分恶劣。由于有"文革"中在绵阳和张家口的经历，我并没有感到特别艰苦，和驻地干部和战士们相处得很好，基层官兵在恶劣自然条件下固守南疆的顽强作风给我留下了深刻印象。我们的调查工作进行得很艰苦。那时"文革"刚刚结束，在此类调查工作中，多少还带有"文革"遗风，工作组推断为人为事故，牵扯到的人不少。在"文革"中，父亲母亲和我们几个子女都被反复查来查去，对这类扑朔迷离、难辨真伪的调查已很难适应。我平生第一次求告母亲，希望能跟海军领导打个招呼，调到一个与我所学专业相近的岗位上去，不论职务高低。母亲找到海军萧劲光司令员，谈了我的想法。我于1978年调到海军驻华北光学仪器厂军代表室工作。

我为自己的工作向母亲请求帮助，这是第一次，也是最后一次。这类事父亲是从不过问的。

说到这里，我想特别说一下我的大妹妹萧霜。

萧霜是我们家五个子女中惟一没有上过大学的孩子。后来，她靠着自学，拿了两个大专文凭。这成了母亲终生的遗憾。没有上过大学的母亲这一生的最大愿望，就是把五个子女都培养成为受过系统教育的大学生。

母亲常念叨，在家里，她最对不起的就是萧霜，小时候没有把她照顾好，九岁因打链霉素导致一只耳朵失聪，也没有能上大学。

耳背使萧霜得罪了不少人，招惹过不少麻烦。"文革"前，家庭情况好，别人说话声音小她听不见，不搭话，人家说她高傲；"文革"中挨整，她听不清问话，不作答，造反派说她态度恶劣。萧霜有时开玩笑说：这只聋耳朵这一辈子把我坑苦了。

"文革"结束后，萧霜已过了报考大学的年龄。1983年，她在总政白石桥第二干休所当了一名普通干事，一干十八年，直到2001年退休，仍是干事，退休时职务是正团。在干休所当干事十八年，萧霜一直勤勤恳恳，兢兢业业为老干部服务，工作一丝不苟。她对老干部热情、开朗、真诚，从不看人下菜，不会算计人。虽然岗位平凡，却赢得了老干部的尊重。他们心里有了事，生活中遇到的酸甜苦辣，也都愿意跟她聊。

老干部们也关心着萧霜。他们看别的干部今天来了，明天走了，她却一直待在干休所，不忍心，有的老干部索性对她说："你爸爸当过总政主任，你妈也是老干部，有那么多老部下、老战友，随便找点关系，也能给你动一动。"老干部们说的"动一动"，有两层含义，

437

一是动动职务，二是挪个有发展的地方。每当这时，萧霜总是笑笑，说："我看咱们干休所就挺好的。"

父亲在世时，萧霜没有跟父亲提过自己的事。

父亲去世后，萧霜试探着跟母亲提过一次。大概是1990年，那时，她已经在干休所干了将近八年。一次，她跟母亲闲聊时，顺便说了老干部跟她说的那些话。萧霜事后跟我说，她知道母亲的性格，当时她跟母亲转述老干部的那些话，只是试探，或者连试探都说不上，她说她说那话的动机很模糊。果然，她说了那些话后，发现母亲的脸红了，母亲尴尬地笑着，在地上默默地走了起来，半天没有说话。萧霜对我说，她看到母亲为难的那个样子，心里很不好受。她笑着对母亲说："老干部们随便说说，我也只是随便听听，妈，你别在意。"

母亲站下来，看看萧霜，说："萧霜，你没有说错什么，现在社会上都在那么做。"母亲说着，轻轻叹了口气，说："但是在别人看来很简单的事情，妈妈就是做不到。你别看为了别人的事，我可以四处去求人，可一轮到自己家的事，却向人张不开口。在这一点上，我和你爸爸一样，他要是活着，也不会为这事去找人。"

萧霜点了点头。

母亲没有说更多的大道理。

有人说，自尊有时让人怯弱。我不清楚母亲是不是属于这类。

江青曾对叶群说过："萧华和他老婆穷清高，咱就要把他们那清高劲打一打！"

"文革"过后，母亲依旧故我。

道德守护的东西，有时，你得为它付出代价。比如清高，比如自尊。

父亲母亲把这种不合时宜的东西也遗传给了他们的儿女们。

在干休所当了十八年干事的萧霜退休时，一些老干部来和她告别，他们用半开玩笑的口吻说："萧霜，像你这样背景的，十八年如一日待在一个小单位当干事，全军大概就能找到你一个。"

萧霜说："我的服务能让老干部满意，我就知足了。我有小德，没有大才，本来就是个平平常常的人。"

萧霜退休时，还不到五十岁，那是正团职干部所能允许工作的最高年限。

我担任军代表的华北光学仪器厂在北京珠市口，厂子搞光学仪器，跟我在清华所学专业很对路（我在清华读的是精密仪器系光学专业）。当军代表期间，我承担了两种军用设备的研制和其他军品的质量检验，学了不少东西，还补完了大学没学完的全部基础课程。

1983年，我调海军航空兵后勤部军械处工作，任副团职导弹科长，直到1985年。在近两年时间里，我广泛接触部队，在执行本职业务工作任务的同时，发现了部队装备物资管理中的许多问题，较之科学技术现代化而言，管理现代化明显滞后。1984年下半年，我姐夫杜链从美国留学回来，多次和我探讨有关部队装备管理改革方面的问题。经过充分论证，运用系统科学的理论，结合部队实际情况，我们向有关单位提交了关于科学决策、体制改革及科学管理的建议。在此基础上，我写的《关于部队装备（物资）管理体制改革的几点意见》，报到上级有关部门，得到高度肯定，后来发表于《海军后勤学术研究》1985年第1期上。

针对目前我军装备管理水平现状，我认为，体制改革需要突破性的创造。在这篇文章里，我对部队装备管理体制改革的目标和方法，提出了自己的观点。主要有以下几点：

一、关于装备发展的指导思想

从我国经济实力薄弱，人口众多，技术落后，科技人才缺乏，军费投入有限等实际情况出发，我们必须走一条具有中国特色的装备发展道路，以适应未来战争的需要。我的基本观点是：1.应该大力发展人力密集型装备；2.经综合论证，集中资金发展少数资金密集型和技术密集型新装备（这些装备必须能保证大幅度提高整个部队战斗力）；3.大力改进现有装备，使之现代化；4.坚决淘汰改进价值不大的老旧装备。

我特别强调了坚决淘汰价值不大的老旧设备一项。认为应把省下来的钱用于发展新装备。我们不应用陈旧装备维持一支军事效益极低的庞大军队。而应该用新技术迅速装备一支高质量、高效益的精干军队。

二、现行装备管理体制的弊病剖析

装备管理是指装备的科研、试验、生产、订购、使用、维护保养、贮存运输、供应、计量修理、报废等管理工作。装备"生老病死"的全过程管理，从广义上讲，均属装备管理范畴。

而我军目前采取阶段式管理体制。科研与生产由科技部门负责；订购与使用、报废由司令部门负责；器材供应、贮存运输、计量修理由后勤部门负责。本来武器装备从科研到装备部队是一个不可分割的有机整体，结果人为造成分割。

这种阶段封闭式管理体制，必然造成管理混乱。

目前我军正朝着合成军发展，越来越多的新装备将陆续装备部队。在这种管理体制下，每增加一种新装备，必须从领导机关到基层部队，增加一整套管理体系。其结果是造成整个军队编制的臃肿庞大。因此，彻底改变我军装备管理的落后状态，已成当务之急。

三、建立科学的装备管理体制——实现装备的矩阵管理

在这里，我将一个数学术语，引入到装备管理体系中。具体说就

是变阶段式管理为全过程管理，变纵向以特定装备归口的业务管理为以"专业"归口的业务管理。

所谓按"专业"分工的业务管理，就是按光、机、电、化学、核、土木工程等专业归口管理。各专业还可分得更细，其巨细可视任务需要和工作量大小而定。

按专业归口业务部门的职能是：组织领导基础课题的科研攻关，专业建设，制定标准化、系列化、通用化标准等工作。在上级协调机构的统一指导下，加强横向联系和协作，打破封闭，变部门所有为全军（种）所有。

在部队相对集中的地区，建立二级或三级中心，取消各自为政和重叠机构。在各级中心中，主要技术、事务工作应由文职人员担任，削减军人编制。

四、改革实施步骤

对装备的全过程管理，可先采取两大部门管理的体制，把科研与后勤工作分开，适当时机，合并为一个部门统一管理。具体步骤有赖于各级协调机构的全面论证，分批付诸实施。

这篇文章发表时，父亲还未去世。

父亲是在从三省调研回来后看到这篇文章的。父亲看了文章很高兴，他把文章拿给母亲看时，对母亲说："我真高兴，小云是在用脑子工作，不是浑浑噩噩混日子的那种兵，他会成为一名好军人。"

父亲弥留之际，还提到了那篇文章，他用断断续续的声音对我说："小云，你……让我高兴……"

我想，父亲大概从那篇文章看到了一个还算称职的军人。对于他的惟一的儿子来说，父亲是带着军人对军人的期望离开的。

遗憾的是，我没有按照父亲希望的那条路一直走下去。

1985年，我从海军航空兵后勤部调到了司令部，任装备科技处副师职处长，主管海军航空装备订购、经费分配、计划和科研工作。那年我三十八岁，是海军航空兵机关最年轻的处长之一。

我也是海军航空兵装备科技处第一任处长。

这是一个极富挑战的工作，它为我在实现自己军人之梦的人生之旅上，提供了又一个平台。

海军航空兵在丰台，坐班车上下班，那时还没有立交桥和高速路，从城里到丰台来回一趟得两个半小时。我怀揣一腔热血，雄心勃勃地奔波在我的人生之旅中。

我们一个处七个人，干的是空军两个部的工作。职权范围很大，经手的经费也很多，经常出国，从苏联、美国、法国、意大利等国引进设备，从谈判到签约，都由我们处一手承担。我经常对处里的同事说：把我们放到这样一个重要部门，是组织对我们的信任，我们不仅要精通业务，而且要注意操守，每一分钱都要花在改进装备、提高部队战斗力上，尽量少花钱多办事。

对于私心重、品行不规的人来说，这是一个容易诱发犯罪的岗位。我之后的第三任处长，在与外国人打交道时，为了两万美元，不惜出卖军事情报，被法办。

在海航工作期间，我们参加了第一代空对地（舰）导弹研制定型；参与了航空反潜、第一代水上飞机的研制定型；根据西沙海战的经验教训，我们提出了空中加油、远程导航、空中预警的综合思路。空中加油解决飞机"腿不够长"的问题；远程导航，保证飞机安全来回。而航空反潜的效能，是舰艇反潜的十倍。我们还具体组织实施，引进和组装了我军第一代反潜直升机。

我们处一向的工作思路是：要把钱用到最重要的部位上。现代武器装备的先进性不是表现在单个部件和器件的先进性，而是体现在整体的综合能力。我们利用掌握资金的优势，打破计划经济下条条块块的限制，努力协调各部门各单位的关系，通力协作，联合攻关，并将这一机制引入到国外的采购中。有了这种思路，某些系统我们可以用国际二流的、民用的、价格低廉的，来进行改造改装，在国家还不富裕的情况下，发展适合中国国情的武器装备的现代化。

要提高航空兵的作战能力，最重要的要素是提高火控和武器系统的效能。从这个意义上讲，飞机是平台。

选准这个平台不是件容易的事情，我们曾两次赴法国、一次赴苏联进行有关项目的考察与谈判。有的国家的产品还没有定型，就想给你，拿你的飞机做实验。我们引进的第一代反潜直升机，很多设备，如通信、导弹、声呐系统等，都不很匹配，需要改进。我们和海军的航空研究所一道，在这方面进行了广泛的合作。我们总的要求是性能要好，质量要高，还要便于维修。为了达到这个目标，我们经常马不停蹄地跑承担生产任务的地方厂家，为了一个装备的质量问题，经常和厂家吵得昏天黑地。吵架的同时也增进了了解，加深了友谊。对于第一次引进、改进反潜直升机，处里的参谋们热情都很高，有不少同志在这方面有很好的想法，我经常鼓励他们说："你们大胆干，有成绩给你们请功，出了问题我顶着。但有一点我们心里得明白：在军队内部我们代表海军，在国内代表军队，在国际上代表中国。"

我们引进、改进的第一代反潜直升机终于通过了验收，并飞向了蓝天。望着浸透着我们心血的银鹰在碧空翱翔，我们沉醉在成功的喜悦中。

上级对我们装备科技处的工作给予了充分肯定。

母亲似懂非懂地听我给她讲述我们工作的意义，脸上的笑容是欣慰的，舒心的。

然而此后不久，我便急转直下，产生了"下海"搏击的念头。

母亲对此猝不及防。

五　我想"下海"

使我作出这个决定的因素很多，有的清晰，有的朦胧。

我想离开部队的动机，和我当兵入伍的动机有着密不可分的联系。

在一个职业军人家庭中长大的我，自小就崇尚军人职业。伴随着我来到这个世界上的是隆隆的炮声，父亲母亲的战斗经历是我熟读的第一本书，及至我也穿上了军装，血染疆场，马革裹尸，成了我最崇高的人生追求。

我入伍的1975年，"文革"还没有结束，基于当时上层对国际形势的总体判断，美帝苏修亡我之心不死，随时都有爆发战争的危险。二十八岁的我从穿上军装的那一刻起，就觉着自己接过了一种光荣的责任。

随时可能发生的战争使我热血沸腾，精神抖擞。

我记得我跟母亲说过，既然穿上了军装，我就不想活着离开部队。军人是为战争而生的。我说得慷慨激昂。

母亲听了我的话，先是一怔，接着点点头。军人的母亲理解军人的儿子。儿子的话没有错，在军人和牺牲之间画个等号不值得大惊小怪。

十年浩劫后，以经济建设为中心的国家战略思路将虚拟的战争威胁推远了。80年代后期，蓬蓬勃勃的经济建设，成为渴望挑战的人们的一个最诱人的领域。

不打仗的军营有点沉闷。没有仗打的军人没有挑战。在我看来，循规蹈矩的上班下班与军人的名字多少有点距离。也许我的观点有点偏激，但这却是我的真实想法。

这可能是我想脱去军装的最重要的原因。因为当个和平年代的军人并不是我当兵的初衷。

当然不排除还有其他原因，有来自性格方面的和来自社会方面的。

我的内心和外表并不十分吻合。在朋友们和长辈们眼中，我含蓄甚而腼腆，自尊以至到了敏感的程度。但在内心，却一直有一种渴望挑战的骚动，它使我不甘平庸，不甘顺着一个已经设置好的台阶一阶一阶向上攀登，以通往一个自己为自己预定的目标。那需要有耐心，需要有骆驼一样的耐心，那也是一种本事。

"文革"虽然已经过去了十年，目睹了过多的人事沉浮，世态炎凉，利益得失，特别是许多老干部的景况，我厌倦了在一种惯性的思维流程中小心翼翼地"熬官"。我觉得自己也许更适合另一种生活方式，进行一些更具创造性的工作。我渴望自己拼打一番，渴望在剔除了任何外在因素的条件下考验自己的能力。此时，又正值中央号召全党投入以经济建设为中心的伟大任务中去，才使我决心瞄准商海搏击。

在此之前，地方上的干部跳出机关，军队干部脱去军装"下海"创办公司，经商已成风气。也许，这对我即将做出的选择不无影响，但肯定不是决定性的原因。即使别人不那样做，我也会那样做。

除此而外，促使我"下海"还有一个很重要的原因，那就是我经历了长时期的烦恼、痛苦之后，急于摆脱此时已无任何幸福可言的我自己的那个小家。

我的前妻W是我在张家口铣床厂认识的。婚后开始几年，生活还算平静。但过了不久，我便意识到我们的结合是个错误，我们几乎在所有方面都格格不入。我试图迁就，但随着时间的推移，裂痕日深，终难弥合，家庭成了我沉重的背负。

我们和母亲住在一起，我时常能觉察出母亲因我们的关系而焦虑和担忧。

我必须终止这种沉闷的生活。

作出"下海"的决定，我并不轻率，整整考虑了一年。

在很长的一段时间里，我没有对家里的任何一个人说过我的这个想法。我清楚，我的这个想法会在家里引起一场地震。尤其是母亲，我明白她对儿子的期待。

一个我最要好的朋友知道了我的想法后，感到很吃惊。他对我说："你不应该'下海'。"

我问他："为什么？"

朋友说："你和别人不一样，你在军队更有发展前途。"接着，他掰着指头为我设计着我的前途：现在你任副师已经三年多，这几年干得不错，四十出头提正师没有问题，且依然有年龄优势，轻轻松松干到军职，五十岁之前扛黄牌牌（指将军军衔）。

我笑着问："我'下海'不会成功吗？"

朋友说："你知道吗，'下海'闯荡也很辛苦。"

我说："我有这个思想准备。"

朋友低着头沉思一阵,抬起头来看看我,说:"我还想提醒你一句,不知你想不想听?"

"你说吧。"

"你'下海',失去了一个很好的条件。"

"什么?"

"眼下是关系社会,商海尤如此,这已是不争的事实。如果你父亲还在,要好得多,你可以利用他的关系。"

我又笑笑,说:"如果我父亲现在还在,第一,我肯定脱不了军装;第二,退一万步说,他即使勉强同意了,也决不会让我利用他的任何关系。对于自己的父亲,我太了解了。"

朋友也笑了笑,问:"你对自己有多大把握?"

"说不上。用时下流行的话来说,我只是凭感觉。"

朋友像突然想起什么似的,又问:"你母亲呢?她能同意吗?"

我怔了一下,这家伙终于问到最让我担心的问题上了。我摇摇头,苦笑一下说:"这回你问到点子上了,她不会同意的。"

朋友没有再说什么。

我迟迟没有向母亲开口。

我不敢。

我知道母亲会不同意。也知道我如果坚持,母亲会依着我,但我认为那是对母亲的伤害。作为老红军的母亲,军人情结更甚于我千倍百倍,母亲不能设想她的儿子脱去军装去办公司,去商海闯荡。

为向母亲开这个口,我整整考虑了一年。成功,失败,荣辱,得失,我都可以不想,我不能不考虑我将会带给母亲的震动。在这个世界上,最让我牵挂最让我不忍伤害的是母亲。

我寻找着最恰当的机会。

但我找不到这样的机会。当我和母亲的目光相对时，那目光便阻止了我已经到了嘴边的话题。

1988年底军官授衔，我授了上校。当我扛着上校军衔回到家里的时候，母亲把我打量了半天，说："云娃穿军装还是最精神，我1955年授的也是上校。"

母亲一直笑着，看着我。

我感到一阵紧张，仿佛母亲已经窥到了我的内心。那时，我正准备郑重其事地向组织提出转业申请。

我想让自己显得尽量轻松些，便接着母亲的话说："副师职本来可以授大校，但1962年是个线，1962年以前入大学的授大校，之后的授上校。"

母亲说："没关系，你还年轻，有机会。"

我嗫嚅着，我躲避着母亲的目光。母亲哪里知道，我的军人履历将会中止在上校的军阶上。

时间在一天天地过去，我仍然没有捕捉到向母亲坦言一切的机会。其实，冷静下来仔细想想，无论我在什么时机、以什么方式向母亲说这件事，指望她能平静地接受，几乎是不可能的。因此，我的这种等待只是徒劳。

我只有实话实说了。

我记得那是个星期天的早晨，春天，阳光很好，院子里的那株丁香开得很繁茂，幽香淡淡。母亲坐在廊下的藤椅上，正在看原红四方面军第四军一位老红军的申诉信。这位老红军昨天下午来找母亲，当时我也在座。老红军是四川人，姓何，个子很矮，显得很苍老，眼睛发红，不住地流着泪水。他向母亲说明了来意，想请母亲证明一下的是他的红军身份。我坐在一旁，从他和母亲的谈话中得知了他的简单经历：四川苍溪人，十七岁参加红军，后来在红四军当了一个排长，红四方面军南下炉霍时，被调到了红九军，会宁会师后，随西路军过黄河进行西征，西路军兵败祁连山，他流落河西走廊，直到新中国成立初，才返回四川老家。如今落实失散老红军政策，他的身份却得不到证实。他孤苦一人，生活很困难。前不久，某电视台的一帮人到苍溪拍电视片，他找了去，问能到哪里找到原红四军的人。电视台的一个人说：到北京找萧华夫人去，她就是红四军的。原来，那位电视台的人在建军六十周年时刚采访过母亲。老红军这才找了来。

母亲详细问了他的情况，觉得他说的可信，留他吃了饭，把他带来的材料留下了，说她可以为他作证。老红军走时，连声道谢，说他遇到了好人，他知道这很麻烦，还要担责任。他说他来时抱着试试看的态度，不行就算了，没想到我的母亲这么痛快。

母亲见我来了，从那份材料上抬起头，说："老人记性真好，这材料写得很详细，从军长政委一直到他们连里的干部，哪年哪月部队在什么地方，都写得一清二楚，不会是假的。我虽然和他不熟悉，但应该实事求是，为他作证明。"

我点了一下头，坐在母亲身旁的一张椅子上。我在考虑怎样更自然地把我在心中藏了几个月的念头告诉她。

母亲看出了我心中有事，问我："你有事吧？"

我有些慌乱："有点。"

"什么事？"

我觉得自己的脸一点点地涨红了："妈，如果我想转业，你能同意吗？"我说得很快，我怕自己万一失去了对母亲坦言的勇气。

果然不出我所料，母亲听了我的话之后，好久没有反应过来。最后，她才用低沉的声音问："怎么，你想转业吗？"

我使劲点了一下头，说："是的。"——已经开了头，最难受的一页已经翻过去了，此时，只有正视面对的问题。

"为什么？"母亲问。我觉出了母亲的失望。

我说出了我想转业的那些理由。

听完了我的话，母亲没有马上说话。她像以往考虑问题时那样，从藤椅上站起来，在廊下慢慢踱起步来。

我觉着母亲步履滞重。

我真想收回我的话，但我没有。我不能。

母亲终于在我面前停下了，她看着我的眼睛，用不高的声音说："你知道，在咱们家，你是惟一的男孩子，军队是男人的事业，你的爸爸妈妈都是军人，我希望你能子承父业。"

我没有说话，像个犯了错误的孩子，愣怔地望着眼睛前面的地面。我的理由已经说完，我不知再说什么好。

再说，母亲理由充分得让你无法反驳。

母亲最后说："好吧，这事情来得太突然了，让我想想，咱们都再想想。"

我和母亲的第一次谈话就这样结束了。

那天晚上，我一夜未眠，母亲也一夜未眠。

之后的一段日子，我和母亲都尽量回避着这个敏感的话题。

这样又过了一段日子。有一天，姐姐妹妹都没在家，家里只有我和母亲两个人。晚上，我陪母亲看完了电视新闻联播，母亲关掉了电视，看看我，说："云娃，你想转业就转吧。"

我觉着自己的眼睛突然间模糊了。

母亲说："那次说完，已经一个半月过去了，你没有收回你的话，说明你的主意已经定了。"母亲的声音很平静，"也许你的想法是对的。"

我说："我知道自己这样做会让您失望。"我觉得自己的声音发涩。

母亲的声音依然那样平静："不要那样说，你不是个盲目的孩子，我知道，这些年你和W生活在一起很压抑，你按自己的决定做吧。"从母亲平静的声音里，我想到了一片蕴藏丰富的大海，"不过，你要有失败的准备，太苦的时候，就回来。"

我点着头，赶紧拿起母亲的茶杯，去续开水，我不愿意母亲看到我已难自禁的泪水。

这是我事先预料的结局。

母亲没有责备我。我希望母亲骂我，责备我，但是母亲没有。母亲把最难以接受的东西嚼碎了，自己咽下。

我清楚，直到如今，母亲还在为我而遗憾。母亲在我身上寄托的军人期望是永远的，不会随时间的流失而淡化……

六　艰难的开局

1989年6月6日，我离开了对我来说感情复杂的北京。

我记得那天母亲站在屋前的台阶上送我的情景，她神情如常，带着浅浅的笑意，看不出沉重，就像每次送我到外地出差那样。

我知道，母亲想让我走得轻松些。

在北京机场，当我登上南下飞机的那一瞬间，我的心中陡然生出一种悲壮。我将面对一个完全陌生的领域，船已离岸，前面是茫茫大海，地平线还在看不见的地方，此时，除了硬着头皮向前驶去，我已没有退路。

我必须成功，为了母亲。

我"下海"的第一个单位是某信托投资公司，职务是重建中的深圳分公司总经理。

几乎从我踏上南国那方土地的第一步起，麻烦就与我形影不离。尽管我对挫折有充分的心理准备，然而开局比我想象的更严酷。

首先遇到的困难是资金。

总部原先说好给几百万启动资金，谁知我一到任，变了卦，才给了十五万。每月光员工工资就得两万多，这还是深圳最低的标准，加上房租，十五万最多只能维持半年。我给自己开的工资是每月五百六十元。为了节约资金，我和一个年轻员工挤住在一个不到十平方米的集体宿舍里，上顿、下顿吃方便面，没车，联系业务全靠两条腿跑。

当时，夏天的那场政治风波刚刚过去，全国经济萧条，没有生意可做，我带着几个人，在租住的小楼上，艰难地维持着。快到年底了，商谈的几个项目没有一点进展，总部给的那一点钱已经告罄，员工嫌工资微薄，已经向我发出了跳槽的威胁。此时，我拿出了部队的那一套，一遍一遍地给大家做思想工作，让大家眼睛往前看，牛奶会有的，面包会有的。员工说："萧总，你别说大道理了，要不是看在你天天跟我们一起吃方便面的分上，我们早跑了。"我经常一个人站在窗前，望着街上熙来攘往的男男女女发呆。我不知道他们在这座充满活力的年轻城市是怎么站住脚的。

10月，我回了一趟北京，补办转业手续。

回到北京的家里，母亲也说我瘦了。她问我在深圳怎么样，我说还不错。又问我需不需要钱，她说她还有个一万多块钱的存折。我说不需要，我知道那一万多元是母亲一辈子的全部积蓄。母亲存不住钱，亲戚朋友，生活不济的老战友，老战友的孩子，谁有了困难她都想帮一帮。一对红军夫妇，老头死了，老太太病重住院，因为级别不够，一些贵重药要自费，老太太无力承担，就不用了。母亲去医院探视她，得知这种情况，对老太太说："该用就用呗。"老太太说："用不起，一针得好几百元。"母亲说："你赶快用，救命要紧，药费我出。"那位老太太住了二十多天医院，母亲帮她出了近七八千元药费。母亲有时跟我们开玩笑说，她的存款只要上了一万，总会有事，上帝喜欢她的兜儿里总空着。

母亲问我要不要钱的时候，还打笑说："需要了就拿去，反正我也存不住。"

我说："不需要，真的不需要。"我尽量不让母亲看出我的窘迫，故意装出很轻松，"那边挣钱容易得很。"

母亲笑笑。她没有追根问底。

姐姐背着母亲说我："你在骗妈妈。"

我有点尴尬地说："我骗什么了？"

姐姐说："你说得那么轻松，像个大款，其实妈妈什么都知道。"

我嗫嚅。

姐姐说："你给自己开五百六十元，住集体宿舍，啃方便面，对不对？启动资金到不了位，对不对？"

我惊讶得说不出话来。相隔遥遥几千公里，母亲怎么对我眼下的境况知道得一清二楚。我自从踏上深圳的土地那一刻起，就给自己定下了规矩，有高兴事，给母亲报个信，与母亲分享；委屈、挫折自己

453

嚼碎吞下，决不让母亲为我操心。我没有料到，这么快，母亲便什么都知道了。

姐姐说，从我离开北京的那一天起，就把母亲的心带走了，她通过所能找到的关系，打听我的情况。反馈到母亲耳朵里的，恰恰与我对母亲说的相反。母亲不止一次地对姐姐说："小云在那边很难。"姐姐说，每当母亲提到这些的时候，她都能从母亲的目光里看到藏得很深的哀伤与无奈。

我的心沉甸甸的，为母亲。

那次回京办手续，我在家里待了三天。母亲一直显得很高兴，变着法儿，让炊事员给我做平时我爱吃的饭菜，尽其所能地照顾我。而对于我的工作，不再谈起。

我和母亲闲聊的时候，我有意经常扯到深圳。我想，如果母亲再问，我就把在那边的真实情况告诉她。然而母亲没有再问。我们说的多是那边的风物、天气，哪天下大雨了，哪天刮台风了，她都记得一清二楚。自从我南下深圳之后，深圳的天气成了母亲最关心的新闻。

我走的时候，母亲依然笑着，站在台阶上送我出门，依然是那句话："不要紧，慢慢来，你会成功的。"

我又回到了深圳，又在面对捉襟见肘的困境。

我们跑项目，跑资金，马不停蹄，然而收效甚微。

面对着公司员工们一双双期待的眼睛，身为一个有责任心的"老总"，有时我真恨不能从二十层楼上跳下去。

许是遗传的缘故，我和母亲身上都有一种从骨子里带来的孤傲和清高，这种性格决定了自己在身处困境时的生活姿态——默默支撑，在很长一段时间里，我很孤独，几乎没有任何与工作无关的社会交往。

从军人到企业家的角色转换是艰难的，完全是两个概念，两种游戏规则，在深圳涌动的茫茫人海里，我对一切都显得很陌生。慢慢地，我体会到一个曾来看过我的同学说的，没有做过生意，不会和生意人打交道，没有更多的关系，在商场上可以说寸步难行。

但我固执地认为，要在一个领域长久地站住脚，靠的依然是真诚和信誉。真诚是不容抵制的，真诚可以造就人格魅力，也可以打造企业形象。路遥知马力，日久见人心，便是这个道理。

我以我的理念艰难地运作着。带领着不多的几个人，在南国的烈日下大汗淋淋地跑项目，跑客户，跑贷款，老老实实地说我们能干什么，不能干什么，以及我们的承诺。客户和投资方见惯了派头很大、开口很大、来头很大的"老板"，反倒认可了我们，说和我们打交道他们放心，加上我们有投资公司的牌子，属于金融机构，招牌还亮，慢慢地，找上门来的人多了起来。

一家银行答应给我们几千万贷款，作为项目运作的启动资金，但需要担保。公司员工跑了好多单位，都无功而返。因为我们在深圳除了一块招牌，什么也没有，为我们担保风险很大。无奈之下，我们找到了部队某企业局，没想到出乎意料地顺利，他们一口答应下来。但有个条件，必须见到我本人才能签担保合同。我当时在海口，听到这个情况，连夜坐大巴赶了十七个小时，回到了深圳。企业局的领导见到我，当即拍板，签字担保。

我想，这大概和我的军人家庭不无关系。

七　孤旅知己

这时候，我认识了我现在的妻子艳。

我和艳认识得很偶然，是在由海南到广州的飞机上。那是1990年秋末的一天，由于她从那天走进了我的生活，这个日子便永远留在了我的心里。

那年她二十八岁。

起先，我们谁都没料到今天会发生什么，我们只是搭乘同一航班的两名互不相干的乘客。命运把我们安排到同一班飞机上，这就为以后发生的事情提供了条件。她靠窗子坐着，我坐在靠近过道的座位上，我们两个的中间，坐着一位海南的处长。那位处长认识艳，也认识我。我找座位的时候，他们已经在座位上坐好了。处长先发现了我，喊了一声我的名字。在飞机上碰到熟人，大家都很高兴。我看了看登机牌，这才发现，自己的座位正挨着他。

我落座以后，处长把我和艳相互作了介绍。

艳很得体地向我伸出了手，说："认识你很高兴。"

"我也一样。"我说。

我们握手的时候，我感到她的握手大方而有力，这与她清纯、健美的外表很相称。艳的头发剪得很短，有点像男孩子，这让她看上去充满了生气；她的眼睛是褐色，很亮，藏着几分妩媚；浅浅的唇线却嵌进了让你能感觉到的倔强和刚毅。我想，不论在什么场合，她都属于那种让人眼睛一亮的姑娘。

但如果你再往深里观察一下，还能从她勃发的生气后面感到一丝淡淡的疲惫。

她给我的第一印象不错。

在广州，我们又一起坐火车到了深圳。

从海口到广州再到深圳，一路上我们说说天气，说说景物，说说各自的工作。短短的旅途，我想我们彼此对对方都有了某种程度的好感。当然，这种好感还是属于朋友那一类的。临分手的时候，我们把各自的电话给了对方。

我又回到了我的公司，陷入了紧张的业务工作中。经过一年多的拼杀，此时，我们的工作已经有了起色，几个房地产开发项目都在顺利的运作之中。

我和艳又有了几次接触。在这座中国发展最快的移民城市里，没有朋友是很孤独的，太阳落山以后的时间漫长得没有边际。那时，一天的工作已经结束，只身天涯的孤独、寂寞、无聊和很多烦恼都会像不速之客似的挤着来敲门。我和艳开始互通电话，以后我们约着聊天，纯粹朋友式的。那时我们没有预想未来的结局。

交谈是从彼此的身世、经历开始的。

艳的父亲、母亲都是江西人，与我同籍。二位老人也都当过兵，所在部队的前身是赫赫有名的三五九旅。1949年底，他们随王震出河西，进哈密，穿越塔克拉玛干大沙漠，到达南疆。在那里一待就是二十多年。他们在"大漠孤烟直，长河落日圆"的壮美中，风餐露宿，爬冰卧雪，一点一点地损耗着自己的青春和生命。这样的共产党人在"文化大革命"中竟然也未能幸免，艳的父亲以"莫须有"的罪名被打倒，靠边站了八九年。"文革"后平反，部队要为其恢复军籍，重新安排工作。但在新疆受到的不公正已让他心灰意冷，他提出转业。后来转业到西安一个工厂当厂长。

"文革"开始的时候，艳才四岁。懵懂未开，就遭遇冷眼。她的童年和少年时代几乎没有色彩，她在郁郁寡欢中遐想，她与书交谈，她在邪恶和善良中辨别，在稚嫩的思考和叩问中提升。逆境决定了她日后的性格走向：坚韧，豪爽，侠义，嫉恶如仇而又不失同情心。这与她日后的成功不无关系。这是严酷生活的无意馈赠。

在日后的商海拼杀中，凡是和她打过交道的人，对她都有一个共同的看法，单看她的性格，是典型的中国西部的。

就像几乎所有的军队干部一样，艳的父亲虽然自己离开了部队，但对部队的感情却始终斩不断。他转业到西安后，第一件事就是把自己最疼爱的惟一女儿送到了部队。

艳当兵那年十四岁，在山西的一个部队里当计算机程序操作员。十八岁转业回西安并进了西北电讯工程学院（后更名为西安电子科技大学），学计算机。从逆境中走出来的艳懂得珍惜获得的一切，她工作学习很努力，在校期间就入了党，当过学生会干部、团委书记、总编助理等，是学校重点培养对象。

那时，改革开放刚刚起潮，特区建设如火如荼，全国各地各单位都往深圳、海南派机构，抢滩头。艳所在的西北电讯工程学院也要在海口办一个科技开发公司。艳很快就得知了消息。对于陌生的海口，她忽然觉得有巨大的诱惑力，也就是从那时候开始，她第一次认识到自己并不能安于现状，是个不安分的人，她需要的是挑战和刺激。她找到校领导，要求到海口的公司去工作。领导开始不想放她走，谈了几次话，看她很执拗，态度很坚决，只好同意了。

她到南方的第一个落脚点是海口，住一间农民的房子，为西北电讯工程学院的那个公司揽工程，装卫星电视接收天线，铺设有线线路。深圳如果有活，就过来。由于是公家单位，工资很低，生活十分清苦。没有固定住所，白天干活，晚上就睡在合作伙伴的办公桌上。

很快，艳在她所从事的领域里已小有名气。

我和艳来往得越来越频繁。我们都很忙,每次见面都匆匆忙忙,我们互相给对方打着气,或者干脆就静静地坐一坐,我们没有花前月下的浪漫。

当我们如果一周没有见面,都感到若有所失的时候,我想我们的感情便成熟了。那是一种感觉,说不清道不明。

我们几乎同时走进了对方的心里,这可能基于我们的共同价值取向和道德认同。

一次,我在一封信中向艳谈到了我对我们关系的一些看法。很快,我收到了她的回信。我打开信封一看,那是一首格调清丽、寓意高远的诗,艳用诗回答了我信中的问题,含蓄地表达了她对我们爱情的态度。

艳将那首题名为《致橡树》的诗抄送给我。

> 我如果爱你——
> 绝不像攀援的凌霄花,
> 借你的高枝炫耀自己;
> 我如果爱你——
> 绝不学痴情的鸟儿,
> 为绿荫重复单调的歌曲;
> 也不止像泉源,
> 常年送来清凉的慰藉;
> 也不止像险峰,
> 增加你的高度,衬托你的威仪。
> 甚至日光。
> 甚至春雨。

不，这些都还不够！
我必须是你近旁的一株木棉，
作为树的形象和你站在一起。
根，紧握在地下，
叶，相触在云里。
每一阵风过，
我们都互相致意，
但没有人，
听懂我们的言语。
你有你的铜枝铁干，
像刀，像剑，
也像戟；
我有我红硕的花朵，
像沉重的叹息，
又像英勇的火炬。
我们分担寒潮，风雷，霹雳；
我们共享雾霭，流岚，虹霓。
仿佛永远分离，
却又终身相依。
这才是伟大的爱情，
坚贞就在这里：
爱——
不仅爱你伟岸的身躯，
也爱你坚持的位置，足下的土地。

我把这首诗看成艳的爱情宣言。

这首诗所体现出来的依然是大气；即使是情诗，也没有扭捏作态、无病呻吟的小女人味；即使是爱情的表白，字里行间也充溢着一股逼人的豪爽。

当然，我从诗中也读到了热恋中的姑娘的深沉和灼热。

说实话，我被这首诗深深感动了。感动的同时，我惊异于一天到晚风尘仆仆的艳，竟有十分不俗的艺术家气质。

其实，她的聪慧，在她的熟人圈子里早有口碑，他们这样评价她：只要她愿意，她几乎可以在任何领域里取得成功。我有幸和一个集兄妹、情侣和朋友于一身的志同道合的"铁哥儿们"结为夫妻，也许是我"下海"之后命运对我的最好赠予。

当然，我是不能不告诉母亲的。

一年的夏天，我带着艳回到北京的家里。那之前，她整天东奔西跑揽工程，脸晒得黝黑。母亲抓着她的手，对站在一旁的我说："云娃，她很辛苦，你要关心她。"

我点点头。

母亲很喜欢艳。母亲说艳的泼辣劲有点像年轻时的自己，她从艳的身上看到了自己年轻时的影子。母亲说艳能走到我们家，是一种缘分。

我们返回深圳的时候，母亲把我们送到门外，母亲说："现在好了，我放心了，两个人帮扶着，往前走，一切都会好起来的。"

在往机场去的路上，艳悄悄对我说："妈妈比我想象的随和。"

我问她："你原先想象的是什么样子？"

艳说："一个老红军干部，我想着更政治化些，谁知她更像个慈祥的母亲。"

我哈哈地笑了。

1993年，由于一些不愉快的原因，我决定离开我供职的那家投资公司。这意味着，我要抛弃几年来自己付出的全部心血，和一个将要有几亿资产、已经走上轨道的企业；这还意味着，我又将从事一种全新的行业，一切从头再来。

这决定举足轻重，我必须征求艳的意见。

艳又一次让我领教了她的性格。她几乎没有犹豫就赞同了我的意见。

她说：伤口不要再去碰它，不离开这里，你的伤口总会流血。

我离开了那家公司，来到另一个工程公司，任海南分公司总经理。

我们一起到了海南，那时，大规模的海南开发热已经过去，我们又赶了个末班车。

在我的艰难拓进中，艳用她的全部智慧和热情给了我巨大的支持。许多施工工地都能见到她的身影，为了寻到工程，她甚至走到北方的黄河边上。她在没有任何背景的情况下，凭着真诚和信誉，建立着自己的业务联系网。我们终于发现，在商务活动中，这种关系网至关重要。艳的优势在于她的热情、大度和爽快，在各种业务应酬中，她发现了自己的酒量；在排遣苦闷的长夜里，她把当兵时班长教会她的抽烟习惯重新找了回来；她学会了在喧闹中沉默，在沉闷中欢歌……她还是留着人们见惯了的那种短发，脚步匆匆……

在工地上，大卡车司机把大葱夹在腋下一擦，递给她："你吃不？"她毫不犹豫，拿过就吃；在黄河小浪底，她戴着柳条帽，和司机、民工滚了一个多月，又黑又瘦。虽然没揽上活，但她获得了工程队上下一致的信任，结交了许多朋友……

她将要走出自己的一片天地。这是用人格魅力换来的。这种关系随着时光的流失不会贬值。

艳在深圳盐田港的建设中拿到了一份工程，而开工时却找不到大型挖掘车。她想到了在小浪底结识的那些朋友，打了一个电话，三十吨位的大型卡车一下子开过来几十辆……

艳不管在哪里，不管干什么，始终牢记着父亲叮嘱她的八个字：自尊，自爱，自立，自强。在朋友眼中，艳永远是一个充满自信和活力的"女强人"，一个言必信、行必果的"铁哥儿们"，一个敢打敢拼、智商和情商都极高的实干家。时光如箭，"下海"十几年，风风雨雨走到今天，我们终于有了自己的坚实事业。

2000年春节，我们把母亲接到深圳，在我们的新家里住了一个月。之前，艳的母亲也来到了深圳。两位老人和我们合了一张影。照片上，两位老人舒心地笑着……

八　母亲的普通一日

2001年6月26日，母亲77岁大寿。

我在母亲的生日之前赶回了北京的家中。艳正忙着深圳的一笔业务，不能回来，她驱车跑了好几个商场，买到了几篓最好的荔枝，让我带给母亲。

昨天，我新买了几盆兰花，放在客厅里，走廊下。

母亲对自己的生日一向很淡然。这一天，母亲依然没能安安稳稳地当她的寿星老。

吃过早饭，没顾上看当天的报纸，母亲就戴上老花镜，拿起一沓表现罗荣桓元帅戎马生涯的电视剧本费劲地看了起来，那是一周前某电视台送来的，要母亲提意见。一周后的今天他们来听取意见。昨天电视台又打来电话落实时间，母亲让他们下午三点钟来。

听姐姐说，整整一个礼拜，母亲一起床，就泡在这个剧本里，红笔画，蓝笔勾，有时看得时间长了直喊头疼。姐姐劝她注意身体，不要赶得太紧了。母亲认真地说，把个不伦不类的罗伯伯搬上屏幕，你愿意吗？如今，最熟悉罗帅的人就是我了，我得为死去的罗帅、健在的林月琴妈妈负责。

这就是我的母亲。

电话响了起来，我接了。打电话的是个老太太，找母亲。

我把话筒递给母亲。我听出那边要母亲为她证明什么。母亲在电话中让她明天下午三点再来。母亲挂了电话对我说：打电话的老太太是东北时期的一个干部，她自己说是辽东根据地的会计，回胶东时把组织关系搞丢了。她找过别人，都不肯为她证明，她打听到了母亲，就找了来。母亲对我说，在打电话前，她已经到家里来过一次了，还留下了材料。

我问母亲："你记得她吗？"

母亲说："那时人员流动频繁，我怎么能记得住。不过她说她见过我，还抱过你姐姐，她能叫上你姐姐的名字。"

"你准备为她作证了？"

"是的，"母亲说，她看了看我说，"她跟我说了当时在辽东的一些细节，不像是编造的。"

我又问:"平时这样来找你的人多吗?"

"一年总有好几个。"

"你都见?"

"都见。"

在找母亲办事的人中,来自父亲老家兴国和母亲老家宣汉的不少。出于对家乡经济建设的关心,母亲都热情地接待了他们,并给予力所能及的帮助。修京九铁路时,关于铁路进不进兴国说法很多,一会儿说进,一会儿说不进,搞得兴国的领导很紧张,不断往北京跑。他们一到北京,就来找我母亲,说铁路对发展兴国经济的重要性,让母亲帮他们想办法,一定要让铁路修到兴国。母亲一边建议他们应该去找哪些部门,一边亲自向有关方面反映兴国的情况。铁路最终还是修进了兴国,兴国有关领导高兴地赶到北京,专程来向母亲报喜。母亲的家乡宣汉是四川的贫困县,为使家乡尽快走出困境,母亲也多次向有关单位反映情况,争取政策支持。

侠肝、义胆、热心肠,晚年依旧。

这就是我的母亲。

母亲没有午睡——下午有事,她午觉肯定睡不好。

还不到两点半,母亲就早早坐在了她平时坐的那张沙发上。她面前的茶几上,摊着几页写得密密麻麻的稿纸。

三点钟,剧组的人准时到了。

采访开始。

剧组同志:"请您谈谈对剧本的意见。"

母亲:"对剧本,我是个外行,可以谈点感觉。我认为大的线条没问题,但对罗帅的刻画不丰满,有的地方甚至写得不像他。在我们这些下级的心目中，罗帅不仅是统驭一方的统帅，还是我们的兄长。他可不像你们写得那么凶。"

剧组同志："剧本中描写罗帅和萧华同志的那些戏你认为行吗？"

母亲："罗帅是掌舵的，把握方向的，萧华是他的助手，更是他的学生，这一点你们一定要把握好。你们可能不知道，如果没有罗帅保护，萧华刚当红军就做了刀下鬼。萧华是罗帅看着成长起来的。"

…………

他们的交谈一直持续到下午六点。剧组同志走后，母亲在沙发上捶了半天腿才起来。

我笑问母亲："你想你的意见他们会采纳多少？"

母亲一怔，她似乎没有想过这个问题。过了一会儿，她才缓缓地说：

"知恩图报，罗帅有大恩于我们，我没有本事，不然，我真想自己动手拍一部有关罗帅的电视剧。"

很显然，那个剧本她并不十分满意。

这就是我的母亲。

晚饭前，我的姐姐妹妹们带着生日礼物都到齐了。一家人围坐在桌子旁，端起了深红色的葡萄酒，为母亲祝福。

席间，喜气洋洋。

一个妹妹忽然想起什么似的，说："我下午刚听说，×××家又出了一个将军。"

我悄悄看了母亲一眼，正好和母亲看我的目光相遇。母亲开朗地笑了笑，说："好啊，又进步了。不过我们云娃在深圳干得也不错，也要披荆斩棘，也要运筹帷幄，也要斗智斗勇。"我第一次从母亲口中听到了对我"下海"后的如此评说。

母亲说得坦荡，笑得坦荡。

居庙堂之高，则忧其民；处江湖之远，则忧其君。我知道最能使母亲欣慰的，不是财富、名利和地位，而是儿子那一颗永远先天下之忧而忧、后天下之乐而乐的匹夫之心。我时常告诫自己，尽微薄之力为国为民，在经济、科技和改革开放中作出点成绩，才能无愧于血与火的洗礼，无愧于父辈毕生追求的真理。

哦，母亲，谢谢您！

晚上，母亲看罢热播的电视连续剧《长征》，走进了父亲的书房里，坐在桌前的椅子上，久久地望着对面墙上父亲的遗像。

母亲在那儿坐了好久。

我没有一点睡意，在屋外的廊下一遍一遍地踱着。

夜风把一阵浓郁的清香送来。我循着花香走去，是那盆淡雅的幽兰……

天上的月亮正好。

后　记

写完这部书稿，我长舒了一口气，有一种如释重负的感觉。

这是我对自己的交待。我借此追寻心灵的安宁。

自从我离开部队、商海搏击以来，我几乎没有很好地和母亲沟通过。我小心翼翼地躲避着，不敢触及这个敏感的话题。我了解母亲对我的期望——她希望我在职业军人的道路上完成我的人生建树，就像我的父亲那样——那是军人对军人的期望。对于九岁就参加红军的母亲来说，这期望或者说要求，都理所当然，顺理成章。半个多世纪的风风雨雨，她的脉搏与军队同律动，生命与民族共荣辱。在她的心目中，男人最辉煌的生命应该属于军人。

母亲的军人情结根深蒂固。

当我随着改革开放的大潮，走向另一个领域的时候，母亲却用宽容送我上路。我记得那天母亲送我南下时的微笑。我从那笑容背后，读出了几分失落和无奈，那目光只有儿子才能解读。除了祝愿，母亲什么也没有说——她最终尊重了儿子的选择。我从那深藏着失落的微笑里，感受到了母性的宽厚和博大。母亲使我想到了高山和大海。

母亲那天的微笑让我感动。

同时，我也深感抱愧母亲。

大概也正是从那天起，我第一次那么认真地走近我的军人母亲：透过历史的烟云，我仿佛看见七十多年前，川东北的一座豪门大宅里，走出了一个九岁的小姑娘，她的脸上，写着与她年龄不符的成熟与庄严，走进了红军，从此，开始了她九死一生的革命军人生涯。追溯母亲的一生，竟是那么动人心魄。我不由想起了尼姆·威尔斯在《续西行漫记》中对她心目中的中国女红军曾作过这样的评说："她们进行了长期艰苦的斗争，自己赢得了红星下的合法地位。"在这里，这位同情中国革命的外国作家，特别强调了女红军她们"自己"。然而在其后很长的一段时间里，她们都生活在她们丈夫的影子里，历史对她们缺乏公允。

大概也正是从那天起，我朦朦胧胧地产生了要叙写母亲的冲动。

十几年的默默准备，终于有了今天这本书。

我为我的母亲骄傲。

我感谢我的母亲给予我的一切，从我的生命到我的事业。

1992年6月—2000年6月一稿
2000年8月—2001年6月二稿
2002年3月—2002年6月三稿